KIM VOGEL SAWYER

Mein Herz kennt die Antwort

SCM Hänssler

SCM

Stiftung Christliche Medien

SCM Hänssler im SCM-Verlag GmbH & Co. KG · 71088 Holzgerlingen
Internet: www.scm-haenssler.de; E-Mail: info@scm-haenssler.de

Originally published in English under the title: Fields of Grace

Originally published in English by Bethany, a division of Baker Publishing Group, Grand Rapids, Michigan, 49516, U.S.A.

Übersetzung: Ulrike Chuchra
Umschlaggestaltung: OHA Werbeagentur GmbH, Grabs, Schweiz;
www.oha-werbeagentur.ch
Satz: Satz & Medien Wieser, Stolberg
Druck und Bindung: CPI – Ebner & Spiegel, Ulm
Printed in Germany
ISBN 978-3-7751-5149-8
Bestell-Nr. 395.149

Meinen *Eltern*,
von denen ich gelernt habe, stolz auf mein Erbe zu sein,
und meinen *Enkeln*,
die dieses Erbe an die kommenden Generationen weitergeben.

»Lass dir an meiner Gnade genügen;
denn meine Kraft ist in den Schwachen mächtig.«

2. Korinther 12,9

1

Mennonitisches Dorf Gnadenfeld in der Kolonie Molotschna, Russland

Ende Mai 1872

Lillian Vogt lag weinend an der Brust ihres Mannes. Sie presste ihr Gesicht in sein gestreiftes Nachthemd, um die Lautstärke ihres Kummers zu dämpfen. Die Jungen, die auf dem Dachboden direkt über ihnen schliefen, durften nicht gestört werden. Als Reinhardt beim Essen über ihre Pläne gesprochen hatte, hatte Lillian sich nicht das geringste Zeichen von Bedauern oder Sorge anmerken lassen. Irgendwie hatte sie die Kraft besessen zu lächeln und ihren Söhnen zu versichern, dass ihnen ein großes Abenteuer bevorstand. Aber jetzt, in der Stille ihres Schlafzimmers und in der Geborgenheit des vertrauten Federbetts, das sie mit Reinhardt teilte, brach sich ihre Angst in Tränen Bahn.

»Schhh, Lillian.« Reinhardt strich ihr mit der Hand über den Rücken. »Du und ich hatten doch bereits die Entscheidung getroffen, nach Amerika zu gehen. Warum weinst du jetzt also?«

Lillian schluckte. Sie beugte sich etwas zurück, um in Reinhardts Gesicht zu blicken. Im flackernden Kerzenlicht wirkte er streng und unfreundlich. Sie senkte den Blick und spielte mit der Kante der weißen Baumwolldecke. »Aber dass wir uns allein auf den Weg machen … und unsere Sachen zurücklassen sollen …« Erneut stiegen Tränen auf und rannen ihr übers Gesicht. »Ich brauche Zeit, um mich auf diese Reise vorzubereiten. Können wir nicht warten, bis die Kundschafter mit ihrem Bericht über das Land zurückkommen? Die Vorstellung, einfach aufzubrechen … ohne zu wissen, was uns erwartet … macht mir Angst.«

Reinhardt seufzte, und ihre offenen Locken bewegten sich im Hauch seines Atems. Er zog Lillian an seine Brust und drückte seine Wange an ihr flachsblondes Haar. »Du weißt, dass wir nicht warten können. Es kann noch einmal ein Jahr vergehen, bis die Kundschafter zurückkehren. Aber in bereits drei Monaten wird Henrik achtzehn.«

Sein unheilvoller Ton machte Lillians Protest ein Ende. Doch Ärger wallte in ihr auf und dehnte sich so in ihrer Brust aus, dass ihre Lungen fast keine Luft mehr bekamen. Wären bestimmte Versprechen nicht gebrochen worden, könnte ihre Familie einfach hier in ihrem kleinen Dorf bleiben. Schon so oft hatten ihre Leute unter den Folgen nicht eingehaltener Zusagen leiden müssen. Waren sie nicht in die russischen *Steppes* gekommen, hatten das Land urbar gemacht und ihre Höfe und Dörfer gebaut, weil sie sich auf das Versprechen verlassen hatten, dass sie ihren mennonitischen Glauben ohne staatliche Einmischung leben könnten? Jetzt hatten die Führer des Landes beschlossen, ihre Zusicherungen zurückzunehmen. Wieder einmal waren ihre Leute gezwungen, eine schmerzhafte Entscheidung zu treffen.

In Wirklichkeit hatten sie keine Wahl. Der bloße Gedanke an den lieben, lernfreudigen Henrik mit einer Waffe in der Hand ließ Lillian erschauern. Dies zuzulassen wäre unverantwortlich. Natürlich mussten sie weggehen. Aber wie schwer würde es sein, ihre Heimat und alles, was sie liebte, zu verlassen. Ihr eigener Großvater war an der Gründung des blühenden Dorfes Gnadenfeld beteiligt gewesen. Sie war hier auf die Welt gekommen, genau wie ihre drei hübschen Söhne.

Sie rief sich ins Gedächtnis zurück, wie Henrik seine ersten unsicheren Schritte auf der grünen Wiese unter dem blühenden *Kruschkje*-Baum gemacht hatte. Sie zog die Brauen zusammen. »Wachsen in Amerika auch Birnbäume?«

Ein leises Lachen vibrierte in Reinhardts Brust. »Das weiß ich nicht, *mienije Leefste*.«

Reinhardt war ein guter Mann, der sie wirklich liebte, aber es kam selten vor, dass er sie seine Liebste nannte. Dass er es jetzt tat, wärmte Lillian das Herz, machte sie aber auch unruhig. Dass er solche zärtlichen Worte benutzte, verriet ihr, dass es auch ihm sehr zu schaffen machte, ihre Heimat zu verlassen.

»Eli hat den Plan, Weizenkörner mitzunehmen, und genauso werden auch wir Samen einpacken und *Kruschkje* anbauen, wenn es die dort nicht gibt. Wirst du dich dann ein bisschen mehr wie zu Hause fühlen?«

Lillian fürchtete, dass ein Birnbaum im Hof nicht ausreichen würde, damit sie sich in Amerika wie zu Hause fühlte, aber sie beschloss, Reinhardt nicht mit diesem Gedanken zu belasten. Sie drehte sich ein wenig, um ihrem Mann ins Gesicht zu sehen. »Hat Eli sich bereit erklärt mitzukommen?«

»Er hat keinen Moment gezögert, als ich es ihm vorschlug.«

Lillian wusste, dass Eli Reinhardt sehr zugetan war, seit er als kleiner Junge seine Eltern verloren hatte und von Reinhardts Familie aufgenommen worden war. Trotzdem fand sie es verwunderlich, dass er seinen gut gehenden Hof aufgeben wollte, um nach Amerika zu gehen. »Aber er hat keinen Sohn, den er vor dem Militärdienst schützen muss.«

»*Nä*, aber er liebt Henrik wie einen Neffen. Und er besitzt großes landwirtschaftliches Geschick. Das wird uns helfen zu überleben, bis die anderen eintreffen und wir ein Dorf gründen können.« Wieder ließ er ein freudloses leises Lachen hören. »Meine Schusterkunst – und wäre sie noch so groß – wird in dem neuen Land nicht gewährleisten, dass immer ein Essen auf dem Tisch steht. Dass Eli mitkommt, ist *en Säajen*.«

»Ein Segen … ja …« Ein noch größerer Segen wäre es, wenn Eli verheiratet wäre. Dann hätte sie eine Gefährtin auf der Reise.

Reinhardt drückte Lillian einen Kuss auf ihren Scheitel. »Schlaf jetzt, *mienije Leefste*. Du musst dich ausruhen, damit du die Arbeit morgen bewältigen kannst. Wir haben nur noch zwei Tage Zeit, bis wir nach Hamburg aufbrechen müssen.«

Lillian drehte sich auf ihre Seite und kuschelte sich ins Kissen. Aber die Bilder ihres geliebten Gnadenfeld, die hinter ihren geschlossenen Lidern auftauchten, hielten sie bis spät in die Nacht wach.

Henrik stapfte über die festgetretene Straße und trat dabei mit solcher Wucht auf, dass er fürchtete, die von Hand gefertigten Nähte, die die Sohlen seiner Ziegenlederschuhe mit dem Schaft verbanden, müssten jeden Moment aufplatzen. In den vergangenen drei Monaten hatte er sich jeden Tag nach Schulschluss mit Susie Friesen hinter der Metzgerei ihres Vaters getroffen. Obwohl ihm das Lernen Spaß machte, war die Begegnung mit Susie normalerweise der Höhepunkt des Tages. Heute jedoch nicht.

Henrik wich einem geparkten Wagen aus und schlüpfte zwischen zwei Lehmziegelhäusern hindurch, um den wachsamen Augen derjenigen zu entgehen, die sich auf der unbefestigten Straße aufhielten. Es kam ihm vor, als würden ihm alle im Dorf flüsternd nachstarren. Sicher wusste jeder von den Plänen seiner Familie, Gnadenfeld vor den anderen zu verlassen. Sein Vater hatte sie erst gestern Abend beim Essen informiert, aber Neuigkeiten machten immer schnell die Runde. Hatte Susie bereits von den Gerüchten gehört? Würde sie besser mit der Nachricht umgehen können als er?

Er erreichte die Hintertür der Metzgerei mit den angebauten Wohnräumen und wartete, dass Susie auftauchte. So hatte er es sich angewöhnt. Als Susie wenige Minuten später aus der Dielentür schlüpfte, verriet ihr Gesichtsausdruck, dass sie bereits von dem Gerücht erfahren hatte.

Bei allen Gesprächen, die sie bisher miteinander geführt hatten, hatte Henrik Susie kein einziges Mal berührt – weder, um ihre Hand zu halten, noch, um mit dem Finger ihre Kinnlinie nachzuzeichnen, wie er es liebend gern getan hätte. Als wohlerzogenes mennonitisches Mädchen hielt sie immer einen Meter Abstand von ihm, und als wohlerzogener mennonitischer Junge hatte er keine ungehörigen Annäherungsversuche gemacht. Aber heute schien es ganz selbstverständlich, dass sie über das kleine Stück Rasen rannte und sich in seine Arme warf.

Sein Herz pochte wie ein Schmiedehammer, als er seine Arme um sie legte und sie fest an sich drückte. Er stellte die überflüssige Frage: »*Hielst dü?*«

Ihr Gesicht lag an seiner Brust. Sie nickte. Er spürte, wie sich ihre Schultern in einem lautlosen Schluchzer hoben. Ja, sie wusste es. Und sie war über die Pläne kein bisschen glücklicher als er.

Henrik neigte leicht den Kopf und berührte ihr warmes Haar mit der Wange. Die spärlichen Bartstoppeln, die sich erst seit Kurzem ab dem späten Nachmittag auf seinen Wangen auszubreiten begannen, verfingen sich in ihrem seidigen Haar und zogen ein paar der blonden Strähnen aus ihrem Knoten. Aber Susie machte keine Anstalten, sich aus seiner Umarmung zu befreien.

Henrik schluckte. Wie konnte Vater von ihm erwarten, sein Dorf zu verlassen? Alles, was er kannte – und liebte – befand sich in Gnadenfeld. »Ich möchte nicht weggehen.« Mühsam überwanden seine Worte den schmerzhaften Kloß in seiner Kehle.

Susie riss sich plötzlich los und brachte ihn mit dieser unerwarteten Bewegung fast aus dem Gleichgewicht. Mit weit aufgerissenen blauen Augen starrte sie in sein Gesicht. »Aber du musst gehen! Du darfst nicht hierbleiben und dich zum Militärdienst zwingen lassen. Es würde mir das Herz brechen, wenn du verletzt oder … getötet würdest.«

In Susies Gesicht spiegelte sich die gleiche Angst wider, die Henrik in den Augen seiner Mutter gesehen hatte. Bitterkeit schnürte ihm den Hals zu. Traute ihm denn niemand zu, dass er sich selbst zu helfen wusste? Sich wegzuschleichen kam ihm so feige vor. Henrik straffte die Schultern und holte tief Luft. »Ich würde nicht sterben. Ich kann auf mich selbst achtgeben.«

Susies feine Augenbrauen zogen sich zusammen. »Du … du würdest … in den Krieg ziehen?«

Henrik wandte den Kopf und blickte über die gleichmäßig angelegten Felder, die das Dorf umgaben. Der zähe Geist, der die Mennoniten befähigt hatte, die unwirtlichen russischen *Steppes* in blühende Gehöfte zu verwandeln, lebte auch in ihm. Wenn er ehrlich war, hatte er nicht den Wunsch, diese Zähigkeit einzusetzen, um in einer Militärparade mitzumarschieren oder die Waffe auf einen Mann zu richten, der im Gegenzug auf ihn zielte. Doch sein Stolz – den sein Vater wiederholt auszulöschen versucht hatte – verschloss ihm den Mund.

Als Susie leise seufzte, kehrte seine Aufmerksamkeit zu ihr zurück. Sie wickelte ein paar Strähnen ihres langen Haars um ihren Finger und betrachtete ihn mit schmerzlicher Miene. »Selbst wenn du … wenn du dich für den Kampf entscheiden würdest, würde ich … dich immer noch lieben, Henrik.« Bevor er antworten konnte, wirbelte sie herum und verschwand mit schnellen Schritten in dem Lehmziegelgebäude.

Henrik blieb lange stehen und starrte ihr nach. Obwohl er vermutet hatte, dass Susie tiefe Gefühle für ihn hegte, hatte er nicht erwartet, dass sie ihm eine Liebeserklärung machen würde. Sie waren schließlich noch jung – erst siebzehn. Aber in Zeiten wie diesen, wo es so viel Aufruhr gab, spielte das Alter wahrscheinlich keine Rolle.

Mit langsamen Schritten bewegte er sich rückwärts, während seine Gedanken wild durcheinanderjagten. Wenn er verheiratet wäre, würde man ihn als Mann betrachten. Als Mann, der in der Lage war, eigene Entscheidungen zu treffen. Er könnte beschließen zu gehen oder zu bleiben. Ein eisernes Band legte sich um seine Brust und nahm ihm den Atem. Vater könnte seinen Wunsch, sich zu verheiraten, als Rebellion ansehen. Doch jede Rebellion wurde sofort im Keim erstickt. Einen Moment lang dachte Henrik an den Streit, der mit Sicherheit folgen würde. Dann erinnerte er sich wieder an Susies liebliches Gesicht, ihren sorgenvollen Blick und ihre geflüsterte Liebeserklärung.

Er würde sie nicht verlassen. *Auf keinen Fall.*

»Du *wirst* gehen.«

Lillian legte ihrem Mann die Finger aufs Handgelenk, in der stillen Bitte, er möge seinen harten Ton mildern.

Reinhardt schüttelte ihre Hand ab. »Und ich werde mir keine weiteren Argumente anhören.«

Henrik presste die Kiefer aufeinander, und Lillian versetzte es einen Stich, als sie dem versteinerten Blick ihres ältesten Sohnes begegnete. Sie verstand seinen Unwillen, sein Zuhause zu verlassen. Ihrer Meinung nach konnte es nicht schaden, ihm zu erlauben, dass er seine Gedanken aussprach. Aber sie wusste, dass Reinhardt niemals etwas zuließ, was auch nur im Entferntesten nach Widerstand oder Ungehorsam aussah. Deshalb warf sie ihrem Sohn einen mitfühlenden Blick zu und sagte sanft: »Ich weiß, es ist schwierig, Henrik, aber es wird alles gut. Du wirst schon sehen.«

Der sechsjährige Jakob richtete sich wie ein wachsames Erdhörnchen auf. »Wir werden auf ein großes Schiff steigen, Henrik! Mit Segeln, die sich so mit Wind füllen.« Er blähte die Backen auf und hielt die Luft an.

Reinhardt tippte Jakob auf den Kopf. »*Jo, jo*, wir wissen, dass du aufgeregt bist, aber iss dein Abendessen, bevor es kalt wird.«

Jakob ließ die Luft mit einem lauten Zischen entweichen, grinste Henrik breit an und schob sich eine Gabel voll Kartoffeln in den Mund.

Lillian lächelte Jakob nachsichtig an. Das sonnige Wesen des Kindes heiterte sie immer auf. Nichts – nicht einmal der Abschied von ihrer Heimat mit allem, was sie kannten – konnte Jakobs Ausgelassenheit dämpfen. Sie blickte auf ihren mittleren Sohn, Joseph. Er saß still da und aß seine Mahlzeit mit gesenktem Kopf. Betrachtete er ihre Umsiedelung als Abenteuer, wie Jakob? Oder widerstrebte es ihm – wie Henrik –, aus allem Vertrauten herausgerissen zu werden? Sie nahm an, sie würde es nie erfahren. Joseph sprach selten über das, was in seinem Kopf vorging. Von ihren drei Söhnen kannte sie Joseph am wenigsten. Immer wenn ihr das bewusst wurde, spürte sie einen Anflug von Traurigkeit.

Als alle ihren Teller leer gegessen hatten, verkündete Lillian mit fröhlicher Stimme: »Ich habe eine Überraschung für euch. Zum Nachtisch habe ich *Plümenmöös* gemacht. Wer möchte etwas davon?«

Obwohl das dicke Pflaumenmus ein seltener Leckerbissen war, wedelte nur Jakob mit der erhobenen Hand. »Ich möchte, Mama. Ich, bitte!«

Joseph schob sich vom Tisch weg und die Stuhlbeine quietschten auf dem Dielenboden. »Ich muss meine Kleider einpacken. Bitte entschuldigt mich.«

Auch Henrik erhob sich. »Ich mache einen Spaziergang.«

Lillian warf Reinhardt einen besorgten Blick zu. Würde er verlangen, dass Henrik dablieb? Er bestand immer darauf, dass die Jungen um Erlaubnis fragten, anstatt einfach nur ihre Absicht kundzutun. Aber dieses Mal nickte Reinhardt nur. Henrik ging zur Haustür hinaus.

Erleichtert, dass es nicht zu einer Auseinandersetzung gekommen war, sah Lillian Reinhardt an. »Kein *Plümenmöös* für dich? Es hält sich nicht lange, man muss es essen.«

Reinhardt öffnete den Mund zu einer Antwort, aber da erklang ein Klopfen an der Tür. Lillian durchquerte den Raum, um sie zu öffnen. Eli Bornholdt stand auf der Schwelle, seinen Hut in den Händen. Sie schenkte ihm ein warmes Lächeln. »*Wellkom*, Eli. Reinhardt und Jakob wollten gerade *Plümenmöös* essen. Setz dich doch dazu.«

Keinen anderen Mann im Dorf hätte Lillian so ungezwungen an ihren Tisch eingeladen, aber Eli gehörte fast zur Familie. Mit einem breiten Grinsen dankte er ihr für die Einladung, ging schnell zum Tisch und setzte sich. Lillian füllte das kalte, fruchtige Mus in Schälchen und reichte sie herum. Dann wischte sie sich die Hände an ihrer Schürze ab und sagte: »Genießt euren Nachtisch. Ich gehe …« Sie bewegte sich zur Tür und winkte ihnen zu.

Mit vorgebeugten Oberkörpern begannen Eli und Reinhardt über die Reise zu sprechen, und Lillian schlüpfte nach draußen. Obwohl Henrik behauptet hatte, er wolle spazieren gehen, entdeckte sie ihn in der Nähe des Hauses. Er saß auf einer Bank am Rand des kleinen

Gartens im Halbschatten ihres *Kruschkje*-Baums, der gerade begann, seine Blüten abzuwerfen, und viele Früchte verhieß. Wer würde dieses Jahr ihre Birnen ernten?

Sie wandte ihre Aufmerksamkeit ihrem Sohn zu, verschränkte die Hände hinter dem Rücken und machte bewusst kleine Schritte in seine Richtung. Wenn er allein sein wollte, würde ihr gemächliches Näherkommen ihm ermöglichen, aufzustehen und sich zu entfernen. Aber er blieb, wo er war, die Ellbogen auf die Knie gestützt.

Als sie die Bank erreichte, deutete sie mit fragend erhobenen Augenbrauen auf den Platz neben ihm. Er nickte leicht. Sie setzte sich und legte ihre Hände in den Schoß.

Lillian blickte ihn von der Seite an. »Es wird nicht so schlimm, Henrik.« Sie wünschte sich so sehr, sie könnte die Falten von seiner jugendlichen Stirn wegstreichen. Aber er war kein kleiner Junge mehr, den man einfach so beruhigen konnte. »Und wer weiß? Wenn die Kundschafter zurückkehren, wird sich Familie Friesen vielleicht auch entscheiden, wie viele andere Dorfbewohner die Reise nach Amerika anzutreten.«

Henrik warf den Kopf herum und sah sie an. »Woher wusstest du, dass ich von Susie gesprochen habe, als ich sagte, ich wolle hierbleiben und heiraten?«

Ein Lächeln umspielte Lillians Lippen. Ach, diese Kinder – war ihnen nicht klar, wie viel eine Mutter ihnen am Gesicht ablesen konnte? »Ich habe es vermutet. Sie ist ein hübsches Mädchen und ich kann deine Zuneigung zu ihr gut verstehen.«

Henrik veränderte seine Haltung und sah starr vor sich hin. Die Abendsonne, die sich Richtung Horizont bewegte, verlieh seinem Gesicht einen rosigen Schimmer. »Familie Friesen hat keine Söhne. Sie haben keinen Grund, von hier wegzugehen.«

Lillian wusste, dass viele Familien mit volljährig werdenden Söhnen die Absicht hatten auszuwandern, um der Einberufung zum Militärdienst zu entfliehen. Andere Familien machten sich jedoch auch Sorgen über die Reformen der russischen Regierung, die den Mennoniten die seither ausgeübte Herrschaft über ihre eigenen Dörfer wegnahm. Gehörten die Friesens auch dazu? »Vielleicht kommen sie trotzdem nach Amerika.«

Henrik verzog die Lippen und machte ein finsteres Gesicht. »In zwei Jahren …«

»Zwei Jahre sind keine so lange Zeit.«

»Aber die Schule! Ich möchte die Schule zu Ende machen. Ich möchte Lehrer werden, kein Bauer. Vater sagt, dass wir alle in der Landwirtschaft werden arbeiten müssen, um zu überleben.«

Der Gedanke, dass Henrik auf den Feldern arbeiten, statt über seinen Büchern sitzen würde, verursachte Lillian echte Gewissensbisse. Er war immer ein Denker gewesen und es kam ihr schändlich vor, sein geistiges Talent so zu vergeuden.

»Und was ist, wenn unsere Dorfbewohner sich an einem anderen Ort niederlassen als dort, wohin Vater uns führt? Wie können wir sicher sein, dass wir die gleiche Gegend finden, die die Kundschafter für unsere Gemeinschaft aussuchen?«

Lillian konnte seine Einwände nicht entkräften. Sie wollte keine Versprechen geben, die sich vielleicht nicht halten ließen. Mit einem Seufzer ermahnte sie ihn sanft: »Es ist sinnlos, sich den Kopf über Dinge zu zerbrechen, die wir jetzt noch nicht wissen können, Henrik.«

Henrik stand auf und starrte sie an. Sie las in seinem Blick, dass er sich von ihr verraten fühlte. »Du stellst dich immer auf Vaters Seite. Ich weiß, dass du auch hierbleiben willst. Aber du gehst weg, weil Vater das will.«

Lillian sprang auf und nahm Henriks Hände. »Ich gehe, weil mir deine Sicherheit wichtig ist.«

»Meine Sicherheit!«, schnaubte Henrik. »Warum glauben alle, ich wäre solch ein *Tjint*, dass ich nicht einmal in einem Militärkrankenhaus Dienst tun kann, ohne zu Schaden zu kommen?«

Sie drückte seine Hände. »Niemand hält dich für ein Kind, Henrik. Und ich weiß, dass die Regierungsbeamten sagen, dass unsere jungen Männer in der medizinischen Pflege helfen können, anstatt Waffen zu tragen. Aber allein schon zusammen mit den russischen

Soldaten in der Kaserne zu sein … könnte dir schaden.« Lillian dachte nicht nur an körperlichen Schaden. Welchen Einflüssen wäre ihr Sohn mit seinem jungen, leicht zu beeinflussenden Geist ausgesetzt, wenn er nicht mehr zu Hause wäre und die Bindungen des Glaubens wegfielen?

Einen langen Moment presste Henrik die Lippen fest zusammen und starrte über den schattigen Hof. Schließlich sah er ihr in die Augen. »Aber du wünschst dir, wir könnten hierbleiben?«

»*Jo.*« Sie schluckte die Sehnsucht hinunter, die wie ein Kloß in ihrer Kehle saß und sie zu ersticken drohte. »Ich wünschte, wir könnten dableiben. Ich liebe Gnadenfeld und unser Haus, aber die Realität verändert sich nicht durch unsere Wünsche. Wenn wir bleiben, wirst du – und schließlich auch Joseph und Jakob – gezwungen werden, in der Armee zu dienen. Unser Gott gebietet uns, nicht zu töten. Wir können keine Organisation unterstützen, deren Aufgabe es ist, Leben auszulöschen. Auch wenn es uns schwerfällt, müssen wir an einem Ort neu anfangen, an dem wir frei leben können und nicht durch die Gesetze einer Regierung gebunden sind, die unsere Überzeugungen nicht respektiert.«

»Aber so weit weg, Mama? Müssen wir wirklich so weit weg?«

Seine qualvolle Frage weckte in Lillian den Wunsch, ihn in die Arme zu schließen und zu wiegen, bis sein Kummer verschwand, so wie früher, als er klein gewesen war. Aber Henrik war beinahe ein Mann. Eine Umarmung seiner Mutter würde den Schmerz nicht stillen, den er jetzt in sich trug. Sie drückte noch einmal seine Hände. »Ja, mein Sohn, wir müssen sehr weit weggehen.«

Henrik löste sich aus ihrem Griff. »Ich werde jetzt meinen Spaziergang machen.«

Lillian schaute ihm nach, wie er mit großen Schritten durch das Dämmerlicht schritt. Seine hängenden Schultern und sein gebeugter Kopf standen im Einklang mit dem düsteren Hintergrund der grauen Schatten und des dunkler werdenden Himmels. Lillian blinzelte ein paar Tränen weg, ließ sich auf die Bank nieder und senkte den Kopf.

Sie wünschte, sie könnte beten. Doch was würden diese Gebete nützen? Würde der Zar seine Meinung über den Militärdienst ändern? Würde Reinhardt seine Meinung über den bevorstehenden Aufbruch ändern? Nein. So behielt sie ihre Gebete und ihren Schmerz im Herzen und blieb auf der Bank sitzen, bis die langen Schatten sie von allen Seiten umgaben.

2

Eli holte die Fahrscheine aus seiner Jackentasche und legte sie in einer ordentlichen Reihe nebeneinander auf die von Hand geschliffene Tischplatte. »Hier sind sie – für eure ganze Familie und für mich. Wir werden am Morgen des fünften Juni in Hamburg auf die *Holsatia* gehen.«

Der kleine Jakob wand sich auf seinem Platz. »Ist auch ein Fahrschein für mich dabei, Onkel Eli?«

Reinhardt warf dem Jungen einen scharfen Blick zu. »Iss dein *Plümenmöös* und überlass den Erwachsenen das Reden.«

Jakob nahm seinen Löffel und aß schlürfend. Doch unerschrocken ging sein leuchtender Blick zwischen den beiden Männern hin und her, als sie ihr Gespräch fortsetzten.

»Es ist ein Handelsschiff, aber man hat Gänge in Schlafsäle umgebaut. Es gibt Schlafkojen, die am Abend an der Wand heruntergelassen werden und die man tagsüber zurückklappt, um Platz zu gewinnen. Die meisten Leute auf der Passagierliste sind Deutsche, also werden wir uns unterwegs mit den anderen Reisenden verständigen können.« Eli lachte leise und zwinkerte Jakob zu. »Wir können Hochdeutsch reden und so tun, als wären wir die ganze Zeit im Gottesdienst, *jo*?«

Der kleine Junge belohnte ihn mit einem Zahnlücken-Lächeln und Eli fuhr fort. »Weil es ein Handelsschiff ist, gibt es nur für die Besatzungsmitglieder Kabinen. Es war mir nicht möglich, eine Privatkabine für dich und Lillian zu bekommen. Wir werden alle in den Schlafsälen sein.«

»Kojen?« Reinhardt runzelte kurz die Stirn, doch dann schüttelte er den Kopf. »Es spielt keine Rolle. Wir werden nur etwas mehr als einen Monat auf dem Schiff verbringen. Wir können Kojen in Kauf nehmen, solange das bedeutet, dass wir nach Amerika kommen.«

Eli nickte. Die Vorstellung, den Schlafplatz mit Dutzenden anderer Menschen zu teilen, fand er auch nicht attraktiv. Da er allein lebte, war er an seine Privatsphäre gewöhnt. Aber er wollte sich nicht beklagen. Sagte ihm die Bibel nicht, er solle in jeder Lage zufrieden sein? Sicher gehörte da auch dazu, eine Koje auf einem Schiff zu akzeptieren.

»Das bedeutet, dass wir Anfang Juli ankommen, was uns genug Zeit gibt, nach Kansas weiterzureisen, eine Unterkunft zu bauen und den Boden zu bestellen, damit im Oktober gesät werden kann.« Einen Moment lang biss sich Eli besorgt auf die Unterlippe. Würde die amerikanische Erde ihren kräftigen Winterweizen genauso gut aufnehmen und ernähren, wie es die russischen Ebenen im vergangenen Jahrhundert getan hatten?

Der Gedanke an den Weizen erinnerte Eli an etwas anderes. Er stützte die Ellbogen auf den Tisch und beugte sich zu Jakob vor. »Jakob, könntest du mir morgen helfen?«

Jakob hielt mit dem Löffel in seiner Faust inne. »Dir helfen?«

Elis Wangen zuckten. Am liebsten hätte er über Jakobs Eifer gelächelt, aber er zwang sich zu einem gelassenen Gesichtsausdruck. »*Jo*. Ich habe eine sehr wichtige Aufgabe für dich. Meinst du, du bist groß genug dafür?«

Jakob setzte sich gerade hin, straffte die mageren Schultern und hob das Kinn. »Ich bin groß genug!«

Eli unterdrückte ein glucksendes Lachen und nickte. »Gut. Das habe ich gehofft. Komm morgen zu meinem Haus. Du kannst mir helfen, die allerbesten Weizenkörner für die Reise nach Amerika herauszusuchen.«

Die Schultern des Jungen sanken herab. »Weizenkörner heraussuchen? Das ist nicht wichtig.«

Eli hob die Augenbrauen und starrte Jakob an. »Nicht wichtig? Im Gegenteil, es ist die wichtigste Aufgabe, die es gibt! Unsere guten, starken Weizenkörner, die sogar unter dem Schnee und im harten Boden von Russland wachsen, kennen die amerikanische Erde nicht. Wir wollen Amerika zeigen, was für einen guten Weizen wir anbauen – den besten Weizen! Deshalb müssen wir die allerallerbesten Körner mitnehmen, um sie im neuen Land auszusäen. Nur die Körner, die hellrot und hart wie kleine Steine sind, werden stark genug für die Reise sein.«

Während Eli sprach, wurden Jakobs Augen immer größer.

Eli winkte mit der Hand ab. »Aber wenn du nicht glaubst, dass du gute Körner aussuchen kannst, dann –«

»Ich kann das!«

Der Junge hopste auf seinem Platz auf und ab. »Ich kann das, Onkel Eli. Wirklich!«

Eli und Reinhardt tauschten ein schnelles Lächeln. »Ich wusste, dass ich mich auf dich verlassen kann, Jakob. Warte nur, bis Amerika sieht, was für feinen Weizen wir mitbringen. Das Land wird froh sein, dass wir gekommen sind.«

»Und jetzt« – Reinhardt legte seine Hand auf Jakobs Schulter – »geh und wasch dein Gesicht und schlüpf in dein Bett. Wenn du eine so wichtige Arbeit vor dir hast, brauchst du deinen Schlaf.«

Jakob hüpfte von seinem Stuhl und rannte zur Treppe in der Ecke des Esszimmers. Seine dröhnenden Schritte erschütterten das Dachgebälk.

Eli stieß ein Lachen aus. »Der wird nie etwas auf die lange Bank schieben.«

Reinhardt schüttelte den Kopf. »Du wirst morgen alle Hände voll zu tun haben mit ihm. Aber danke, dass du ihn beschäftigst. Lillian wird morgen eine Menge erledigen können, wenn er nicht ständig im Weg ist.«

»Er wird mir eine große Hilfe sein«, sagte Eli voller Überzeugung. »Ich verlasse mich darauf, dass er die robustesten Körner für den Transport heraussucht.«

Reinhardt schnaubte ungläubig, widersprach aber nicht. »Gibt es Beschränkungen, wie viel Gepäck wir auf dem Schiff haben dürfen? Ich weiß, dass Lillian gern unsere Gänsedaunenmatratze und das Porzellangeschirr von ihrer Mutter mitnehmen würde, aber dafür brauchen wir eine zweite große Truhe.«

Eli betrachtete den handgefertigten Geschirrschrank, in dem das weiße, mit Rosen verzierte Geschirr untergebracht war. In seiner eigenen Truhe würde es kein hübsches Geschirr geben, und einen Moment lang wurde ihm schmerzlich bewusst, dass in seinem Leben etwas fehlte. Besonderes Geschirr brauchte er nicht. Aber wie wäre es wohl, eine Frau zu haben, die einen Sinn für solche Dinge hatte?

»Jeder Reisende darf eine Truhe mitnehmen.« Eli zeichnete mit dem Finger vier Striche auf den Tisch und strich die Reihe dann durch. »Deine Familie darf also fünf Truhen haben. Wird das ausreichen?«

»Das muss es wohl.«

Die Haustür öffnete sich und Lillian kam herein. Sie brachte die abendlichen Gerüche mit ins Haus. Ihre Wangen waren gerötet und Eli fragte sich einen Moment lang, ob sie verstimmt war oder ob die Nachtluft die Farbe hervorgerufen hatte. Sie kam direkt zum Tisch und räumte die Dessertschälchen und die Löffel weg. Reinhardt beachtete sie kaum, als sie geschäftig zum großen *Spoaheat*, dem Backsteinherd in der Küchenecke, eilte und Wasser aus dem Vorratsbehälter in eine Waschschüssel goss.

Eli nahm die knarrenden Fußtritte der Jungen auf dem Dachboden über ihnen wahr, das sanfte Plätschern des Wassers, begleitet vom Klirren des Geschirrs in der Waschschüssel, sowie Lillians leises Summen, während sie ihren abendlichen Pflichten nachging. All das unterschied sich sehr von der Stille seines kleinen Hauses am Rand des Dorfes. Eine Welle der Sehnsucht ergriff ihn. Diese Geräusche bedeuteten Familienleben – etwas, das er seit seiner Kindheit nicht mehr wirklich erlebt hatte. Er war bereits achtunddreißig – ein alter Mann. Würde Gott ihn jemals mit einer Familie segnen? Oder würde er immer nur am Leben seines Pflegebruders Reinhardt teilhaben?

Auf der anderen Seite des Tisches stieß Reinhardt einen tiefen Seufzer aus. »Dass jeder Reisende eine Truhe mitnehmen darf, ist gut zu wissen. Ich bin erleichtert, dass wir nicht auf eine Truhe pro Familie begrenzt sind. Sonst könnten wir kaum unsere Kleidung unterbringen. Wir brauchen mein Schusterwerkzeug und die wichtigsten Haushaltsgeräte, um neu anzufangen. Dazu noch ein paar Erbstücke, um dem neuen Land etwas Heimatliches zu geben, da wir unsere Möbel nicht mitnehmen können.«

Lillian warf ihm über die Schulter einen Blick zu. »Hast du *Öömtje* Hildebrandt heute besucht und ihn gefragt, ob er noch mehr Truhen zu verkaufen hat?«

»Er stellt extra eine für uns her, die größer als seine üblichen Vorratstruhen ist.« Reinhardt lachte leise. »Er kann jetzt ein ganz neues Geschäft anfangen, indem er Reisetruhen für unsere Leute baut. Hildebrandt meint, dass mindestens die Hälfte des Dorfes aufbrechen will, sobald die Kundschafter zurückkehren.«

Lillian lächelte Reinhardt zu und drehte sich dann wieder zur Waschschüssel um. Die Zärtlichkeit in ihrem Blick gab Eli das Gefühl, ein Eindringling zu sein. Er stand abrupt auf. »*Nä-jo* – in Ordnung, es ist spät und wir alle haben morgen viel Arbeit vor uns. Ich werde jetzt gehen. Lillian …« Er wartete, bis sie sich umdrehte und seinen Blick erwiderte. »Danke für das *Plümenmöös*. Es war *en gööda schmack*.«

Nickend und lächelnd nahm sie das Kompliment entgegen.

Eli schritt zur Tür und setzte seinen Hut auf. »Schickt Jakob auch wirklich früh zu mir herüber. Es wird den größten Teil des Tages in Anspruch nehmen, einen Beutel mit ausgewählten Körnern zu füllen.« Er trat in die Nacht hinaus, ohne eine Erwiderung abzuwarten.

Eli verbarg ein Lächeln, als der kleine Jakob seinen Strohhut abnahm, sich mit der Hand über die Stirn wischte und dabei eine Schmutzspur hinterließ. Sein Bubengesicht verzog sich zu einer mürrischen Miene. »Onkel Eli, ich bin müde. Können wir jetzt aufhören?«

Der sonst so energiegeladene Junge sah erschöpft aus, nachdem er den ganzen Morgen lang Samen sortiert hatte. Elis Gesicht nahm einen ernsten Ausdruck an. Er zeigte auf den Leinensack, der am Ende der Werkbank hing. »Ist der Beutel voll?«

Jakob neigte den Kopf und untersuchte den Beutel sorgfältig. »Der untere Teil schon.«

Eli musste zwei Mal schlucken, um nicht laut zu lachen. »Aber bis der obere Teil auch voll ist, können wir nicht aufhören. Wir brauchen einen Beutel, der bis zum Rand mit ausgewählten Körnern, die wir dann in Amerika säen, gefüllt ist.«

Jakob stöhnte, aber er beugte sich wieder über den Eimer mit den Körnern und schaufelte eine weitere Handvoll heraus. Hoch konzentriert runzelte er die Stirn, pickte Samen aus seiner hohlen Hand und ließ ein paar in den Beutel fallen. »Onkel Eli, wie sieht Amerika aus?«

Ohne aufzusehen, antwortete Eli: »Ich war noch nicht in Amerika, deshalb kann ich es dir nicht sagen. Aber wenn Gott das Land geschaffen hat – und wir wissen, dass er das getan hat –, ist es sicher ein wunderschöner Ort.«

»Werden wir also dort *gööt* leben können?«

Eli hob seinen Blick vom Eimer mit den Körnern und richtete ihn auf Jakob. Die Sorge in den Augen des Jungen weckte sein Mitgefühl. »Ganz bestimmt.«

»Warum ist Henrik dann so wütend?« Tränen sammelten sich in Jakobs blauen Augen. »Er will hierbleiben und überhaupt nicht nach Amerika gehen. Er und Papa haben sich gestern Abend angeschrien. Als Henrik ins Bett kam, war sein Gesicht ganz rot.«

Sanft tätschelte Eli Jakobs Kinn. »Henrik wird sich wieder beruhigen. Er ist einfach gewöhnt, hier zu leben, und hat *Schrakj* vor dem Abschied.«

Der Junge riss die Augen weit auf. Eine Träne fiel von seinen Wimpern herab und rollte über seine runde Wange. »*Henrik* hat Angst? Aber er ist fast erwachsen!«

Eli lachte glucksend über Jakobs Entrüstung. »Selbst Erwachsene fürchten sich manchmal, Jakob.«

»Auch du und Papa?« Jakobs Mund stand weit offen.

Eli legte die Hand an das Kinn des Jungen und schloss ihm sanft den Mund. »Sogar dein Papa und ich. An einem unbekannten Ort neu anzufangen, ist beängstigend. Es ist keine Schande, Angst zu haben. Aber wir dürfen nicht erlauben, dass die Angst uns davon abhält, das Richtige zu tun …« Eli richtete einen Finger auf den Jungen, um seine Worte zu unterstreichen. »*Das* dürfen wir nicht tun, denn es bedeutet, dass wir Gott nicht zutrauen, für uns zu sorgen.«

Jakob legte den Kopf zurück und sah zu Eli hoch. »Nach Amerika zu gehen, ist also richtig?«

Eli nickte. »Ja, das glaube ich. Die Bibel lehrt uns, dass wir nicht töten dürfen. Soldaten töten aber. Sie tun es im Kampf, doch es ist trotzdem Töten. Unsere Leute dürfen Gottes Wort nicht missachten und sich an diesem Töten beteiligen. Deshalb müssen wir weggehen, selbst wenn wir Angst davor haben, unser Zuhause zu verlassen und an einen neuen Ort aufzubrechen.«

Ganz langsam hob und senkte Jakob nickend den Kopf. »Ich kann das.« Mit den Fingerspitzen wischte er sich die Nässe von den Wangen. »Und ich werde mutig und nicht ängstlich sein.«

»Gut für dich.« Eli zeigte auf den Eimer. »Und jetzt komm, versuchen wir, unseren Sack ein paar weitere Zentimeter zu füllen, bevor wir eine Mittagspause machen.«

Jakob beugte sich vor, um mit seiner Aufgabe fortzufahren. Eine Stunde später machten sie eine Pause und genossen ein Mittagsmahl aus Brot, Käse und sauer eingelegten Birnen. Jakob aß genauso viel wie Eli, und sein voller Magen hatte zur Folge, dass er ständig gähnen musste, was Eli nicht ignorieren konnte. Schließlich bettete er den Jungen in einer Ecke der Scheune auf einen Haufen leerer Leinensäcke und erlaubte ihm, ein Mittagsschläfchen zu machen, während er den Rest des Körnerbeutels selbst füllte.

Während er arbeitete, schaute er gelegentlich zu dem schlafenden Kind hinüber. Jedes Mal umspielte ein liebevolles Lächeln seinen Mund. Schlafend sah Jakob so unschuldig aus.

Die väterlichen Gefühle, die sein Herz bewegten, überraschten Eli nicht – im Lauf der Jahre hatte er für Reinhardts Söhne oft so empfunden. Aber jetzt waren sie stärker als sonst, seit er wusste, dass Reinhardts Familie und er zusammen über den Ozean reisen und sich in einem neuen Land niederlassen würden. Sie würden voneinander abhängig sein.

Wenn Henrik in seiner rebellischen Haltung verharrte, würde sich Reinhardts Aufmerksamkeit sicher sehr stark auf ihn ausrichten. Die jüngeren Söhne würden jemand brauchen, der sich um sie kümmerte. Eli war gern bereit, diese Aufgabe zu übernehmen. Seufzend hob er die Schultern. So sehr er Reinhardts Jungen liebte, fragte er sich doch, ob er jemals die Gelegenheit haben würde, eigene Kinder aufzuziehen.

Er war als Waise aufgewachsen. Familie Vogt hatte ihn aufgenommen, aber er hatte nie wirklich dazugehört. So spürte er ein tiefes Bedürfnis, eine Familie zu haben. Seine eigene Familie. Bis jetzt hatte Gott ihm dieses Geschenk verwehrt. Wenn er nun das Dorf zugunsten des ungezähmten Lands in Amerika verließ, würde es vermutlich noch Jahre dauern, bis sich seine Sehnsucht erfüllte … falls überhaupt.

Jakob schniefte im Schlaf, rieb sich mit der Faust unter der Nase, bevor er sich zur Seite drehte und sich zu einer Kugel zusammenrollte. Wieder betrachtete Eli den Jungen lächelnd. Im Moment genügte es ihm, seinen Teil zur Erziehung der Söhne seines Pflegebruders beizutragen. *Aber, Herr, eines Tages …?*

3

Lillian stand schweigend neben dem Wagen. Sechs gut gefüllte Truhen ruhten auf der Ladefläche. Joseph, Henrik und Jakob saßen auf den handgemachten hölzernen Kästen. Jakobs aufrechte Haltung war ein Zeichen seiner Ungeduld, aber Henrik und Joseph ließen die Schultern hängen, als hätten sie eine schwere Last zu tragen.

Reinhardt saß abfahrbereit auf der Sitzbank, die Zügel fest in der Hand, die Schultern straff. Aber Lillian blieb auf der festgestampften erdigen Straße ihres geliebten Gnadenfelds stehen und spähte durch den frühen Morgennebel auf das Gebäude, das in den vergangenen zwanzig Jahren ihr Zuhause gewesen war.

Ein einfaches Haus, erbaut aus von Mennoniten gebrannten Lehmziegeln, mit einem Strohdach, fast identisch mit allen anderen in der Straße. Doch es war *ihr* Haus. Als sie es so im sanften rosigen Schimmer der Morgendämmerung betrachtete, während am blassgrauen Himmel über ihnen weiße Flecken sichtbar wurden, wurde sie von Erinnerungen überflutet, denen sie Raum geben musste, bevor sie sich umdrehen und wegfahren konnte.

Wie viele Mahlzeiten hatte sie am gemauerten Herd zubereitet? Der Tisch, auf dem diese Mahlzeiten serviert worden waren, blieb leer im Haus zurück. Zumindest das Geschirr ging mit auf die Reise – es lag jetzt in einer der Truhen, sicher verpackt zwischen Lagen von Kleidern und Bettwäsche.

Lillian schloss einen Moment lang die Augen und hatte Bilder aus ihren Jahren in dem kleinen Haus vor sich. Sie konnte jeden ihrer Söhne sehen, wie er in dem hohen Holzstuhl saß und seinen Babymund für einen Löffel Brei weit aufriss. In Gedanken stieg sie die winzige Treppe zum Dachboden hinauf, wo erst ein Bett, dann zwei und schließlich drei in einer ordentlichen Reihe standen. Ein Lächeln umspielte ihre Lippen, als sie sich erinnerte, wie sie sich vorgebeugt und die warmen Wangen sanft geküsst hatte, bevor sie ein Abendgebet mit den Jungen gesprochen hatte.

In diesem Haus war Henrik zum Mann herangewachsen. Alle drei Söhne waren in dem Federbett zur Welt gekommen, das in der äußersten Ecke des Wohnraums untergebracht war. Wie konnte sie es über sich bringen, dieses Haus voller Erinnerungen zu verlassen? Sie spürte ein Brennen in der Nase und kniff die Augen noch fester zu, um die Tränen zurückzuhalten, die hinter den Lidern drückten.

»Lillian?«

Reinhardts Stimme veranlasste sie, die Augen schnell zu öffnen. Sie wandte sich langsam um und sah zu ihm hoch.

»Wir müssen jetzt aufbrechen. Es ist eine weite Reise nach Hamburg. Wenn wir nicht rechtzeitig ankommen, verpassen wir unser Schiff.« Er streckte ihr seine Hand entgegen. »Komm.«

Lillian holte tief Luft und ließ ihren aufmerksamen Blick ein letztes Mal über Haus und Garten wandern, bevor sie Reinhardts Hand ergriff. Als sie auf der Sitzbank saß, wandte sie sich mit einem zittrigen Lächeln zu ihren Söhnen um. »*Nä-jo*, jetzt geht's los.«

Jakob hüpfte auf und ab und klatschte in die Hände, aber Henrik wandte sich mit mürrischer Miene ab. Joseph begegnete ihrem Blick, aber sein Gesicht zeigte einen leeren, emotionslosen Ausdruck. Irgendwie war Josephs fehlende Reaktion schwerer zu ertragen als Henriks unverhohlener Verdruss.

Sie sah zu Reinhardt und flüsterte: »Ich bin bereit.«

Sie hielt den über ihren Schultern liegenden Schal fest, als der Wagen sich mit einem Ruck in Bewegung setzte. Sie wusste nicht, ob sie traurig oder erleichtert darüber sein sollte, dass sie nicht durch die Dorfmitte fuhren, wo sie ein letztes Mal den gepflegten Marktplatz und ihre geliebte Kirche sehen würde, in der sie ihre Gottesdienste gefeiert hatten. Stattdessen konzentrierte sie sich auf die hin und her schwingenden Schweife von Elis Pferdegespann, das den Wagen zog. Eli ritt auf einem dritten Pferd neben dem Wagen her. Ein viertes Tier trabte hinter dem Wagen her und bewegte den Kopf an dem einengenden Strick auf und ab.

Eli hoffte, dass er die Pferde in Hamburg verkaufen könnte, bevor sie das Schiff bestiegen, denn auf dem Schiff waren keine Tiere erlaubt. Beim Gedanken, was sie alles zurückließen, tat Lillian das Herz weh. Zuverlässige Tiere, schöne Möbel, lebenslange Freunde … Aber wenigstens, so tröstete sie sich, würden viele der Freunde nachkommen, sobald die Kundschafter mit ihrem Bericht zurückgekehrt waren.

Lieber Gott, zieh du vor uns her. Führe uns zu dem Platz, den du für uns ausgesucht hast.

Sie legte ihre Hand auf Reinhardts Arm. »Hast du schon entschieden, wo unser neues Zuhause sein soll?«

Reinhardt zog die Zügel nach links und führte die Pferde um eine tiefe Furche in der Straße herum. »Der eine Brief, der von den Kundschaftern kam, sprach von Grundstücken an der Eisenbahnlinie, die für einen guten Preis in Kansas zum Verkauf stehen. Laut dem Brief ähneln die Prärien den russischen *Steppes* und wären dem hohen Gras nach zu urteilen für die Landwirtschaft geeignet. Deshalb haben Eli und ich beschlossen, uns danach zu erkundigen, wenn wir in New York ankommen. Wenn noch Land zu haben ist, werden wir uns in Kansas ein neues Zuhause aufbauen.«

»Kansas …« Lillian ließ sich das Wort auf der Zunge zergehen. Sie versuchte sich vorzustellen, wie ein Ort, der Kansas hieß, aussehen könnte. Doch ihr Kopf war zu voll mit dem Anblick ihres vertrauten Heimatlandes.

Jakob stand hinter dem Fahrersitz und hielt sich mit den Händen an den Schultern seiner Eltern fest. »Mama, Onkel Eli hat gesagt, dass Amerika ein gutes Land sein wird, weil Gott es gemacht hat. Wenn Kansas in Amerika ist, dann bedeutet das, dass Kansas auch ein gutes Land ist, oder?«

Lillian tätschelte Jakobs Hand. »Ich bin sicher, du hast recht, Jakob. Aber jetzt setz dich wieder hin. Die Straße ist holprig und ich möchte nicht, dass du von der Ladefläche hüpfst.«

Jakob lachte. »Ich hüpfe gern!«

»Setz dich hin, Jakob.«

Der leise ausgesprochene Befehl seines Vaters brachte Jakob dazu, wieder auf eine Truhe zu sinken. Aber er drehte sich hin und her und spähte an den Köpfen seiner Eltern vorbei, um die Straße, die vor ihnen lag, im Blick zu haben.

Hinter ihm unterhielten sich Henrik und Joseph mit leiser Stimme, Eli pfiff eine klanglose Melodie. Lillian nahm wahr, was ihre Reisegefährten taten, doch gleichzeitig fühlte sie sich auf seltsame Weise von ihnen entfernt. Sie ließ ihren Blick über die Gegend schweifen, während sie reisten. Sie wusste, dass sie dies alles zum letzten Mal sah, und fand jede Einzelheit des Bodens, des Himmels und selbst der offenen Fläche dazwischen bedeutsam.

Die mennonitischen Weizenfelder, deren robuster Winterweizen erst vor einem Monat geerntet worden war, bestanden nun nur noch aus Stoppeln, statt aus wogenden reifen Weizenähren. Die Stoppeln gewährten einen Blick über die hügelige Landschaft und Lillian konnte beobachten, wie die Sonne am immer heller werdenden Himmel höher stieg. Der feurige Ball schien beim Aufsteigen zu schrumpfen, die Hitze dagegen nahm im Lauf des Morgens ständig zu. Es dauerte nicht lang, bis sie ihren Schal ablegte und sich die Krempe ihres Huts weiter ins Gesicht zog, um ihre Augen vor dem Licht zu schützen.

Sie passierten kleine Dörfer und größere Städte, bewegten sich auf gewundenen Straßen fort, wo andere Reisende in weniger vollgepackten Wagen an ihnen vorbeizogen und hinter einer Kurve verschwanden. Als die Sonne schließlich direkt über ihnen stand, klangen die Huftritte der Pferde eher müde als flott. Das murmelnde Geplauder der Jungen war längst verstummt. Ein Blick nach hinten zeigte ihr, dass alle drei Jungen vor sich hindösten. Jakob lag längs über einer Truhe und Henrik und Joseph war das Kinn auf die Brust gesunken.

Lillian berührte Reinhardt am Ärmel. »Können wir nicht anhalten und etwas essen und trinken? Es würde uns allen guttun, uns die Füße ein wenig zu vertreten.«

Reinhardt nahm beide Zügel in eine Hand und nutzte die freie

Hand, um seine goldene Uhr aus der versteckten Jackentasche zu ziehen. Er sah mit finsterem Blick auf das Zifferblatt, schaute zum Himmel hoch und ließ die Uhr wieder in die Tasche gleiten, bevor er an den Zügeln zog. »Brr.«

Schnaubend und heftig mit den Köpfen nickend kamen die Pferde zum Stehen. Eli lenkte sein Pferd neben die Sitzbank und hielt an.

»Lillian meint, wir sollten etwas essen und trinken«, erklärte Reinhardt.

Eli grinste. »Ich habe nichts gegen Lillians Vorschlag einzuwenden.«

Die Jungen richteten sich auf und alle kletterten aus dem Wagen. Joseph und Jakob jagten sich im Kreis, während Lillian Käsebrote, gedörrte Früchte und einen Krug Wasser aus einem geflochtenen Korb holte. Reinhardt sprach einen Segen und dann setzten sie sich am Straßenrand ins Gras. Sie stillten schweigend ihren Hunger, während ein leichter Wind ihre verschwitzte Stirn trocknete und Vögel aus einem Busch lärmend schimpften.

Als sie fertig waren, tippte Jakob an Reinhardts Schulter. »Sind wir schon in Deutschland, Papa?«

Reinhardt kratzte sich am Kinn und schüttelte den Kopf. »*Nä*, mein Sohn. Noch nicht. Aber wenn die Sterne sich morgen am Himmel zeigen, dann werden wir dort sein.«

Jakob seufzte tief auf. »Ich habe genug davon, auf der Truhe zu sitzen. Mein Hinterteil tut mir weh.«

Mit einem leisen Glucksen sagte Reinhardt warnend: »Trotzdem wirst du jetzt wieder auf den Wagen steigen oder dein Hinterteil tut dir aus einem anderen Grund weh.«

Ohne ein weiteres Wort der Beschwerde kletterte Jakob über die Seitenwand in den Wagen. Joseph und Henrik folgten ihm etwas langsamer. Selbst Lillian zögerte, ihren Platz wieder einzunehmen. Ihre Hüften fühlten sich steif an von der langen Fahrt, und es war keine Verlockung, sich hinzusetzen. Sie stellte sich auf die Zehenspitzen, um Reinhardt ins Ohr zu flüstern. »Können die Jungen und ich eine Weile lang hinter dem Wagen hergehen?«

Er zog die Brauen zusammen und runzelte die Stirn. Lillian war überzeugt davon, dass er ihr die Bitte abschlagen würde. Aber dann bildeten sich kleine Fältchen um seine Augen, als er sanft lächelte. Er beugte sich vor und sprach mit leiser Stimme, die nur für ihre Ohren bestimmt war: »Tut dir auch das Hinterteil weh?«

Kichernd senkte sie die Schultern und prüfte mit einem schnellen Seitenblick, ob Eli es gehört hatte. Doch er rieb die Schnauze seines Pferdes und hatte nichts mitbekommen. »*Jo.*«

Reinhardt klatschte einmal in die Hände. »Jungs, eure Mutter möchte zu Fuß gehen. Wollt ihr euch anschließen?«

Mit einem freudigen Schrei sprang Jakob vom Wagen und stellte sich neben sie. Auch die beiden älteren Jungen hüpften herunter. Lillian nahm Jakob an der Hand und lächelte jeden ihrer Söhne an. »Während wir gehen, können wir singen. Dann vergeht die Zeit schneller.«

Reinhardt ließ die Zügel auf die Rücken der Pferde fallen und der Wagen rollte vorwärts. Lillian und die Jungen setzten sich ebenfalls in Bewegung. Sie hob das Kinn und begann zu singen: »Nun danket alle Gott …«

Eli unterdrückte ein Gähnen, während er darauf wartete, dass Reinhardt wieder aus dem Gasthaus auftauchte. Es hätte ihm nichts ausgemacht, im Stall bei den Pferden zu schlafen. Aber er wusste, dass Lillian für ihre letzte Nacht auf dieser Seite des Ozeans ein Bett vorzog. Sie waren alle staubig und von der Reise gezeichnet und wüssten es zu schätzen, wenn sie ein Bad nehmen und ihre Kleider wechseln könnten. Lillian hegte sogar die Hoffnung, sie würde die Kleider auswaschen können, die sie während ihrer viertägigen Reise getragen hatten, bevor sie sie in eine der Truhen packte.

»Eli?«

Eli wandte sich zu Lillian um. Unter ihren dunklen Augen zeichneten sich purpurne Schatten der Müdigkeit ab.

»Glaubst du, Reinhardt wird drei Zimmer bekommen? Die Stadt ist so überfüllt.«

Eli ließ den Blick über die geschäftige Straße wandern, bevor er sich wieder zu ihr umdrehte. »Wenn es nicht in diesem Gasthaus klappt, finden wir sicher irgendwo anders eines mit drei freien Zimmern. Es gibt mehrere Gasthöfe entlang der Straße.«

Die Jungen blieben hinten auf dem Wagen, wie Reinhardt sie angewiesen hatte, aber sie hoben alle drei die Köpfe und blickten mit großen Augen die Straße hinauf und hinunter. Eli nahm an, dass es ihnen gefallen würde, die Stadt zu erkunden. Mit seinen betriebsamen Straßen, den hohen Geschäftshäusern, die dicht nebeneinanderstanden, und den lauten Straßenverkäufern musste Hamburg Neugier wecken, wenn man bis jetzt sein ganzes Leben in einem winzigen Dorf wie Gnadenfeld verbracht hatte. Der Gehorsam hielt die Jungen jedoch an Ort und Stelle. Eli nickte Joseph anerkennend zu, als sich ihre Blicke trafen.

Reinhardt trat mit hängenden Schultern aus dem Gebäude. Er legte seine Arme auf die Seitenwand des Wagens und schenkte Lillian ein schwaches Lächeln. »Wir haben drei Zimmer. Und der Gastwirt hat gesagt, er wird es uns ermöglichen, dass jeder ein Bad nehmen kann. Das kostet allerdings extra.«

»Es lohnt sich, dafür extra zu zahlen.« Lillian kräuselte die Nase. »Wir riechen alle so furchtbar, dass der Kapitän uns womöglich nicht an Bord lassen würde.«

»Wenn wir Fahrkarten haben, können wir auch an Bord.« Reinhardt wandte sich an Eli. »In der nächsten Straße gibt es eine Pferdestation. Der Gastwirt sagt, der Inhaber hätte vielleicht Interesse daran, deine Pferde zu kaufen. Laden wir doch unsere Truhen ab und bringen Lillian und die Jungen in die Zimmer, dann können wir zu ihm gehen und mit ihm reden.«

Eli nickte und schwang sich aus dem Sattel. Er band die Zügel des Pferdes an ein Wagenrad, und dann trugen er, Reinhardt und die beiden älteren Jungen die Truhen in das Gasthaus. Die Zimmer waren einfach, aber sauber, mit dick gefüllten Federmatratzen auf den Betten. Elis schmerzenden Körper ging es gleich viel besser, wenn er daran dachte, dass er in der letzten Nacht vor der Schiffsreise den Luxus eines bequemen Bettes genießen würde.

Bevor sie das Zimmer verließen, in dem die beiden älteren Jungen schlafen würden, zeigte Reinhardt streng in ihre Richtung. »Ihr bleibt hier, bis Eli und ich zurückkommen. Nehmt euer Bad und zieht euch frische Kleider an. Dann dürft ihr das Zimmer eurer Mutter besuchen. Aber verlasst das Gasthaus nicht. Heute Abend werden wir alle gemeinsam zum Essen gehen, aber ich will nicht, dass ihr durch die Stadt schlendert.«

Joseph und Henrik wechselten einen kurzen enttäuschten Blick miteinander, aber sie nickten.

Eli folgte Reinhardt zum Wagen und band die Zügel vom Rad. Während er ritt, klopfte er immer wieder an den seidig glänzenden Hals des Tieres. Er musste die Pferde verkaufen. – Sie konnten nicht mitkommen und er brauchte das Geld für die vielen Ausgaben, die sie in Amerika haben würden. Doch er konnte nicht leugnen, dass er sich lieber nicht von seinen Tieren getrennt hätte. Auf seinem einsamen Hof waren sie nicht nur treue Diener, sondern auch gute Kameraden gewesen. Es schmerzte ihn, sie bei Fremden zurückzulassen.

Nach einer gründlichen Untersuchung von Kopf bis Fuß machte der Besitzer des Stalls Eli ein faires Angebot. Schweren Herzens nahm Eli die Bezahlung entgegen. Er streichelte die Schnauze jedes Tieres ein letztes Mal, bevor er sich umdrehte und die Pferdestation verließ.

Als sie die geschäftige Straße hinuntergingen, klopfte Reinhardt Eli auf den Rücken. »*Nä-jo*, es ist Zeit für ein Bad, ein Abendessen und einen guten Nachtschlaf. Morgen reisen wir ab.«

Trotz der Schwierigkeiten der vergangenen Tage und der Herausforderungen, die auf sie warteten, spürte Eli einen kleinen Funken Vorfreude. Morgen würden sie abreisen. *Gott, was hältst du für uns in Amerika wohl bereit?*

4

Lillian hielt Jakob gut an der Hand fest und beobachtete, wie die Gepäckträger die Truhen ihrer Familie über die hölzernen Planken aufs Schiff schleppten. Die Männer hatten versprochen, die Truhen unter den ihnen zugewiesenen Kojen abzustellen. Ihr blieb nichts anderes übrig, als ihnen zu vertrauen.

Sie wurde von den Menschen, die darauf warteten, an Bord gehen zu können, herumgestoßen. Lillian zog Jakob dicht an sich, um ihn zu beschützen. Ihr Blick fiel auf Joseph und sie ermahnte ihn: »Bleib in der Nähe. Wir wollen dich nicht auch noch verlieren.« Der Junge trat einen Schritt näher an ihre Schulter heran.

So viel Geschäftigkeit! Ihr Herz klopfte ängstlich, während sie das Gewimmel auf dem hölzernen Pier mit den Augen absuchte. Irgendwo waren Reinhardt und Eli auf der Suche nach Henrik. Von Henrik hätte man es am wenigsten erwarten sollen, dass er davonspazierte. Doch vor wenigen Augenblicken hatte Joseph gefragt: »Wo ist Henrik?« Und sie hatten festgestellt, dass er nicht mehr bei ihnen stand. Aus tiefstem Herzen schickte sie ein Gebet zum Himmel: *Gott, beschütze ihn und bring ihn zu uns zurück!*

Jakob zog an ihrem Rock. »Mama, die Leute steigen auf das Schiff! Gehen wir auch auf das Schiff?«

Beim Anblick der unzähligen Menschen, die sich einer nach dem anderen über den schmalen Landungssteg nach oben bewegten, fühlte sich Lillians Mund wie ausgetrocknet an. Sollte sie sich mit Joseph und Jakob anstellen? Sie hatten ihre Fahrkarten – sie könnten an Bord gehen und auf dem Schiff auf Reinhardt und die anderen warten.

Joseph schaute Jakob finster an. »Wir können nicht an Bord gehen, bevor Vater kommt. Was, wenn sie den Steg schließen und wir ohne Vater und Henrik auf dem Schiff sind? Wir wollen doch nicht ohne sie abreisen!«

Lillian bedankte sich murmelnd für Josephs vernünftige Antwort. Natürlich mussten sie warten. Aber Jakob zerrte weiter an ihr. Er konnte es nicht abwarten, den Landungssteg zu überqueren und aufs Schiff zu kommen. Sie schüttelte ihn an der Schulter. »Bleib ruhig stehen, Jakob! Wir werden nicht an Bord gehen, bevor unsere ganze Familie beieinander ist.«

Jakob schob die Unterlippe vor und verschränkte die Arme vor der Brust, aber er hörte auf zu zappeln. Die auf und ab tanzenden Köpfe der Passanten versperrten ihr die Sicht, aber Lillian suchte weiterhin die Menge nach Reinhardt und Eli ab. Gerade, als sich ihr Magen durch die aufsteigende Panik zu verkrampfen drohte, entdeckte sie Reinhardts vertrauten schwarzen Hut. Sie stellte sich auf die Zehenspitzen und erkannte voller Erleichterung, dass er Henrik am Jackenkragen vor sich herschob. Eli folgte ihnen auf den Fersen.

Sie drückte Jakob in Josephs Hände. »Joseph, behalte Jakob bei dir und bleib genau hier. Rühr dich nicht von der Stelle!« Sie bahnte sich einen Weg durch die Menge, um ihren Mann und ihren ältesten Sohn in der Mitte des Piers zu treffen. »O Henrik!« Obwohl er fest in Reinhardts Griff gefangen war, umarmte sie ihn. »Was für einen Schrecken du mir eingejagt hast! Wie bist du nur von uns getrennt worden?«

Reinhardt riss so heftig an Henriks Jacke, dass dieser aus Lillians Armen gezogen wurde. »Na los, sag deiner Mutter, wie es kam, dass du von uns getrennt worden bist!«

Trotz des väterlichen Befehls presste Henrik die Lippen fest aufeinander und sah schweigend zur Seite.

Röte stieg in Reinhardts Gesicht auf. »Er hat es absichtlich getan. Er wollte nach Gnadenfeld zurückkehren.« Er ließ Henrik mit einem Ruck los, sodass dessen Jacke verrutschte. »*Onndankboa Benjel, dü.*«

Henriks Wangen überzogen sich mit roten Flecken, als er sich mit einer schnellen Bewegung zu seinem Vater umwandte. »Du nennst mich einen undankbaren Bengel? Ich bin weder ein Bengel noch undankbar. Ich bin ein Mann mit eigenen Vorstellungen!«

»Pah!« Reinhardt schwang seine Hand durch die Luft, als wolle er die Worte seines Sohnes ausradieren. »Ein Mann denkt zuerst an andere, dann an sich. Aber du denkst *nur* an dich.« Er zeigte auf Lillian. »Wie kannst du es wagen, deine Mutter so zu erschrecken!«

Einen Moment lang flackerte Bedauern in Henriks Augen auf, aber es verschwand, als Reinhardt fortfuhr. »Du wolltest dich nach Gnadenfeld zurückstehlen, nach allem, was wir für dich getan haben? Alles, was wir zurückgelassen haben, haben wir deinetwegen zurückgelassen!«

»Habe ich darum gebeten, dass ihr meinetwegen etwas zurücklasst? Ich wollte dableiben! Ich wollte meine Pflicht tun und anschließend nach Hause zurückkehren, aber *du* hast gesagt, wir müssten das Land verlassen.« Henriks sonst so tiefe Stimme verwandelte sich zu einem Kreischen. »Es war nicht meine Entscheidung!«

»Ich habe dir keine Wahl gelassen, weil du immer noch ein dummer Junge bist und ich dein Vater bin.« Reinhardt hämmerte seinen Daumen an die Brust. »Ich weiß, was das Beste für dich ist. Du wirst mich ehren und tun, was ich sage.« Er beugte sich vor, bis seine Nase nur wenige Zentimeter von Henriks entfernt war.

Die beiden Männer, Größe und Körperbau beinahe identisch, standen sich mit den gleichen flammenden braunen Augen angriffslustig gegenüber. Beide ballten die Fäuste.

Lillian schlug sich erschrocken die Hände auf den Mund. Würde Reinhardt seinen Sohn schlagen … oder andersherum? Sie wollte einen Schritt vortreten und sich einmischen, als ein kleiner Körper an ihr vorbeischoss. Jakob schlang seine Arme um Henriks Hüfte.

»*Brööda*, mein Bruder, sei nicht böse. Komm mit mir aufs Schiff.« Der kleine Junge sah mit bittendem Ausdruck zu Henrik hoch. »Ich will, dass du mit mir kommst.«

Henrik packte Jakobs Arm, als wolle er ihn wegstoßen, doch dann lockerte sich sein Griff. Er ließ sich auf ein Knie fallen und legte seine Hand auf Jakobs Schulter. »In Ordnung, Jakob. Ich komme mit.«

Jakob warf sich an Henriks Brust und Henrik hob ihn zu sich hoch, als er aufstand. Mit Jakob auf dem Arm wandte er sich Richtung Landungssteg, ohne ein weiteres Wort zu verlieren. Lillian warf

Reinhardt einen erleichterten Blick zu, aber Reinhardts harte Miene blieb unverändert. Er legte eine Hand an ihren Ellbogen und streckte die andere nach Joseph aus.

»Gehen wir an Bord, bevor das Schiff ohne uns ausläuft.«

Sobald sie an Bord waren, ließ Henrik seinen Bruder aufs Deck herunter, hielt ihn aber noch an der Hand fest. Die Ungeduld des kleinen Jungen, auf Entdeckungsreise zu gehen, war ebenso groß wie Henriks Sehnsucht zu entkommen. Indem sie zusammenblieben, konnten sie sich vielleicht gegenseitig vor Dummheiten bewahren.

Henrik warf einen kurzen Blick auf das strenge Profil seines Vaters. Er spürte Gewissensbisse, aber seine Wut brachte sie zum Schweigen. Er sollte sich nicht schuldig fühlen, nur weil er diese Auswanderung nach Amerika ablehnte. War er nicht fast achtzehn und damit ein Mann? Sein ganzes Leben lang hatte man ihm gesagt, er sei intelligent. Seine Mutter hatte ihn oft für sein Talent, gute Entscheidungen zu treffen, gelobt. Aber sein Vater behandelte ihn, als wäre er nicht älter als Jakob. Er konnte die Beschämung immer noch spüren, als er daran dachte, dass er wie ein ungezogenes Kind zum Landungsdock des Schiffes gezerrt worden war.

Jakob trat auf die unterste Strebe der Reling und Henrik schlang einen Arm um die Brust seines kleinen Bruders, damit er sich nicht zu weit vornüberbeugte. Mit seiner freien Hand umklammerte er die kühle Eisenstange, aus der das oberste Geländer bestand, und spähte auf die Leute hinunter, die am Landungsdock standen. Sein Herz setzte einen Schlag aus, als er eine junge Frau entdeckte, deren sonnengelbe Zöpfe denen von Susie Friesen sehr ähnlich sahen. Würde er Susie jemals wiedersehen?

Er blinzelte und wandte seine Aufmerksamkeit von der blonden jungen Frau zu anderen Menschen, die den Pier bevölkerten und zum Abschied die Hände hoben. Jakob winkte so lebhaft, als würde er jeden dort unten persönlich kennen. Die Begeisterung seines Bruders ließ Henrik ungerührt. Das Entsetzen schnürte ihm den Magen zu, wenn er daran dachte, dass er Susie verlassen, Gnadenfeld verlassen, alles verlassen musste, was ihm vertraut war. Und doch bestand sein Vater darauf, dass er wegmusste.

Du sollst Vater und Mutter ehren. Dieses biblische Gebot war ihm seit frühester Kindheit eingetrichtert worden. Er hatte wenig Gelegenheit gehabt, sich aufzulehnen, denn in Gnadenfeld hatte es unzählige wachsame Augen und eifrige Zungen gegeben, die jede Untat, ob wahr oder eingebildet, bezeugt und bereitwillig gemeldet hatten. Henrik hatte zum Teil aus Anständigkeit, zum Teil aus Angst vor unangenehmen Konsequenzen gehorcht. Die ganze Zeit über hatte er sich auf den Tag gefreut, an dem er die Schule in Gnadenfeld verlassen und an eine von Mennoniten anerkannte Universität gehen würde.

Aber jetzt waren seine lang gehegten Pläne zugunsten der Reise nach Amerika beiseitegeschoben worden. Gab es in Amerika von Mennoniten anerkannte Universitäten? Henrik schnaubte und drückte Jakob mit seinem Arm fest an sein wundes Herz. Vater und Eli nannten Amerika *»de Launt üt ne Je'laäjenheit«* – das Land der Gelegenheit. Nun, wenn sie dort wären, wäre Henrik achtzehn – ein erwachsener Mann. Er würde seine eigenen Gelegenheiten suchen, unabhängig von Vaters Plänen.

»Komm, Jakob.« Henrik fasste Jakob unter den Achseln und hob ihn von der Reling herunter. »Gehen wir unter Deck und schauen, wo unsere Kojen sind.«

Jakob schnaubte ungehalten. »Aber ich will mich auf dem Schiff umsehen!«

»Wir können den Rest des Schiffes erkunden, wenn wir auf dem offenen Meer sind.«

Obwohl Henrik den scharfen Blick seines Vaters im Rücken spürte, ging er mit Jakob zur Treppe, die unter Deck führte, ohne sich noch einmal umzudrehen.

Lillian wurde von einem würgenden Geräusch geweckt. Sie zwang sich, die schweren Lider zu öffnen, starrte in die dunklen Schatten und versuchte, den Ursprung des Geräusches auszumachen. War es Jakob, der direkt über ihr auf seinem Klappbett schlief?

Das Würgen war wieder zu hören, länger und heftiger. Es gelang ihr herauszufinden, dass es von irgendwo links vor ihr kam, nicht von oberhalb. Sie bückte sich, um ihren Kopf nicht an der Unterseite von Jakobs Bett anzustoßen, und rollte sich von ihrer ausgebeulten Matratze. Sie stand einen Moment lang still da und wartete, dass sich ihre Augen an das schwache Licht gewöhnten. Am hinteren Ende des Gangs leuchteten Laternen, aber von ihrem Licht erreichte nur wenig die Mitte des Schlafraums.

Nach ein paar Momenten konnte sie die Gestalt einer Frau ausmachen, die sich über den Rand ihrer Koje beugte und eine Hand auf ihren Magen drückte. Nach zwei Wochen auf dem Schiff hatte sich Lillian an die sanften schwankenden Bewegungen des großen Gefährts auf dem Wasser gewöhnt. So hatte sie keine Schwierigkeiten, die paar Schritte vorwärtszugehen, die nötig waren, um die Frau zu erreichen.

Ein unangenehmer Geruch stieg ihr in die Nase, als sie sich der Frau näherte, aber sie schluckte angestrengt und berührte die blasse Wange der Frau. Ihre Hitze überraschte sie und sie zog die Hand ruckartig zurück.

Die Frau starrte sie mit glasigem Blick an. »Oh, bitte helfen Sie mir. Ich bin krank. So krank …« Offensichtlich hatte das Fieber, das nach kaum einer Woche auf See unter den Passagieren um sich gegriffen hatte, ein neues Opfer gefunden.

»Was ist los?«, erkundigte sich eine ungehaltene Stimme am unteren Ende der Kojenreihe. »Wer spricht da?«

Flüsternd antwortete Lillian: »Eine Frau ist krank. Ich helfe ihr. Schlafen Sie weiter.«

»Krank?« Die Stimme nahm einen schrillen Ton an. »Noch eine? Schaffen Sie sie ins Schiffshospital!«

Das fehlende Mitgefühl der Frau mit der schrillen Stimme rief Empörung bei Lillian hervor, obwohl sie die Sorge dahinter verstand. Sie selbst wollte auch nicht, dass ihr Jakob, der nicht im Männer-, sondern im Frauenbereich schlief, weil er noch so jung war, mit diesem Fieber in Berührung kam. Mindestens zwei Menschen waren der Krankheit bereits erlegen, obwohl der Arzt ihnen Würzwein und Bettruhe verordnet hatte.

»Holen Sie jetzt den Steward, um sie zu verlegen, oder nicht?« Die durchdringende Stimme der Frau weckte einige andere und ein bekümmertes Murmeln zog sich durch den Schlafraum. Man würde die kranke Frau sehr schnell zur Krankenstation bringen müssen, bevor es zu einer Unruhe kam.

»*Jo, jo*, ich hole den Steward.« Lillian schob die fiebernde Frau mit einem geflüsterten Versprechen zurück auf ihre Koje: »Bleiben Sie hier. Ich hole Hilfe.«

Sie hob ihre Röcke, machte einen Bogen um den stinkenden Beweis für den kranken Magen der Frau, und machte sich auf den Weg zur Treppe, die zum mittleren Stockwerk des Schiffs führte. Die Unterkünfte der Besatzung waren am entgegengesetzten Ende dieser Ebene. Lillian konnte sich den offiziellen Namen für dieses Ende nie merken – Heck oder Achtern? Jakob würde es wissen. Der kleine Junge verfolgte regelmäßig die Besatzungsmitglieder und stellte unzählige Fragen. Zu ihrer mütterlichen Freude schienen die Männer ihn ins Herz geschlossen zu haben und schickten ihn nie weg.

Der Klang des Meeres erfüllte ihre Ohren, als sie sich den Gang hinunter zur Kabine des Stewards bewegte. Unten im Schlafraum übertönte der Lärm der Maschinen fast jedes andere Geräusch, aber hier, ein Stockwerk höher, konnte sie die Melodie des Meeres hören. Die gewaltige offene Ausdehnung des Ozeans – ein schwer zu beschreibender Anblick, dem man sich jedoch nicht entziehen konnte – weckte die Sehnsucht nach der weiten Steppe ihrer Heimat in ihr.

Die Oberfläche des Wassers, vom Wind aufgewühlt, sah wie ein windzerzaustes Weizenfeld aus. Das Geräusch des Meeres war das gleiche sanfte Brausen, wie es der Wind hervorrief, wenn er über das hohe, wilde Gras strich. Hier auf dem Ozean wurde das Brausen natürlich ständig vom Geräusch des ans Schiff schwappenden Wassers begleitet. Doch trotz dieser ungewohnten Begleitmusik konnte Lillian nicht leugnen, dass das Lied des Ozeans Heimweh in ihr weckte.

Sie erreichte die Kabine des Stewards, klopfte leicht an die Tür und wartete. Schlurfende Geräusche und ein irritiertes Knurren verrieten ihr, dass der Mann aufgewacht war. Die Tür schwang auf und gab den Blick auf einen zerzausten Mann frei, dessen Haar in alle Richtungen abstand.

Er sah sie an, blinzelte zwei Mal und stöhnte dann: »Muss wieder jemand ins Schiffshospital gebracht werden?«

Lillian nickte und wandte den Blick ab. Der Steward hatte sich nicht die Mühe gemacht, sein Hemd bis oben zuzuknöpfen, sodass ein Teil seiner hellen, glatten Brusthaut zu sehen war. Peinlich berührt griff sich Lillian an den hohen Kragen ihres eigenen Nachtgewands.

»Na gut.« Er schloss die Tür und Lillian hörte weiteres Schlurfen, dumpfe Geräusche und erstickte Flüche, bevor sich die Tür wieder öffnete. Er trat heraus, voll angekleidet und mit einem Hut auf dem Kopf. »Ich bin bereit.«

Er folgte Lillian in den Schlafbereich der Frauen, und sie half ihm, die kranke Frau auf ihre Füße zu ziehen. Der Steward machte ein angewidertes Gesicht, als er das Erbrochene auf dem Boden sah. Er murmelte etwas davon, dass er einen Kabinenjungen schicken würde, um es aufzuwischen. Die anderen Frauen blieben in ihren Kojen, die Decken bis zum Kinn hochgezogen, und beobachteten schweigend, wie Lillian und der Steward die kranke Frau aus dem Schlafbereich führten. Für drei Mann nebeneinander war die Treppe zum untersten Deck, wo der Schiffsarzt eine notdürftige Krankenstation eingerichtet hatte, zu schmal, aber Lillian drehte sich seitlich. So schafften sie es.

Der Steward öffnete die Tür zum Hospital und der Geruch, der ihnen aus dem Raum entgegenschlug, drehte Lillian fast den Magen um. Eimer mit Erbrochenem standen in einer Reihe nebeneinander und warteten darauf, hinausgetragen und geleert zu werden. Von der Decke hingen schwingende Laternen herab, die an Haken befestigt waren. Sie warfen ein gespenstisches Licht auf die in Reihen stehenden Pritschen, auf denen die Patienten mit vom Fieber blassen, glänzenden Gesichtern lagen. Stöhnen und leises Schluchzen vermischten sich mit dem Dröhnen der Maschinen und schufen eine herzzerbrechende Sinfonie des Leidens.

Lillian half der Frau auf eine leere Pritsche, während der Steward den Arzt weckte. Dieser schlief sitzend auf einem Stuhl, der in einer Ecke an der Wand stand. Sie trat zurück, als der Arzt seine Hand auf die Stirn der Frau legte und tief aufseufzte. Dann packte er Lillian am Arm und schüttelte sie.

»Sehen Sie zu, dass Sie hier herauskommen.« Die strenge Stimme des Arztes und seine finster zusammengezogenen Augenbrauen beschleunigten Lillians Pulsschlag. »Gehen Sie in den Waschraum, um sich ordentlich abzuschrubben, bevor Sie zu Ihrer Koje zurückkehren.«

Die Hand über die Nase gelegt, wandte Lillian sich zum Gehen. Ihr Blick huschte noch einmal über die Pritschen. Beim Anblick eines Kopfes mit lockigem schwarzem Haar schlug ihr das Herz bis zum Hals. Sie stürzte durch den Raum und fiel neben der Pritsche auf die Knie. »Reinhardt!«

5

Lillian strich mit der Hand über Reinhardts Haar. Hitze strahlte von seinem Kopf aus und sie zuckte zusammen. »O Reinhardt …«

Seine fieberglänzenden Augen trafen ihre und besorgt verzog er seine aufgesprungenen Lippen. »Lillian, *mienije Leefste*, bist du krank?«

»*Nä, nä.*« Schnell erklärte sie den Grund für ihre Anwesenheit auf der Krankenstation. »Aber seit wann bist du hier? Beim Essen ging es dir doch noch gut.« Sie dachte an das Abendessen, das nur wenige Stunden zurücklag. Reinhardt war ungewöhnlich ruhig gewesen, doch sie hatte keinen Verdacht gehegt, dass diese Schweigsamkeit mehr ausdrückte als seine Unzufriedenheit mit dem faden Essen auf seinem Teller. Jetzt erkannte sie, dass es eine tiefere, bedeutendere Ursache dafür gab, dass er in dem geschmacklosen Essen aus gekochten Mondbohnen nur herumgestochert hatte.

»Eli hat mich kurz nach dem Zubettgehen hergebracht. Ich habe mir Sorgen gemacht, dass ich andere anstecken würde.« Sein Gesicht verzog sich krampfartig und er drehte sich auf die Seite. Lillian schnappte sich den Eimer, der am Fußende der Pritsche stand, und hielt ihn Reinhardt unters Kinn. Als der Anfall vorüber war, ließ er sich auf die dünne Matratze zurückfallen.

Sie benutzte das Tuch aus ihrer Tasche, um ihm den Mund abzuwischen. »Kann ich sonst noch etwas für dich tun?«

»Du brauchst nichts zu tun. Es geht mir bald wieder gut.«

Trotz des Schocks und der Sorge, ihn hier zu finden, musste Lillian über seinen Ton lachen. »Vielleicht hat der Schiffskoch Kamillentee. Ich frage ihn danach und dann koche ich dir eine Kanne. Das wird helfen, dass dein Magen sich beruhigt.«

Reinhardt schüttelte den Kopf und Schweißperlen bildeten sich auf seiner Stirn. »*Nä*, Lillian. Du musst dich von hier fernhalten. Sonst könntest du dich anstecken.«

»Aber wie kann ich dich hier alleinlassen?«

Genau in diesem Moment klammerte sich eine Hand um ihren Oberarm und riss sie auf die Füße. »Ich habe Ihnen gesagt, Sie sollen den Raum verlassen!« Die rot geränderten Augen des Arztes hatten sich zu wütenden Schlitzen verengt.

Lillian befreite sich aus seinem Griff. »Das ist mein Ehemann!«

Die Miene des Arztes wurde einen Moment lang weicher, aber dann packte er sie wieder und zog sie zur Tür. »Ich werde mich um ihn kümmern wie um alle anderen. Aber je länger Sie bleiben, desto größer ist die Wahrscheinlichkeit, dass auch Sie sich die Krankheit holen. Also bleiben Sie draußen.« Er schob sie in den Gang und schloss die Tür hinter ihr. Durch die geschlossene Tür hörte sie noch seinen Befehl: »Gehen Sie und waschen Sie sich!«

Von Tränen geblendet stolperte Lillian die Treppen hinauf und begab sich in den Waschraum für die Frauen. Sie lehnte sich über das Porzellanbecken, spritzte sich lauwarmes Wasser ins Gesicht und schrubbte sich dann Arme und Hände. Während sie sich abrieb, stieg ein Gebet aus ihrem Herzen empor: *Mach meinen Mann wieder gesund, lieber Herr, mach meinen Mann gesund.*

Nachdem sie sich gewaschen hatte, kehrte sie in den Schlafbereich zurück. Ein dunkler nasser Fleck auf dem Holzboden markierte die Stelle, an der die Frau sich übergeben hatte. Offenbar hatte der Steward jemand geschickt, um das Erbrochene aufzuwischen. Leider hing der Geruch noch immer in der Luft. Lillian blieb neben ihrer Koje stehen, strich mit der Hand über Jakobs dichtes blondes Haar und drückte einen Kuss auf seine runde Wange. Der kleine Junge schlief, ohne etwas von diesen Zärtlichkeiten zu merken.

Nachdem sie sich auf diese Weise versichert hatte, dass es ihm gut ging, rollte sie sich in ihrer Koje zusammen. Sie schloss die Augen und wiederholte ihr Gebet, Gott möge Reinhardt wieder gesund machen. Sie fügte hinzu: *Und bitte schütze meine Söhne vor der Krankheit.* Sie schlief ein, während das Gebet noch in ihrem Inneren nachklang.

Am Morgen ging Lillian Hand in Hand mit Jakob zum Speisesaal. Sie betraten den Raum, in dem andere Passagiere sich bereits um die ohnehin eng gestellten Tische und Bänke drängten. Sie schaute sich um und entdeckte Henrik und Joseph, die mit Eli an der Wand standen, in der Nähe der Schlange vor der Essensausgabe. Sie nahm Jakob an der Hand, schlüpfte zwischen den Menschen hindurch und murmelte: »Entschuldigung … Entschuldigen Sie, bitte …« Obwohl der Saal nicht groß war, brauchte sie einige Minuten, um sich zu ihren Söhnen durchzukämpfen.

Eli beugte sich zu ihr und sagte mit leiser Stimme: »Ich muss dir etwas sagen. Reinhardt –«

Sie nickte. »Ich hab ihn gestern Nacht in der Krankenstation gesehen.« Der Anblick von Reinhardts verschwitztem, blassem Gesicht huschte durch ihr Gedächtnis. Sie zog Jakob zu sich heran und zwang sich zu einem Lächeln, das ihre Söhne beruhigen sollte. »Aber er sagt, dass es ihm bald wieder gut gehen wird. Ich glaube ihm. Gott wacht über ihm. Also müssen wir Vertrauen haben.«

»Ja, natürlich, wir haben Vertrauen.« Eli nickte ernst. Dann wandte er sich den Jungen zu. »*Nä-jo*, sollen wir uns anstellen, damit wir etwas zu essen bekommen?«

Henrik und Joseph reihten sich ohne große Begeisterung in die Schlange. Lillian konnte es ihnen nicht verübeln. Zu Hause bestand das Frühstück aus Eiern, Wurst, Kartoffeln und Brot. Aber auf der *Holsatia* schaufelte der Schiffskoch jeden Morgen einen Klumpen grauen Haferbrei in eine Schüssel und bot nicht einmal Sahne oder Zucker an, um dem unappetitlichen Gericht etwas Geschmack zu verleihen. Das Mittag- und Abendessen war auch nicht sehr verlockend, aber zumindest machte das Essen satt. Außerdem musste sie es nicht im Schlafraum selbst zubereiten, wie es wohl für manche Reisende auf anderen Schiffen üblich war.

Nachdem sie ihre Schüsseln mit Haferbrei erhalten hatten, setzten sie sich zusammen ans Ende eines langen Tisches. Wie sie es gewohnt waren, falteten sie die Hände zum Gebet. In Reinhardts Abwesenheit sprach Eli einen Segen.

Jakob nahm einen Löffel Haferflocken in den Mund und spuckte ihn sofort wieder aus. »Mama, das ist *suä*.«

Lillian runzelte die Stirn. »Jakob, sei nicht undankbar und iss.«

Er schlug mit dem Löffel auf den Holztisch. »Aber es schmeckt nicht.«

Henrik nahm vorsichtig einen Löffel voll und verzog das Gesicht. »Er hat recht. Der Koch muss *suä* Milch verwendet haben.«

Eli antwortete: »Ohne eine Kuh an Bord, die für frische Milch sorgen kann, ist die Milch inzwischen natürlich sauer geworden. Aber selbst Haferbrei mit saurer Milch ist besser als das, was der Arzt eurem Vater gibt.«

Jakob starrte Eli mit großen Augen an. »Was muss Papa denn essen?«

Eli stützte den Ellbogen auf den Tisch, beugte sich weit vor und kam mit seinem Gesicht nah an Jakobs. Er verzog den Mund zu einer schrecklichen Grimasse. »Haferschleim vermischt mit Bier. Es riecht viel schlimmer als saure Milch, das kann ich euch sagen. Und es schmeckt furchtbar.«

Lillian verbarg ihr Lächeln. Obwohl »Haferschleim« schlimm klang, wusste sie, dass die Mischung aus Wasser und Mehl ganz wohlschmeckend sein konnte, wenn man sie mit Zucker, Sirup oder anderen Gewürzen versetzte. Eli mochte zwar übertreiben, aber sie wusste, dass er Jakob mit seiner Erklärung ablenken wollte.

»Mama sagt, dass Medizin grässlich schmecken muss«, sagte Jakob.

Eli grinste Lillian an. »Meine *Mutta* hat das auch immer gesagt. Je schlimmer es schmeckt, desto schneller macht es einen gesund.« Er richtete sich auf und nahm einen weiteren Löffel Haferbrei. »Dein Vater wird also schnell wieder gesund, damit er nicht mehr so etwas Grässliches trinken muss.« Er zeigte auf Jakobs Schüssel. »Und um gesund zu bleiben, brauchst du einen vollen Bauch. Also iss deinen Haferbrei und stell dir vor, es ist Pudding, *jo*? Dann rutscht er besser hinunter.«

Jakob seufzte, aber er gehorchte. Zu Lillians Erleichterung aßen auch Joseph und Henrik. Als sie fertig waren, trugen sie ihre Teller zur Waschschüssel. Jakob bekam Lillians Rock zu fassen und zog daran.

»Mama, darf ich gehen? Franz hat gesagt, er zeigt mir, wie die Hahnepöt geknotet werden.«

»Hahnepöt?« Lillian schüttelte verwirrt den Kopf.

Henrik warf ihr einen Blick zu und antwortete: »Taue, Mama. Sie sind Teil der Takelage.«

Obwohl das Schiff von einer Dampfmaschine angetrieben wurde, hatte Lillian bemerkt, dass die Besatzung am Nachmittag große rechteckige Segel aufgespannt hatte. Der kleine Jakob hatte ihr erklärt, dass die Segel den Wind auffingen und halfen, das Schiff anzutreiben, wodurch etwas Brennstoff eingespart wurde. Bis sie Amerika erreichten, würde Jakob sicher alles wissen, was nötig war, um ein geschickter Seemann zu sein.

»Darf ich also bitte gehen? Franz hat gesagt, er bringt mir bei, wie man die speziellen Knoten macht.« Jakob tanzte auf der Stelle, sein Gesicht leuchtete vor Eifer.

»Wer ist Franz?«

»Mein Freund, Mama!«

»Einer von den Seemännern?«

»Der *beste* Seemann. Er weiß *alles!*«

Lillian lachte leise und strich Jakob übers Haar. »In Ordnung, *tidja Benjel*, du darfst gehen. Aber sei kein Plagegeist.«

Jakob wollte schon losstürmen, als Henrik ihn an der Hand festhielt. »Warte auf uns, Jakob. Joseph und ich würden auch gern die Knoten lernen. Wer weiß …« Seine Augen glitzerten listig. »Vielleicht werden wir eines Tages Seeleute.«

Jakob zog Henrik aus dem Speisesaal und Joseph folgte ihnen.

Lillian sah ihnen nach und ein seltsamer Druck legte sich auf ihre Brust. Warum hatte sich keiner der Jungen besorgt über ihren Vater geäußert? Jakob war jung und ließ sich leicht ablenken, wenn ihm jemand versprach, er könne lernen, Knoten zu binden. Aber Joseph und Henrik waren alt genug, um zu wissen, dass die Erkrankung schlimm ausgehen könnte.

Seit dem Moment, als Reinhardt verkündet hatte, dass sie Gnadenfeld verlassen würden, hatte Lillian gespürt, dass sie den Zugang zu ihren älteren Söhnen verlor. Henriks Bemerkung, dass sie vielleicht Seeleute werden würden, hatte fast wie eine Warnung geklungen. Würde dieser Neubeginn in Amerika das Ende des Familienlebens, das ihr so viel bedeutete, zur Folge haben?

»Mach kein so bekümmertes Gesicht.«

Elis Stimme riss sie aus ihren Gedanken. Sie sah ihn schweigend an.

Ein sanftes Lächeln lag auf seinen Lippen. »Sie sind nur neugierig. Sie werden nicht zu Schaden kommen, wenn sie von einem deutschen Seemann lernen, wie man Knoten bindet.«

Lillian zwang sich zu einem halbherzigen Lachen. »Natürlich nicht.« Aber sie gab den wahren Grund für ihre Unruhe nicht preis. Eli würde es nicht verstehen. Er war keine Mutter. Sie hob ihre Röcke und ging zu dem breiten Durchgang, der aufs Deck führte. Draußen versuchte der Wind, die melancholische Stimmung von eben zu vertreiben.

Lillian blieb an der Reling stehen und spähte über die weite Fläche, wo Meer und Himmel aufeinandertrafen. Wohin sie auch schaute, egal in welche Richtung, gab es nur blau. Ihr war nicht bewusst gewesen, dass die Welt so groß – und sie so klein – war, bevor sie dieses Schiff bestiegen hatte. In Gnadenfeld hatte der kleine Bereich des Dorfes ihre Welt ausgemacht. Jetzt waren die Grenzen ihrer Welt unermesslich geworden. Die Ehrfurcht vor der bloßen Naturgewalt, die sie vor Augen hatte, ließ sie erschauern.

Als sie sich zu Eli umwandte, sah sie, dass er besorgt die Stirn runzelte. »Geh unter Deck, wenn dir kalt ist«, sagte er. »Wir wollen nicht, dass du auch noch krank wirst.«

Lillian war es gewohnt, Reinhardts Anweisungen zu folgen, und nahm Eli seinen Rat nicht übel. Doch sie wollte den Meeresanblick nicht verlassen. Sie fasste nach den Enden ihres Schals und zog sie gekreuzt über ihre Brust. »Mir ist nicht kalt.«

Hier konnte sie den salzigen, frischen Geruch der kalten Luft einatmen und dem wunderbaren Chor von pfeifendem Wind und brausender See lauschen. Unter Deck lösten die Ausdünstungen ungewaschener Körper Übelkeit bei ihr aus. Das Dröhnen der Maschinen machte jede Unterhaltung schwierig. Hier draußen hatte sie Platz, um ihre Arme auszustrecken, wenn sie wollte, unten war es trotz der hochgeklappten Betten beengt. Truhen waren an der Wand entlang aufgereiht und so viele Menschen liefen in dem schmalen Raum umher. Zweifellos war sie hier oben an der frischen Luft besser vor der Krankheit geschützt, auch wenn es kalt war.

Eli wandte sein Gesicht dem fernen Horizont zu. »Der Ausblick von hier …« Er schüttelte den Kopf, und seine Schultern hoben und senkten sich bei einem gewaltigen Seufzer. »So viel Wasser und Himmel – da fühlt sich meine Brust leer und doch gleichzeitig voll an.«

Lillian betrachtete ihn von der Seite. Es gab nicht viele Männer, die über solche einfachen Dinge wie den Anblick einer Landschaft oder ein Gefühl der Leere sprachen. Hatte sie ihn in der Vergangenheit jemals Sätze sagen hören, die so einen poetischen Klang hatten? Erschrocken wurde ihr bewusst, dass sie und Eli sich niemals unterhalten hatten, ohne dass Reinhardt dabei gewesen war. Bei diesem Gedanken wich sie einen Schritt von ihm zurück. Durfte sie mit Eli auf dem Deck stehen, selbst hier auf einem Schiff mitten im Atlantischen Ozean?

Er drehte sich zu ihr. »Stimmt etwas nicht?«

Sie schüttelte den Kopf. Ihr Verhalten war ihr zu peinlich, um etwas zu sagen.

»Bist du dir sicher, dass dich mein Geruch nicht abstößt?« Ein Grinsen stahl sich in seine Mundwinkel und ließ seinen Bart zucken. »Ich weiß, dass ich in letzter Zeit kein Bad genommen habe, aber der Wind sollte den *Tjarpa Je'ruch* von deiner Nase wegwehen und nicht zu dir hin.«

Unwillkürlich lachte Lillian auf. Nie hätte sie gedacht, dass sie einmal so beiläufig mit jemand über Dinge wie Körpergeruch reden würde! Andererseits war sie auch noch nie mit so vielen Menschen in einem Schlafraum eingepfercht gewesen. Über diese Unannehmlichkeit konnte man entweder lachen oder weinen. Sie fand das Lachen erfrischend.

Eli lachte ebenfalls und um seine Augen bildeten sich fröhliche

Fältchen. »Es tut gut, dich lachen zu hören. Das sagt mir, dass du dir wegen Reinhardt nicht zu sehr den Kopf zerbrichst.«

Bei der Erwähnung von Reinhardt wurde Lillian sofort wieder ernst. Wie konnte sie lachen, wenn ihr Mann krank im Schiffshospital lag? Sie bewegte sich von Eli weg und biss sich auf die Unterlippe.

Seine Fingerspitzen berührten ihren Ellbogen. »Lillian?«

Sie wandte ihm das Gesicht zu und sah seinen ernsten Blick.

»Reinhardt ist kräftig. Die anderen, die gestorben sind … einer war schon älter und einer hatte Fieber gehabt, bevor er an Bord kam, sodass er bereits geschwächt war. Ich glaube nicht, dass du dir Sorgen um Reinhardt machen musst.«

»*Nä, nä*, natürlich müssen wir uns keine Sorgen machen. Gott wird sich um Reinhardt kümmern.« Der böige Wind zog einige Haarsträhnen aus Lillians schwerem Knoten. Die Enden schlugen ihr an die Wangen und sie steckte sie unter ihre Haube. Stirnrunzelnd blickte sie aufs Meer. »Kommt dir der Wind auch kühler vor?«

Eli hob das Gesicht, um die Luft zu schnuppern. Er drehte sich langsam um sich selbst und zog die Brauen zusammen. »Schau nach Osten. Wie dunkel der Himmel ist! Ich denke, da braut sich vielleicht ein Sturm zusammen. Wir sollten die Jungen suchen und unter Deck gehen.«

Lillian verstärkte den Griff um ihren Schal, als ihr ein weiterer Windstoß den gewebten Stoff fast von den Schultern riss. »*Jo.*« Sie schauderte. Zum ersten Mal, seit sie das Schiff betreten hatte, wurde sie von Angst ergriffen. »Ich hoffe, wir werden nicht so stark herumgeworfen.«

Eli lachte glucksend und trat von der Reling zurück. »Ein großes, robustes Schiff wie dieses kommt mit hohen Wellen zurecht. Es wird wie ein Ritt auf einem galoppierenden Pferd sein, aber wir werden in Sicherheit sein.« Er warf wieder einen Blick zum Himmel, und ein sorgenvoller Ausdruck huschte über sein Gesicht, bevor er ein zuversichtliches Lächeln aufsetzte. »Komm. Wir wollen nicht nass werden, falls es anfängt zu regnen. Suchen wir die Jungs … schnell.«

6

Henrik verschränkte die Arme vor dem Bauch und kämpfte gegen die Übelkeit, als das Schiff ächzend über die nächste krachende Welle stieg. Die schwankende Bewegung hatte schon einige andere dazu gebracht, sich zu übergeben, aber Henrik war fest entschlossen dagegenzuhalten. Als die Wellen nicht aufhörten, das Schiff herumzuwerfen, war er jedoch nicht mehr so sicher, ob es ihm gelingen würde. Wann würde dieser Sturm endlich vorübergehen?

Seit mehr als sechs Stunden waren er und seine Mitreisenden nun unter Deck, Schulter an Schulter zusammengepfercht, nachdem man sie angewiesen hatte, lieber auf dem Boden zu sitzen, statt in die Kojen zu schlüpfen. Wegen des peitschenden Regens waren sämtliche Bullaugen geschlossen. Der Gestank war beinahe unerträglich und die Wände des Schlafraums schienen sich auf ihn herabzusenken. Obwohl Franz, Jakobs Freund, ihnen versichert hatte, dass das Schiff dem Sturm standhalten konnte, überzeugte Henrik die Zuversicht dieses Mannes nicht. Jedes Mal, wenn das Schiff sich hob und senkte, ächzte es wie ein verwundetes Tier. Schon allein dieses Geräusch konnte einen wahnsinnig machen, ganz unabhängig vom prasselnden Regen und brausenden Wind.

Joseph, der rechts von ihm saß, stieß mit der Schulter an seinen Arm. »Hast du Angst?«

Henrik zwang sich zu einem unbeschwerten Ton. »*Nä.*« Er setzte die Füße fest auf und drückte den Rücken noch stärker gegen die Wand, als das Schiff erneut schaukelnd nach oben getragen wurde. Sein Magen protestierte gegen die Bewegung und mit zusammengebissenen Zähnen sog er die Luft ein. »Aber mir ist langweilig. Ich wünschte, wir könnten aufstehen und herumlaufen.«

Joseph nickte langsam. »Wenn wir herumlaufen könnten, würde ich zum Schlafbereich der Frauen gehen.«

Henrik grinste.

Der Hals seines Bruders überzog sich mit Röte. »Um zu schauen, ob es Mama und Jakob gut geht, meine ich.«

Henrik ließ sich von Josephs Erklärung nicht täuschen, aber er beschloss, seinen Bruder nicht zu ärgern. »So wie ich Mama kenne, singt sie mit den Frauen aufmunternde Kirchenlieder.« Bewunderte er das fröhliche Wesen seiner Mutter oder ärgerte es ihn? In diesem Moment hätte Henrik es nicht sagen können.

Joseph lehnte den Kopf an die Wand und schloss die Augen. »Mir ist schlecht.«

»Versuch, nicht daran zu denken«, schlug Henrik vor. Er hoffte, sein Bruder würde nichts zu dem üblen Geruch im Raum beitragen. »Denk an etwas anderes – etwas Schönes.«

Eli, der schweigend und mit geschlossenen Augen neben Joseph gesessen hatte, als würde er schlafen, beugte sich vor. Er umschlang seine Knie mit den Armen und schaute die Jungen an. »Henriks Rat ist gut, Joseph. Selbst die Bibel sagt uns im vierten Kapitel des Philipperbriefs, dass wir an Dinge denken sollen, die schön und gut sind. Also, Henrik, erzähl uns etwas Angenehmes, damit wir nicht mehr an« – Eli hielt sich die Nase zu und sah plötzlich aus wie ein trotziger Jugendlicher – »das weniger Angenehme denken müssen. Wenn du an ›lieblich‹ denkst, was fällt dir dann ein?«

Sofort hatte Henrik das Bild von Susie Friesen vor Augen. Ein Schmerz durchzuckte ihn, und er wusste, dass dies nichts mit dem Schwanken des Schiffes zu tun hatte. Wenn es etwas Angenehmes sein sollte, sich an Susie zu erinnern, dann hatte er soeben das Gegenteil erlebt. Er schüttelte den Kopf.

Mit unverändertem Gesichtsausdruck wandte sich Eli an Joseph. »Wie sieht es mit dir aus? An was für angenehme Dinge erinnerst du dich?«

Joseph seufzte und grinsend hoben sich seine Mundwinkel. »Mit Jakob um die Wette laufen. Fischen gehen. In meinem weichen Bett auf dem Dachboden schlafen. Essen, was Mama gekocht hat, statt das, was der Koch jeden Tag auf dem Schiff serviert.« Er machte ein schmatzendes Geräusch mit den Lippen. »Ich hätte gern ein paar von ihren *Rasienenstreßel*.«

Henrik lief das Wasser im Mund zusammen, als er sich vorstellte, in eine dicke Scheibe Rosinenkuchen zu beißen.

Eli lachte leise. »*Jo*, alles, was du sagst, weckt gute Gedanken, Joseph. Und weißt du was?« Er hob die Augenbrauen und stupste Joseph leicht mit dem Ellbogen an. »All diese Dinge wirst du wieder tun, wenn wir erst einmal dieses Schiff verlassen haben. Du wirst mit deinem Bruder um die Wette laufen, wirst eine Angel ins Wasser werfen, um zu fischen, wirst in deinem Bett auf einem nagelneuen Dachboden schlafen und das wunderbare Essen genießen, das deine Mutter kocht. Die Zeit, die jetzt nicht so angenehm ist, wird vergehen und bald nur noch eine Erinnerung sein. Aber die Dinge, die dir wertvoll sind, werden wieder lebendig. Das ist auch ein guter Gedanke, oder nicht?«

Joseph nickte nachdenklich und ein frohes Lächeln erhellte sein Gesicht. Aber Henrik runzelte die Stirn. Die Dinge, die Joseph genannt hatte, konnten vielleicht wiederkehren. Aber wie würde Henrik jemals die wertvollen Momente zurückgewinnen, die er mit Susie geteilt hatte? Was, wenn ihre Familie Gnadenfeld nie verlassen würde? Und selbst wenn ihre Familie nach Amerika kommen und irgendwie mit seiner Familie zusammentreffen würde, wäre doch so viel Zeit vergangen. Jemand anderes würde ihr vielleicht den Kopf verdrehen, während er weit weg war.

Henrik lehnte sich an die Wand und drückte die Augen fest zu. Vielleicht würde der Schlaf dafür sorgen, dass die Zeit schneller verging.

Eli erwachte mit einem Ruck. Etwas war anders … aber was? Nach einem Moment wurde ihm bewusst, dass ihm das Brausen des Windes, das Prasseln des Regens und das Ächzen des hölzernen Schiffskörpers in den Stößen des Meeres nicht länger in den Ohren dröhnte. Stattdessen hörte er das Rumpeln der Maschinen. In den letzten zwei Tagen, während sie gegen den Sturm angekämpft hatten, waren die Maschinen stumm geblieben. Sicher bedeutete ihr Geräusch, dass der Sturm endlich vorüber war.

Er kam stolpernd auf die Füße und musste sich an der Wand abstützen, um das Gleichgewicht zu behalten. Nach dem langen Sitzen – sie hatten ihre Position nur verändert, um gelegentlich zur Toilette zu gehen – fühlten sich seine Beine wacklig und unsicher an. Um ihn herum lagen Männer ausgestreckt auf dem verdreckten Boden. Schnarchen mischte sich mit dem stetigen Dröhnen der Maschinen. Er hielt sich einen Arm über die Nase, um sich vor dem durchdringenden Geruch zu schützen, und benutzte seine freie Hand, um das nächste Bullauge zu entriegeln und weit zu öffnen.

Draußen begrüßte ihn der Anblick eines rosafarbenen Himmels und einer spiegelglatten See. *Oh, danke, Vater im Himmel, dass du uns bewahrt hast.* Das Gebet stieg ganz unwillkürlich in ihm auf und er wiederholte es zur Sicherheit noch einmal. Sicher hatte Gott während des langen, gefährlichen Sturms seine Hand schützend über sie alle gehalten.

Eli bückte sich und schüttelte Henrik an der Schulter. Der Junge erwachte und blinzelte verwirrt. Er rieb sich die Augen, während er sich aufrichtete. Eli sagte ihm: »Der Sturm ist vorbei. Ich gehe aufs Deck hoch und dann zur Krankenstation, um mich nach deinem Vater zu erkundigen. Öffne du die Bullaugen und lass die Morgenluft herein, ja?«

Henrik gähnte und nickte. Er kratzte sich am Kopf, dann stellte er sich auf die Beine und stieß Joseph an. Eli schlich aus dem Saal und achtete vorsichtig darauf, nicht auf Hände oder Füße der schlafenden Passagiere zu treten. An Deck legte er die Hände auf die feuchte Reling und sog die frische, kühle Luft in großen Atemzügen ein. Der eklige Gestank, der seine Nase in den vergangenen Tagen geplagt hatte, wurde weggeweht.

Er drehte sich um, hielt sich mit einer Hand an der Reling fest und öffnete mit der anderen seine Jacke. Der Wind ließ die Jacke seitlich flattern und drückte ihm das zerknitterte Hemd an den Bauch. Eli warf den Kopf zurück und genoss es, wie die saubere Luft an seinem Haar, seinem Bart und seinen Kleidern zog. Es war fast so gut wie ein Bad.

»Was tun Sie hier draußen?«

Eli öffnete die Augen und machte erschrocken ein Satz. Jakobs Freund Franz stand nur einen halben Meter von ihm entfernt und betrachtete Eli verwundert. Eli nahm an, der Seemann habe einen guten Grund zu fragen, was er hier tat; er musste wie ein Kind aussehen, das mit ausgestreckten Armen sein Gesicht in den Wind hielt.

Grinsend antwortete er: »Ich bin nach draußen gekommen, um die frische Luft einzuatmen.« Er schnupperte mit erhobenem Kinn. Dann verzog er die Lippen zu einer finsteren Grimasse. »Im Schlafbereich ... riecht es sehr schlecht.«

Franz' blaue Augen leuchteten auf, als er lachte. Der Junge war nicht viel älter als Henrik, bemerkte Eli. Aber er sprach mit Autorität. »Ich werde einen Kabinenjungen mit Eimer und Wischlappen hinunterschicken. Ein sauberer Boden und offene Bullaugen werden viel zur Verbesserung beitragen.«

»*Jo.*« Eli nickte erleichtert. »Danke.«

»Gern geschehen.« Franz wandte sich zum Gehen, aber dann drehte er sich mit hoffnungsvoller Miene noch einmal um. »Der kleine blonde Junge ... Jakob ... möchte er auch gern wieder draußen sein?«

Obwohl Eli Jakob während des Sturms nicht gesehen hatte, wusste er, dass der Junge mehr als bereit sein würde, wieder auf dem ganzen Schiff herumzuklettern. »*Ach, jo.*«

Franz lächelte strahlend. »Gut. Er erinnert mich an meinen eigenen kleinen Bruder, Friedrich. Ich sehe ihn nur, wenn wir in Hamburg anlegen, und das ist viel zu selten.« Einen Moment lang überschattete Traurigkeit seinen Blick. Aber dann wurde er wieder fröhlicher.

»Aber Friedrich sagt, dass er eines Tages Kabinenjunge sein wird, also wer weiß? Vielleicht werden wir zusammen auf Reisen gehen.«

»Vielleicht«, antwortete Eli versonnen.

»Ich muss an die Arbeit zurück.« Franz richtete einen Finger auf Eli. »Seien Sie vorsichtig, so allein hier draußen. Das Meer ist heute Morgen ruhig, aber das Deck ist rutschig vom Regen. Wir wollen nicht, dass Sie uns über Bord gehen.«

Eli nickte ernst und entfernte sich von der Reling. Franz bog um eine Ecke und verschwand. Eli blieb an Deck und beobachtete, wie die Sonne das Wasser sprenkelte, als sie aus ihrem Versteck hinter dem Meer aufstieg. Der Himmel veränderte seine Farbe von rosa zu streifenförmigem Gelb und Orange und wurde schließlich so blau wie ein Rotkehlchenei. Diese Verwandlung schien für die anderen an Bord das Signal zu sein, dass es Zeit zum Aufstehen war.

Einer nach dem anderen versammelten sich die Menschen aus den unteren Stockwerken an Deck und unterhielten sich angeregt. Nachdem sein Moment der Einsamkeit vorüber war, machte sich Eli auf den Weg, um nach Reinhardt zu sehen. Während der stürmischen Tage waren noch einige weitere Menschen zur Krankenstation gebracht worden. Doch nur ein Mann war für gesund genug befunden worden, das Hospital zu verlassen. Eli hoffte, dass Reinhardt bald wieder zu seiner Familie zurückkehren würde. Wer noch auf der Krankenstation war, wenn das Schiff anlegte, würde möglicherweise nicht die Erlaubnis bekommen, in Amerika einzureisen.

Auf halbem Weg die Treppe hinunter begegnete er Lillian und Jakob, die gerade nach oben an Deck gingen. »Der Sturm ist vorbei, Preis sei dem Herrn!«

Lillians bleiches Gesicht verriet, wie sehr ihr die schwankende Bewegung des Schiffes zugesetzt hatte, aber sie lächelte. »Ja, Preis sei dem Herrn! Es ist so ein gutes Gefühl, aufzustehen und sich zu bewegen.« Sie betrachtete Jakob von der Seite, der neben ihr herumzappelte. »Ich bin mir sicher, dass ich es keine Stunde länger geschafft hätte, ihn stillzuhalten.«

Eli tätschelte Jakobs Kinn. »Dein Freund Franz hat nach dir gefragt. Er denkt wie deine Mama, dass du bereit bist, auf dem Deck herumzurennen und zu spielen.«

Jakob kicherte und zog die Schultern hoch. »Ich mag Franz.« Mit flehendem Blick wandte er sich an seine Mutter. »Darf ich Franz suchen, Mama? Darf ich?«

Lillian schenkte ihrem Sohn ein warmes Lächeln. »Du und dein Freund Franz – ich glaube, du wirst ihn vermissen, wenn wir das Schiff verlassen.«

Jakob nickte so heftig, dass ihm das dichte blonde Haar in die Stirn fiel. »*Jo*, ich werde ihn vermissen. Darf ich jetzt also zu ihm gehen?«

»Nach dem Frühstück.« Lillian strich mit ihrer schlanken Hand über Jakobs Kopf, um das Verbot abzumildern. Der Junge schob die Unterlippe vor, widersprach aber nicht.

Eli erklärte: »Ich bin unterwegs zum Schiffshospital, um zu sehen, wie es Reinhardt heute Morgen geht. Der Arzt wird mich wahrscheinlich nicht hineinlassen – als wir gestern einen Kranken brachten, verlangte er von uns, dass wir im Gang blieben. Er erlaubte nur dem Kranken, den Raum zu betreten. Aber ich werde an die Tür klopfen und fragen.«

Lillian ließ einen Moment lang die Schultern hängen. »Danke, Eli. Der Arzt hat mir gesagt, dass ich wegbleiben soll. Ich habe mich an seinen Befehl gehalten, aber ich wünschte, er würde mir über Reinhardts Zustand Bescheid geben. Vermutlich ist er so beschäftigt, sich um die Kranken zu kümmern, dass er nicht daran denkt, eine Nachricht zu schicken.«

Eli nickte, aber seine Gedanken waren bei dem Bild, das er bei einem kurzen Blick durch die Tür zum Schiffshospital erhascht hatte: eine in Tücher eingewickelte Leiche, bereit zur Bestattung. Lillian sollte kein solches Bild im Kopf haben. »Geht hoch auf Deck, aber seid *fäasejchtijch*. Der viele Regen hat alles rutschig gemacht.«

Lillian fasste Jakob an der Hand. »Wir werden vorsichtig sein. Danke für die Warnung.« Sie und Jakob gingen an ihm vorbei und er stieg weiter nach unten. Auf sein leichtes Klopfen an der Tür erfolgte keine Reaktion, also pochte er etwas stärker dagegen.

Die Tür öffnete sich gerade weit genug, um den Blick auf ein rot gerändertes Auge freizugeben, das ihn von oben bis unten musterte. Die Stimme des Arztes bellte: »Sie sehen nicht krank aus.«

Eli verschränkte die Arme respektvoll vor dem Körper. »Ich bin auch nicht krank und es tut mir leid, Sie zu stören. Aber ich bin hier, um mich nach einem Ihrer Patienten zu erkundigen – Reinhardt Vogt. Geht es ihm besser?«

»Vogt … Vogt …« Der Arzt zog die Tür etwas weiter auf, sodass Eli sein Gesicht sehen konnte. Der Mann blinzelte zwei Mal mit ausdrucksloser Miene. Dann verzog er das Gesicht. Einen Moment lang schien es, als würde er die Tür schließen, doch dann schlüpfte er auf den Gang hinaus. »Sind Sie ein Angehöriger?«

Eine böse Vorahnung jagte einen Schauder über Elis Rücken. »Er ist … mein Bruder.«

Der Arzt senkte den Blick und rieb sich die Unterseite der Nase, als sammle er seine Gedanken. Mit immer noch gesenktem Kopf murmelte er: »Reinhardt Vogt ist letzte Nacht gestorben.«

Die Worte trafen Eli wie ein Schuss ins Herz. Er stolperte rückwärts. Reinhardt … tot? Seine Beine begannen zu zittern und er streckte tastend die Hände aus, um irgendwo Halt zu finden. Beide Hände an die feste Wand gedrückt, kämpfte er gegen die Welle der Trauer an, die ihn beinahe zu Boden warf.

»Ich habe drei Passagiere während des Sturms verloren.« Der Arzt sprach mit unbeteiligter, müder Stimme, in der kein Beileid mitschwang. »Jetzt, wo die See ruhig ist, können wir sie bestatten.«

Eli verstand, was der Arzt meinte. Man würde die Verstorbenen über Bord werfen. Aber für seinen lebenslangen Freund und Pflegebruder konnte er ein solches Schicksal nicht akzeptieren. »A-aber, Sie k-können nicht –«

»Nun, wir können sie nicht an Bord behalten«, blaffte der Arzt. Dann holte er tief Luft, und als er wieder sprach, klang sein Ton freundlich. »Es dauert immer noch eine Woche, bis wir das Festland erreichen. Die Leichen … halten sich nicht so lang. Wir haben keine andere Wahl.«

Mit einer langsamen Bewegung nickte Eli zustimmend, obwohl sein Herz immer noch in Aufruhr war. Wie konnten sie Reinhardts Körper ins Wasser werfen? Wie sollte er Lillian das beibringen? Wie würde sie den Schmerz ertragen? Plötzlich stieß er sich von der Wand ab. »Ich … ich muss gehen und es seiner Frau und … und seinen Söhnen sagen.« Der arme kleine Jakob – würde er es verstehen? Und Henrik und Joseph … Als junge Männer brauchten sie einen Vater, der sie lenkte. *Oh, lieber Herr, warum? Warum nur?*

Ohne weiteres Wort trat der Arzt ins Krankenzimmer zurück und Eli bewegte sich auf die Treppe zu. Seine Beine fühlten sich an wie Blei, es war unendlich schwer, sie von einer Stufe zur nächsten zu heben. Sein Herz lag wie ein Stein aus Entsetzen und Kummer in seiner Magengegend.

Er musste die Nachricht auf sanfte Art überbringen. Selbst jetzt, dreißig Jahre nach dem Tod seiner eigenen Eltern, war der barsche Ton eines Nachbarn noch immer in seinen Kopf eingebrannt. »Sie sind tot, Junge, und deine Tränen werden sie nicht zurückbringen. Also sei jetzt still«, hatte der Mann gesagt. Jahre später hatte Eli begriffen, dass dieses herzlose Verhalten nur den Schock überspielen sollte, den kleinen Eli weinend neben dem kaputten Wagen zu finden, der seine Eltern unter sich begraben hatte. Aber damals war es ihm so vorgekommen, als würde es keinen kümmern.

Eli erreichte das Deck und war überrascht, dass die gelbe Sonne kraftvoll vom Himmel schien. Sollte es nicht düster und dunkel sein, wenn er so eine furchtbare Last mit sich herumtrug? Die Menschen standen mit frohen Gesichtern in kleinen Gruppen beieinander und freuten sich, dass sie den Sturm überstanden hatten. Aber in Elis Innerem braute sich ein neuer Sturm zusammen. So warm und strahlend die Sonne auch war – sie konnte seine Seele nicht erhellen.

7

Lillian hob den Becher an die Lippen und nahm einen Schluck Kaffee. Er war stark und schwarz, wie Reinhardt ihn mochte. Sie trank ihn, weil es nichts anderes gab. Doch sie hätte es vorgezogen, ihn mit zwei gehäuften Löffeln Zucker und einem Schuss dicker Sahne zu versüßen.

Eli plante, einen Teil des Geldes aus dem Verkauf seiner Pferde zur Anschaffung einiger Milchkühe zu verwenden, wenn sie ihr Ziel erreicht hatten.

Wie sehr sie sich wünschte, dass sie bereits in Kansas angekommen wären! Es würde so angenehm sein, in einem Haus zu leben, statt auf so engen Raum mit anderen zusammengepfercht zu sein; festen Boden unter den Füßen zu haben, statt auf einem ständig schwankenden Deck mühsam das Gleichgewicht zu bewahren. Herzhafte Mahlzeiten zuzubereiten, die nicht nur den Magen füllten, sondern auch dem Gaumen schmeichelten.

Noch eine Woche, dann würden sie den Hafen in New York erreichen. Das hatte der Koch beim Frühstück gesagt. Die gute Nachricht hatte bewirkt, dass alle mit lächelnden Gesichtern aus dem Speisesaal gegangen waren, auch ihre Söhne. Es hatte ihr das Herz gewärmt, auch auf Henriks meist so verdrießlichem Gesicht ein Lächeln zu sehen.

Jetzt saß sie allein am Tisch und lauschte dem aufgeregten Schnattern der Passagiere draußen an Deck und dem Klappern des Geschirrs in einer Waschwanne im Küchenbereich. Sie schloss kurz die Augen und sprach ein stilles Dankgebet für die Bewahrung während des Sturms, für die Verheißung, dass sie bald an Land gehen würden, und für die Möglichkeit, frei zu leben. Zufriedenheit hüllte sie ein wie ein wärmendes Schultertuch. Nur noch eine Woche und dann würde ihr neues Leben beginnen.

»Mama?«

Bei diesem kurzen Ruf schien sich eine Stille aufs Deck zu legen. Lillian hatte das seltsame Gefühl, alles ganz bewusst wahrzunehmen. Sie spähte über ihre Schulter und entdeckte Henrik und Joseph im breiten Durchgang. Die Sonne hinter ihnen warf einen Schatten über ihre Gesichter, aber sie spürte ihr Widerstreben, näherzukommen. Die Zurückhaltung der Jungen und das Schweigen der beobachtenden Passagiere sagten ihr, dass etwas nicht stimmte. Zweifellos hatten die Jungs etwas ausgefressen.

Sie lachte leise. »Ihr zwei seht aus, als hätte man euch erwischt, wie ihr Kekse aus der Dose klaut.« Sie streckte ihre Hand nach ihnen aus. »Kommt her und sagt mir, was ihr angestellt habt.«

Statt zu ihr zu kommen, traten sie auseinander und eine dritte Person in Seemannskleidung tauchte zwischen ihnen auf. Er trug ein kleines Bündel und Lillian stand auf, als sie Jakobs Gestalt in den Armen des Mannes erkannte. Sie wurde von Zärtlichkeit ergriffen, als sie die geschlossenen Augen und die entspannte Haltung ihres Sohnes sah.

Seufzend schüttelte sie den Kopf. »Er hat keine Stunde gespielt und schon macht er ein Schläfchen?« Sie richtete ihre Aufmerksamkeit auf Henrik. »Warum hast du ihn nicht nach unten getragen und in seine Koje gelegt?«

Henrik trat zwei Schritte vor und verließ den Schatten. »Mama ...«

Lillians Herz setzte einen Schlag aus, als sie seinen gebrochenen Ton hörte und bemerkte, dass seine Augen in glänzenden Tränen schwammen.

Hinter ihm drängten sich plötzlich andere Passagiere am Durchgang und reckten die Hälse, um einen Blick auf sie zu erhaschen. Nervöse Unruhe beschleunigte ihren Herzschlag. »Henrik?«

Aber Henrik blieb still. Sein Kinn zitterte. Joseph schwankte an der Tür, als würde er die Menge zurückhalten. Lillian wandte ihr Gesicht dem Seemann zu. Bei seiner betroffenen Miene zog sich ihr Magen zusammen.

»Was ist los?« Sie stürmte auf ihn zu und berührte Jakobs Haar.

Der kleine Junge bewegte sich nicht. Seine Arme hingen schlaff herunter. Lillian fasste seine Hand und führte sie an die Lippen. »Er schläft, *jo*?« Schon als sie die Frage stellte, kannte ihr Herz die Antwort. »Jakob, mein *kjestlijch en Sän*, wach jetzt auf für deine Mama.«

Eine einzelne Träne rann vom Auge des Seemanns zu seinem Kinn. Dort verharrte sie einen Moment lang zitternd, bevor sie auf Jakobs Brust tropfte. »Nach dem Regen, als alles nass und rutschig war …«

Lillian kämpfte gegen den Drang an, sich die Ohren zuzuhalten. Sie wollte die Worte des Mannes nicht hören.

»Er ist so gern auf die Webleinen mit mir geklettert. Aber … dieses Mal … ist er ausgerutscht und sein Fuß ist hängen geblieben. Als er fiel, schlug er mit dem Kopf auf … er …«

»Nein!« Lillian riss Jakob aus den Armen des Mannes. Sie drückte ihn an ihre schmerzende Brust. Er lag reglos in ihrer Umklammerung. Jetzt erst bemerkte sie das Blut, das als kleines Rinnsal aus seinem linken Ohr floss.

Der Seemann streckte die Hand aus und ließ sie ein paar Zentimeter vor Jakob in der Luft hängen, ohne ihn zu berühren. »Der Kapitän sagt, er hat sich das Genick gebrochen. Er … er hat nicht gelitten.«

Lillian starrte den jungen Mann an. Glaubte er, seine Worte würden sie trösten? Plötzlich dämmerte ihr, wen sie vor sich hatte. »Sie sind Franz.«

Er nickte.

Jakobs liebe Stimme ging ihr durch den Kopf. *»Franz ist der beste Seemann!«* Plötzlich wurde sie von Wut verzehrt, wie trockenes Laub, das in Flammen aufgeht. Ihr Körper zitterte vor Anstrengung, einen Hass zu beherrschen, zu dem sie sich nicht für fähig gehalten hätte. »Jakob hat Sie seinen Freund genannt. Aber Sie haben ihn verraten. Sie haben ihm erlaubt, an einer Stelle zu klettern, die nicht sicher war. Sie haben ihn fallen lassen. Sie haben ihn *sterben* lassen!« Sie geißelte den Mann mit ihren Worten, selbst als die Tränen über seine Wangen strömten. »Sie haben meinen Sohn getötet!«

Hatte sie je zuvor solche hasserfüllten Worte an jemanden gerichtet? Nein, niemals. Aber ein so tiefer Schmerz brauchte ein Ventil und sie wusste nichts Besseres, als ihn jemand anderes um die Ohren zu schlagen. Franz – der Fremde, dem die Tränen über das braun gebrannte, kantige Gesicht flossen – stellte ein willkommenes Opfer dar. Schweigend und wehrlos ließ er ihren gequälten Zorn über sich ergehen.

Sie öffnete den Mund, um einen weiteren Schwall Wörter auszustoßen, aber Henrik sprang nach vorne. »Mama! *Nä!* Franz hat nichts falsch gemacht. Er hat versucht, Jakob aufzuhalten. Er hat ihm gesagt, dass er heute nicht auf den Seilen klettern darf. Aber Jakob hat gelacht und gesagt, er wäre *ne Op* – ein Affe.« Seine Stimme ging in einem Schluchzen unter. »Er … er wollte nicht hören, Mama.«

Lillian wandte langsam den Blick und betrachtete Jakobs regloses Gesicht. Ja, das sah ihrem *kjestlijch en Sän* – ihrem kostbaren Sohn – ähnlich, dass er ein Affe sein und nach den langen, stürmischen, im Sitzen verbrachten Tagen umherklettern wollte. Sie sah ihn vor sich, wie er lachte, vor Franz' ausgestreckten Armen davonsauste und mit glänzenden Augen neckend rief: »Fang mich, Franz!«

Tränen schossen ihr in die Augen und verschleierten ihren Blick. Sie drückte Jakob an ihr Herz und vergrub ihr Gesicht an seinem Hals. »O Jakob … Jakob …« Sie sank auf die Knie und hielt Jakob dabei immer noch fest umklammert. Henrik kniete sich neben sie, die Hände auf die Schenkel gestützt. In seiner Kehle zuckte es.

Franz ging vor ihr in die Hocke. »Frau Vogt, es tut mir leid. Es tut mir so entsetzlich leid.« Seine schmerzerfüllten Augen flehten sie an, ihm zu vergeben, dass er ihren kleinen Sohn nicht gerettet hatte.

Aber ihre eigene quälende Trauer verschloss Lillian die Kehle. Sie konnte diesem jungen Mann keine Absolution erteilen. Auch sich selbst nicht, denn sie hatte ihm Jakob anvertraut. Sie und Franz waren gemeinsam für Jakobs Tod verantwortlich und mussten beide unter dem Wissen ihrer Schuld leiden.

Nach ein paar Augenblicken stand Franz wortlos auf und ging steifbeinig an Joseph vorbei, der sich nicht von der Tür entfernt hatte.

Sobald Franz weg war, zerstreuten sich auch die Zuschauer, die sich vor der Tür versammelt hatten. Das Murmeln ihrer Stimmen drang an Lillians Ohren, aber sie hielt den Kopf weiterhin gesenkt.

Sonnenlicht flutete durch die offene Tür herein und tauchte Jakob in seine gelben Strahlen. Lillian betrachtete das Gesicht ihres Sohnes genau und prägte sich jede Einzelheit ein. Wie friedlich er aussah – so unschuldig mit seinen runden Wangen und den gebogenen Wimpern. Seine vollen Lippen waren leicht geöffnet, als läge er in tiefem Schlaf, aber kein nach Milch duftender Atem drang aus seinem Mund.

Ein Schatten fiel auf Jakobs Körper und sie sah stirnrunzelnd auf, um dem Eindringling zu sagen, er solle ihrem Kind nichts von der Sonnenwärme nehmen. Eli schaute auf sie herab. Seine Augen verdunkelten sich vor Traurigkeit.

Seine mitfühlende Miene ließ Lillian aufschluchzen. »Wie hast du es erfahren? Hat Franz es dir gesagt?«

Langsam ging Eli in die Hocke. Sein Blick wanderte von Jakob zu Lillian. Er schüttelte leicht den Kopf, als sei er verwirrt.

Lillian drückte Jakobs Wange an ihre und begann zu klagen. »Wie soll ich Reinhardt nur sagen, dass unser kleiner Junge nicht mehr lebt? Unser kostbarer Junge … unser süßes Baby …« Ihre Tränen flossen, aber sie atmete mehrmals tief durch, um sich zu beruhigen. Henrik und Joseph zuliebe musste sie stark sein. Sie wandte sich zu Henrik und sagte: »Geh zu deinem Bruder. Joseph braucht dich.«

Mit einem nüchternen Nicken erhob sich Henrik und ging zu Joseph hinüber. Die beiden drückten sich aneinander, die Köpfe dicht beisammen, Henriks Arm um Josephs Schultern. Joseph und Henrik hatten dunkle Haare und Augen, wie ihr Vater. Nur der kleine Jakob hatte die hellen Haare und blauen Augen von Lillian. Reinhardt hatte ihr oft zugeflüstert, wie froh er war, dass einer der Jungen nach den Farben der Mutter kam. Jakobs sonnengelbe Haare und himmelblauen Augen entsprachen seinem sonnigen Wesen.

O Reinhardt, es wird dich zu Boden werfen, dass du deinen süßen Sohn verloren hast. Wie konnte sie es ertragen, ihrem Mann in die Augen zu blicken, wenn er von Jakobs Tod erfuhr? Sie hatte eine Idee – es war eine selbstsüchtige Idee, aber sie würde ihr eine große Last abnehmen. Lillian kaute einen Moment lang auf ihrer Unterlippe, dann hob sie das Gesicht und begegnete Elis Blick.

»Eli, wirst du … wirst du Reinhardt diese Nachricht für mich überbringen? Ich … kann Jakobs Körper hier nicht einfach liegen lassen. Es wird Reinhardt nicht guttun, sein totes Kind zu sehen, während er krank ist.«

Sie blinzelte heftig, um die Tränen aus ihren Augen zu vertreiben. »Wirst du es ihm bitte sagen?«

Eli sackte nach vorn, den Kopf tief gebeugt. Er bedeckte sein Gesicht mit einer Hand und sein Körper erschauerte. Seine offensichtliche Trauer verstärkte ihr eigenes Gefühl des Verlustes und sie musste sich aufs Äußerste zusammenreißen, um nicht in lautes Weinen auszubrechen. Ihre Brust fühlte sich an, als würde sie jederzeit explodieren, aber sie hielt ihre Schluchzer zurück und wartete, bis Eli seine Gefühle wieder unter Kontrolle hatte.

Schließlich sah er sie an. Der Schmerz in seinen Augen durchdrang sie. Wie tief er Jakob liebte! »Lillian …« Sie musste ihm ihren Kopf entgegenneigen, um seine raue, flüsterleise Stimme zu hören. »Ich habe heute Morgen mit dem Arzt gesprochen und …« Er hielt inne und schluckte, wobei sein Adamsapfel auf und ab hüpfte. Er streckte seine Hände aus und umklammerte ihre Oberarme. Seine Finger drückten sich in ihr Fleisch. »Letzte Nacht ist Reinhardt von uns gegangen. Wie Jakob ist auch er jetzt bei seinem Schöpfer.«

Nä! Hätte Eli sie nicht gehalten, wäre sie zur Seite umgefallen. *O Herr, das ist zu viel! Ich kann es nicht ertragen! Bitte, mein Vater …* Sprach sie das Gebet aus oder war es nur ein Stöhnen in ihrem Inneren? Was für ein grausamer Schlag, dass sie von Reinhardts Tod erfuhr, während sie den leblosen Körper ihres Jüngsten im Arm hielt. Ihr ganzes Leben lang hatte sie gehört, sie könne einem liebenden Vatergott vertrauen. Aber wie konnte ein liebender Gott eines seiner Kinder solchem Kummer aussetzen?

Sie schob den rebellischen Gedanken beiseite und versuchte aufzustehen, aber behindert durch Jakobs Gewicht und ihre zitternden Beine, brach sie auf dem Boden zusammen. Eli legte seine Arme um Jakob und sie und zog sie hoch. Sein Atem berührte ihr Haar, als er sprach. »Ich werde dich zur Krankenstation bringen, wo du von Reinhardt Abschied nehmen kannst. Der Arzt sagt, dass die Bestattung noch heute stattfinden muss.«

Lillian starrte ihm ins Gesicht. Die anderen Reisenden, die gestorben waren, hatte man in Tücher gewickelt und ins Meer hinuntergelassen. Bei einem Begräbnis zu Hause wurde der Sarg von einer Schaufel Erde nach der anderen Stück für Stück bedeckt, was die Möglichkeit bot, langsam Abschied zu nehmen. Aber auf dem Meer gab es ein sanftes Platschen und der Körper wurde mit einem Mal verschluckt. Wie konnte sie sich so unvermittelt von Reinhardt und Jakob verabschieden?

Allein bei der Vorstellung, dass ihr geliebter Mann und ihr Sohn am Grund des Ozeans lagen, zuckte sie vor Widerwillen zusammen. Sie schüttelte heftig den Kopf. »*Nä. Nä.* Sie müssen eine Ruhestätte an Land haben. Bitte, Eli, sag dem Kapitän –«

Eli drückte ihren Arm. »Lillian, es gibt keine andere Möglichkeit. Ihre Körper … bis wir das Land erreichen …« Er spähte über die Schulter zu Henrik und Joseph, die nebeneinanderstanden und mit großen, verzweifelten Augen zu ihnen schauten. Er wandte sich wieder zu Lillian und beendete seinen Satz mit einem Flüstern. »Wir müssen das tun, was das Beste für alle ist.«

»Ach, aber Eli … nicht ins Meer …« Ein Schluchzer schnitt ihr die Worte ab.

Eli legte seine große Hand um Jakobs Kopf. »Wir geben dem Ozean nur ihre Hüllen. Ihre Seelen sind bereits bei Gott, Lillian. Ihre Seelen sind frei.«

Seine sanfte Stimme beruhigte sie kaum. Sie drückte Jakob noch fester an ihre Brust und drückte ihre Wange an sein Haar. »Ich kann nicht. Ich kann nicht, Eli. Bitte …«

Er öffnete den Mund, zweifellos, um ein weiteres Argument vorzubringen, aber ein plötzliches Röcheln und ein dumpfer Schlag hinter ihm lenkte ihre Aufmerksamkeit ab. Eli drehte sich ruckartig um und Lillian schaute an ihm vorbei. Joseph lag ausgestreckt auf dem Boden. Henrik kniete neben ihm.

»Joseph!« Lillian stolperte vorwärts, ihr Herz pochte. War der Junge vor Kummer ohnmächtig geworden?

Eli rannte zu Joseph hin. »Joseph?« Sanft klopfte er ihm an die Wange. Elis Kopf schoss hoch und er fixierte Lillian mit besorgtem Blick. »Wir müssen ihn sofort ins Schiffshospital bringen. Er glüht vor Fieber.«

8

»Du darfst Joseph nicht in dieses nutzlose Krankenzimmer bringen!« Henrik sprang auf die Beine und ballte die Fäuste. Bereits sein Vater war unter der Fürsorge des Arztes gestorben. Henrik konnte nicht zulassen, dass Eli seinen Bruder den wirkungslosen Anwendungen dieses Mannes überließ.

Eli schob seine Arme unter Josephs Schultern und Knie und hob ihn auf. »Wir haben keine Wahl, mein Junge.« Obwohl seine Stirn gerunzelt war, sprach er in freundlichem Ton. »Joseph ist krank – die anderen Passagiere werden nicht zulassen, dass er im Schlafraum bleibt.«

»Dann werden wir einen anderen Platz für ihn finden … irgendwo. Und Mama wird ihn pflegen.« Henrik schaute von Eli zu seiner Mutter. Ihr blasses, betroffenes Gesicht stoppte ihn. Sie sah nicht so aus, als würde sie für sich selbst, geschweige denn für einen kranken Jungen sorgen können.

Henrik straffte die Schultern. Er war jetzt der Mann in der Familie und er würde entscheiden, was das Beste war. »Oder ich kümmere mich selbst um ihn. Aber du wirst ihn nicht in die Hände des Arztes geben, der meinen Vater hat sterben lassen.« Im Bewusstsein, was seine Familie in so kurzer Zeit alles verloren hatte, wäre Henrik vor Trauer fast zusammengebrochen. Doch irgendwie schaffte er es, aufrecht stehen zu bleiben. Er starrte Eli wütend an. »Gib mir meinen Bruder.« Er streckte seine Arme aus.

Mit bedauerndem Blick schüttelte Eli den Kopf und schob sich an Henrik vorbei. »Ich bringe Joseph zur Krankenstation und dann werde ich helfen, Reinhardts Körper für die Bestattung vorzubereiten. Bleib bei deiner Mutter und tröste sie.« Er marschierte um die Ecke.

Henrik starrte ihm nach, vor Schock wie angewurzelt. Nach ein paar fassungslosen Sekunden wirbelte er zu seiner Mutter herum.

»Willst du zulassen, dass er Joseph mitnimmt? Da könntest du genauso gut seinen Totenschein selbst unterzeichnen!« Seine Mutter schaute ihn an. Beunruhigung und Trauer standen in ihren rot geschwollenen Augen, aber er weigerte sich, aufzugeben. »Geh Eli nach und sag ihm, dass er Joseph mir überlassen soll.«

Langsam schüttelte Lillian den Kopf. Tränen strömten über ihre Wangen. »Eli hat recht, Henrik. Du kannst Joseph nicht pflegen. Die anderen auf dem Schiff würden es nicht erlauben. Und was, wenn du auch noch krank werden würdest? Was … was würde ich dann machen?« Ein Schluchzer schüttelte ihre Schultern und sie schob sich Jakobs leblose Gestalt in ihren Armen neu zurecht.

Henrik griff sich verzweifelt in die Haare und stöhnte. »Aber wie können wir zulassen, dass Joseph mit dieser Krankheit ins Hospital geht? Er kommt vielleicht nicht wieder lebend heraus.«

»Henrik …« Lillian warf ihm einen flehenden Blick zu. »Wir müssen vertr –«

»Vertrauen?« Überwältigt von einer Welle der Wut brach das Wort aus Henrik heraus. »Wir müssen *vertrauen*, wolltest du das sagen? Wem vertrauen? Dem Arzt? Gott?« Henrik lachte. Es klang dumpf und freudlos. »Was hat es uns genützt zu vertrauen? Vater ist tot. Jakob ist tot. Joseph ist krank …« Er beugte sich vor und starrte ungläubig ins weiße Gesicht seiner Mutter. »Wie können wir da noch *vertrauen*?«

Lillian verzog das Gesicht. »Aber Henrik, was bleibt uns anderes übrig? Wir *müssen* vertrauen. Wenn wir keinen Glauben haben, dann …«

Henrik wartete darauf, dass sie weitersprach, aber sie vollendete ihren Gedanken nicht. Unfähig, länger in das schmerzverzerrte Gesicht seiner Mutter zu sehen, senkte er den Blick. Seine Augen fielen auf Jakobs leblosen Körper. Ein Schmerz, brennender als alles, was er je zuvor erlebt hatte, durchdrang seine Brust. Wenn sie nur in Gnadenfeld geblieben wären, dann würde Jakob immer noch herumrennen, lachen und Späße machen. Wenn sie das Schiff nicht bestiegen hätten, wären sie nicht mit der Krankheit in Berührung gekommen, die seinen Vater das Leben gekostet hatte und die möglicherweise – genau in diesem Moment – das Leben seines übrig gebliebenen Bruders verzehrte.

Henrik wandte sich vom Anblick des kleinen Jakob in Lillians Armen ab und presste sich die Fäuste in die Augenhöhlen. Hinter seinen geschlossenen Lidern sprühten Farben, eine Explosion von Schmerz und Trauer. Sie hatten Gnadenfeld seinetwegen verlassen. Um ihn vor Schaden zu bewahren. Aber um welchen Preis? Er stieß die Arme nach unten und stürmte aus dem Speisesaal. Er hörte, wie seine Mutter verzweifelt seinen Namen rief, aber er polterte um die Ecke, über das Deck und die Treppe hinunter, wobei er immer zwei Stufen auf einmal nahm.

Beinahe rannte er zwei Männer um, die nach oben wollten, aber er hielt nicht an, um sich zu entschuldigen. Er musste einen Ort finden, an dem er sich vor dem heftigen Angriff der Schuld verstecken konnte. Wie ein aufgescheuchtes Tier marschierte er durch die unteren Stockwerke des Schiffs, auf der Suche nach einer Abstellkammer oder einem anderen Raum, der ihm Zuflucht bieten könnte. Aber nachdem er einige Minuten lang fieberhaft gesucht hatte, sah er ein, wie vergeblich diese Jagd war und er gab auf.

Er ließ sich in seine Koje fallen und vergrub das Gesicht in seinem Ellbogen. Es gab keinen Ort, an den er fliehen konnte. Er würde die Last dieser Schuld bis ins eigene Grab mitnehmen.

»Asche zu Asche, Staub zu Staub …«

Beinahe hätte Lillian eine höhnische Bemerkung gemacht. Wie absurd die feierliche Äußerung des Kapitäns war! Staub … in den Wellen des Ozeans? Ein hysterischer Lachkrampf drohte aus ihr hervorzubrechen. Aber sie unterdrückte ihn. Vorhin hatte sie die lauten Klagerufe einer anderen Frau gehört, deren Mann am Fieber gestorben war. Zu so einem würdelosen Ausdruck der Trauer würde sie sich nicht herablassen.

Passagiere mit traurigen Gesichtern umgaben Lillian und Eli. Henrik war unten geblieben, zusammengekauert in seiner Koje. Obwohl Lillian befürchtete, dass er es später bereuen würde, sich nicht von seinem Vater und seinem Bruder verabschiedet zu haben, hatte sie nicht die Kraft besessen, mit ihm darüber zu streiten. Deshalb erlaubte sie ihm, allein und auf seine Weise zu trauern.

Ihre Brust zog sich zusammen und behinderte ihre Atmung, als sie zuschaute, wie zwei Seeleute Reinhardts in Stoff gewickelten Körper hochnahmen und über den Rand des Schiffs hielten. Als der Kapitän nickte, ließen sie los. Ein Platschen verriet, dass der Ozean seine Gabe erhalten hatte. Lillian keuchte auf und bedeckte ihren Mund mit einer Hand.

Dann hoben die Männer das kleinere Bündel. Unwillkürlich stolperte Lillian vorwärts und streckte die Arme nach ihrem Sohn aus. Aber starke Hände legten sich um ihre Oberarme und zogen sie an eine feste Brust. Eine Stimme, leise und sanft – Elis Stimme – flüsterte ihr ins Ohr. »Lass ihn gehen, Lillian. Du musst ihn loslassen.«

Der Kapitän hatte ihr den Tag zugestanden, damit sie trauern konnte. Damit sie den kräftigen Körper ihres Sohnes baden, sein dichtes, sonniges Haar kämmen, ihn im Arm wiegen und ihm ein letztes Mal seine liebsten Schlaflieder vorsingen konnte. Aber jetzt, als die Sonne unterging und den Himmel mit flammenden Rosa-, Purpur- und Gelbtönen überzog, war sie gezwungen, ihren *kjestlijch en Sän* dem Ozean zu übergeben. Der Kapitän blickte zu ihr und seine Augen fragten lautlos: *Sind Sie bereit?*

Wieder hätte Lillian beinahe ein verächtliches Lachen ausgestoßen. War eine Mutter je dazu bereit, sich endgültig von ihrem Kind zu verabschieden? Aber unerklärlicherweise fand sie irgendwie die Kraft, ihr Kinn zu einem Nicken zu senken. Kurz darauf drang ein weiteres Platschen – viel leiser als das erste – an ihre Ohren.

Lillians nächster Atemzug fühlte sich an wie eine Flamme, die sie von innen heraus verzehrte. Wie grausam, dass ihr Herz weiter schlug, dass ihre Lungen weiter Luft holten, während ihr Mann und ihr liebes Kind kein Leben mehr in sich hatten! Der Kapitän, die Matrosen und einige Passagiere zogen an ihr vorbei, bekundeten ihr Beileid, drückten ihre Hand und versprachen, für sie zu beten. Sie murmelte ihren Dank für die unzureichenden Worte und wusste, dass die Menschen das Beste gaben, was sie anzubieten hatten. Aber selbst als sie in ruhigem, gleichmäßigem Ton antwortete, fühlte sie sich seltsam distanziert von ihrer eigenen Person.

Es kam ihr vor, als würde sie in einem Traum feststecken. Morgen würde sie aufwachen und mit Reinhardt über ihre absurde Fantasie lachen. Zusammen würden sie beobachten, wie Jakob über die Webleinen kletterte, und Joseph würde ihn herausfordern, höher zu klettern. Vor ihrem inneren Auge konnte sie Jakobs spitzbübisches Grinsen sehen, Reinhardts Lachen hören und seinen Arm um ihre Taille spüren. Sie kniff die Augen fest zu und verlor sich in der Szene in ihrem Kopf.

»Lillian.«

Sie machte ein finsteres Gesicht und widerstand der störenden Stimme.

»Lillian, wir müssen miteinander reden.«

Die Bilder lösten sich auf, als Lillian die Augen öffnete. Die anderen Passagiere waren verschwunden. Sie und Eli standen allein an Deck. Wut stieg in ihr auf. Warum hatte Eli sie gestört?

»Können wir in den Speisesaal gehen und uns an einen Tisch setzen?«

Feuchter, kalter Wind schlug ihr ins Gesicht. Eine Gänsehaut kroch über ihren ganzen Körper. Sie zog den Schal fester um ihre Schultern. Sie wollte nach unten gehen, sich in ihrer warmen Koje zusammenrollen und sich dem Schlaf überlassen. Wenn sie schlief, konnte sie träumen. Wenn der Herr ihr ihren Herzenswunsch gewährte, würden Reinhardt und Jakob in diesen Träumen vorkommen. Sie drehte sich um, mit der Absicht, zur Treppe zu gehen, aber Eli legte seine Hand an ihren Rücken und steuerte sie in den Speisesaal, als hätte sie ihr Einverständnis dazu gegeben.

Er drückte sie auf eine Bank, setzte sich gegenüber hin und verschränkte die Hände auf der zerkratzten Tischplatte. »Lillian, ich denke, wir sollten über Kansas reden.«

Kansas? Die Pläne, die sie und Reinhardt zusammen gemacht hatten, schienen in einem anderen Leben gewesen zu sein. Wie sollte sie jetzt an Kansas denken können, wenn ihr Mann gerade gestorben war?

»Ich gehe nicht nach Kansas.« Es überraschte sie, wie kräftig ihre Stimme klang. Vielleicht hatte die Wut, die durch ihre Adern pulsierte, ihr den Mut dazu gegeben. »Kansas war Reinhardts Plan für uns alle. Da wir nicht alle zusammen gehen können, werde ich auch nicht gehen.«

Eli machte ein verblüfftes Gesicht. »Was willst du stattdessen tun?«

Lillian zuckte leicht die Achseln. »Natürlich heim nach Gnadenfeld reisen.« In Gnadenfeld würden die Dorfbewohner einer Witwe und ihren verwaisten Kindern eine helfende Hand reichen, so wie sie es immer taten. Aber nein … sie konnte ja nicht nach Russland zurückkehren. Henrik würde man sonst zum Militärdienst zwingen. Sie musste weitermachen, wie Reinhardt es geplant hatte. Doch wie sollten sie und die Jungen ohne seine Anleitung und Fürsorge zurechtkommen? Die Angst überrollte sie wie eine gewaltige Welle und drohte, sie in die Tiefe zu ziehen. Sie presste die Fingerspitzen an ihre zitternden Lippen und starrte Eli an.

Er beugte sich vor, streckte eine Hand über den Tisch aus und fasste sie sanft am Handgelenk. »Lillian, den ganzen Tag habe ich darüber nachgedacht, was das Beste ist. Wir können nicht umkehren, ohne dass Henrik mit ernsten Folgen rechnen muss. Reinhardt wollte ihn vor dem Militärdienst in Sicherheit bringen. Reinhardt würde wollen, dass wir nach Kansas gehen. Und … ich glaube …« Er machte eine Pause und schluckte schwer. »Ich glaube, Reinhardt würde wollen, dass ich mich um seine Frau und Kinder kümmere.«

Lillian befreite sich aus seinem Griff und legte ihre Hand auf die Stelle, die immer noch warm von seiner Berührung war. »Du willst, dass wir … zusammen … weiterreisen?« Wäre Eli Reinhardts leiblicher Bruder gewesen, hätte das ja noch angehen können. Ein Schwager konnte die Rolle eines Beschützers übernehmen. Aber Eli war nicht Reinhardts Bruder. Er stand ihm vielleicht so nahe wie ein Bruder, aber er war mit ihm nicht blutsverwandt. Diese Reise mit Eli fortzusetzen, wäre im besten Fall unschicklich und im schlimmsten Fall moralisch verdorben.

Über seinen dicken, dunklen Barthaaren leuchteten Elis Wangen in glühendem Rot. »Ich weiß, es erscheint … anstößig … aber das müsste es nicht sein. Wenn …« Rote Flecken zeigten sich an seinem Hals. »Wenn wir Mann und Frau wären, würde niemand schlecht darüber denken, dass wir zusammen weiterreisen.«

Lillian sprang von ihrem Platz auf. »M-Mann und Frau?« Sie starrte ihn entsetzt und ungläubig an. Es war noch kein ganzer Tag vergangen, seit sie von Reinhardts Tod erfahren hatte, und schon wollte Eli sie zur Frau nehmen? In allen Jahren ihrer Bekanntschaft mit Eli hatte sie nie einen Grund gehabt, ihn nicht zu mögen. Aber in diesem Moment, als sie in sein rot angelaufenes Gesicht sah, verabscheute sie seinen Anblick.

Eli stand auf und deutete auf die Bank, die sie verlassen hatte. »Bitte, Lillian, setz dich hin. Hör dir alles an, was ich zu sagen habe. Wenn du mich dann abweist, werde ich nicht mehr darauf zurückkommen.«

Er wartete mit flehender Miene, während sie gegen den Reiz kämpfte, aus dem Raum zu stürzen. Aber schließlich führte die Erschöpfung sie zurück auf die Bank. Sie setzte sich und auch er ließ sich wieder auf seinen Platz sinken.

Er räusperte sich. »Ich weiß, dass es plötzlich kommt. Vieles beschwert dich und du hältst mich für lieblos, dass ich diesen Vorschlag mache.«

Sie verzichtete auf ein zustimmendes Nicken.

Er fasste sich ans Kinn und seine Finger verschwanden in seinem dichten Bart. »Bitte vergib mir, dass ich dir eine weitere Last aufbürde, aber wir haben nicht viel Zeit. Nur noch eine Woche, dann erreichen wir Amerika. Wir müssen uns entscheiden, was wir tun wollen.«

So wenig Lillian es zugeben mochte, sprach er doch die Wahrheit.

Sie mussten Entscheidungen treffen. Als Kind hatte sie sich von ihrem Vater leiten lassen; nach ihrer Heirat mit Reinhardt hatte sie sich seinen Entscheidungen untergeordnet. Wie einfach wäre es, Eli zuzustimmen und ihm zu erlauben, dass er sie führte.

»Du schlägst vor, dass wir … heiraten?« Mühsam überwanden die Worte den Kloß in ihrer Kehle.

»*Jo.*« Er nickte. Seine Bewegung war unsicher, aber er sprach mit fester Stimme. »Wir können ohne irgendwelche Missbilligung zusammen weiterreisen, wenn wir Mann und Frau sind. Henrik, Joseph und du, ihr werdet jemand haben, der für euch sorgt und euch beschützt. Die Jungen werden einen Mann um sich haben, der ihnen hilft, im mennonitischen Glauben aufzuwachsen. Das ist wichtig.«

Lillian dachte sorgfältig über seine Argumente nach. Sie sah ein, dass sein Vorschlag sinnvoll war. Doch eine Frage blieb offen. Wie konnte sie sie stellen? Sie hatte Reinhardt geliebt. In sein Bett zu schlüpfen, war ihr nie unangenehm gewesen. Aber obwohl sie Eli kannte, mochte und achtete, konnte sie nicht behaupten, mehr als freundschaftliche Gefühle für ihn zu hegen. Würde er von ihr erwarten, dass sie in jeder Hinsicht seine Frau wäre?

Die Stille zwischen ihnen dehnte sich aus und Eli seufzte tief auf. »Ich weiß, es gibt viel, worüber du nachdenken musst. Ich will dich nicht drängen, mir heute Abend eine Antwort zu geben. Nimm dir Zeit. Bete darüber.«

Lillian fuhr sich mit der Zunge über die Lippen. Ja, sie musste den himmlischen Vater nach seinem Willen fragen.

Eli sprach leise weiter. »Wenn du dich dafür entscheidest, wird der Kapitän uns trauen, bevor das Schiff anlegt.« Seine Brust dehnte sich aus, als er tief Luft holte. »Wenn du dich dafür entscheidest, werden wir im neuen Land als neue Familie neu anfangen.«

Er sagte nicht, was sie tun würden, wenn sie seinen Vorschlag ablehnen würde.

9

Eli schlich zum Deck hoch. Auf Zehenspitzen erklomm er die Stufen, um so leise wie möglich zu sein. Seine Mitreisenden schliefen und er wollte sie nicht stören. Aber er musste Henrik folgen. Vor wenigen Augenblicken war er aufgewacht und hatte beobachtet, wie der Junge um die Ecke Richtung Treppe geschlüpft war.

In den drei Tagen, seit sie Reinhardt und Jakob dem Meer übergeben und Joseph zur Krankenstation gebracht hatten, war Henrik wortkarg gewesen und hatte sich von allen anderen ferngehalten. Eli hatte gesehen, wie bedrückt Lillian darüber war, dass sich ihr Sohn so zurückzog, und ihr Kummer schmerzte ihn. Man musste Henrik begreiflich machen, wie sehr seine Mutter unter seiner Kälte litt. Ein ruhiges Gespräch in der Nacht, fern von den Ohren anderer Passagiere, und ohne dass Lillian es mitbekam und sich einmischte, war vielleicht das Richtige, um Henrik zu bewegen, sein Verhalten zu ändern. Zumindest betete Eli darum, dass es so sein würde.

Der Mond stand hoch und hell am wolkenlosen Himmel und tauchte das Deck in sanftes Licht. Henrik saß mit dem Rücken zur Wand da, die Arme um die Knie geschlungen, den Blick zum Himmel gerichtet. Der Wind zerzauste sein braunes Haar und ließ die offene Jacke flattern. Einen Moment lang verharrte Eli und kam nicht näher. Der Junge war offenbar tief in Gedanken versunken. Sollte er sich ihm aufdrängen? Aber dann sah er Lillians bekümmertes Gesicht vor sich und ihre Augen, die vor ungeweinten Tränen glänzten. Dieses Bild trieb ihn voran. Als er sich näherte, wandte Henrik den Kopf. Er machte eine finstere Miene.

»Ich bin hier nach oben gekommen, um allein zu sein.«

Eli setzte sich, zog die Knie an und nahm die gleiche Haltung ein wie Henrik. Sie bot etwas Wärme gegen die Nachtluft. Er schaute zum beinahe weißen Mond hinauf, der an einem samtenen schwarzen Nachthimmel hing, und schlug einen milden Ton an. »Du bist seit Tagen allein. Wird es nicht Zeit, mit dem Schmollen aufzuhören?«

Henrik schnaubte und drückte die Handflächen auf den Holzboden, bereit, aufzuspringen und zu fliehen.

Flink wie eine hervorschnellende Schlange streckte Eli den Arm aus und packte Henrik am Handgelenk, sodass er sich nicht erheben konnte. »Wir müssen miteinander reden.«

Der Junge machte eine ärgerliche Miene. Er riss sein Handgelenk los. »Ich habe nichts zu sagen.«

»Dann hör mir zu.« Eli drehte den Kopf und sah direkt in Henriks zusammengezogene Augen. »Du willst ein Mann sein. Das verstehe ich. Jeder Junge kann es kaum erwarten, ein Mann zu werden. In wenigen Wochen wirst du das entsprechende Alter auch erreicht haben. Aber Männlichkeit hat nicht nur mit einem bestimmten Alter zu tun, Henrik. Es geht auch um Reife, und dazu gehört, dass man die eigenen Wünsche beiseitestellt und sich um die Bedürfnisse von anderen kümmert.

Deine Mutter hat einen schweren Verlust erlitten. Sie braucht jetzt deine Anwesenheit, deine Unterstützung und dein Verständnis.« Wieder sah er Lillians schmerzerfülltes Gesicht vor sich. Das motivierte ihn, in strengerem Ton mit Henrik zu reden als je zuvor. »Indem du auf Distanz gehst, vermehrst du den Kummer ihres bereits gebrochenen Herzens. Ist es das, was du möchtest?«

Henriks Gesichtsausdruck blieb finster, aber er schüttelte den Kopf. »Ich will Mama nicht verletzen.«

»Was willst du dann?«

Der Junge starrte mit gekräuselten Lippen in Elis Gesicht. Eli wartete schweigend, um Henrik die Möglichkeit zu geben, seine Gedanken zu sammeln. Aber einige Minuten vergingen, ohne dass Henrik etwas sagte. Schließlich öffnete Eli den Mund, um ihn noch einmal zu fragen.

»Ich habe mir Gedanken gemacht, wie ich für Mama und Joseph sorgen kann.« Die Worte platzten heraus, als würde Henrik sie gegen seinen eigenen Willen preisgeben.

»Ich verstehe.« Eli nickte langsam. Er blickte auf die gesprenkelte Bahn, die der Mond aufs Wasser warf, und wandte das Gesicht dann wieder zu Henrik. »Bist du zu einem Entschluss gekommen?«

Henriks Seufzer bildete ein kurzes Wölkchen in der kühlen Nachtluft. »Ich werde arbeiten müssen, zumindest so lange, bis Joseph alt genug ist, um selbst Geld zu verdienen und für Mama zu sorgen. Wenn er alt genug ist, werde ich zur Universität gehen, genau, wie ich es in Russland geplant habe, und Lehrer werden. Wenn ich dann meinen Abschluss habe, werde ich Mama versorgen und Joseph die Freiheit geben, seine eigenen Träume zu verwirklichen.«

Eli schwoll das Herz. Henrik hatte die Zeit seiner Isolation genutzt, um gute Pläne zu machen. Er wünschte nur, der Junge hätte seiner Mutter diese Ideen mitgeteilt. Sie hätte sich bedeutend weniger Sorgen gemacht, wenn sie gewusst hätte, dass seine Gedanken sich um sie drehten.

»Ich sehe, dass du das Beste für dich und deinen Bruder willst.«

Henrik nickte und schaute weg. Der verkniffene Zug um seine Augen legte die Vermutung nahe, dass dem Jungen auch andere Gedanken durch den Kopf gingen. Doch Eli wollte ihn nicht bedrängen, sie zu verraten. Manchmal musste ein Mann seine Gedanken für sich behalten.

»Wann hast du vor, deiner Mutter diese Idee mitzuteilen?«

Henrik hob die Schultern zu einem Zucken.

»Wir erreichen New York in nur wenigen Tagen.« Eli wartete auf eine Bestätigung. Als keine kam, fuhr er fort: »Auch ich habe eine Idee, wie für deine Mutter gesorgt werden kann.«

Henrik wandte Eli das Gesicht zu und plötzlich spürte Eli eine Scheu davor, weiterzusprechen. Doch Henrik war kein kleiner Junge mehr, den man aus Entscheidungen heraushalten sollte. Er sollte wissen, was los war. Also holte Eli tief Luft und gestand: »Ich habe angeboten, Lillian zu heiraten und für sie und euch Jungen zu sorgen.«

Mit einem Ruck warf Henrik sich herum und sah Eli direkt ins Gesicht. »Sie heiraten!«

»*Jo*, genau das.«

Der Junge schüttelte den Kopf. »A-aber Vater ist gerade erst gestorben. Mutter liebt ihn noch immer. Wie kann sie dich da heiraten?«

Eli spürte, wie ihm die Hitze in die Wangen stieg. Henrik musste ihn nicht daran erinnern, dass Lillian keine Liebe für ihn empfand. Es war schwer, die tiefe Sehnsucht nach einer Frau, die ihm von Herzen zugetan war, aufzugeben. Aber er war davon überzeugt, dass es eine Frage der Ehre war, sich Lillians anzunehmen.

»Menschen heiraten aus den verschiedensten Gründen«, sagte Eli mehr zu sich selbst als zu Henrik. »Liebe ist einer davon. Du hast recht, dass … dass zwischen deiner Mutter und mir keine Liebe besteht, die über eine christliche Anteilnahme hinausgeht. Aber manchmal geht man eine Verbindung ein, weil es einfach vernünftig ist.«

Eli schluckte die Enttäuschung, die mit seinen Worten einherging, hinunter und redete mit Nachdruck weiter. »Für deine Mutter und mich ist es vernünftig zu heiraten. Wir achten und schätzen einander und wir haben einen gemeinsamen Glauben an Gott. Wir beide lieben euch Jungen. Das ist eine festere Grundlage, als viele haben. Ich glaube, dass sie für uns beide ausreichen wird.«

Er klappte seinen Kragen hoch, um sich vor dem Sprühregen zu schützen, der über den Rand des Decks spritzte. »Ich respektiere deinen Wunsch, Lehrer zu werden. Und ich weiß, dass deine Mutter es gern sehen würde, dass du deine Ausbildung zu Ende führst. Wenn sie und ich heiraten, musst du nicht für sie sorgen. Du könntest zur Schule gehen, genau, wie du es gern tun wolltest, und hättest nicht die Belastung, für eine Mutter und einen Bruder sorgen zu müssen.«

»Hat Mama sich bereit erklärt, dich zu heiraten?«

Eli zog die Brauen zusammen. »Sie hat mir bis jetzt noch keine Antwort gegeben.« Lillian würde bald eine Entscheidung treffen müssen. Die Tage verstrichen schnell.

Henrik sprang auf die Beine. »Ich werde morgen früh mit ihr reden. Sie muss von meinen Plänen erfahren.«

Eli erhob sich ebenfalls und legte Henrik eine Hand auf die Schulter. »Ja, sprich mit deiner Mutter. Sie sehnt sich danach, Zeit mit dir zu verbringen. Es wird ihr guttun zu wissen, dass du dir Gedanken um sie machst.«

»Ich mache mir nicht nur Gedanken um sie. Ich –« Er brach ab, wandte das Gesicht zum Meer und drückte die Lippen fest zusammen.

»Du …?«, hakte Eli nach und drückte Henriks Schulter leicht.

Aber Henrik wich seiner Berührung aus. »Nichts. Ich werde morgen mit Mama sprechen.« Er ging davon.

Eli sah Henrik nach, bis er um die Ecke verschwunden war. Er sollte ihm folgen, zu seiner Koje zurückkehren und schlafen, aber er blieb an Deck und fröstelte in der nächtlichen Brise.

Wenn Lillian Henriks Plan zustimmte, würde sie Eli nicht als Versorger benötigen. Er selbst hätte dann nicht nur seinen geliebten Pflegebruder Reinhardt verloren, sondern auch Reinhardts gesamte Familie. Er wäre allein – genau, wie er es im Alter von sechs Jahren gewesen war.

Er hob die Augen noch einmal zum Mond, von wo ihm ein friedliches Gesicht entgegenzuschauen schien, und stellte sich selbst die Frage: Was hatte ihn bewegt, Lillian Vogt zu bitten, seine Frau zu werden? – Selbstsucht oder Selbstlosigkeit?

»O Henrik!« Lillian umarmte ihren Sohn und zog seinen Kopf an ihre Schulter, wie sie es immer getan hatte, als er noch ein kleiner Junge gewesen war. Jetzt passte er dort nicht mehr richtig hin, aber es tat ihr trotzdem gut, ihn an sich zu drücken, auch wenn es nur für einen Moment war. Sie ließ ihn los, legte ihre Hände an seine Wangen und betrachtete ihn halb lächelnd, halb weinend. »Ich bin so stolz auf dich, dass du für mich und deinen Bruder sorgen willst.«

Henrik nickte mit feierlicher Miene. Er rutschte leicht auf der Schlafstelle hin und her und die strohgefüllte Matratze knisterte.

Sein Blick flog kurz zu der Koje, die Jakob belegt hatte. Sie war nun hinter ihren Köpfen an die Wand hochgeklappt. Fühlte er beim Anblick der unbenutzten Koje auch einen solchen Schmerz wie sie?

Ihr Sohn räusperte sich und strich sich mit der Hand übers Gesicht. »Ich habe heute Morgen bei Joseph vorbeigeschaut. Der Arzt sagt, dass sich sein Zustand sehr verbessert habe. Bis wir anlegen, sollte es ihm gut genug gehen, um das Schiff zu verlassen.«

Vor Erleichterung fiel Lillian beinahe in sich zusammen. Zwei Gebete hatte sie ständig im Herzen bewegt: *Herr, mach Joseph wieder gesund* und *Herr, bring Henrik zu mir zurück*. Jetzt schien es, als sollten beide Gebete erhört werden. Ein finsterer Gedanke wollte sich aufdrängen: Wenn Gott sie erhört hätte, als sie ihn bat, Reinhardt Genesung zu schenken und ihre Kinder zu bewahren, wäre ihre Familie vielleicht noch intakt.

Lillian weigerte sich, diesem Gedanken Raum zu geben. Stattdessen beschloss sie, Gott für Henriks veränderte Haltung zu loben. Wärme durchflutete ihre Brust, als sie daran dachte, mit was für eifrigen Worten er ihr seinen Plan mitgeteilt hatte, sich um sie und Joseph zu kümmern. Er war so ein guter Junge.

Sie neigte sich zur Seite und küsste ihn auf die Wange. Bartstoppeln kratzten an ihren Lippen und sie wich überrascht zurück. Aus ihrem Jungen wurde so schnell ein Mann. »Henrik, ich danke dir für deine Fürsorge.«

»Wirst du mir also erlauben, für deinen Unterhalt zu sorgen?«

Lillian öffnete den Mund, um es ihm zu bestätigen. Aber etwas lähmte ihr die Zunge. War es fair, von Henrik zu erwarten, dass er in so jungem Alter eine solche Verantwortung auf sich lud? Er hatte Hoffnungen und Träume und verdiente, dass diese sich erfüllten. Gott hatte ihn mit Intelligenz gesegnet. Henrik war ein Mann des Buches. Wenn sie sein Angebot annahm, wäre er gezwungen, ihr zuliebe seine Träume beiseitezuschieben. Das erschien ihr nicht richtig.

Lillian fuhr sich mit der Zunge über die Lippen und formulierte eine vorsichtige Antwort. »*En Sän*, ich liebe dich und will das Beste für dich. Gibst du mir Zeit, damit ich beten und Gott nach seinem Willen fragen kann? Ich muss völligen Frieden haben, bevor ich dir eine Antwort gebe.«

Einen Moment runzelte Henrik finster die Stirn, aber dann nickte er. »In Ordnung, Mama. Ich verstehe das. Ich gebe dir Zeit zum Beten.«

Sie ergriff seine Hand. »Und bete du auch, Henrik. Wir müssen Gottes Willen folgen.«

Das Stirnrunzeln kehrte zurück und Henriks Gesicht wirkte düsterer als zuvor. Er nickte schroff und erhob sich von der Koje. Aber dann blieb er stehen und starrte mit undurchdringlicher Miene auf sie hinunter. »Mama?«

»Ja, mein Sohn?«

Er schüttelte den Kopf. »Nichts. Du … du kannst jetzt beten, und morgen unterhalten wir uns noch einmal.« Er zog sich zurück und ließ Lillian allein. Seit dem Sturm, als alle gezwungen gewesen waren, sich Tag und Nacht im Schlafbereich aufzuhalten, mieden die meisten Passagiere diesen Raum nach Möglichkeit. Lillian war dankbar, dass sie hier allein sein konnte, denn so hatte sie die Gelegenheit, ohne Ablenkung nachzudenken und zu beten.

Sie saß mit geschlossenen Augen da, während ihre Gedanken zwischen Henriks und Elis Vorschlag hin und her gingen. Wovon würden ihre Söhne den meisten Nutzen haben? Was war Gottes Wille für sie? Sie rang den ganzen Morgen mit sich selbst. Aber als es Mittag wurde, wusste sie noch immer nicht, was sie tun sollte. Seufzend erhob sie sich von der Schlafstätte, reckte sich und lockerte die verspannten Muskeln an Rücken und Hals.

Langsam stieg sie die Treppen zum oberen Stockwerk hinauf. Das sonnige Deck war voll mit Passagieren, die darauf warteten, dass die Glocke zum Essen rief. Manche standen in Gruppen zusammen und unterhielten sich leise, andere saßen mit dem Rücken zur Wand und dösten, wieder andere gingen langsam auf und ab. Ein Pärchen schlenderte von links herbei, Hand in Hand, den Blick unverwandt aufeinander gerichtet.

Hart und unerbittlich überfiel Lillian der Neid. Sie vermisste Reinhardt. Sie vermisste es, einen Mann zu haben, der ihre Hand hielt und mit zärtlichem Lächeln in ihr Gesicht schaute. Obwohl sie ihre Zuneigung nie besonders nach außen gezeigt hatten, hatte sich Lillian in Reinhardts Liebe immer geborgen gefühlt. Ein Kloß der Trauer saß in ihrer Kehle und sie schluckte heftig, um die Tränen zurückzuhalten, die zu gern folgen wollten.

Sie wandte sich von dem Pärchen ab und ihr Blick fiel auf Henrik und Eli. Sie standen nebeneinander am Rand des Decks und lehnten die Arme auf die Reling. Während Lillian sie beobachtete, zeigte Henrik auf einen Punkt im Wasser. Eli nickte, legte dann den Arm um Henriks Schultern und drückte ihn kurz, bevor er sich wieder an die Reling lehnte.

Ein angenehmes Gefühl durchzuckte Lillian bei diesem Anblick. Sollte dieses Bild von Eli und Henrik ihr die Antwort geben, die sie suchte? In jeder Hinsicht wirkten die beiden wie Vater und Sohn. Plötzlich sah sie es ganz klar: Mochte Eli vielleicht sie nicht lieben, so liebte er aber ihre Söhne. Er hatte versprochen, sich auch um sie zu kümmern. Sie wusste, dass er sowohl Henrik als auch Joseph ermutigen würde, Gott zu lieben und ihm zu folgen. Eli zu heiraten mochte vielleicht etwas unbehaglich für sie sein, aber für ihre Söhne wäre es das Beste.

Sie musste nicht länger warten, um eine Entscheidung zu treffen. Nur zwölf Schritte entfernt starrte ihr die Antwort ins Gesicht. Sie hob ihren Rock leicht mit den Fingerspitzen, straffte die Schultern und bewegte sich auf Eli und Henrik zu, um ihnen ihren Entschluss mitzuteilen.

10

Lillian stand im Mittelpunkt der aufgeregten weiblichen Aufmerksamkeit. Die ganze lange Reise über waren die Frauen eher für sich geblieben, aber heute zeigte jede Frau an Bord, von der jüngsten bis zur ältesten, Interesse an Lillian.

Denn heute war ihr Hochzeitstag.

Lillian erlaubte den Frauen, sich voller Eifer um sie zu kümmern. Die eine glättete die Falten in ihrem dunkelblauen Kleid, die andere steckte flüchtige Haarsträhnen zurück in ihren Knoten. Jemand hatte einen zarten, blütenweißen Spitzenschal ausgepackt und ihn um Lillians Haar geschlungen. Sie hatte keine Blumen in der Hand, aber eine errötende junge Frau hatte ihr ein Bündel bunter Bänder angeboten, die in der Mitte lose zusammengeknotet waren. Die zerknitterten Enden fielen über Lillians verschränkte Hände und lagen wie ein müder Regenbogen auf ihrem weiten Rock.

Lillian schaute auf die wilde Farbenpracht hinab, als das Bild plötzlich verschwamm. Obwohl sie sich die größte Mühe gab, die Vergangenheit hinter sich zu lassen, musste sie unwillkürlich an den Tag denken, als sie Reinhardt ihre Liebe und ihr Leben anvertraut hatte. An jenem Tag war ihr Herz so voll gewesen, dass sie Angst gehabt hatte, es würde ihr aus der Brust springen. Vor lauter Vorfreude war ihr schwindelig gewesen. *O Herr, ich wünsche mir so sehr, ich könnte … wenigstens etwas … für Eli empfinden. Eine Frau sollte eine so schöne und heilige Verbindung wie die Ehe nicht eingehen, wenn nur Leere in ihrer Seele herrscht.* Sie blinzelte heftig, um die Tränen aus ihren Augen zu vertreiben.

Die Frauen waren mit ihren Vorbereitungen fertig, traten zurück und nickten zustimmend. Sie ahnten nichts von ihrem inneren Aufruhr. Die Frau, der Lillian zum Schiffshospital geholfen hatte, trat vor und legte ihre Hand an Lillians Wange. »Sie sehen wunderschön aus, Frau Vogt.«

Lillian kämpfte gegen den Impuls an, sich den Schal aus den Haaren zu reißen, das bunte Bänderbukett auf den Boden zu werfen und zu gestehen, dass sie keinen Mann heiraten wollte, den sie nicht liebte. Aber was für eine Wahl hatte sie? Sie musste ihre Pläne weiterverfolgen; sie musste es für ihre Söhne tun. Eli war ein guter Mann – ein freundlicher Mann, der bereit war, alles andere hintenanzustellen und sich um die Nöte der Familie seines Pflegebruders zu kümmern. Eli würde dafür sorgen, dass Henrik zur Schule ging und Joseph zu einem gottesfürchtigen Mann heranwuchs. Lillian straffte die Schultern und hob tapfer das Kinn. Nun gut, sie liebte Eli nicht. Aber es gab Schlimmeres als eine Ehe ohne Liebe.

Sie schenkte dem Kreis eifriger Gesichter um sie her ein zittriges Lächeln. »Ich danke Ihnen allen für Ihre Hilfe. Sie sind sehr freundlich gewesen.«

Wie eine Welle bewegten sich die Frauen im Gleichschritt und führten Lillian Richtung Treppe. Sie trat aufs Deck hinaus und ging um die Ecke, wo Eli, der Kapitän und Henrik auf sie warteten.

Der Kapitän hielt das Kinn hoch, und seine ernste Haltung gab der einfachen Szene etwas Formelles. Genau, wie sie ihr bestes Kleid ausgesucht hatte, trugen Eli und Henrik ihre besten Anzüge. Obwohl die Jacken und Hosen nach ihrer Zeit in den dicht gepackten Truhen etwas zerknittert waren, war Lillian doch dankbar, dass die schönen Kleider der Zeremonie etwas Eleganz verliehen.

Eine Hand, die leicht auf ihrem Rücken lag, schob sie vorwärts, aus dem unterstützenden Kreis der Frauen heraus. Sie trat neben Eli. Sein Adamsapfel hüpfte auf und ab und er beugte den Arm, damit sie ihre Hand darauf legen konnte. Ihre Finger zitterten, als sie ihn berührte. Seine Muskeln bebten unter ihren Fingerspitzen und sie warf einen schnellen Blick in sein Gesicht. War er auch nervös? Sie beobachtete, wie seine haselnussbraunen Augen von ihrem Kopf bis zu ihren Füßen hinunter und wieder hinaufglitten. Als ihre Blicke sich trafen, zogen sich seine Mundwinkel zu einem leichten Lächeln nach oben und er betrachtete sie mit liebevoller Anerkennung – wie es ein Bräutigam täte, der ganz verliebt in seine Braut war.

Ihre Wangen wurden heiß und sie wandte das Gesicht schnell dem Kapitän zu.

Der Mann räusperte sich, schlug ein kleines Buch auf und begann zu lesen. »An diesem Tag vereinen wir diesen Mann und diese Frau im heiligen Bund der Ehe …«

Die Hände fest hinter dem Rücken verschränkt, hörte Henrik zu, wie der Kapitän die Trauformel vorlas. Der emotionslose Ton des Mannes stand in krassem Gegensatz zu den unzähligen Gefühlen, die in Henriks Innerem durcheinanderwirbelten.

Er betrachtete das errötete Gesicht seiner Mutter und Wut drängte sich in den Vordergrund. Was dachte sie sich dabei, Onkel Eli zu heiraten? Warum hatte sie ihrem eigenen Sohn nicht zugetraut, sich um sie zu kümmern? Seine Brust zog sich schmerzhaft zusammen. Er wusste, warum. Sie gab ihm die Schuld dafür, dass sie auf diesem Schiff waren und dass sie ihren Mann und ihren jüngsten Sohn verloren hatte. Sie wollte nicht in jemandes Schuld stehen, der so viel Leid verursacht hatte.

Er konnte Lillians feierliches Profil nicht länger ansehen. Ruckartig wandte er den Kopf zur Seite und konzentrierte sich auf eine Möwe, die weit entfernt ihre Kreise zog, ein winziger weißer Fleck über dem Wasser. *Sie tut das nur aus Verzweiflung. Sie und Onkel Eli lieben sich nicht!*

Wie aus weiter Ferne hörte er den Kapitän fragen: »Elias Bornholdt, wollen Sie diese Frau zu Ihrer rechtmäßig angetrauten Ehefrau nehmen?«

Ohne einen Moment zu zögern, sagte Eli: »Ja, ich will.« Schwang in seiner Antwort ein begieriger Unterton mit?

»Lillian Vogt, wollen Sie diesen Mann zu Ihrem rechtmäßig angetrauten Ehemann nehmen?«

Die Zeit schien stehen zu bleiben, während Henrik den Atem anhielt und auf ihre Antwort wartete. *Sag nein, Mama! Sag nein, und ich werde für dich sorgen. Irgendwie werde ich es wiedergutmachen, dass ich der Grund für Vaters und Jakobs Tod bin. Du musst ihn nicht heiraten!*

Aber Lillians lebhafte Stimme verkündete: »Ja, ich will.«

Ein innerer Krieg tobte in Henrik, als seine Mutter und Onkel Eli – nein, sein *Stiefvater* Eli – sich vom Kapitän abwandten und in die Menge der Passagiere schauten, die als Zeugen fungierten. Viele Menschen eilten zu ihnen, um Elis Hand zu schütteln, Lillians Wange zu küssen und dem frisch vermählten Paar ihre Glückwünsche auszusprechen.

Henrik wusste, dass er gratulieren und ihnen seinen Segen geben sollte. Aber er brachte es nicht fertig. Er zog Jacke und Krawatte aus und entfernte sich von der fröhlich feiernden Runde. Seine Mutter hatte ihre Entscheidung getroffen, ohne sich darum zu kümmern, was er von dieser Eheschließung hielt. Warum sollte er sich jetzt noch Gedanken um sie machen?

Eli ließ sich auf seine Koje fallen und legte den Kopf auf die verschränkten Hände. Das große Schiff schaukelte sacht, während der Boden vom Schlagen der Maschinen vibrierte. Im Lauf der vergangenen Wochen hatten sich seine Ohren an das Dröhnen der Motoren gewöhnt. Das Geräusch war jetzt ein unharmonisches Schlaflied. Er schloss die Augen und rief sich die Ereignisse des Abends in Erinnerung zurück, während er darauf wartete, in den Schlaf zu sinken.

Die Passagiere, froh über einen Grund zum Feiern, hatten seine Hochzeit mit Lillian zu einem Fest gemacht. Der Koch hatte einen geräucherten Schinken zubereitet und ganz dünn geschnitten, sodass jeder eine Scheibe bekam. Ein Reisender hatte seine Geige hervorgeholt und mehrere Paare hatten zu den fröhlichen Melodien getanzt. Eli hatte nicht widerstehen können, mit dem Fuß zu wippen, aber er hatte sich gehütet, Lillian zum Tanz aufzufordern. Mennoniten tanzten nicht.

Außerdem hatte er ihren himmelblauen Augen angesehen, wie schwer es ihr ums Herz war. Sie hatte seinen Antrag angenommen, aber sie gehörte immer noch Reinhardt. Jahrelang hatte Eli davon geträumt, eine eigene Familie zu haben, das Gefühl der Isolation und der Einsamkeit loszuwerden. Jetzt hatte er eine Familie – eine wunderschöne Frau und zwei ausgezeichnete Söhne –, aber er fühlte sich immer noch allein.

Er seufzte, öffnete die Augen und starrte auf die Unterseite der Koje über ihm. Wie seltsam es war, verheiratet zu sein und trotzdem allein in diesem Bett zu liegen. Wie entmutigend, mit einer Frau verheiratet zu sein, die immer noch den Ring ihres toten Ehemanns trug. Als sie mit dem Kapitän gesprochen hatten, hatte dieser gefragt, ob sie Ringe tauschen wollten. Lillian hatte den goldenen Reif an ihrem Finger angeschaut, als wäre sie überrascht, ihn dort zu sehen. Dann hatte sie Eli einen nervösen Blick zugeworfen. Er hatte ihr versichert, dass es in Ordnung war, wenn sie den vertrauten Ring behielt – er hatte keinen, den er ihr geben konnte. Der dankbare Blick, den sie ihm daraufhin zugeworfen hatte, hatte eine unbeschreibliche Sehnsucht in ihm geweckt.

Ja, sie trug jetzt Elis Namen, aber sie gehörte ihm nur dem Namen nach.

Eli nahm die Arme nach unten und drehte sich zur Seite. Auf der anderen Seite des Gangs lag Henrik in seiner Koje, mit dem Gesicht zur Wand, vermutlich schlief er. Eli beschloss, ihn nicht anzustupsen, um herauszufinden, ob er nur vorgab zu schlafen. Ärger über Henriks abruptes Verschwinden nach der Trauung stieg in ihm auf, aber er kämpfte gegen das Gefühl an.

Eli hatte beobachtet, wie Reinhardt mit seinen Söhnen umging. Manchmal hatte er das Gefühl gehabt, dass sein Pflegebruder unnötig streng zu ihnen war. Vor allem zu Henrik. Eli sagte sich, dass Henrik viel verloren hatte: sein Zuhause, seinen Vater, seinen kleinen Bruder, seine Sicherheit … und vielleicht schien es aus seiner Sicht so, als habe er nun auch noch die Mutter verloren. Henrik würde Zeit brauchen, um sich an all diese Veränderungen zu gewöhnen. Wenn Eli geduldig war und Henrik zu verstehen gab, dass dieser einen festen Platz in der Familie hatte, würde der Junge ihn allmählich in seiner neuen Position als Stiefvater akzeptieren.

Elis schwere Augenlider senkten sich und die Müdigkeit überkam ihn endlich. Aber plötzlich drehte Henrik sich um und ihre Blicke trafen sich. Sofort kniff der Junge die Augen feindselig zusammen. Eli entspannte das eigene Gesicht ganz bewusst. Er wollte der Wut, die in Henriks Augen funkelte, keine Nahrung geben. Sekundenlang lagen sie so da und lauschten auf das Schniefen und Schnarchen der Männer um sie herum. Gerade, als Eli dachte, Henrik würde sich wieder zur Wand drehen, flüsterte der Junge verbittert über den Gang: »Ist das Fest … vorbei?«

»*Jo*. Es war eine schöne Feier. Du hast geräucherten Schinken versäumt.« Er fügte nicht hinzu, dass Henrik es auch versäumt hatte, seine Mutter zur Gratulation zu küssen.

»Ich hatte keinen Hunger.« Henrik schob den Unterkiefer vor und zurück. »Ich habe den Abend bei Joseph verbracht.«

Die Worte hörten sich wie eine Anklage an – als hätte Eli kein Recht, sich bei einem Fest zu vergnügen, während Joseph noch im Schiffshospital lag. Aber Eli blieb geduldig. »Hattet ihr eine gute Zeit zusammen?«

Henriks jugendliches Gesicht verzog sich zu einer Grimasse. »Es ist *stinkje* in dem Raum. Ich wollte Joseph herausholen.«

»Was hat der Arzt gesagt?«

»Morgen.«

Eli nickte. Das war gut. Dann konnte Joseph noch einen Tag an Deck verbringen, sich ausruhen und die Sonne genießen, bevor sie in New York eintrafen und mit dem Zug ihre Reise nach Kansas fortsetzten. Er gähnte. Wieder machte der Schlaf seine Augenlider schwer.

»Ich habe ihm gesagt, dass ihr verheiratet seid, Mama und du.«

Eli riss die Augen auf. »Was hat Joseph gesagt?«

»Er ist nicht glücklich darüber. Er findet, dass es zu früh für Mama ist, um sich wieder zu verheiraten.«

Seine Worte überraschten Eli nicht. Die Jungen waren alt genug, um mit den gesellschaftlichen Gepflogenheiten vertraut zu sein. In Gnadenfeld wäre eine zweite Eheschließung keine zwei Wochen nach dem Tod des ersten Partners zu früh gewesen. Aber sie waren nicht mehr in Gnadenfeld – sie waren auf dem Weg in ein neues Leben. Er richtete den Blick fest auf Henrik. »Deine Mutter hat das getan, was am besten ist.«

»Am besten?«, zischte Henrik. »Ist es das Beste, jemanden zu heiraten, von dem wir wissen, dass sie ihn nicht liebt? Was für ein Leben ist das?«

Eli holte tief Luft. »Als unverheirateter Mann und unverheiratete Frau hätten wir nicht zusammen weiterreisen können – wir mussten Mann und Frau werden oder nach Russland zurückkehren. Und wir konnten nicht nach Russland zurückkehren.«

Selbst im schwachen Licht konnte Eli erkennen, dass Henriks Wangen flammend rot anliefen. Das Gesicht des Jungen verzog sich, aber war es Wut oder Verzweiflung, die die tiefe Furche zwischen seinen Brauen hervorrief? Eli sprach ruhig weiter. »Wie ich dir bereits gesagt habe, passen deine Mutter und ich gut zusammen. Wir werden gut miteinander zurechtkommen. Warte nur ab!«

Schnaubend drehte Henrik sich um und wandte ihm den Rücken zu.

Obwohl er erschöpft war, hielten grübelnde Gedanken Eli vom Schlaf ab. *Lieber Herr, habe ich einen Fehler gemacht?*

11

»Oh, seht mal!« Joseph streckte den Finger aus, seine Augen wurden groß.

Eli lächelte auf den Jungen herunter. »*Jo*, das ist schon etwas!«

Wenige Momente vorher war der Ruf laut geworden: »New York! New York!« Aufgeregt und froh hatten sich die Passagiere eilig an Deck versammelt. Eli stand an der Reling, den Arm schützend um Joseph gelegt. Die langsam nach oben wandernde Sonne erhellte den Anblick Zentimeter um Zentimeter und weckte den Eindruck, als würde die gewaltige Stadt aus dem Schatten aufsteigen. Gebäude um Gebäude erstreckte sich nebeneinander, soweit das Auge ins Landesinnere blicken konnte. Die aufgehende Sonne tauchte die Stadtlandschaft in goldenes Licht, während sie den wolkigen Himmel darüber mit Streifen aus Purpur, Orange und Rosa verzierte.

»Die Natur heißt uns auf besondere Weise willkommen.«

Ehrfurcht erfüllte Josephs Stimme und Eli spürte einen Kloß in der Kehle.

Das Schiff segelte langsam die Bucht hinauf und Joseph zeigte aufgeregt auf die vielen Fabriken, Kirchen, Geschäfte und öffentlichen Gebäude. Eli lachte leise und freute sich an Josephs Begeisterung. Nach seinen langen Tagen der Krankheit war Joseph immer noch blass und schwach, und Eli fragte sich, ob er den Jungen dazu bringen sollte, sich von der Reling zu entfernen und sich etwas hinzusetzen und auszuruhen. Aber er kam zum Schluss, dass ihm etwas Aufregung guttun würde.

Das Schiff legte an und lauter Jubel erhob sich. Dutzende von Menschen zeigten auf ein oval geformtes Gebäude aus rotbraunen Steinen. Einige ließen Freudenschreie los, aber Eli sah auch ein paar Tränen. In seinen Augen prickelten ebenfalls Tränen. Dies war Castle Garden – der Ort, an dem sie die Erlaubnis erhalten würden, das wunderbare Land der Freiheit namens Amerika zu betreten. Aber das bedeutete gleichzeitig eine Ablösung vom Bisherigen. Ein bittersüßer Gedanke.

Eine Flagge, die an einem Mast hoch auf dem Dach des Gebäudes angebracht war, flatterte im Morgenwind. Eli starrte auf die roten und weißen Streifen der Flagge. Sie wirkten plötzlich wie Finger, die ihn mit ihrem Winken einluden, herbeizukommen, in Frieden zu leben, sich zu Hause zu fühlen. Unwillkürlich beugte er sich in Richtung der Flagge und alle Traurigkeit fiel von ihm ab. Er konnte es kaum erwarten, seine Füße auf den Boden seines neuen Heimatlandes zu setzen.

Aber dann brüllte ein Besatzungsmitglied den Befehl, dass alle in die Schlafbereiche zurückkehren sollten. »Arbeiter werden Ihr Hab und Gut auf Schleppschiffe laden. Dann werden sie die Truhen ins Auswanderungszentrum bringen. Sobald sämtliches Gepäck vom Schiff entladen ist, wird man Ihnen erlauben, von Bord zu gehen!«

Man hörte Stöhnen und gemurmelte Klagen, als die Passagiere nacheinander zu ihren Kojen zurückkehrten, um dort zu warten. Eli nutzte den Deckel seiner Uhr stark ab, weil er sie alle paar Minuten öffnete und die Zeit ablas. Die Zeiger schienen aufgehört haben, sich zu bewegen, so langsam schlich die Zeit vorbei. Aber schließlich waren alle Truhen, Koffer und Taschen abtransportiert worden und sie erhielten die Erlaubnis, das Schiff zu verlassen.

»Bleibt bei mir«, ermahnte Eli Joseph und Henrik, als die Jungen zur Treppe rannten. Ungeduldig traten sie von einem Fuß auf den anderen, während sie darauf warteten, dass sich Lillian ihnen anschloss. Zusammen erklommen sie die Stufen und stellten sich bei den anderen Passagieren an, die aufgeregt über den Landungssteg und ans Festland eilten.

Eli legte seinen Arm um Joseph, als sie sich den breiten Steg hinunterbewegten. In der schmalen Gestalt des Jungen schien keine Kraft mehr zu stecken und Eli schickte ein stilles Gebet zum Himmel. *Herr, bitte sorge dafür, dass er in Amerika angenommen wird. Lass nicht zu, dass die Beamten ihm die Einreise verwehren.* Nach allem, was die Familie durchgemacht hatte, um nach Amerika zu gelangen, durfte sie jetzt nicht zurückgeschickt werden.

»Vorsichtig«, sagte Eli, als er und Joseph den Steg verließen und auf den steinigen Boden traten. Scharen von Menschen – Passagiere von der *Holsatia* und zwei anderen Schiffen, die im Hafen angelegt hatten – zogen im Gänsemarsch zum Durchgang, der zu Castle Garden führte. Drei große Gruppen verschmolzen zu einer. Schulter an Schulter schoben sie sich vorwärts und die Stimmen schnatterten in einem wilden Durcheinander von Sprachen. So viele Gerüche vereinten sich, dass Elis Nase sich zuckend gegen diesen Angriff wehrte. Er wurde abrupt zum Anhalten gezwungen, als ein Mann sich vor ihn drängte und jemand von hinten heftig gegen ihn stieß. Er warf einen Blick über die Schulter und entdeckte Henrik dicht hinter sich. Lillian hielt sich an Henriks Ellbogen fest.

Als er die missmutige Miene des Jungen sah, hätte Eli Henrik am liebsten am Kragen gepackt und geschüttelt, so wie Reinhardt es oft gemacht hatte. Aber da er wusste, wie schlimm das für Lillian wäre, hielt er sich zurück. Stattdessen setzte er ein breites Lächeln auf. »Schaut mal! Eine Flagge begrüßt uns. Sie heißt uns in unserer neuen Heimat willkommen.«

Lillian sah hoch und lächelte strahlend. Dann huschten ihre Augen kurz zu Joseph und sie runzelte besorgt die Stirn. »Ich hoffe, das Willkommen gilt uns allen.«

Eli beugte sich herunter und flüsterte Joseph ins Ohr: »Ich weiß, dass du müde bist, Joseph. Aber wenn wir den Prüfern begegnen, musst du dich aufrecht hinstellen und ihnen in die Augen sehen. Wirst du das schaffen?«

»*Jo*, Onkel Eli.« Der Junge schnitt eine Grimasse. »Ich meine … Vater.«

Henriks leises Schnauben drang an Elis Ohren. Eli drückte Josephs Schultern leicht und sprach laut genug, damit Henrik es auch hören konnte. »Du musst mich nicht Vater nennen, Joseph. Das ist ein besonderer Name, der ganz zu Recht für euren Vater reserviert ist. *Onkel Eli* ist für mich in Ordnung.«

Die Erleichterung, die über Josephs Gesicht huschte, erinnerte Eli an Lillians Reaktion, als er ihr erlaubt hatte, Reinhardts Ring zu tragen. *Ich weiß, Herr, es ist für sie zu früh, um mich zu akzeptieren. Aber bitte schenk, dass es eines Tages so weit ist. Mach uns zu einer richtigen Familie.*

Sie kamen zu einem gepflasterten Gehweg, der breit genug für vier Leute nebeneinander war. Eli streckte seine Hand nach Lillian aus, aber Henrik schoss nach vorn und drängte sich zwischen seine Mutter und Eli. Eli biss sich auf die Zungenspitze und nahm sich noch einmal vor, Henrik Zeit zu geben, um sich an die Veränderungen in der Familie zu gewöhnen. Als Gruppe betraten sie Castle Garden durch eine Doppeltür. Eine Glaskuppel über ihnen tauchte die ganze Szene in helles Licht. Ein Dutzend Männer in Uniform lenkte die Neuankömmlinge wie eine Herde Vieh. Eli nahm an, dass ihre Ausrufe Anweisungen waren, aber er verstand die Sprache nicht.

Lillian schlüpfte an Henrik vorbei und lehnte sich dicht an Eli. »Was müssen wir jetzt tun?«

Den einen Arm um Joseph gelegt, den anderen an Lillians Ellbogen, beobachtete Eli die Gesten der Beamten. »Ich denke, wir sollen uns in der Reihe anstellen, die zum Tisch dort drüben führt.«

Lillian nickte und stieß leise die Luft aus. Sie reihten sich in die lange Schlange der schmuddeligen Neuankömmlinge. Mit einem trotzigen Zug um den Mund starrte Henrik nach unten, aber Joseph sah sich mit großen Augen um. Er zeigte zur hohen, gewölbten Decke. »Onkel Eli, was ist das hier? Es erinnert mich an eine Kathedrale in Berlin.«

Eli schaute nach oben und pfiff durch die Zähne. »Das ist wirklich ein kunstvolles Gebäude.« Er grinste und stupste Joseph an der Schulter an. »Was für eine schöne Begrüßung für uns in Amerika, nicht wahr? Hier sind wir, arme Leute aus einem fremden Land, und betreten ein Gebäude, das es wert ist, Könige und Königinnen zu beherbergen.«

Der Mann vor ihnen drehte sich um. »Der Schiffskapitän hat mir gesagt, dass dieses Gebäude früher ein Theater war. Eine Sängerin mit Namen …« Er zog die Stirn in Falten und tippte sich mit dem Finger ans stopplige Kinn. Dann erhellte sich seine Miene und er streckte ihnen den Finger entgegen. »Lind … Jenny Lind … aus Schweden … hat hier Konzerte gegeben. Aber jetzt nicht mehr.«

Eli dankte dem Mann für seine Erklärung und die Reihe bewegte sich ein paar Zentimeter vorwärts. Ein ständiges Stimmengewirr erfüllte den Raum und Eli tat der Kopf weh davon. Die Luft war schwül und heiß und Lillian fächerte sich mit den Enden ihres Schals Luft zu. Henrik schaukelte leicht hin und her, als ahme er die schwankenden Schiffsbewegungen nach. Ein Blick an der Schlange entlang zeigte, dass auch einige andere Menschen schaukelnd auf der Stelle standen.

Eli verbarg sein Lächeln. Nach mehreren Wochen auf See kam es einem komisch vor, wieder auf festem Boden zu stehen. Aber es fühlte sich gut an – sicher. Er hatte kein Bedürfnis nach weiterem Schaukeln. Natürlich würden sie als Nächstes mit dem Zug weiterreisen und sicher würden sich die Waggons auf den Gleisen hin und her bewegen.

Er befühlte seine Tasche, wo seine lederne Geldbörse dick und warm an seinen Rippen lag. Vielleicht sollte er verschwenderisch sein und Fahrkarten für ein Schlafwagenabteil kaufen. Nachdem sie so lang in einem Schlafsaal übernachtet hatten, wären sie sicher alle froh über etwas Privatsphäre.

Er drehte sich zu Lillian, um sie nach ihrer Meinung zu fragen, aber sie und Henrik unterhielten sich leise, die Köpfe dicht beieinander. Erschöpfung stand ihr ins Gesicht geschrieben. Eli juckte es in den Fingern, die müden Falten um ihre Augen zu glätten. Sie bewegte sich und bemerkte seinen Blick. Röte stieg ihr in die Wangen und seine Ohren wurden heiß.

Er fuhr sich mit der Zunge über die Lippen. »Lillian, ich überlege gerade, ob –«

»Wir sind dran«, unterbrach Henrik.

Eli schaute nach vorn und sah, dass der Mann am Tisch auf sie wartete. Das feurige Gefühl wanderte von seinen Ohren über seinen Hals zur Brust. »Ich bitte um Entschuldigung.« Er gab Lillian ein Zeichen, dass sie an den Tisch treten solle, und sie ging mit Henrik zusammen nach vorn. Eli schob Joseph mit einer Hand an seinem Rücken vorwärts. Als zusammengehörige Einheit standen sie dem zur Glatze neigenden Beamten gegenüber.

Ein zweiter Mann befand sich hinter dem Tisch. Er fragte: »Sprechen Sie Deutsch?« Eli nickte eifrig. Der sitzende Beamte stellte seine Fragen auf Englisch, der andere Mann übersetzte sie ins Deutsche und Eli antwortete auf Deutsch. Dann übersetzte der Mann hinter dem Tisch die Antworten zurück ins Englische. Eli hörte aufmerksam zu und versuchte, ein paar Worte aufzuschnappen. Die Informationen, die er weitergab, mussten mit den Aufzeichnungen vom Schiff übereinstimmen, wurde Eli plötzlich bewusst, und sein Herz zog sich zusammen, als er sah, dass hinter Reinhardts und Jakobs Namen mit Tinte *verstorben* vermerkt war. Er hoffte, dass Lillian die Liste nicht bemerken würde.

Ihre sämtlichen Namen, Geburtsorte, früheren Wohnorte und zukünftigen Pläne wurden erfasst und mit den Aufzeichnungen des Kapitäns verglichen. Als sie fertig waren, hatte Eli dank seiner Aufmerksamkeit ein neues englisches Wort gelernt, das er auskosten konnte: *wife* – Ehefrau. Er hatte Reinhardt nicht den Tod gewünscht – er trauerte immer noch über den Verlust seines Pflegebruders und geschätzten Freundes –, aber jetzt war Lillian seine Frau und er musste seinem Eheversprechen gerecht werden und alles tun, was in seiner Macht lag, um ihr Zufriedenheit zu schenken.

Der Beamte winkte sie weiter und in einer zweiten Schlange bewegten sie sich langsam auf einen mit Vorhängen abgetrennten Bereich zu. Das Gemurmel von anderen verriet Eli, dass ein Arzt jeden von ihnen hinter dem verblichenen grünen Vorhang untersuchen würde. Ein nervöser Schauder rann ihm über den Rücken und er betete darum, dass der Herr seine ängstlichen Gedanken beruhigen möge.

Plötzlich erklang hinter dem Vorhang ein Klageschrei. Kurz darauf teilte sich der Vorhang und ein älteres Paar in polnischer Tracht kam dahinter hervor. Die Frau weinte laut und das faltige Gesicht des Mannes verzog sich in einem furchtbaren Ausdruck von Sorge und Verwirrung. Ein uniformierter Beamter eilte herbei und führte das Paar zu einer Seitentür hinaus.

Elis Herz pochte. Die beiden waren abgelehnt worden. Obwohl er den Mann und die Frau nie zuvor gesehen hatte, zog sich sein Herz vor Mitleid zusammen. Er schaute zu Joseph, der dem Paar mit schreckerfüllten Augen hinterherstarrte, und betete noch einmal darum, dass der Junge die Untersuchung gut überstehen würde.

Der Arzt winkte Eli mit gekrümmtem Finger herbei. Eli straffte die Schultern und folgte dem schwarz gekleideten Mann hinter den Vorhang. Es gefiel ihm nicht besonders, geknufft und angetippt zu werden und sich eine Untersuchung seines Gebisses gefallen zu lassen, als wäre er ein Pferd, aber er ertrug es ohne Klagen. Der Arzt machte ein Kreuz auf einen Zettel, händigte ihn Eli aus und schickte ihn wieder nach draußen. Ein Beamter wartete vor dem Vorhang, kontrollierte den Zettel und wies ihn mit einer Geste an, zur Seite zu treten. Eli interpretierte diese Vorgänge so, dass er die Erlaubnis erhalten hatte, in den Vereinigten Staaten zu leben. Er konnte nicht verhindern, dass sich ein Lächeln auf sein Gesicht stahl.

Als Nächstes gab der Arzt Joseph ein Zeichen. Eli hielt den Atem an und der Schweiß brach ihm am ganzen Körper aus. Der Schiffsarzt hatte Joseph entlassen, aber würde dieser Arzt das bleiche Gesicht und die eingefallenen Wangen des Jungen betrachten und ihn als untauglich abstempeln, amerikanischen Boden zu betreten? Eli zählte die Sekunden mit klopfendem Herzen, während er den Vorhang anstarrte und wartete. Nach einigen Minuten tauchte Joseph wieder auf und hielt einen Zettel hoch, auf dem ebenfalls ein Kreuz stand.

Oh, danke, lieber Herr. Vor Erleichterung klappte Eli fast zusammen. Er schlang seinen Arm um Josephs Schultern und drückte ihn fest an sich. Joseph strahlte ihn an, stieß leise die Luft aus und kicherte vor sich hin.

Henrik erhielt ebenfalls seine Erlaubnis, dann trat Lillian hinter den Vorhang. Eli und die Jungen warteten mit ihren Zetteln in der Hand, den Blick auf den Vorhang gerichtet. Nach ein paar Minuten zog der Arzt den Vorhang beiseite und schaute zu Eli. Er sagte etwas auf Englisch. Eli erkannte nur das Wort *wife*, aber da die Stimme des Mannes am Ende hochging, verstand er, dass ihm eine Frage gestellt worden war. Er trat einen Schritt vor und versuchte zu raten, was die richtige Antwort war.

»*Jo*, Lillian Bornholdt … *mien Frü* – mien wief …«

Der Arzt bombardierte ihn mit einer Serie schneller Sätze und Eli schüttelte den Kopf. Der Arzt sah sich um, das Gesicht ungeduldig verzogen. Dann hob er eine Hand und winkte jemandem zu. Der Kapitän des Schiffs trottete herbei. Der Arzt wiederholte seine Worte von vorhin.

Der Kapitän sagte auf Deutsch: »Ihre neue Frau hat Angst vor der Untersuchung des Arztes. Er bittet Sie, hinter den Vorhang zu kommen und ihr beizustehen.«

Eli spürte einen Druck auf der Brust. Als Ehemann war seine Anwesenheit bei einer einfachen Untersuchung nicht unschicklich. Aber wie würde Lillian darauf reagieren? Und wie würde der Arzt ihre Reaktion interpretieren? Er warf den Jungen einen hilflosen Blick zu, aber weder Joseph noch Henrik boten ihre Hilfe an. Im Gegenteil, Henriks schiefes Grinsen ließ vermuten, dass ihn Elis Unbehagen amüsierte. Henriks Verhalten weckte Elis Entschlossenheit. Wenn Lillian Unterstützung brauchte, würde er für sie da sein.

Er holte tief Luft, nickte und schob den Vorhang zur Seite. Er trat zu Lillian. »Was ist los?«

Lillians angsterfüllte Augen wirkten in ihrem farblosen Gesicht beinahe schwarz. »Er fasst mich an.«

Eli warf einen Blick auf den Arzt. »Tut er dir weh?«

Röte überzog ihre Wangen. »*Nä*. Aber es schien mir zu … intim.«

Eli verstand. Lillians Anstandsgefühl wehrte sich gegen die Untersuchung des Arztes, aber sie musste durchgeführt werden oder man würde ihnen nicht erlauben, weiterzugehen. Er flüsterte: »Du brauchst keine Angst zu haben. Erlaube ihm, dich zu untersuchen. Ich werde hier bleiben, also kann dir nichts passieren.«

Lillian schluckte und Tränen glitzerten in ihren Augen, aber sie nickte. Während der Arzt mit ernstem Gesicht die Untersuchung durchführte, wandte Eli den Blick ab, um Lillian weitere Verlegenheit zu ersparen. Als der Arzt den Zettel mit einem Kreuz markierte und ihn Eli gab, nickte er dankend, schob seine Hand unter Lillians Ellbogen und begleitete sie aus dem mit Vorhängen abgetrennten Bereich.

Außerhalb des Vorhangs warf er ihr ein fröhliches Lächeln zu. »Siehst du? Alles ist gut gegangen und jetzt haben wir die Erlaubnis, weiterzugehen.«

Ihr tiefer Seufzer drückte mehr aus, als es mit Worten möglich gewesen wäre. Sein Lächeln wurde breiter. Er hatte gerade seine erste Bewährungsprobe als ihr Ehemann hinter sich gebracht und sie war damit zufrieden. Wärme durchflutete ihn. Henrik eilte an die Seite seiner Mutter, aber Eli trat ihm absichtlich in den Weg. »Henrik, bleib dicht bei Joseph und hilf ihm, falls es nötig ist.«

Henrik öffnete den Mund, aber Lillian schüttelte fast unmerklich den Kopf. Mit finsterer Miene stellte sich Henrik neben Joseph.

Hatte Lillian Eli eben gegenüber ihrem Sohn vorgezogen? Elis Herz fing heftig an zu schlagen und seine Hand zitterte, als er sie um ihren Ellbogen legte. »Wir werden unsere Truhen abholen und den Transport zu einem Hotel arrangieren müssen. Hier entlang.«

Sie wichen Gruppen anderer Neuankömmlinge aus und begaben sich auf die andere Seite des überfüllten Raums. Die Besitztümer der Passagiere waren in Reihen auf einer erhöhten Plattform aufgestapelt, die früher offenbar eine Bühne gewesen war. Nachdem sie einige Minuten gesucht hatten, machten sie ihre Truhen ausfindig. Zu Elis Erleichterung waren alle sechs vorhanden. Die Deckel waren allerdings lose und Lillian ließ die Hand über die Truhe gleiten, die mit Reinhardts Namen versehen war. »Jemand hat sich daran zu schaffen gemacht.«

Eli berührte sie an der Schulter. »Beamte durchsuchen die Gepäckstücke, um sicherzugehen, dass wir nichts Gefährliches mitbringen. Man hat mir gesagt, dass das so üblich ist.« Franz hatte Eli das Vorgehen erklärt. Er hatte Eli außerdem einen Zettel mit den Symbolen für den russischen Rubel und den amerikanischen Dollar gegeben.

»Es gibt Schwindler, die Ihre Unkenntnis der amerikanischen Gepflogenheiten ausnutzen wollen, Herr Bornholdt«, hatte Franz erklärt, »also überlegen Sie gut, bevor Sie jemandem Geld geben. Sie werden Ihr Geld in der amtlichen Wechselstube in Castle Garden tauschen. Aber selbst nach dem Umtausch sollten Sie diesen Zettel bei sich haben. Er wird ihnen helfen, den Wert von Rubel in Dollar umzurechnen, damit man sie nicht betrügen kann.«

Eli hatte bereits ausgerechnet, wie viel amerikanisches Geld er für seine Rubel bekommen würde, aber er würde Franz' Rat beherzigen und den Zettel behalten, bis er den Wert der Dollarscheine und Münzen auswendig konnte. Er ließ sich nicht gern zum Narren halten. Seine erste Übung würde darin bestehen, jemanden für den Transport ihrer Truhen zum Bahnhof zu bezahlen.

»Ihr bleibt hier bei den Truhen«, sagte er zu Henrik und Joseph. »Seht ihr das dort drüben?« Er zeigte auf ein Fenster mit einem großen Schild darüber. Auf dem Schild standen einige Worte und mehrere Symbole, darunter ein ineinander verschränktes »P« und »Y« für den russischen Rubel. »Eure Mutter und ich müssen unsere Rubel umtauschen. Dann werden wir uns auf den Weg zum Bahnhof machen, um herauszufinden, wann unser Zug fährt.«

»Brechen wir gleich nach Kansas auf?« Joseph war wieder ganz erschöpft vor Müdigkeit.

Eli deutete auf die Truhe, die von ihnen aus am nächsten stand, und wartete, bis Joseph sich darauf gesetzt hatte, bevor er antwortete: »*Jo*, wir sollten so schnell wie möglich weiterfahren, anstatt Geld für ein Hotel in der Stadt auszugeben. Je eher wir abreisen, desto eher können wir unser Land kaufen und anfangen, unser neues Zuhause aufzubauen.« Und je weniger Zeit sie in der Stadt verbrachten, desto geringer war die Wahrscheinlichkeit, dass Henrik eine Gelegenheit fand, um sich davonzuschleichen.

Aus den Falten ihrer Schürze zog Lillian einen Geldbeutel hervor und gab ihn Eli. Es waren Reinhardts Rubel, wurde ihm bewusst. Lillian setzte sich neben Joseph und legte ihren Arm um seine Schultern. »Ich werde hier mit den Jungen warten, während du unser Geld wechselst.«

Der vertrauensvolle Blick, mit dem sie Eli bedachte, ließ seine Knie ganz weichen werden. *Unser Geld*, hatte sie gesagt. Nicht seines und ihres, sondern ihr gemeinsames. Eli kämpfte gegen den Impuls, sich vorzubeugen und ihr einen Kuss auf die Wange zu drücken. Stattdessen drehte er sich schwungvoll um und eilte zur amtlichen Wechselstube.

12

»Warum hast du ihm Vaters Geld gegeben?«

Henriks anklagende Worte und sein wütender Blick trafen Lillian tief. Sie nahm seine Hand. Er legte seine Finger nicht um ihre, aber er zog die Hand auch nicht weg. »Mein Sohn, du scheinst unsere lebenslange Beziehung zu deinem Onkel Eli vergessen zu haben. Du weißt, dass dein Vater ihm vertraut hat. Sie haben diese Reise nach Amerika gemeinsam geplant. Dass dein Vater jetzt von uns gegangen ist –« Die Trauer überwältigte sie und drückte ihr die Kehle zusammen. Sie schluckte und fuhr fort: »Dass dein Vater von uns gegangen ist, ändert nichts daran, wer Eli für uns war und ist. Er wird sich gut um uns kümmern.«

Henrik sah stirnrunzelnd zur Wechselstube und gab ein unverständliches Murmeln von sich.

Sie beugte sich vor und neigte den Kopf. »Was hast du gesagt?«

»Nichts. Es spielt keine Rolle.« Er wandte sich ab, ließ sich auf eine Truhe fallen und blieb dort mit verschränkten Armen und gesenktem Kopf sitzen. Joseph lehnte sich an Lillians Schulter und geistesabwesend tätschelte sie sein Knie. Sie ließ ihren Blick schweifen und suchte unwillkürlich nach dem stets aktiven Jakob. Als ihr dies bewusst wurde, konnte sie einen leisen Klagelaut nicht unterdrücken. Obwohl schon so viele Tage vergangen waren, hielt sie immer noch instinktiv nach Jakob Ausschau.

Sie neigte den Kopf und drückte einen Kuss auf Josephs warmes, dunkles Haar. Der Junge bewegte sich und lächelte sie schüchtern an. Es schmerzte sie, dass es ihr erst nach dem Verlust von Jakob und nach Josephs Erkrankung gelungen war, eine engere Verbindung mit ihrem mittleren Sohn herzustellen. Doch sie war von Dankbarkeit erfüllt, dass sie so zusammensitzen konnten, Mutter und Sohn, sein Kopf an ihrer Schulter. Wenn nur der Preis dafür nicht so hoch gewesen wäre …

Tränen brannten in ihren Augen, deshalb versuchte sie, Eli irgendwo zu entdecken, um sich abzulenken. Sie sah ihn an einem Fenster, im Gespräch mit einem Mann, der einen blauen, amtlich wirkenden Anzug trug. Sie redeten lange miteinander und Elis breite Schultern hoben und senkten sich immer wieder, als verwirre ihn, was der Mann sagte. Schließlich bahnte sich Eli einen Weg zwischen den anderen Ankömmlingen hindurch und kam auf sie zu. Lillian war erleichtert, ein breites Lächeln auf seinem Gesicht zu sehen.

Er wandte sich direkt an Lillian. »Unser ganzes Geld ist jetzt in amerikanische Dollar gewechselt und ich habe gute Neuigkeiten. Neben der Wechselstube hat mir ein Mann Informationen über die Fahrpläne der Züge gegeben. Ich habe bereits unsere Fahrkarten gekauft.«

Er zog einen zerknitterten Zettel zurate. »Die Pennsylvania-Bahnlinie fährt morgen von New York Station ab und bringt uns bis Chicago, Illinois. Dann nehmen wir die Chicago-Linie nach St. Louis, Missouri. Und von dort bringt uns die *Union Pacific Railroad* nach Topeka in Kansas.«

Beim Wort *Kansas* machte Lillians Herz einen Sprung. Ach, wenn Reinhardt und Jakob nur hier sein könnten! Sie schob den düsteren Gedanken beiseite und konzentrierte sich stattdessen auf Elis zuversichtlichen, sachkundigen Ton. Seine Sicherheit gab ihr das Gefühl, gut aufgehoben zu sein. »Topeka in Kansas«, wiederholte sie. »Ist das also der Ort, an dem wir leben werden?«

Eli hob eine Braue und kratzte sich am Kopf. »*Nä*, aber der Fahrscheinverkäufer sagte mir, dass wir in Topeka auf Männer von der Bahn treffen werden – Grundstücksspekulanten, nannte er sie –, die uns informieren werden, wo Land zum Verkauf steht. Wenn wir in Topeka angelangt sind, werden wir uns entscheiden, wo wir unser neues Zuhause aufbauen wollen.«

Lillian erhob sich und klatschte in die Hände. »*Nä-jo*, dann suchen wir uns jetzt ein Hotel für die Nacht, damit wir für die Reise morgen gut ausgeruht sind.«

»Das ist die zweite gute Nachricht.« Eli schaukelte auf den Absätzen und sah sehr zufrieden aus. »Wir brauchen kein Geld für ein Hotel auszugeben. Wir können heute Nacht hier in Castle Garden bleiben.«

Lillian ließ den Blick durch den geräumigen Saal schweifen, der vor plappernden Menschen wimmelte. Wo würden sie sich zur Ruhe legen? Der Anblick von Josephs blassem Gesicht rief ihren Beschützerinstinkt wach. Ihr Sohn brauchte Ruhe und ein bequemes Bett, damit seine Gesundheit wieder vollständig hergestellt wurde. »Wir sollen *hier* bleiben?«

»Wir sparen dadurch viel Geld und der Fahrkartenmeister sagt, dass wir hier in Sicherheit sind.« Eli trat vor und legte eine Hand auf ihre Schulter. »Noch eine Nacht unter vielen anderen Menschen, und dann werden wir unseren Privatbereich haben. Ich habe organisiert, dass wir im Zug zwei Schlafwagenabteile haben.«

Elis Hand schien schwerer auf ihre Schulter zu drücken, als Lillian sorgenvolle Gedanken durch den Kopf schossen. Sie trug seinen Namen. Erwartete er jetzt von ihr, mit ihm zusammen in einem Abteil zu sein, als wäre sie in jeder Hinsicht seine Frau? Sie starrte in Elis hoffnungsvolles Gesicht und die Angst beschleunigte ihren Herzschlag. Das Gefühl der Geborgenheit, in das sie eben noch eingehüllt gewesen war, verließ sie vollständig. Stattdessen war sie nervös und unsicher.

Er neigte den Kopf und runzelte verwirrt die Stirn. »Lillian? Stimmt etwas nicht?«

Wie konnte sie ihre Ängste aussprechen, wenn Henrik und Joseph jedes einzelne Wort hörten? Sie schüttelte den Kopf und zwang sich um ihrer Söhne willen zu einem Lächeln. »*Nä, nä*, es ist alles in Ordnung. Ein … ein Schlafwagenabteil wird sehr willkommen sein, nachdem wir auf dem Schiff so lange in einem Schlafsaal übernachtet haben.« Sie trat zurück, um seine Berührung zu beenden, fasste Joseph am Ärmel und zog ihn hoch. Dann streckte sie ihre freie Hand nach Henrik aus. »Kommt, Jungen. Wir suchen einen Waschraum und schrubben uns gründlich ab, bevor ich Trockenfleisch und salzige Kekse fürs Mittagessen aus meiner Truhe hole.«

Von Henrik und Joseph begleitet eilte sie davon, doch Elis verwirrtes Gesicht begleitete sie in Gedanken.

Henrik ließ sich neben Joseph auf den gepolsterten Sitz des Zugabteils fallen und betrachtete durchs Fenster den geschäftigen New Yorker Bahnhof. So viele Gleise, die in alle möglichen Richtungen gingen. Wohin führten sie alle? Sicher nicht nur nach Kansas.

Laut seinem Vater war Kansas ein günstiges Land, weil die Kundschafter angedeutet hatten, dass es Ähnlichkeit mit den russischen *Steppes* hatte. Eine flache, offene Ebene. Felder mit hohem, wildem Gras. Genau wie das Gebiet um Gnadenfeld herum.

Gab es Universitäten in Kansas? Vermutlich nicht. Der Staat war zu jung. Frustration machte sich in Henrik breit und erfüllte ihn mit Wut. Er wollte in einer Stadt leben, nicht auf dem flachen Land!

Er wünschte, er hätte die Erlaubnis gehabt, das riesige Stadtzentrum von New York zu erkunden. Einfach nur durch die gepflasterten Straßen zu gehen und in die Fenster mancher Gebäude zu schauen, hätte seinen Hunger nach etwas Neuem und Aufregendem befriedigt. Aber Eli hatte sie gleich am nächsten Morgen zum Bahnhof getrieben, obwohl der Zug erst kurz nach Mittag abfahren sollte. Henrik hatte sehr höflich um Erlaubnis gebeten, sich ein bisschen umzusehen, aber Eli hatte seine Bitte entschieden abgelehnt, noch bevor Lillian den Kopf geschüttelt hatte. Henrik hätte die Worte seines Onkels vielleicht ignoriert – schließlich besaß der Mann kein Recht, ihm Vorschriften zu machen –, aber er wollte seine Mutter nicht aufregen.

Ein durchdringendes Pfeifen, gefolgt von einem stockenden Tuckern, war das Zeichen für ihre Abreise. Henrik drückte Fingerspitzen und Nase gegen die Scheibe und nahm noch einmal jede Einzelheit des geschäftigen Bahnhofs in sich auf. Der Zug begann, sich ruckartig zu bewegen, und Henrik war gezwungen, sich am Rand des Sitzes festzuklammern. Als die Lokomotive schneller wurde, wurde die Fahrt ruhiger, doch es holperte immer noch so sehr, dass Henrik es für klug hielt, sich weiter am Sitz festzuhalten, um nicht vom Kissen geschüttelt zu werden und auf den Boden zu fallen.

Vor dem Fenster verschwand der Bahnhof Stück für Stück. Die Aussicht wechselte zu Gebäuden und schließlich zu Landschaft. Erst als sie die Stadt vollständig hinter sich gelassen hatten, wandte er sich mit einem Seufzer vom Fenster ab. Nun ging es weiter nach Kansas, wie sein Vater und Eli es geplant hatten.

Henrik warf einen schnellen Blick zu Eli hinüber, der auf der anderen Seite des schmalen Abteils auf der Bank in sich zusammengesunken war. Seine Augen waren geschlossen, sein bärtiges Kinn lag auf seiner Brust. Kein Wunder, dass sein Onkel müde war. Jedes Mal, wenn fremde Geräusche Henrik in der Nacht geweckt hatten, hatte er gesehen, dass Eli hellwach und auf der Hut war. Henrik hatte versucht, ebenfalls wach zu bleiben, um auf seine Mutter und seinen Bruder aufzupassen, aber vor Müdigkeit war er in den Schlaf zurückgesunken.

Joseph tippte Henrik an den Arm. »Meinst du, Onkel Eli wird die ganze Fahrt über in unserem Abteil bleiben?« Seine Stimme war flüsterleise. Henrik musste sich anstrengen, um ihn zu hören, weil die Räder des Zuges so laut auf den Gleisen polterten.

Henrik nickte.

Joseph verzog das Gesicht. »Wenn er in Mamas Abteil wäre, hätte jeder von uns eine eigene Sitzbank.«

Ohne eine Antwort zu geben, wandte sich Henrik wieder dem Fenster zu. Er sollte froh sein, dass sich Eli seiner Mutter nicht in ihrem Abteil aufgedrängt hatte. Als ihr Ehemann hatte Eli das Recht dazu. Aber er hatte Lillian in ihr Abteil auf der anderen Seite des schmalen Gangs gebracht und den Jungen dann gesagt: »*Nä-jo*, jetzt gehen wir in unser Abteil.« Henrik hatte beobachtet, wie die hochgezogenen Schultern seiner Mutter sich bei dieser Erklärung entspannten, und er sollte dankbar dafür sein. Aber irgendwie ärgerte ihn die Rücksichtnahme seines Onkels. Warum musste Eli immer so perfekt sein? Und warum war er so fürsorglich? Was wollte er als Gegenleistung? War es das Päckchen Geld, das er behalten hatte, nachdem er ihre Rubel in Dollar getauscht hatte? Oder war es etwas anderes – etwas, worüber Henrik nicht einmal nachdenken wollte?

In der Vergangenheit hatte Henrik Elis Anteilnahme an ihrem Leben so verstanden, dass sich Eli irgendwie dafür erkenntlich zeigen wollte, dass Vaters Familie ihn bei sich aufgenommen hatte. Aber jetzt war Vater nicht mehr da; Eli konnte seine eigenen Wege gehen. Trotzdem blieb er bei ihnen und behauptete, er wolle sich nur um die Bedürfnisse ihrer Mutter kümmern. Aber seine Einmischung verhinderte, dass Henrik die Leitung seiner übrig gebliebenen Familie übernahm. Hätte Henrik das Sagen gehabt, hätte er darauf bestanden, dass sie in New York blieben, wo er in einer der zahlreichen Fabriken Arbeit gefunden hätte. Er hätte Englisch lernen und dann zur Universität gehen können. Er hätte jeden Tag zum Hafen gehen und Ausschau halten können, ob weitere Bewohner von Gnadenfeld eintrafen. Irgendwann wäre er vielleicht wieder mit Susie vereint gewesen.

Sein Inneres brannte vor Hass.

Joseph tippte ihn wieder an. Das dünne Gesicht seines Bruders zeigte eine nachdenkliche Miene. »Glaubst du, dass Mama und Onkel Eli Kinder zusammen bekommen werden, wenn wir dann in Kansas sind?«

»Was?«, bellte Henrik. Beim bloßen Gedanken daran, dass Lillian Kinder mit Eli haben könnte, brach ihm der Schweiß aus.

»Kinder«, wiederholte Joseph. »Ich dachte, vielleicht –«

»Man spricht nicht von solchen Dingen«, zischte Henrik, »das ist unanständig!«

Auf Josephs Wangen erschienen rote Flecken und er senkte das Kinn tief nach unten.

Henrik wusste, dass er sich für seine barsche Reaktion entschuldigen sollte. Joseph vermisste seinen kleinen Bruder. Genau wie Henrik. Der fröhliche Jakob hatte jeden Raum heller gemacht. Das Leben schien düster und freudlos ohne das Kichern des kleinen Jungen und sein spitzbübisches Lächeln. Ein Baby würde vielleicht dazu beitragen, die Leere zu füllen, die Jakobs Tod hinterlassen hatte, aber ein anderes Kind würde Jakob niemals ersetzen können. Es war sinnlos, sich etwas zu wünschen, was unmöglich war.

Henrik zwang sich zu einem sanfteren Ton. »Kinder zu bekommen ist eine Privatangelegenheit zwischen Erwachsenen, Joseph. Es steht uns nicht zu, darüber zu diskutieren.« Außerdem sollten ein Mann und eine Frau kein Kind zusammen zeugen, wenn sie einander nicht in Liebe zugetan waren.

»Aber …« Joseph fuhr sich mit der Zunge über die Lippen und warf einen Blick auf Eli, als wolle er sich davon überzeugen, dass dieser wirklich schlief. »Sie sind verheiratet. Verheiratete Leute bekommen Kinder …«

»Mama und Eli haben nur geheiratet, damit sie zusammen weiterreisen können. Sie lieben sich nicht so, wie Mama und Vater es taten.« Der Gedanke an die Liebe zwischen einem Mann und einer Frau rief ihm sofort Susie Friesen ins Gedächtnis, und Henrik fügte unwirsch hinzu: »Ich will nicht mehr darüber reden.«

Joseph bewegte den Kopf in stillem Einverständnis auf und ab. Dann gähnte er und veränderte seine Position auf der Sitzbank. »Ich glaube, ich mache ein Schläfchen wie Onkel Eli.«

»Gut.« Wenn Joseph schlief, würde er Henrik in Frieden lassen. Frieden … Wenn er ehrlich war, hatte er innerlich keinen Frieden mehr gehabt, seit Vater seine Absicht, Gnadenfeld zu verlassen, verkündet hatte. Henrik starrte aus dem Fenster auf die sonnenbeschienene fremde Landschaft und fragte sich, ob in Amerika überhaupt Frieden existierte.

Lillian hob ihre Füße auf die Bank und lehnte sich in die Ecke. Dicke Gardinen, von goldenen Kordeln mit Quasten zusammengehalten, umrahmten das Fenster. Sie hatte die obere Scheibe heruntergelassen. Heiße Luft strömte ins Abteil und bewegte die Gardinen und ihre Haare. Der Blick durchs Fenster lud sie ein, die üppige Landschaft und die hoch aufragenden, mit dunkelgrünen Blättern bedeckten Bäume zu bewundern, aber ihre Gedanken waren nach innen gerichtet.

Sie hatte Eli falsch eingeschätzt. Als er zwei Schlafwagenabteile erwähnt hatte, hatte sie nicht erwartet, dass er ihr ein ganzes Abteil allein zur Verfügung stellen würde. Nein, sie hatte angenommen, er würde es mit ihr teilen. Ihr Blick glitt durch den Raum – er war klein, das stimmte, aber mehr als ausreichend für eine Person. Die Bänke, gut gepolstert mit gesteppten smaragdgrünen Kissen, die die Sitzfläche und Rückenlehne bequemer machten, erlaubten für die vier Tage, die sie unterwegs sein würden, ein angenehmes Reisen.

Ein leichtes Schuldgefühl nagte an ihr, als sie daran dachte, dass Eli, Henrik und Joseph sich einen ähnlichen Raum zu dritt teilten. Sie sollte Joseph in ihr Abteil einladen. Dann hätten Eli und Henrik mehr Platz, um sich auszustrecken. Aber sie würde bis morgen warten. Im Moment schätzte sie die Privatsphäre zu sehr.

Wie lange war es her, seit sie einen Augenblick völliger Einsamkeit genossen hatte? Das war nicht mehr vorgekommen, seit sie als kleines Mädchen nach der Schule in die Felder ausgerissen war, anstatt nach Hause zu gehen, wie ihre Eltern es von ihr verlangt hatten. Ihre einzige kleine Rebellion. Sie erinnerte sich, wie ihre Mutter an der Tür auf sie gewartet hatte, die Rute in der Hand, um sie für ihren Ungehorsam zu bestrafen. Doch für diese Stunden des ungestörten Vergnügens, in denen sie mit ausgestreckten Armen durch die Felder gelaufen war oder auf dem Rücken liegend in die Wolken geschaut und den Anblick und den Geruch der weiten Ebene in sich aufgenommen hatte, hatte sie das kurzzeitige Brennen der Rute an ihren Beinen immer in Kauf genommen.

Im Haus ihrer Kindheit war ihre Mutter für die Strafen zuständig gewesen, aber Lillian hatte es immer Reinhardt überlassen, ihre Söhne zu maßregeln. Würde Eli diese Position einnehmen, jetzt, wenn Reinhardt nicht mehr da war? Würde Henrik sich Elis Autorität beugen? Reinhardt hatte vor allem Henrik immer scharf im Auge behalten. Manchmal hatte sie das Gefühl gehabt, er beobachte ihn zu stark – Henrik war im Grunde seines Herzens ein guter Junge, selbst wenn er zu geistigen Höhenflügen neigte.

Sie konnte Henriks Verlangen zu lernen – neue und aufregende Erfahrungen zu machen – verstehen, denn als Kind hatte sie den gleichen Wunsch besessen. Doch sie wusste auch, dass ihre Eltern sie vor mancher gefährlichen Situation bewahrt hatten, indem sie sie an der kurzen Leine hielten. Sie spürte Henriks ständige Unruhe. Konnte sie ihn ohne Reinhardts feste Hand im Zaum halten und vor weltlichen Einflüssen schützen?

Trauer legte sich wie eine schwere Last auf ihr Herz. Ach, wenn Reinhardt nur da wäre! Wenn der kleine Jakob nur zum Mann heranwachsen könnte! Aber diese Wünsche änderten nichts. Reinhardt und Jakob waren von ihr gegangen. Sie, Henrik und Joseph waren zurückgeblieben. Irgendwie würde sie die Kraft finden, um ihren Jungen die nötige Führung zu geben, damit sie zu gottesfürchtigen Männern heranwuchsen.

Himmlischer Vater, hilf mir, die Jungen auf deinen Wegen zu leiten. Wie von selbst stieg ein Lied in ihrem Herzen auf. Sie öffnete den Mund und sang laut »Auf, auf, mein Herz, mit Freuden«. Es war eines ihrer Lieblingslieder aus der *Glaubensstimme*, dem Liederbuch, das in der kleinen Kirche in Gnadenfeld verwendet wurde, solange sie denken konnte.

Obwohl das Lied traditionellerweise an Ostern gesungen wurde, schien der Gedanke, einen neuen Anfang in einem unbekannten Land zu wagen, gut zu den bewegenden Zeilen des Textes zu passen. Die Worte ermutigten sie, die Herausforderungen, die vor ihr lagen, mit Zuversicht und Vorfreude in Angriff zu nehmen, statt mit Angst und Sorge. Doch aus Gründen, über die sie nicht intensiver nachdenken wollte, gelang es dem Lied dieses Mal nicht, ihr die Sorge zu nehmen.

13

»Mama! Mama!« Josephs aufgeregter Ausruf riss Lillian aus dem Schlaf. Sie setzte sich aufrecht hin und blinzelte in erstaunlich helles Licht. Der Junge hielt die Gardinen weit hoch, was dem Sonnenlicht erlaubte, durchs Fenster hereinzuströmen. »Topeka, Mama! Wir sind da!«

Lillian sah auf eine städtische Szene hinaus, die große Ähnlichkeit mit vielen anderen hatte, die ihr im Lauf der vergangenen Reisetage vor die Augen gekommen waren. Aus Holz und Stein gebaute Gebäude flankierten eine breite Straße. Der Zug zuckelte langsam und sein Pfeifen informierte die Menschen in der Stadt über seine Ankunft. Wenn sie den Hals verdrehte, konnte Lillian einen Blick auf den Bahnhof erhaschen, der vor ihnen lag. Auf einem breiten verzierten Brett, das über einem überdachten Gehweg angebracht war, war ein Wort zu lesen: TOPEKA. Genau das stand auch auf ihren Fahrkarten. Wie Joseph freudig verkündet hatte, waren sie an ihrem Ziel angelangt.

Sie hob die Hände zu ihrem Haar und schimpfte: »Lass die Gardine fallen, Joseph, damit wir uns unbeobachtet bereit machen können.«

Joseph ließ den Vorhang fallen, aber er spähte durch den schmalen Schlitz zwischen den beiden schweren Stoffstücken, während Lillian sich das Haar bürstete, flocht und den hüftlangen Zopf zu einem dicken Knoten im Nacken feststeckte. Die Kleider zu wechseln, war nicht möglich, da ihre Truhen in einem Gepäckwagen am Ende des Zuges verstaut waren, aber sie glättete ihren weiten Rock so gut wie möglich und versuchte, die schlimmsten Falten aus Josephs Hemd zu entfernen, indem sie daran herumzupfte.

Die Pfeife der Lokomotive stieß einen langen Ton aus, der vom ohrenbetäubenden Kreischen der Bremsen begleitet wurde. Lillian und Joseph stützen sich an ihren Sitzen ab, als der Zug quietschend und stotternd zum Stehen kam. Sobald er stand, schnappte sich Lillian ihre Schürze, die hinten auf ihrer Bank lag, und legte sie schnell um ihre Taille.

Ein leichtes Klopfen erklang an der holzverkleideten Tür zu ihrem Abteil. Joseph sprang auf und öffnete die Tür, bevor Lillian mit dem Binden der Schürze fertig war. Ihre Hände kämpften darum, die Aufgabe zu Ende zu bringen, aber Elis Blick fiel auf sie, als sie noch nicht fertig war. Obwohl sie angemessen bedeckt war, stieg ihr beim Gedanken, dass er zuschaute, wie sie einen Teil ihrer Ankleidezeremonie vollendete, das Blut ins Gesicht.

Offenbar fand er die Situation ebenfalls peinlich, denn er wandte den Blick ab und richtete die Augen auf den Gang, statt ins Abteil. »Wir sind in Topeka«, sagte er unnötigerweise. »Ich habe mit dem Zugführer gesprochen und er hat mir beschrieben, wo ich die Männer finden kann, die uns Land verkaufen können. Ich frage mich …«

Er wandte den Kopf zentimeterweise, als fürchte er, sie würde immer noch etwas tun, was er nicht sehen sollte. Sie verschränkte die Hände vor dem Bauch und sah ihm direkt ins Gesicht, obwohl sie ihre flammenden Wangen am liebsten mit den Händen bedeckt hätte. Seine Schultern hoben sich, als er tief Atem holte, und um seine Lippen spielte ein Lächeln.

»Ich frage mich, ob du vielleicht lieber mit den Jungen in ein Speiselokal gehen und ein gutes Mahl einnehmen willst, anstatt bei einem Treffen mit den Landverkäufern dabei zu sein.«

Beim Gedanken an eine ordentliche Mahlzeit knurrte Lillian der Magen. »*Ach, jo.*« Die Verpflegung im Zug war nicht viel besser gewesen als das Essen, das der einfallslose Koch auf dem Schiff serviert hatte.

Fältchen bildeten sich um Elis Augen, als er lächelte. »Der Zugführer hat mir gesagt, dass es ein Restaurant gibt, wenn man über die Brücke geht und einer Straße namens Kansas Avenue folgt. So können du und die Jungen lernen, den Namen unseres neuen Staates wiederzuerkennen. Er hat mir versichert, dass das Essen sehr schmackhaft und reichhaltig ist.« Er zog seine Börse aus der Jackentasche und holte zwei neue Geldscheine heraus. »Nimm das hier. Ich habe Henrik beigebracht, wie viel der Dollar wert ist, damit er begreift, wie viel etwas kostet. Genießt die Mahlzeit. Ich werde mich mit den Landverkäufern treffen und dann im Restaurant zu euch stoßen, sobald ich einen Kauf vorbereitet habe.«

»Und wirst du dann auch etwas essen?« Lillian spielte mit den Geldnoten in ihrer Hand. Es war nicht fair, dass sie und die Jungen das Vergnügen eines warmen, leckeren Essens haben sollten, während Eli hungrig blieb.

»*Jo*, dann werde ich auch etwas essen. Danke, dass du dir meinetwegen Gedanken machst.« Die Wärme in seinen Augen brachte die Hitze in ihr Gesicht zurück. Mit einer Handbewegung winkte er sie und Joseph in den Gang hinaus. »Ihr könnt jetzt gehen. Ich werde mich um unsere Truhen kümmern, aber ich kann sie nicht mitnehmen, bevor ich keinen Wagen gefunden habe. Der Zugführer sagt, dass die Landverkäufer mir die Adresse eines Wagners geben können.« Er drehte sich auf dem abgenutzten Absatz seines Stiefels um und ging davon.

Lillian hielt Henriks Ellbogen und erlaubte ihm, sie aus dem Zug zu begleiten. Joseph trottete hinter ihnen her, als sie eine hölzerne Brücke überquerten und dann in eine Straße einbogen, die mit dem Wort *Kansas* gekennzeichnet war. Die Jungen blickten mit großen, neugierigen Augen in die Schaufenster, aber Lillian sah zum Himmel hoch. Vor dem hellblauen Hintergrund zogen luftige weiße Wolken dahin – ein wunderbarer Anblick. Er erinnerte sie an den Himmel, den sie bei ihren kindlichen Streifzügen durch die Felder um Gnadenfeld über sich gehabt hatte. Dies gab ihr das Gefühl, zu Hause zu sein, obwohl die Stadt neu und fremd war.

Der Duft von frisch gebackenem Brot und köchelndem Fleisch stieg ihr in die Nase, noch bevor sie den Gehsteig vor einem hölzernen Gebäude mit einer hohen, rechteckigen Front betreten hatten. Der weiße Anstrich glänzte in der Sonne, und dunkelblaue Läden umrahmten die Fenster und die Tür in der Mitte. Henrik führte sie zur Tür, aber Lillian zögerte.

Ihr Blick wanderte von ihrem zerknitterten Rock zu den glatten karierten Gardinen, die hinter der Scheibe hingen. Ein Gebäude, das schon von außen so sauber und ordentlich war, war innen bestimmt noch viel eleganter. Obwohl ihr Magen sie vorantrieb, blieb sie steif und reglos auf dem Gehsteig stehen. Sie hatte noch nie zuvor in einem Restaurant gegessen, aber sie war davon überzeugt, dass ihre zerdrückten, vom Schweiß fleckigen Kleider hier nicht willkommen wären. Was würde sie tun, wenn jemand sie auf Englisch ansprach?

Henrik zog sie leicht am Arm. »Komm schon, Mama.«

Sie trat einen Schritt von der Tür zurück. »Ich … ich glaube nicht, dass wir hineingehen sollten.«

»Aber Onkel Eli hat gesagt, wir sollen essen gehen«, wandte Joseph ein. »Er kommt später auch hierher. Ich habe Hunger.«

Nervös biss sich Lillian auf die Unterlippe. Sie wusste nicht, wo sie Eli finden könnte, um ihm zu sagen, dass sie das Restaurant nicht betreten konnten. Eine lange Bank stand unter einem der Fenster. Sie überlegte, dass sie sich dort hinsetzen und auf Eli warten könnten. Als sie über diese Möglichkeit nachdachte, schwang die Tür auf und eine junge Frau mit einer schneeweißen Schürze über einem Kleid, das die gleiche Farbe wie die Fensterläden hatte, streckte ihr zum Willkommensgruß die Hand entgegen.

Die junge Frau sagte etwas, aber Lillian verstand die Worte nicht. Sie schüttelte den Kopf, runzelte die Stirn und drehte die Handflächen nach oben, um zu zeigen, dass sie nichts verstand.

Die Frau neigte ihren glänzenden blonden Kopf und sagte: »Holländisch? Russisch? Deutsch?«

Lillians Herz setzte einen Schlag aus, als sie das Wort erkannte. »*Jo*, Deutsch.«

Die junge Frau lachte leise und sagte in perfektem Deutsch: »Ah, willkommen in Tante Toadies Küche. Bitte kommen Sie herein.«

Joseph stürmte durch die Tür und Henrik führte Lillian hinterher. Drinnen sah sich Joseph mit offenem Mund um. Selbst Henriks Blick huschte beeindruckt vom glänzenden Holzfußboden zu einem riesigen Zinnleuchter über ihren Köpfen, der mit Dutzenden von Kerzen bestückt war.

»Folgen Sie mir bitte, und ich werde Ihnen einen Platz zeigen.«

Runde Tische, auf denen blaukarierte Tischdecken lagen, füllten den Raum, der größer war, als Lillian erwartet hatte. Topfpflanzen – manche mit vielen grünen Blättern, andere voller Blüten – schufen eine Gartenatmosphäre. Dicke Kerzen, die auf jedem Tisch standen und in verzierten Wandleuchtern aus Zinn steckten, erhellten jeden Zentimeter des weiß gestrichenen Raums. Lillian versuchte sich so klein wie möglich zu machen, als sie ihrer Wirtin zu einem Tisch in der Ecke folgten. Ein großer steinerner Kamin stand in der Nähe, aber es brannte kein Feuer darin.

Die junge Frau zeigte auf Stühle mit gedrechselten Rückenlehnen, die um den Tisch herum standen. Ihre vollen rosigen Lippen bogen sich zu einem Lächeln. »Bitte setzen Sie sich. Ich werde mich um Sie kümmern.«

»Danke«, sagte Lillian. Es war offensichtlich, dass die Schönheit dieses Mädchens bis ins Innere reichte. Sie warf Henrik einen Blick zu und ertappte ihn, wie er das Mädchen anstarrte.

»Gern geschehen. Mein Name ist Nora und es ist mir eine Freude, Sie zu bedienen. Tante Toadie hat heute Schweinekoteletts gebraten. Darf ich Ihnen davon bringen?«

Die guten Gerüche, die den Speiseraum erfüllten, überzeugten Lillian, dass Ihnen hier jedes Essen schmecken würde. »*Jo, bittescheun.*«

Mit einem Nicken glitt Nora auf eine hölzerne Flügeltür zu.

Henrik sah ihr nach, bis sie hinter der Tür verschwand. Dann drehte er den Kopf und stellte fest, dass Lillian ihn lächelnd beobachtete. Er spielte mit dem Rand einer weißen Serviette, die auf dem Tisch lag, und achtete sorgfältig auf eine ausdruckslose Miene. Lillian biss sich von innen auf die Wangen, um nicht zu kichern. Vielleicht fing Henrik endlich an, Susie Friesen zu vergessen.

Wie sie es versprochen hatte, servierte ihnen Nora ein verführerisches Mahl aus gut gewürzten Koteletts, gestampften Süßkartoffeln, die in Butter schwammen, grünen Bohnen und lockeren Brötchen auf heimeligen blau getupften Tellern. Während sie aßen, blieb sie in ihrer Nähe und unterhielt sich mit ihnen, als wären sie bevorzugte Gäste und keine einfachen Einwanderer. Joseph bombardierte sie mit Fragen, die sie alle ohne Zögern beantwortete. Sie erfuhren, dass sie im Osten der Vereinigten Staaten aufgewachsen war und sogar eine Universität in New York City besucht hatte. Nach ihrem Abschluss war sie nach Kansas gekommen, weil ihre Großtante Hilfe im Restaurant gebraucht hatte.

»Da ich vier verschiedene Sprachen fließend spreche, kann ich mich mit vielen Einwanderern verständigen, die hier mit dem Zug ankommen.«

Henrik zog die Augenbrauen zusammen. »Warum arbeiten Sie als Bedienung, wenn Sie so gut gebildet sind?«

Nora lachte unbekümmert, um zu zeigen, dass sie Henrik die persönliche Frage nicht übel nahm. »Ich habe wenig andere Begabungen außer der Beherrschung dieser verschiedenen Sprachen. Aber ich sehe diese Begabung als Geschenk an. Ich glaube, der Herr hat mich hierher geführt, damit ich meine Fähigkeiten nutzen kann, um Neuankömmlinge wie Sie willkommen zu heißen.«

»Sie haben uns das Gefühl gegeben, sehr willkommen zu sein«, versicherte ihr Lillian. Ihre Zuneigung zu der jungen Frau wuchs mit jedem Moment.

»Dann bin ich zufrieden.« Nora warf allen am Tisch ein strahlendes Lächeln zu. Dann sah sie auf. »Oh, ein neuer Gast. Entschuldigen Sie mich.« Sie eilte auf die Eingangstür zu. Lillian schaute über die Schulter. Eli war eingetroffen. Lillian erhob sich halb und winkte ihm zu.

Eli tippte vor Nora grüßend an den Hut und schritt direkt zu ihrem Tisch. Er setzte sich Lillian gegenüber und legte den Hut ab. Er warf einen Blick auf ihre leeren Teller und leckte sich die Lippen. »*Nä-jo*, es sieht aus, als hättet ihr wirklich ein gutes Mahl gehabt.«

Wenig später brachte ihm Nora einen Teller mit dicken Koteletts. Lillian nippte an ihrem heißen, süßen Kaffee und hörte zu, wie Henrik und Joseph sich mit Nora unterhielten, während sich Eli über sein Essen hermachte. Als er fertig war, wischte er sich den Mund mit einer Serviette ab, legte sie neben seinen Teller und tätschelte sich den Bauch. »Ach, das war sehr gut. Das beste Essen, seit wir Gnadenfeld verlassen haben.«

Nora goss Kaffee aus einem hohen Emailletopf in Lillians Tasse und griff nach Elis leerem Teller. »Dankeschön. Ich werde Tante Toadie sagen, dass es Ihnen geschmeckt hat. Darf ich Ihnen ein Stück Kuchen bringen?«

Eli überlegte kurz und schüttelte dann den Kopf. »Mein Bauch ist voll. Aber vielen Dank.«

Nora verabschiedete sich von der Familie und eilte auf die Tür zu, die zur Küche führte.

Eli stützte die Ellbogen auf den Tisch. »Ich erzähle euch, was ich gemacht habe, seit ihr aus dem Zug ausgestiegen seid.«

Lillian war erstaunt, was Eli in der vergangenen Stunde alles erledigt hatte. Nachdem er mit einem Vertreter der Eisenbahn gesprochen und den Kauf von knapp hundert Hektar Land in der Nähe einer Stadt namens Newton vereinbart hatte, hatte er einen Wagen gekauft – »Er nennt sich Prärieschoner«, sagte er augenzwinkernd zu Joseph – und zwei Paar Ochsen, um ihn zu ziehen.

»Keine Pferde?« Henriks Ton klang verächtlich. Auch Lillian war von Elis Wahl überrascht. In Gnadenfeld war er als guter Reiter bekannt gewesen. Sicher würde er Pferde vorziehen.

»Ochsen sind robuste Tiere«, erwiderte Eli ohne eine Spur des Bedauerns. »Sie eignen sich auch besser für diese harte Landschaft. Ein Tier hat vor Kurzem gekalbt, also wird es uns auf unserer Reise Milch geben. Sie werden uns zu unserem Land bringen und dort abwechselnd den Pflug ziehen, den ich gekauft habe.« Er setzte eine verträumte Miene auf. »Dieses Land, Lillian, ist wie dafür gemacht, Samen zu empfangen. Wir werden hier Erfolg haben. Ich spüre es in meinen Knochen.«

Eli zuckte nicht einmal zusammen, als Henrik leise schnaubte.

»Wir müssen jetzt zum Bahnhof zurückgehen und unsere Truhen auf den Wagen laden. Dann kaufen wir Vorräte im Gemischtwarenladen, und los geht's zu unserem neuen Land!«

Joseph stützte die Ellbogen auf die Tischkante und ahmte Elis Haltung nach. »Woher wissen wir, wie wir fahren müssen? Gibt es Straßen?«

»*Jo*, mein Junge, es gibt ein paar Straßen. Aber schau mal her.« Er holte eine runde Scheibe aus seiner Tasche und hielt sie ihm auf der ausgestreckten Hand entgegen. Joseph beugte sich eifrig vor und selbst Henrik bog den Kopf, um etwas zu sehen. »Der Wagner hat mir das gegeben. Es ist ein Kompass.« Er deutete auf eine winzige Nadel, die über der Scheibe zitterte. »Seht ihr diese Buchstaben? Sie bedeuten Norden, Süden, Osten und Westen. Das wird uns helfen, unsere Richtung beizubehalten.«

Joseph nickte und das Haar fiel ihm wippend in die Stirn. »Der Schiffskapitän hat ein ähnliches Gerät verwendet, um uns auf dem Ozean auf Kurs zu halten.«

»Ich bin sicher, dass das Gerät des Kapitäns viel komplizierter als dieses war«, antwortete Eli, »aber für unsere Zwecke reicht es.« Er grinste Lillian an. »Newton liegt südwestlich von Topeka, also …« Wieder zu Joseph gewandt, sagte er: »Der Kompass ist sehr schlau und diese kleine Nadel zeigt uns, wo Norden ist. Wenn dieser Kompass also Richtung Norden zeigt, welche Linie ist dann auf unser neues Zuhause gerichtet?«

Joseph legte den Finger auf der gläsernen Abdeckung der Scheibe zwischen S und W. »Hier!«

»*Jo*, gut gemacht. Du wirst wirklich ein prima Navigator für uns sein.«

Der Junge strahlte. Eli schob die Scheibe wieder in die Tasche und sah Lillian an. »Wir werden in Newton Halt machen und nach jemandem fragen müssen, der uns zu dem Stück Land begleitet, das ich gekauft habe. Die Landverkäufer haben ein Telegramm geschickt, damit man uns dort erwartet.«

Alles fügte sich wunderbar, genau, wie Reinhardt es geplant hatte. Lillian schwankte zwischen Freude, dass ihre Träume wahr wurden, und Trauer, dass nicht alle Mitglieder ihrer Familie hier waren und miterlebten, wie sich der Traum erfüllte.

Eli stieß sich mit den Händen vom Tisch ab und erhob sich. »Jetzt müssen wir unsere Vorräte kaufen. Kommt. Wir wollen Topeka vor dem Abend verlassen. Von jetzt an schlagen wir unser Lager im Freien auf, bis wir unser Land erreichen. Ich weiß nicht, wie viele Städte mit Läden wir unterwegs finden werden. Also müssen wir eine gute und sorgfältige Auswahl treffen, solange wir hier sind und es ein großes Angebot gibt.«

Dann wandte er sich wieder an Joseph und seine Augen glitzerten. »Da wir gerade von Auswahl sprechen – ich habe eine besondere Aufgabe für dich, Joseph.«

Joseph legte sich die Hand an die Brust. »Für mich?«

»*Jo*. Ich habe einen Mann getroffen, der uns ein paar Hühner verkaufen wird. An unserem Wagen gibt es Platz, um einen Hühnerkäfig aufzuhängen, also denke ich, es wäre gut für uns, frische Eier zu haben – auf der Reise und auch, wenn wir auf unserem Land eintreffen. Mit Ochsen und Pferden kenne ich mich aus, aber auf meinem Hof hatte ich keine Vögel. Du hast immer die Hühner der Nachbarn in Gnadenfeld gefüttert. Meinst du, du könntest uns ein paar gute Legehennen aussuchen?«

Joseph tanzte fast vor Aufregung. »*Jo*, Onkel Eli! Ich werde die Allerbesten auswählen!«

Eli legte den Arm um Josephs Schultern und gemeinsam steuerten sie auf die Eingangstür zu. Lillian folgte, innerlich erfüllt von lobenden Worten für Eli. Er setzte so viel Vertrauen auf Joseph. Der Junge würde unter Elis Aufmerksamkeit und Fürsorge sicher aufblühen.

Dann warf sie einen Blick auf Henrik und ihr Mut sank. Er hatte wieder seine mürrische Miene aufgesetzt. Um Henrik zu erreichen, wäre mehr nötig, als ihn Hühner aussuchen zu lassen.

14

»Kannst du ein Lagerfeuer anzünden«, fragte Eli Lillian, als die Jungen losgezogen waren, um trockenes Holz zu suchen.

Sie hob das Kinn. »Ich habe oft Feuer gemacht in meinem *Oweback* zu Hause. Draußen eine Flamme anzuzünden, kann nicht viel schwerer sein als im Ofen.«

Eli bemerkte, dass ihr Gesicht von Erschöpfung gezeichnet war. Lillian wirkte älter als ihre achtunddreißig Jahre. Doch sie beklagte sich nie, sondern zeigte immer die Bereitschaft zu tun, was nötig war. Sie ging zu dem handlichen Kasten, der seitlich am Wagen hing, und öffnete den Deckel. Als sie ein Päckchen Streichhölzer in ihre Rocktasche geschoben hatte, holte sie Luft und zeigte auf die Straße, von der sie gerade gekommen waren.

»Ich schaue an der Straße entlang nach Steinen, die ich um mein Kochfeuer legen kann.« Sie ließ den Blick über das Gelände streifen, das Eli für ihr Lager ausgesucht hatte. »Ich möchte nicht, dass das Gras Feuer fängt.«

»Eine gute Überlegung.« Eli hätte ihr gern gesagt, wie sehr er ihre positive, arbeitsame Haltung schätzte, aber ein Kloß steckte ihm im Hals und verhinderte, dass die lobenden Worte laut wurden. Er befreite die zwei Leitochsen aus ihrem Joch und rief warnend: »Pass auf, dass keine Schlangen im Gras sind.«

Lillian zuckte zusammen und blieb kurz stehen. Dann beugte sie sich vor und griff nach einem stabilen Zweig. Als sie ihren Weg fortsetzte, klopfte sie mit dem Stock aufs Gras.

Was für eine Frau, seine *frü*! Seine *Ehefrau*. Er ließ sich das Wort auf der Zunge zergehen, während er die Ochsen an die Hinterseite des Wagens führte und ihre Leinen dort am Rad festband. Obwohl es eine aus der Not geborene Entscheidung gewesen war, Lillian zu heiraten, erkannte er, dass seine langjährige brüderliche Zuneigung sich bereits zu einem stärkeren Gefühl vertiefte. Sein Blick folgte ihr, als sie sich bückte, um einen Stein aufzuheben, und ihn in die Schürze fallen ließ, die sie beutelähnlich zusammenhielt. Dann ging sie ein paar Schritte weiter und wandte den Kopf auf der Suche nach passenden Steinen hierhin und dorthin. Die holprige Fahrt mit dem Wagen, wobei ihnen der Wind ständig den Staub ins Gesicht wehte, hatte ihn erschöpft. Lillian konnte nicht weniger müde sein, doch sie setzte sich nicht in den Schatten und jammerte. Stattdessen sammelte sie Steine, damit sie ein sicheres Feuer errichten und darauf ihr Essen zubereiten konnte.

Eli kratzte den Kopf eines Rinds, während er darüber nachdachte, wie zuversichtlich Lillian veranlagt war. Nach allem, was sie verloren hatte, sollte sie eher in Trauer untergehen. Aber seit dem Tag, als sie Jakobs leblosen Körper in den Armen gehalten hatte, hatte sie weder von Reinhardt noch von Jakob gesprochen. Sie schaute nicht zurück, sondern nach vorn – in die Zukunft. Ihre *gemeinsame* Zukunft …

Seine Gedanken sprangen zum bevorstehenden Einbruch der Nacht. Bis jetzt hatte es immer getrennte Schlafbereiche gegeben. Aber heute hatten sie keine Hotelzimmer oder Abteile oder Schlafsäle, um sie voneinander zu trennen. Wie konnte er Lillian zumindest den Anflug eines Privatbereichs schaffen? Er und die Jungen konnten ihr Lager überall errichten und nebeneinanderliegen, aber Lillian? Sie brauchte ihren eigenen Platz.

Während er das zweite Paar Rinder losmachte, strich er mit der Hand an der glatten Linie des gebogenen Segeltuchdaches entlang, das über dem stabilen Wagen angebracht war. Er hielt sich den überfüllten Platz im Inneren des Wagens vor Augen. Truhen und Vorräte stapelten sich darin, aber vielleicht konnten sie für Lillian die Federmatratze über die Truhen legen. Dann konnten er und die Jungen auf Strohsäcken unter dem Wagen schlafen, wodurch sie ein wenig geschützt wären.

Die Neckerei der Jungen drang an seine Ohren, und als er aufschaute, sah er, wie sie mit Armen voller Zweige auf den Wagen zukamen. Lillian näherte sich aus der entgegengesetzten Richtung. Sie hielt die Enden ihrer Schürze hoch, die gut gefüllt zu sein schien und mit ihrer Last weit nach unten hing. Sein Herz dehnte sich in seiner Brust zu seiner zweifachen Größe aus. Seine Familie …

Er schluckte, hob die Hand und rief: »Jetzt aber schnell! Bald bricht die Nacht herein und wir wollen ein schönes Essen zusammen genießen, bevor wir uns schlafen legen.«

Lillian erwies sich als geschickte Feuermacherin, und bald backte *Bobbat*, ein herzhaftes, mit Fleisch und Trockenfrüchten gefülltes Brot in einer Pfanne über dem knisternden Feuer. Ein hoher Kaffeetopf balancierte auf den Steinen, die das Feuer umgaben, und die dunkle Flüssigkeit kochte darin, während das *Bobbat* backte. Die verlockenden Düfte wurden vom Wind herübergetragen und Elis Magen zog sich erwartungsvoll zusammen. Er und Henrik beschäftigten sich damit, den Boden unter dem Wagen zu glätten und ihre Decken auszubreiten. Joseph ließ die drei gefleckten Hennen aus ihrem Käfig und beobachtete, wie sie in der Nähe des Wagens in der Erde scharrten.

Die Dämmerung fiel weich und rosig auf sie herab und der Wind wurde sanfter, als die Sonne am Horizont unterging. Lillian holte Teller aus dem Wagen und rief: »*Nä-jo*, Joseph, steck die Hühner wieder in ihren Käfig, damit wir essen können.«

Sie setzen sich im Kreis ums Feuer. Eli sprach ein Segensgebet für das einfache Mahl und fügte hinzu: »Danke, Vater, dass du uns ein neues Zuhause schenkst. Führe uns sicher dorthin und mögen dort unsere Bedürfnisse gestillt werden nach dem Reichtum deiner Herrlichkeit. Amen.«

»Amen«, flüsterte Lillian, und dieses eine Wort verriet ihre herzliche Zustimmung.

Einen Moment lang trafen sich ihre Blicke über dem flackernden Feuer, und Eli fragte sich, ob die Röte in ihren Wangen von der Hitze der Flammen kam oder einer inneren Hitze entsprang. Bevor er der Frage weiter nachgehen konnte, streckte Joseph seinen Teller aus.

»Schneid mir ein großes Stück ab, Mama. Ich bin am Verhungern.«

Lachend teilte Lillian das *Bobbat* in vier Stücke und reichte jedem eines. Eli lief das Wasser im Mund zusammen und er nahm einen großen Bissen. Normalerweise wurde das *Bobbat* mit frischer Wurst und dicken Rosinen gemacht und im Lehmziegelofen gebacken. Das *Bobbat* vom offenen Feuer enthielt Stücke von getrocknetem Rindfleisch und klein geschnittene gedörrte Aprikosen. Trotz der Unterschiede schmeckte es ebenso gut wie das Original. Eli verzehrte es mit Genuss, genau wie seine Gefährten. Niemand sprach. Sie waren alle zu müde, vermutete Eli, um sich ein Gesprächsthema auszudenken. Als sie fertig waren, sprang Lillian auf die Beine und streckte die Hand nach den Tellern aus.

Aber Eli schüttelte den Kopf. »*Nä*, du hast gekocht, wir Männer werden aufräumen.«

Henrik verzog das Gesicht, aber er stand auf und bewegte sich auf das Wasserfass zu.

»Kein Wasser, mein Junge.« Bei Elis Worten hielt Henrik jäh inne. »Wir haben nur zwei Wasserfässer und ich weiß nicht, wann wir Gelegenheit haben werden, sie aufzufüllen. Also müssen wir sparsam mit dem Wasser umgehen. Wir werden es nur zum Trinken und Kochen verwenden.«

Joseph richtete sich auf. »Kein Baden?«, fragte er freudig erregt.

Eli unterdrückte ein Lachen und öffnete den Mund, um Josephs Frage zu bejahen, aber Lillians bestürztes Gesicht bewegte ihn dazu, einen Kompromiss anzubieten. »Deine Mutter wird ein Stück Stoff anfeuchten und das können wir benutzen, um uns Gesicht und Hände zu waschen. Wenn wir an einen Bach kommen, baden wir und waschen unser Geschirr gründlich. Aber heute wird es genügen, die Teller und die Pfanne mit einer Gabel gut auszukratzen.« Er wandte sich an Lillian und sagte: »Du hattest einen langen Tag, Lillian. Geh … mach dich bettfertig, während die Jungen und ich uns um das Geschirr kümmern. Ich – wir – Henrik und ich – haben dir ein Bett im Wagen hergerichtet.«

Im schwindenden Licht beobachtete er, wie ihre Wangen sich wieder röteten.

»Die Jungen und ich« – er zeigte auf die Strohsäcke – »werden hier schlafen.«

Sie nickte und eine Haarsträhne, die sich aus ihrem Knoten gelöst hatte, wehte um ihr Gesicht. »Danke. Aber ich … ich muss …« Ihr Blick huschte suchend um das Lager herum, während sie sich auf die Unterlippe biss und die Stirn kräuselte.

Was machte sie so beklommen? Schließlich dämmerte es ihm. Obwohl das kein Thema war, das er normalerweise mit einer Frau besprechen würde, musste es sein. Schließlich war sie seine Frau. Er beugte sich vor und flüsterte: »Die Bäume werden dir Schutz bieten. Nimm die Laterne mit, die hinten am Wagen hängt, um deinen Weg zu beleuchten.«

Ihre Antwort war ein schnelles Nicken. Sie drehte sich um und eilte davon.

Das Geräusch eines fernen Donners weckte Lillian. Sie richtete sich auf und blinzelte in die graue Dunkelheit. Ihr Puls raste vor Verwirrung, bis sie sich wieder erinnerte, wo sie war. Sie legte den Kopf zur Seite und spähte unter dem Rand der Plane zum dunklen Himmel hoch. Wie seltsam der Donner klang! Normalerweise grollte er und hörte dann auf, aber dieses Geräusch dauerte an – es war ein anhaltendes Rumpeln. Sie kniete sich hin und die Federn des Wagens quietschten.

Eine schattenhafte Gestalt erschien am hinteren Ende des Wagens. »Lillian … bist du wach?«

Sie zog sich die Decke bis zum Kinn hoch und nickte. »*Jo*. Der Donner hat mich geweckt.«

»Es ist kein Donner. Komm.«

Im schwachen Licht sah sie, dass er ihr die Hand hinstreckte. Nach kurzem Zögern griff sie danach und erlaubte ihm, ihr vom Wagen herunterzuhelfen. Sie legte sich die Decke wie ein Tuch um die Schultern und zitterte, obwohl der Wind nicht kalt war. »Was ist das?« Warum sie meinte, flüstern zu müssen, konnte sie nicht erklären. Aber laut zu sprechen, würde diese Stunde vor der Dämmerung entweihen.

»Schau!« Eli beugte die Schultern, bis sein Gesicht auf gleicher Höhe mit ihrem war, und zeigte geradeaus.

Der Himmel war immer noch von Sternen gesprenkelt, nur ein schwaches rötliches Leuchten am östlichen Horizont verriet, dass die Sonne bald aufgehen würde. Tiefe Schatten lagen auf dem Land, aber als sie die Augen zusammenkniff, konnte Lillian eine große, bewegte Masse von … irgendetwas ausmachen. Waren es Pferde? Nein, diese Geschöpfe waren zu kurz, um Pferde zu sein. Aber etwas Größeres mit Hufen. Das donnernde Geräusch kam vom Stampfen ihrer Hufe auf der harten Erde. Staub erhob sich wie eine Wolke über der Herde und der Boden bebte unter den Füßen der Tiere.

Sie atmete in kleinen Stößen und wiederholte ihre Frage von vorhin: »Was ist das?«

Elis Hand lag auf ihrer Schulter. »Ich bin mir nicht sicher, aber ich glaube, das sind die Büffel, von denen mir der Landverkäufer erzählt hat. Er sagte, sie sehen aus wie bucklige haarige Kühe.«

Lillian wickelte die Decke fester um sich und strengte sich an, die behaarten Tiere besser zu erkennen. Aber die Büffelherde – wenn es wirklich eine war – bewegte sich von ihnen weg und das donnernde Geräusch entfernte sich. Kurz darauf schienen die Tiere in der Morgendämmerung zu verschwinden. Nur eine Staubwolke, die den Himmel verdüsterte, bewies, dass sie überhaupt da gewesen waren.

Lillian sah zu Elis Gesicht auf. Er starrte der Herde nach und Verwunderung stand in seinen Augen. Seine Hand lag immer noch auf ihrer Schulter. Sie blieb ganz still stehen und wartete darauf, dass er sie wegzog, statt ihn in seiner Konzentration zu stören.

Schließlich seufzte er tief auf, bewegte sich und schaute ihr ins Gesicht. »Ich denke, wir haben großes Glück, Lillian, dass wir die Büffel gesehen haben. Der Landverkäufer sagte mir, dass fast sämtliche Herden von Jägern ausgelöscht worden sind. Aber an unserem ersten Morgen waren sie hier, haben uns mit dem Geräusch ihrer Hufe geweckt, als sie auf dem festen Boden herumgetrampelt sind, der unsere Weizensamen aufnehmen wird.« Er seufzte noch einmal tief und froh auf. »Dies ist ein *gööt* Land, Lillian.«

Plötzlich schien ihm bewusst zu werden, dass er seinen Arm um sie gelegt hatte, denn er zog seine Hand so ruckartig weg, dass ihre Decke nach unten rutschte. Er stopfte sich die Hand in die Tasche, als fürchte er, sie könne noch mehr unternehmen, was er nicht guthieß.

So beiläufig, wie es ihr unregelmäßiger Puls zuließ, zog sie sich die Decke wieder zurecht und spielte dann mit ihrem Zopf, der ihr über die Schulter fiel. Ihre gespielte Unbekümmertheit zeigte die gewünschte Wirkung – er atmete auf und holte seine Hand wieder hervor, um sich durchs Haar zu streichen. »Ich weiß, es ist früh, aber vielleicht könntest du anfangen, das Frühstück zu machen? Je früher wir aufbrechen, desto weiter kommen wir vorwärts und unserem Land entgegen.«

Sie nickte und ging um den Wagen herum. »Du weckst die Jungen und ich –« Sie verstummte, als sie bemerkte, dass bereits ein Feuer brannte. Sie schaute zu Eli. »Du bist aber schon lang wach, wenn du das Feuer bereits angemacht hast.«

Er zuckte die Achseln und grinste verlegen. »Ich habe es die ganze Nacht gehütet.«

Sie starrte ihn mit offenem Mund an. Die ganze Nacht? Hatte er überhaupt nicht geschlafen?

»Ich dachte, es wäre gut, um wilde Tiere abzuschrecken, und außerdem hättest du nicht die Arbeit, gleich in der Frühe wieder ein Feuer anzufachen.«

Lillian betrachtete die sanfte Glut und den ordentlich aufgeschichteten Stapel Holz, der neben der Feuerstelle darauf wartete, die Flammen zu füttern. Während ihrer Ehe waren Reinhardt und sie immer ihren eigenen Aufgaben nachgegangen. Er hatte als Schuster gearbeitet, um ihren Lebensunterhalt zu verdienen. Sie hatte sich um den Haushalt gekümmert. Sie hätte nie versucht, einen Schuh zu reparieren, und nie hatte Reinhardt ihr bei ihren Pflichten geholfen. Doch Eli hatte dieses Feuer für sie vorbereitet. Diese einfache Tat berührte sie tief.

»Danke.« Sie merkte, dass ihre Stimme leicht bebte. Sie schluckte und fuhr in festerem Ton fort: »Das ist sehr freundlich, aber du darfst nicht jede Nacht aufbleiben und das Feuer hüten. Du brauchst deinen Schlaf, damit du die Kraft hast, den Wagen zu lenken.«

»Ach.« Mit einer Handbewegung wischte er ihren Einwand weg. »Es ist keine Mühe und ich kann auf dem Sitz ein bisschen dösen. Schließlich habe ich Joseph, der uns die Richtung zeigt.«

Sie lachten leise zusammen über Josephs Begeisterung für den Kompass. Ein goldener Streifen erschien am Horizont und Eli wandte sein Gesicht der aufgehenden Sonne zu. Ein tiefer Atemzug dehnte seine Brust und er lächelte zufrieden. »Ah, hier ist die Sonne. Wieder ein Tag. Ein Tag der Freiheit.« Er schlug sich mit den Handflächen leicht auf den Bauch. »Wir frühstücken und dann lese ich uns aus der Bibel vor, damit wir einen guten Start in den Tag haben, *jo*?«

Lillian nickte. »Das würde mir gefallen.« Dann platzte sie heraus: »Du bist so *schaftijch* heute Morgen.«

Seine Lippen zuckten und seine Augen sprühten. »Gibt es einen Grund, warum ich nicht fröhlich sein sollte?«

Sie wünschte, sie könnte ihre Worte ungesagt machen. Reinhardt war am Morgen meistens mürrisch und wortkarg gewesen. Vor seinem ersten Kaffee brachte er nur ein Brummen hervor. Einen Mann um sich zu haben, der den Tag lächelnd und nicht grummelnd begrüßte, war ungewohnt, aber angenehm. Aber Vergleiche anzustellen bedeutete sicher, Reinhardts Gedächtnis untreu zu sein.

Sie warf die Decke hinten in den Wagen und holte eine Bratpfanne heraus. »Bitte weck die Jungen und sag Joseph, er soll im Hühnerkäfig nach Eiern schauen. Ich werde ein herzhaftes Frühstück zubereiten, aber zuerst …«, sie winkte zum Gestrüpp abseits der Straße, »… muss ich die Bäume besuchen.«

15

Henrik hielt sich schützend die Hand über die Augen und spähte die Straße entlang. Dann holte er aufgeregt Luft. »Ich sehe eine Stadt vor uns!«

Neben ihm auf der Sitzbank des Wagens nickte Eli langsam. »*Jo*, mein Junge. Ich sehe sie auch.«

Nachdem sie seit vier Tagen mit dem Wagen unterwegs waren und Eli den Städten ausgewichen war, brannte Henrik darauf, Menschen und Gebäude zu sehen – Hauptsache, einmal etwas anderes als Gebüsch, Präriegras und kleine springende Viecher, die wie Hunde bellten, aber wie überdimensionale Mäuse wuselten. Gab es in diesem neuen Land nichts Interessantes?

Als er Eli gefragt hatte, warum sie die Städte auf ihrem Weg nicht besuchen konnten, hatte Eli in seiner frustrierenden Art vor sich hin gelacht und gesagt: »Zu welchem Zweck sollten wir sie besuchen? Wir beherrschen die Sprache nicht. Es gäbe nichts zu sagen. Außerdem …« Er hatte sich den Bart mit den Fingern gekämmt und die Stimme gesenkt. »Ich möchte nicht übervorteilt werden. Wenn wir uns von Menschen fernhalten, sind wir sicherer.«

Henrik dachte an dieses Gespräch zurück und schnaubte. Sicherer … und gelangweilt. Er drehte sich auf dem Sitz, um Eli anzusehen. »Werden wir in dieser Stadt haltmachen?«

Von ihrem Platz im Inneren des Wagens lehnte sich Lillian zwischen sie. »Es wäre vielleicht klug, Eli. Wir haben nicht mehr viel Wasser – wir könnten die Fässer in der Stadt auffüllen.«

Henrik hielt den Atem an, während Eli den Unterkiefer vor und zurückschob und über Lillians Aussage nachdachte. Als er zustimmend nickte, hätte Henrik vor Freude laut aufschreien können. Aber als sie in die Stadt hineinfuhren, wurde sein Hochgefühl etwas gedämpft. Die Stadt war klein, es gab nur ein paar hölzerne Gebäude an der erdigen Straße entlang und ein paar verstreute Häuser dahinter.

Die Holzwände aller Häuser waren sehr hell und nicht angestrichen, grau und verwittert, was Henrik verriet, dass sie erst vor Kurzem gebaut worden waren. Eisenbahnschienen durchschnitten die Stadt von Ost nach West und teilten sie in zwei Hälften.

Eli brachte die Ochsen neben dem winzigen Eisenbahnlager zum Stehen, es war das einzige angestrichene Haus der Stadt. Ein Mann trat aus dem kleinen Gebäude hervor, schob sich den Hut in den Nacken und betrachtete ihren Wagen.

Mit einem Lächeln sagte Eli: »*Göödendach* – hallo.«

Der Mann hob das Kinn. »Hallo.«

Eli drehte sich auf dem Sitz und zeigte auf die Wasserfässer, die an der Seitenwand des Wagens hingen. »*Wuta*?«

Der Mann überlegte kurz, dann hob er die Hand und gab Eli ein Zeichen. Eli sprang hinunter und Henrik wollte ihm folgen. Aber Eli schüttelte den Kopf. »*Nä*, du bleibst hier bei deiner Mutter und deinem Bruder. Ich werde dafür sorgen, dass die Fässer gefüllt werden.«

Henrik schnaubte frustriert. Die Stadt gab nicht viel her – das war offensichtlich – aber zumindest bot sie eine Abwechslung von der Prärie. Warum durfte er sie nicht erkunden? Er ließ sich so heftig auf den Sitz zurückfallen, dass die Federn protestierend quietschten, und beobachtete, wie Eli und der Mann zusammen um das Gebäude herumgingen und verschwanden. Kurz darauf kehrte Eli zurück und lächelte.

»Wir können unsere Fässer am Wassertank füllen, kostenlos. Er nennt diesen Ort Cottonwood Station. Und ich glaube, er hat gesagt, dass wir die halbe Strecke nach Newton hinter uns gebracht haben.«

Die halbe Strecke? Das bedeutete, dass sie mindestens vier weitere Tage auf dem Wagen sitzen, die Hinterteile der Ochsen anstarren und Staub schlucken mussten. Henrik sprang auf den Boden. »Während du die Fässer füllst, mache ich einen Spaziergang durch die Stadt.«

Eli zog die Augenbrauen finster zusammen. »Wir werden uns hier nicht lang aufhalten.«

»Ich muss mir die Beine vertreten.« Demonstrativ krümmte Henrik den Rücken und zog eine Grimasse dabei. »Was wird es Joseph und mir schaden, wenn wir uns ein bisschen bewegen? Wir haben es satt, nur zu sitzen.«

Lillian beugte sich aus dem Wagen. »Lass sie gehen, Eli.« Die Haare hingen ihr ins Gesicht und ihre Augen waren müde. »Es wird ihnen guttun.«

Ohne auf Elis Antwort zu warten, sprang Joseph vom Wagen und eilte an Henriks Seite.

»Komm, Joseph.« Henrik packte Joseph am Ärmel seines Hemdes. Sein Bruder winkte Lillian zu und ging dann im Gleichschritt neben Henrik her.

Ein halbes Dutzend Pferdewagen standen am Straßenrand, die Pferde dösten müde in der Sonne. Die Jungen trafen ein paar Stadtbewohner, die sie ohne großes Interesse von oben bis unten musterten, aber niemand sprach sie an. Das passte Henrik gut. Wie Eli gesagt hatte, beherrschten sie kein Englisch. Wenn er die Sprache hörte, ohne sie zu verstehen, kam Henrik sich dumm vor. Und er hasste dieses Gefühl.

Die einzige Person, mit der er sich gern unterhalten hatte, seit sie in Amerika angekommen waren, war Nora gewesen, dort in dem kleinen Restaurant in Topeka. Sein Herz krampfte sich vor Sehnsucht zusammen, nach Topeka zurückzukehren, so viel Englisch wie möglich aufzuschnappen und sich dann dort in der Universität einzuschreiben. Aber er konnte Mama und seinen Bruder jetzt nicht verlassen.

Sie hatten nun das Ende des Geschäftsviertels erreicht, und Joseph kickte einen Stein auf die Straße. »Sollen wir umdrehen und zurückgehen?«

»*Nä*, jetzt noch nicht.« Henrik drehte sich im Halbkreis um sich selbst, als er antwortete. Hohes, dürres Gras wuchs stellenweise am Fundament eines Gebäudes am Rand der Stadt. Henrik schüttelte empört den Kopf. Jemand sollte dieses Gras mit der Sense abschneiden – es stellte ein gutes Versteck für Schlangen oder Spinnen dar. Plötzlich bemerkte er zwischen den Büscheln das Aufblitzen eines glänzenden Gegenstands in der Sonne. Vielleicht war es eine Münze?

»Bleib hier und halte Ausschau nach dem Wagen«, befahl er Joseph, dann stiefelte er zu der Stelle und ging in die Hocke. Vorsichtig, falls er eine Schlange aufschreckte, schob er die Grashalme zur Seite und legte den glänzenden Gegenstand frei. Drei schlanke Flaschen aus grünem Glas lehnten in einer schiefen Reihe am Steinfundament des Gebäudes.

Henrik warf einen kurzen Blick über die Schulter. Joseph stand mit dem Rücken zu ihm, beschirmte die Augen mit der Hand und blickte Richtung Bahnhof. Davon überzeugt, dass er unbeobachtet war, hob Henrik die mittlere Flasche aus ihrem Versteck. Eine Flüssigkeit schwappte in der unteren Hälfte umher.

Nach einem weiteren verstohlenen Blick nach rechts und links zog er den Korken heraus und hielt die Nase an die enge Öffnung. Der Geruch ließ ihn zurückzucken, aber dabei stieg eine Erinnerung in ihm auf.

Als er dreizehn oder vierzehn gewesen war, war er mit seinem Vater nach Wolgograd gereist. Er war zwei russischen Jugendlichen begegnet, die einen dicken Krug zwischen sich hin und her reichten. Mit breitem Grinsen hatten sie ihm einen Schluck angeboten. Beim Geruch, der ihm aus dem Krug entgegenschlug, war Henrik eilig zum Wagen zurückgelaufen. Das höhnische Lachen der Jugendlichen klang bis heute in seinen Ohren.

Damals war er zu ängstlich gewesen, um die Flüssigkeit zu probieren, aber er war kein kleiner Junge mehr. Er war ein Mann. Er setzte die Flasche an die Lippen.

»Henrik!«

Henrik zuckte zusammen und verschüttete fast den Inhalt der Flasche. Schnell verkorkte er sie wieder und stand auf, wobei er die Flasche an ihrem Hals hinter seinem Bein festhielt. »Was ist?«

Joseph streckte den Finger aus. »Onkel Eli kommt.«

Henrik drehte sich von seinem Bruder weg und schob die Flasche in seinen Hosenbund. Er zog seine Jacke darüber, um die Flasche zu verbergen. Dann stellte er sich neben Joseph und wartete mit ihm auf den Wagen. Er nahm eine lässige Haltung ein, aber unter seinem

Hemd pochte sein Herz wie der Hammer seines Vaters auf der Schusterbank.

Eli rief: »Brr!«, und die Ochsen hielten gehorsam an. »*Nä-jo*, ihr Jungen, steigt ein.«

Joseph wollte hinten in den Wagen klettern, aber Henrik trat ihm in den Weg. »Setz dich eine Weile nach vorn zu Eli.« Er verzog den Mund zu einem Gähnen. »Ich möchte mich hinten hinlegen und ausruhen.«

Joseph trottete um den Wagen herum und schwang sich vorn auf die Kutschbank. Henrik kletterte hinten hinein und ließ sich in den schmalen Zwischenraum zwischen den Truhen und der hölzernen Klappe fallen. Der Verschluss der Flasche drückte ihm in die Rippen, und er veränderte seine Haltung etwas, um dies zu vermeiden.

Der Wagen fuhr abrupt an und Lillian warf ein hoffnungsvolles Lächeln in seine Richtung. »Hast du deinen Spaziergang genossen, mein Sohn?«

Er nickte. »*Jo*. Aber ich bin müde, Mama.« Ohne auf eine Reaktion zu warten, lehnte er den Kopf in die Ecke und schloss die Augen. Der Wagen rumpelte dahin, das Knarren der Holzräder auf der harten Straße klang vertraut. Henrik verschränkte die Arme über dem Körper. Die Glasflasche fühlte sich warm und glatt an seiner Haut an. Sobald es Nacht war, würde er sich von ihrem Lager wegschleichen und ihren Inhalt kosten. Den russischen Jungen damals hatte es offenbar Vergnügen bereitet, aus dem Krug zu trinken. Henrik freute sich auf ein paar Momente des Vergnügens.

»Eli? Eli, wach auf.«

Der panische Unterton des geflüsterten Rufs durchdrang Elis schläfrig verschwommenen Verstand und er riss die Augen auf. Er blinzelte einige Male, um etwas zu erkennen. Schließlich stellten sich seine Augen so weit ein, dass er Lillian wahrnehmen konnte, die neben dem Wagen kniete und ihn anblickte.

Sie wich zurück, als er sich von seinem Strohsack rollte und unter dem Wagen hervorkroch. Sie standen beide gleichzeitig auf, nur wenige Zentimeter voneinander entfernt. Ihr ungebändigtes goldenes Haar fiel ihr über die Schultern und wurde vom Nachtwind sanft bewegt. Ein weites weißes Gewand umhüllte ihren Körper und ein dunkelblaues Tuch war um ihre Schultern geschlungen. Sie hätte ein Engel sein können, so lieblich war der Anblick.

Er schluckte schwer. »W-was ist los?«

»Es tut mir leid, dass ich dich geweckt habe, aber … Henrik ist verschwunden.«

Eli zog die Brauen zusammen. Er beugte sich vor und spähte unter den Wagen. Joseph lag schnarchend auf seinem Strohsack, aber an Henriks Schlafplatz auf der anderen Seite des Wagens lag nur eine zerknitterte Decke. »Vielleicht ist er hinters Gebüsch gegangen?«, vermutete Eli.

Lillian schüttelte den Kopf. »Das dachte ich auch erst, als ich sah, wie er das Lager verließ. Aber er ist schon so lange weg – viel länger, als dafür nötig gewesen wäre. Und …« Sie biss sich auf die Unterlippe und kräuselte die Stirn.

»Was denn?«

Sie verzog die Lippen zu einer schmerzlichen Grimasse. »Als er wegging, hat er immer wieder hinter sich geschaut, als hätte er Angst, dass ihn jemand beobachten könnte. Er hat sich seltsam verhalten, Eli.«

Elis Sorge um den Jungen wuchs. »In welche Richtung ist er gegangen?«

Lillian zeigte es ihm und Eli verbarg seine Erleichterung, dass sie auf die grasbewachsenen Felder auf der anderen Straßenseite zeigte und nicht auf die Straße selbst. Wenn Henrik dort entlanggelaufen wäre, hätte Eli vermutet, dass er absichtlich davongerannt wäre. Aber eine Tour über das hohe Gras beim schwachen Schein des Mondes konnte heißen, dass er ziellos umherwanderte. Vielleicht hatte er nur zurückgeschaut, weil er sich Sorgen machte, er könnte die anderen stören.

Eli legte seine Hand auf Lillians Schulter und klemmte dabei eine lockige Haarsträhne ein. Bei der Berührung mit den seidigen Locken zuckte er innerlich zusammen. Er widerstand dem Impuls, die Hand wegzuziehen, und drückte stattdessen tröstend Lillians Schulter. »Geh jetzt zurück ins Bett und mach dir keine Sorgen. Vielleicht hat er Schwierigkeiten, den Wagen im Dunkeln wiederzufinden.« Aber als er das sagte, zerbrach gerade ein Stück Holz im Lagerfeuer und winzige Funken stoben auf. Würde das Leuchten des Feuers Henrik nicht den Weg weisen? Er entschied sich, Lillian diesen Gedanken nicht zu sagen. »Ich zünde eine Laterne an und suche ihn.«

»Danke, Eli.«

Eli wartete, bis sie wieder in den Wagen zurückgeklettert war, bevor er eine Laterne vom Haken an der Seitenwand des Wagens nahm und den Docht entzündete. Dann marschierte er in die Richtung, die Lillian ihm gezeigt hatte. Er bemühte sich nicht, leise zu gehen – er wollte, dass alle vierbeinigen Geschöpfe ihn herankommen hörten und die Flucht ergriffen. Er hielt die Laterne weit nach vorn und ließ seinen Blick über den gelb erleuchteten Kreis wandern, um einen Anhaltspunkt zu finden, wo Henrik sein könnte.

Niedergedrücktes Gras markierte den Pfad, den ihre Füße am Abend gebahnt hatten, um das Gebüsch aufzusuchen. Eli stand in der Mitte des zertretenen Bereichs, drehte sich langsam im Kreis und spähte in die Nacht. Er neigte den Kopf und lauschte angestrengt. Nur das sanfte Flüstern des Windes über dem Gras, der Ruf einer Eule und das ferne Rufen eines Kojoten drangen an seine Ohren. Aber dann, so leise, dass er fast glaubte, es sich nur eingebildet zu haben, hörte er ein Kichern.

Verwirrt runzelte er die Stirn, neigte den Kopf und kniff die Augen zu, um sich ganz auf sein Gehör zu konzentrieren. Das Lachen erklang wieder, weniger unterdrückt und irgendwo von links. Eli wandte sich um und ging langsam dem Geräusch nach. Er stolperte, als er über eine kleine Böschung kam, doch als er sich wieder aufgerichtet hatte, fiel das Licht auf Henriks Gestalt. Er lag ausgestreckt im Gras, die Arme unter den Kopf geschoben. Eli stürmte vorwärts und hielt die Laterne dicht an Henriks Gesicht.

Der Junge verzog das Gesicht zu einer furchtbaren Grimasse und bedeckte seine Augen mit den Händen. »Onkel Eli blas das aus.« Seine Sprache war undeutlich, jedes Wort unnatürlich in die Länge gezogen.

»Was ist los mit dir, Junge? Warum verlässt du das Lager? Deine Mutter sorgt sich um dich! Steh auf.« Eli packte Henrik am Ärmel und riss ihn hoch.

Henrik schwankte und sah Eli schräg an. »Vorsicht. Du hass mich fass umgehau'n.« Er starrte aus einem Auge, das andere kniff er zusammen.

Eli schüttelte den Kopf. »Was ist los mit dir? Bist du hingefallen und hast dir den Kopf angeschlagen?« Er streckte die Hand aus, um über Henriks Kopf zu streichen.

Lachend zog Henrik den Kopf ein. Seine Bewegungen waren schwerfällig und unkontrolliert. Er streckte die Arme aus und wedelte damit herum, um das Gleichgewicht zu behalten. Dann, als er halbwegs sicher stand, lachte er wieder. »*Nä, nä*. Mir geht's besser als je zuvor.«

Eli erwischte einen Hauch von Henriks Atem und fing an zu begreifen. »Hast du getrunken?«

Henrik warf die Schultern zurück und setzte mit großen Augen eine Unschuldsmiene auf. »Getrun … ken?« Er musste mitten im Wort aufstoßen.

Die Antwort bestätigte Elis Verdacht. »Wo hast du den Alkohol her?«

Henrik legte sich einen Finger auf die Lippen.

»Wo hast du den Alkohol her?« Elis Stimme war streng und er beugte sich dicht vor.

Aber Henrik blieb still und grinste hinter dem Finger auf seinen Lippen. Wut stieg in Eli auf. Das war also der Grund, warum Reinhardt den Jungen so sehr im Auge behalten hatte – er neigte zu gefährlicher Dummheit.

Er packte Henrik am Hemdkragen und fing an, ihn Richtung Lager zu schleifen. Henrik quietschte protestierend und wedelte wild mit den Armen, doch er hatte keine Wahl, als mitzugehen.

Als das Flackern des Feuers vor ihnen sichtbar wurde, blieb Eli abrupt stehen und ließ Henrik los. Der Junge taumelte zur Seite und fiel beinahe hin, aber irgendwie gelang es ihm, wieder ins Gleichgewicht zu kommen. Er stand schwankend und mit beschämter Miene vor Eli.

»Es … tut mir leid, Onkel Eli. Ich wollte nur einmal glück … lich sein.« Immer wieder unterbrach ein Schluckauf seine Worte. »Hast du vor, mich zu schla … gen?«

Wenn er ehrlich war, musste Eli zugeben, dass er daran gedacht hatte. Ein paar Schläge würden ihm vielleicht etwas Verstand einhämmern. Aber Eli konnte das nicht tun. *Ich muss diesem Jungen ein Vater werden, lieber Herr, aber wie soll ich das machen?* In diesem Augenblick vermisste Eli Reinhardt schmerzlich. Er holte tief Luft und ließ sie langsam wieder ausströmen, um sich unter Kontrolle zu bringen. »Ist der ganze Alkohol weg?«

»Ganz weg«, wiederholte Henrik. »Je … der Tropfen.«

»Gut.« Eli legte die Hand an Henriks Hals. »Du hast deinen ›Spaß‹ gehabt. Aber mehr von diesem Spaß wird es nicht geben. Hörst du mir gut zu, Junge? Dieses Mal lasse ich es dir durchgehen, denn jeder hat das Recht, einen Fehler zu machen. Aber den gleichen Fehler zweimal zu machen, ist absichtliche Torheit. Nächstes Mal bekommst du deine Tracht Prügel. Hast du verstanden?«

Henrik blinzelte zwei Mal. »Wirst du es Mama erzählen?«

Eli biss die Zähne so fest zusammen, dass es wehtat. Sollte er diesen Vorfall vor Lillian verheimlichen? Sicher würde ihr die Wahrheit Kummer bereiten. Sie brauchte keine weiteren Sorgen. Aber er beschloss, dass es das Beste wäre, Henrik im Unklaren zu lassen. »Nicht heute Nacht.« Er gab dem Jungen einen kleinen Schubs Richtung

Lager. »Leg dich jetzt auf deinen Strohsack und schlaf. Kein weiterer Unfug mehr!«

Henrik stolperte mit hängenden Schultern und gesenktem Kopf zum Lager. Eli blieb ihm dicht auf den Fersen und hielt die Laterne hoch, um den Weg zu erleuchten. Sobald sie das Lager erreichten, streckte Lillian den Kopf aus dem Wagen und legte die Hände an die Heckklappe. »Henrik, ist alles in Ordnung mit dir?«

»Es geht ihm gut.« Eli hastete vorwärts. Er beobachtete, wie sich Henrik auf seinen Schlafplatz rollte, dann tätschelte er beruhigend Lillians Hand. »Er ist müde vom Herumwandern. Lass ihn schlafen. Ihr könnt morgen reden.«

»Danke, dass du ihn gefunden hast, Eli.«

Eli blies die Laterne aus und hängte sie an ihren Haken zurück. »*Bittescheun*. Leg dich jetzt wieder hin, Lillian. Alles ist in Ordnung.« Aber als er zurück auf seine Matte kroch, kehrten seine Worte spöttisch zu ihm zurück. *Alles* war sicherlich nicht in Ordnung.

16

Lillian wischte sich mit einem nicht mehr ganz so frischen Taschentuch über die verschwitzte Stirn. Die Plane des Wagens reichte zwar über den Sitz, aber die Sonne stand in einem so ungünstigen Winkel, dass die Plane nicht den winzigsten Schatten bot. Die Sonne brannte unbarmherzig vom Himmel und Lillians Haut fühlte sich an, als würde sie glühen. Sie starrte auf das glänzende Fell der Ochsen. Wie die armen Tiere es schafften, immer weiterzutrotten, wenn sie bei dieser Sonnenbestrahlung beim bloßen Sitzen beinahe ohnmächtig wurde, blieb ihr ein Rätsel.

Ihre Schläfen pochten. Sie drehte den Kopf zur einen und zur anderen Seite, um ihre angespannten Nackenmuskeln zu lockern. Die Bewegungen halfen nicht viel und sie wusste, woran das lag. Die Spannung lag viel tiefer als nur unter der Haut. Sie ging aus ihrem Innersten hervor.

Das rechte Vorderrad des Wagens rumpelte über eine Furche und sie klammerte sich an der Sitzbank fest, um nicht gegen Elis Arm zu fallen. Seit der Nacht, als Eli nach Henrik gesucht hatte, bestand er darauf, dass die Jungen sich während der Reise hinten im Wagen aufhielten und ihrer Mutter erlaubten, vorn zu sitzen. Sie fragte sich, was der Grund für diese Änderung war. Eli schien es Freude gemacht zu haben, besondere Merkmale der Landschaft aufzuzeigen oder seine Pflanzenkenntnisse an Joseph und Henrik weiterzugeben. Ihr selbst hatte es nichts ausgemacht, sich hinten im Wagen aufzuhalten. Das Wageninnere bot sogar mehr Schutz vor dem unablässigen Wind und der glühenden Sonne. Aber Eli hatte sie angewiesen, vorn auf der Bank zu sitzen, also tat sie es.

Ein schneller Seitenblick zeigte ihr Elis steife Haltung und seine ernste Miene. Das unbeschwerte Lächeln, an das sie sich schon gewöhnt hatte, war nicht mehr zu sehen. Die Tage der langen Reise hatten ihm seine Fröhlichkeit geraubt. Würde sie zurückkehren, wenn sie ihr Ziel erreicht hatten? Sein verändertes Verhalten betraf auch die Jungen. Er schien sich von ihnen innerlich zu distanzieren. Besonders von Henrik, obwohl sie bemerkte, dass er ihren ältesten Sohn ständig wachsam im Auge behielt.

Irgendetwas war in der Nacht passiert, als Lillian Eli auf die Suche nach Henrik geschickt hatte. Doch keiner der beiden ließ etwas darüber verlauten. Und Lillian traute sich nicht zu fragen. Also grübelte sie still darüber nach, während die Spannung ihre Nackenmuskeln verhärtete und ihr Kopfschmerzen verursachte, die kein Arzneipulver kurieren konnte.

Lillian schaute über die Schulter zu ihren Söhnen. Trotz ihrer Kopfschmerzen musste sie lächeln. Sie lagen über den Truhen hinten im Wagen, den Kopf auf den Unterarm gelegt, die Augen geschlossen, und dösten. Ihr wurde das Herz weit bei dem unschuldigen Anblick, den sie boten. Ihre Jungen … Eine grimmige, glühende Mutterliebe stieg in ihrer Brust auf. *Herr, schenk, dass dieses neue Land meine Söhne freundlich behandelt. Lass sie aufblühen und zu den Männern heranwachsen, die sie nach deinem Willen sein sollen. Sei uns gnädig, Herr.*

Plötzlich räusperte Eli sich und sie drehte sich schnell um. Aufgrund der plötzlichen Bewegung tanzten kleine Punkte vor ihren Augen, und sie klammerte sich am Rand der Sitzbank fest, als eine Welle der Übelkeit über sie hereinbrach.

Eli warf ihr einen besorgten Blick zu. »Ist alles in Ordnung mit dir?«

Ihr war heiß, ihr Kopf schmerzte und das Herz tat ihr weh. Aber sich zu beschweren würde nichts daran ändern. »Mir geht es gut.«

Er senkte den Kopf langsam zu einem Nicken. »Bis heute Abend sollten wir Newton erreichen, wenn ich es richtig einschätze. Dann haben wir nur noch einen Tag vor uns, bis wir auf unserem Land sind.«

Lillians Herz machte einen Sprung. »O Eli, das wird wunderbar.«

Die Andeutung eines Lächelns erschien auf seinem Gesicht. »*Jo, wundascheun*, ganz bestimmt.« Er schnitt eine Grimasse und bewegte sich leicht auf dem Sitz hin und her, indem er erst eine Hüfte hob, dann die andere. »Ich werde sehr glücklich sein, wenn ich endgültig von dieser Sitzbank absteigen kann. Das ständige Sitzen bereitet mir Schmerzen an Stellen, die normalerweise keinen Grund haben wehzutun.«

Beinahe hätte Lillian gekichert, aber eine Erinnerung vertrieb die Heiterkeit. An dem Tag, als sie Gnadenfeld verlassen hatten, hatte Reinhardt ihr erlaubt, eine Weile zu gehen, nachdem er sie wegen ihres schmerzenden Hinterteils geneckt hatte. *O Reinhardt, mein Ehemann, ich vermisse dich so!* Tränen stiegen ihr in die Augen und sie blinzelte heftig, um zu verhindern, dass Eli sie sah.

Doch er blickte sie mit gerunzelter Stirn an. »Lillian? Was ist los?«

»Ich … ich …« Sie schluckte die Erklärung hinunter, noch bevor sie ihr auf der Zunge lag. Was würde es nützen, von Reinhardt zu sprechen? Er war nicht mehr da, er würde nicht zurückkommen und Eli war jetzt ihr Mann. Sie schniefte und hielt die Tränen zurück. »Ich habe Kopfschmerzen.«

Eli verzog mitfühlend die Lippen. »Vielleicht kann dir ein Arzt in Newton etwas verschreiben?«

»*Nä, nä*, es ist nur von der Sonne.«

Eli wirkte nicht überzeugt.

Schnell sprach sie weiter. »Ich habe ein Pulver gegen Kopfschmerzen in der Truhe. Wenn wir anhalten, nehme ich etwas davon ein. Aber …« Sie richtete einen hoffnungsvollen Blick auf ihn. »Wenn wir Newton bis heute Abend erreichen, können wir vielleicht eine Nacht in einem Hotel verbringen.« Ein weiches Bett wäre die reinste Freude.

»*Nä*.« Seine schnelle Antwort verriet ihr, dass er keinen Moment lang über ihren Vorschlag nachdachte.

Erstaunt fragte sie: »Warum nicht?«

Eli reckte sturköpfig das Kinn. »Weil ich es sage.«

Er war noch nie so gebieterisch aufgetreten. Dass Eli, der bisher immer so rücksichtsvoll gewesen war, sich so entschieden weigerte, schmerzte wie ein Schlag. Lillian wandte den Blick ruckartig ab und verschränkte die Hände fest im Schoß. Sie starrte nach vorn auf die kleinen Staubwolken, die von den Hufen der Ochsen aufgewirbelt wurden, auf das dichte Gras, das neben der Straße wuchs, auf einen Habicht, der über ihnen kreiste. Aber sie vermied es sorgfältig, Eli anzuschauen.

Nach ein paar Minuten angespannter Stille sprach er wieder, in freundlichem, aber bestimmtem Ton. »Wir werden unser Lager so nah bei Newton aufschlagen, dass die Stadt zu Fuß erreichbar ist. Am Morgen werden du und die Jungen dann im Lager bleiben, während ich in die Stadt gehe und den Agenten hole, der uns den Weg zu unserem Land zeigen wird.« Er warf einen kurzen Blick über die Schulter ins Innere des Wagens und zog die Brauen zusammen. »So wird es das Beste sein.«

Obwohl er nicht erklärte, warum es das Beste wäre, hielt sie der grimmige Zug um seinen Mund davon ab, nach seinen Beweggründen zu fragen. Aber die Art, wie er nach hinten geschaut hatte, ließ sie rätseln, ob dies vielleicht irgendwie mit Henrik zusammenhing.

Als der Wagen zum Stehen kam, stupste Henrik Joseph an. Sein Bruder setzte sich auf und blinzelte schläfrig von seinem Platz auf der riesigen Truhe.

»Kommt heraus und sammelt Brennmaterial für eure Mutter, damit sie ein Feuer machen kann«, rief Eli ihnen zu. »Es ist unsere letzte Nacht, die wir unterwegs verbringen. Morgen werden wir unser Land erreichen.«

Joseph kletterte über die Heckklappe. »Wirklich, Onkel Eli? Morgen werden wir auf unserem Hof sein?«

Ein leises Lachen entschlüpfte dem großen Mann – das Erste, das Henrik seit der Nacht, als er den Alkohol getrunken hatte, von Eli hörte. »*Jo*, mein Junge«, antwortete Eli, »aber wir werden eine Weile brauchen, um unseren Hof zu bauen. Wir werden noch einige Zeit unter den Sternen schlafen, aber es werden Sterne sein, die über unserem Land stehen. Und das ist viel besser.«

Joseph stieß einen Freudenschrei aus und warf die Arme in die Luft. »Unser eigenes Land! Kein Herumreisen mehr!«

Henrik sprang vom Wagen. Als seine Füße mit Schwung auf dem harten Boden auftrafen, spürte er ein Kribbeln in den Sohlen. Er ließ die von den Schuhen umschlossenen Zehen zappeln und schaute über die Prärie. Obwohl sich der Himmel seit Anbruch der Dämmerung verdunkelt hatte, war es noch hell genug, um die grauen Umrisse zu sehen, die sich in der Nähe über der grasbewachsenen Ebene erhoben – gerade einmal drei Kilometer entfernt. Das war die Stadt Newton. Aber Henrik würde sie nicht zu sehen bekommen, das hatte Eli mehr als deutlich zu verstehen gegeben.

Henrik hatte das Gespräch zwischen seiner Mutter und seinem Onkel mitgehört und war nahe dran gewesen, sich aufzusetzen und seiner Mutter zu verraten, warum Eli sie nicht in die Stadt brachte. Aber er hatte den Mund gehalten, weil er nicht riskieren wollte, seine Mutter zu enttäuschen. Die Schuld für Vaters und Jakobs Tod zu tragen und Elis Misstrauen auszuhalten, war schlimm genug.

Er packte Joseph am Ärmel und sagte: »Dort an dem Bach sehe ich einen umgefallenen Baum. Hilf mir, die toten Zweige für Mamas Feuer herüberzuschleppen.«

Eli rief ihnen nach: »Beeilt euch. Wir haben später als sonst angehalten, damit wir nahe bei Newton sind. Die Nacht bricht an und ich möchte nicht, dass ihr euch irgendwo vom Lager entfernt, ohne dass der Schein eines Feuers euch den Weg zurückzeigt.«

»*Jo*, Onkel Eli.« Joseph begann, eine heitere Melodie zu pfeifen. Henrik wusste nicht, ob die fröhliche Einstellung seines Bruders ihn mit Neid oder Ärger erfüllte.

Während sie aßen, starrte Henrik zur Stadt hinüber. Nach und nach zeigten sich Lichter und verwandelten die Stadt in ein lebendiges Wesen mit vielen zwinkernden Augen. Er merkte, dass Eli ihn aus den Augenwinkeln wachsam beobachtete, und konzentrierte sich lieber auf seinen Teller als auf die Lichter. Wie sie es sich angewöhnt hatten, wuschen er und Joseph das Geschirr ab. Sie benutzten Wasser aus dem Bach, anstatt die Teller nur sauber zu kratzen.

Als das Geschirr wieder sauber in einer Truhe verstaut war, steuerte Henrik seinen Schlafplatz an, aber Eli winkte ihn an den Rand des Lagers.

»Morgen früh, bevor die Sonne aufgeht, werde ich mich auf den Weg nach Newton machen. Ich will auf der Türschwelle des Landagenten stehen, sobald er sein Büro aufmacht, damit wir auf jeden Fall im Lauf des Nachmittags aufbrechen können.« Elis schwere Hand ließ sich auf Henriks Schulter nieder. »Du, deine Mutter und dein Bruder werden hier allein sein. Ich rechne nicht mit Problemen, aber ich will, dass du wachsam bist.«

Henrik verzichtete darauf, ein Stöhnen auszustoßen. Eli konnte Joseph vielleicht für sich vereinnahmen, indem er ihm Verantwortung übertrug, aber Henrik verstand mehr von der Welt. Er erkannte die Methode und würde sich nicht davon täuschen lassen. Eli wollte Henrik nur dazu bringen, sich möglichst weit von der Stadt entfernt zu halten.

Eli beugte sich vor und senkte die Stimme zu einem rauen Flüstern. »In der Truhe deines Vaters befindet sich ein geladenes Gewehr, in Tücher eingewickelt.«

Henrik starrte seinen Onkel mit offenem Mund an. Er wusste von keinem Mann in Gnadenfeld, außer Susies Vater, dem Metzger, der ein Gewehr besaß. Er konnte sich nicht vorstellen, dass sein Vater eines gekauft hatte.

»Reinhardt hat es in Hamburg gekauft, zum Schutz für die Reise und für die Jagd, wenn wir auf unserem Land sind.« Der Druck von Elis Hand verstärkte sich. »Wenn es Ärger geben sollte – Fremde, die Probleme machen oder wenn schnelle Hilfe nötig ist – will ich, dass du das Gewehr herausholst und einen Schuss direkt in die Luft abgibst. Es ist mit zwei Patronen geladen. Schieß nur einmal in die Luft. Heb dir den zweiten Schuss auf, falls du ihn auf … einen Feind richten musst.«

Henrik fuhr sich mit der Zunge über die Lippen. Sein Herz schlug hart gegen seinen Brustkorb. »Denkst du, dass ich einen Grund dazu haben werde?«

Eli schüttelte den Kopf. »Ich rechne nicht damit, aber es ist immer besser, vorbereitet zu sein. Traust du dir das zu, Henrik?«

Jeder Verdacht, Eli wolle ihn mit erfundenen Aufgaben hereinlegen, wurde durch den ernsten Tonfall seines Onkels entkräftet. »Ja, das tue ich.«

»*Gööt.*« Eli klopfte Henrik auf die Schulter und ließ seine Hand fallen. »Jetzt ab ins Bett. Ich werde in der Nacht Wache halten. Ich wecke dich, wenn ich losgehe.«

Henrik legte sich auf sein Lager und drehte sich zur Seite, während Joseph sich an seinen Rücken drückte. Eli saß mit dem Rücken zum Wagen am Feuer. Er beugte sich vor, stützte die Ellbogen auf die Knie und legte den Kopf in den Nacken. Beobachtete er die Sterne? Oder betete er? Henrik sank in den Schlaf, ohne es zu erfahren.

Er wurde davon geweckt, dass ihn jemand an der Schulter rüttelte. Er öffnete die Augen und sah Eli über sich gebeugt. Henrik warf die Decke beiseite und kam stolpernd auf die Beine. Er rieb sich die Augen und spähte umher. Sterne glitzernden am dunkelgrauen Himmel, aber am östlichen Horizont war noch keine Spur von der Sonne zu sehen. Der Sonnenaufgang war mindestens noch eine Stunde entfernt.

»Ich mache mich jetzt auf den Weg.« Elis Stimme war nur ein Flüstern. »Lass das Feuer nicht erlöschen – ich habe gestern noch einmal einen toten Ast abgebrochen, damit du genug Brennholz hast. Und vergiss nicht, was ich dir gesagt habe. Pass gut auf deine Mutter und deinen Bruder auf.«

Als Eli im Schatten verschwand, nahm Henrik seinen Platz am Feuer ein und fütterte es mit Reisig. Er gähnte häufig und kämpfte gegen den Drang an, sich wieder hinzulegen. Eli würde es nie erfahren. Aber wenn er sich hinlegte, würde das Feuer ausgehen. Er wusste, dass sie sparsam mit den Streichhölzern sein mussten, also hütete er das Feuer, anstatt zu schlafen.

Lillian stand bei Sonnenaufgang auf und weckte Joseph, damit er sich um die Hühner kümmerte. Während Joseph sie fütterte, band Henrik die Vorderbeine der Ochsen aneinander und führte sie zum Fressen an eine grasbewachsene Stelle am Bach. Bis die Tiere ihren Hunger gestillt hatten, war Lillian mit den Vorbereitungen für das Frühstück fertig. Ungeduldig nahm Henrik seinen Teller mit Spiegeleiern und gesalzenem Schweinefleisch entgegen.

Lillian sah ihn an und zog eine ihrer fein geschwungenen Augenbrauen leicht nach oben. »Sprichst du das Dankgebet, Henrik?«

Vater – und dann Eli – hatten immer für das Essen gedankt. Henrik wurde plötzlich von Befangenheit überfallen und sein Gesicht fing an zu glühen. Er stotterte etwas Unsinniges.

Lillian verzog die Lippen zu einem schrägen Grinsen. »Es ist schon in Ordnung, mein Sohn. Ich werde beten.« Sie senkte den Kopf und sprach ein einfaches Dankgebet.

Henrik brachte das Essen kaum herunter, trotz Lillians Kochkunst und der musikalischen Begleitung durch die Vögel in den Brombeersträuchern in der Nähe des kleinen Bachs. Warum war es ihm nicht gelungen, ein Dankgebet für das Essen zu sprechen? Es war ja nicht so, als ob er nie betete … obwohl ihm siedend heiß bewusst wurde, dass er sich nicht erinnern konnte, seit ihrer Abreise von Gnadenfeld je ein Gebet gesprochen zu haben. Hatte er Gott in den russischen *Steppes* zurückgelassen?

Als sie mit dem Essen fertig waren, schickte Lillian Henrik und Joseph zum Bach, damit sie ein Bad nahmen. Henrik wollte seine Mutter nicht allein im Lager lassen, aber sie scheuchte ihn davon und sagte, mit den Ochsen und Hühnern zusammen würde ihr nichts passieren. Er badete so schnell wie möglich. Als er zum Lager zurückkehrte, klebten die Kleider an seinem feuchten Körper. Lillian erwartete die Jungen mit einer Schere in der Hand.

»Wir wollen uns für unser neues Land vorzeigbar machen.« Sie schnitt erst Henrik, dann Joseph die Haare. Henrik wusste, dass es nötig war – Joseph hingen die Locken weit über die Ohren und Henriks Haar war so lang, dass es ihn im Nacken kitzelte. Obwohl kleine

Haare den Weg unter sein Hemd fanden und ihn juckten, war es ein gutes Gefühl, wieder einen kurzen Haarschnitt zu haben.

Nach dem Haareschneiden verkroch sich Joseph zum Lesen im Wagen, und Lillian holte ein paar Flickarbeiten heraus. Sie setzte sich auf den Boden, lehnte sich an ein Wagenrad und führte die Nadel hinauf und hinunter, als sie sorgfältig ein Loch in einem von Josephs Socken flickte. Henrik ging neben dem Wagen auf und ab und beobachtete die Straße, die an ihrem Lager vorbeiführte. Wenn jemand sich näherte, würde er das Gewehr hervorholen und bereit sein.

Nach der Hälfte des Vormittags waren drei Wagen vorbeigefahren, aber keiner hatte angehalten. Bei Henrik machte sich seine kurze Nacht bemerkbar. Er gähnte immer wieder und schüttelte den Kopf, um gegen die Müdigkeit anzukämpfen. Wie schaffte es Eli nur, mit so wenig Schlaf auszukommen?

Lillian, die ihn beobachtete, lachte glucksend. Sie legte ihre Näharbeit beiseite, ging zu ihm und legte eine Hand auf seine verschränkten Unterarme. »Komm und setz dich hin, Henrik. Du läufst dir Löcher in deine Schuhsohlen, wenn du ständig auf und ab gehst.«

»Eli hat mir gesagt, dass ich Wache halten soll, also … tue ich das.«

Lillian schnalzte mit der Zunge. Ihre dünnen, faltigen Wangen standen im Gegensatz zum mädchenhaften Funkeln in ihren Augen. »Selbst Wachmänner setzen sich ab und zu hin. Komm. Trink einen Kaffee und entspann dich.« Sie schaute zur Sonne hoch. »Eli wird sicher bald mit dem Agenten hier sein, und dann brechen wir auf.«

Henrik behielt die Straße weiter im Auge, aber er folgte seiner Mutter zum Feuer, setzte sich hin und ließ sich eine Tasse starken Kaffee geben. Er nippte an dem heißen Gebräu, während ihm am Rücken der Schweiß ausbrach. Es schmeckte gut und er nahm einen weiteren kleinen Schluck.

»Freust du dich, dass wir bald auf unserem Land ankommen, Henrik?«

Henrik setzte die Blechtasse auf seinem Knie ab und spielte mit dem geschwungenen Griff. Nein, Freude erfüllte sein Herz nicht, wenn er daran dachte, sich in der Prärie niederzulassen. Im Verlauf ihrer Reise hatte der endlose Anblick sanft gewellter, mit hohem Gras bedeckter Ebenen nicht den unbändigen Wunsch in ihm geweckt, einen Teil davon sein Eigen zu nennen. Nicht er, sondern Vater und Eli hatten davon geträumt, in Amerika Land zu besitzen.

Ein Vers aus dem Philipperbrief – den sein Vater ihm beigebracht hatte, als er noch klein gewesen war – kam ihm in den Sinn: *Ich sage das nicht, weil ich Mangel leide; denn ich habe gelernt, mir genügen zu lassen, wie's mir auch geht.* War der Autor dieser Schriftstelle gezwungen gewesen, seine tiefsten Träume aufzugeben, um die Berufung eines anderen zu erfüllen?

»Ich werde froh sein, an *einem* Ort zu leben«, antwortete Henrik vorsichtig.

Seine Mutter sah ihm traurig in die Augen. »Mein Sohn, du wirst eines Tages Lehrer werden. Eli hat mir versprochen, dass er sich darum kümmern wird.«

Henrik nickte, aber er fragte sich, ob Eli dieses Versprechen halten würde. Vor allem jetzt, wenn er noch immer so ärgerlich über Henriks schlechtes Benehmen war. Henrik starrte in die gelben Flammen. Die Feuerzunge, die das trockene Holz verzehrte, wurde zum Bild für die Sonne über seinem Kopf, die ihn verzehrte – seinen Hoffnungen und Träumen den Garaus machte. Er wurde in einen Strudel gemischter Gefühle hineingezogen und sein Magen krampfte sich zusammen.

»Mein Sohn?«

Er hob den Blick.

»Was ist zwischen dir und Eli passiert?«

Henrik sog die Luft ein. Natürlich wusste seine Mutter, dass etwas geschehen war. Seit jener Nacht war Eli gereizt und unterhielt sich nicht einmal mehr fröhlich mit Joseph oder Lillian. Henrik suchte fieberhaft nach einer Erklärung, die aufrichtig war und trotzdem die hässlichsten Einzelheiten verschwieg. Er konnte seiner Mutter seine Unbesonnenheit nicht gestehen und damit noch mehr von ihrem Vertrauen verlieren.

»Henrik?«

Er öffnete seinen Mund zu einer Antwort, aber eine Staubwolke weiter unten auf der Straße fesselte seine Aufmerksamkeit. Jemand kam auf sie zu. Er schüttete den Kaffee ins trockene Gras, stand auf und spähte Richtung Stadt. Ein einspänniger Pferdewagen, mit zwei Männern auf der ledernen Sitzbank, näherte sich dem Lager.

Henrik straffte die Schultern. »Da kommt Eli.«

17

Eli stand mit bebenden Beinen auf und ließ den Blick über jeden Zentimeter des Geländes streifen. Sein Herz schlug schnell und heftig. Sein Land … »Siehst du es, Lillian? Ist es nicht schön?«

Lillian stand ebenfalls auf und beugte sich vor, um unter der Plane des Wagens hervorzuschauen.

Eli grinste die Jungen breit an. »An dieser Stelle werden wir unseren Hof bauen.«

Soweit das Auge reichte, wogte Gras wie ein bewegtes Meer. Es war hohes, kräftiges Gras, was Eli verriet, dass der Boden sich gut für den Anbau von Weizen eignen würde. Eine Reihe vom Wind gekrümmter Bäume markierte einen Rand seines Grundstücks und ein rieselnder Bach – ein Arm des Arkansas Rivers, wie der Agent gesagt hatte – diente auf der entgegengesetzten Seite ihres Besitzes als Grenze. Wasser, Bäume, gute fruchtbare Erde … und eine Frau und Söhne, mit denen er all das teilen konnte. Was konnte ein Mann mehr verlangen?

Der Agent, Herr Wiens, saß in der Pferdekutsche vor ihnen. Er drehte sich um, zog sich den Hut vom kahl werdenden Kopf und lächelte sie über den Rand seines heruntergeklappten Lederverdecks an. »Was halten Sie von dem Land, Herr Bornholdt?«

Eli antwortete in dem gleichen kultivierten Deutsch, das der Mann benutzte. »Ich bin zufrieden mit unserem Kauf, Herr Wiens. Das Land hält alles, was Sie versprochen haben.«

Der Mann nickte. Seine Glatze, glänzend vor Schweiß, glühte in der Spätnachmittagssonne. »Da es Ihre Zustimmung findet, kehre ich jetzt nach Newton zurück. Ich wünsche Ihnen alles Gute.« Er drehte sich wieder um, drückte sich die braune Melone tief in die Stirn und griff nach den Zügeln. »Hü!« Sein Pferd lehnte sich ins Geschirr und der Wagen wendete in einem sauberen Kreis. Herr Wiens winkte zum Abschied.

Lillian und Joseph winkten ebenfalls, aber Henrik ließ seine Hände weiter an der Rückseite der Sitzbank liegen. Er erwiderte Elis Blick. »Wie weit entfernt von der Stadt sind wir hier?«

Eli zuckte die Achseln, obwohl er die Antwort wusste. Herr Wiens hatte freundlicherweise eine grobe Karte der Gegend gezeichnet, die Newton im Süden, King City im Westen, Creswell im Osten und McPherson Town im Nordwesten zeigte. Die größeren Gemeinden Newton und McPherson Town waren am weitesten entfernt, aber sie besaßen beide Bahnhöfe, die er im nächsten Frühling nach der Ernte für den Transport seines Weizens nutzen konnte.

»Woher bekommen wir Vorräte, wenn wir welche brauchen?«

Bei Henriks Frage machte Lillian ein besorgtes Gesicht.

Eli beeilte sich, sie zu beruhigen. »Wir sind eine halbe Tagesreise von zwei Städten entfernt, wo man Vorräte kaufen kann. Kein Grund zur Sorge – wir werden bekommen, was wir brauchen.« Eli bewegte den Kopf von rechts nach links, um noch einmal die Landschaft in sich aufzunehmen. »Auf diesem *wundascheun* Land werden wir sicher alles finden, was wir brauchen.«

Er klatschte einmal in die Hände. »*Nä-jo*, steigen wir aus diesem Wagen und setzen wir unsere Füße auf den Boden. Dann werden wir ein Dankgebet sprechen, dass Gott uns sicher zu unserem Zuhause gebracht hat.«

Obwohl sein Ton fröhlich war, spürte er einen tiefen Schmerz im Inneren. Reinhardt und Jakob waren nicht sicher zu diesem Land gebracht worden. Er würde für alle Zeiten eine Leere in sich tragen, wo Reinhardt und Jakob ihren Platz gehabt hatten. Doch es wäre falsch, Gott keinen Dank auszudrücken.

Lillian musste einen ähnlichen Gedanken gehabt haben, denn ihr Kinn zitterte kurz und Falten furchten ihre Stirn. Aber so schnell, wie der schmerzhafte Ausdruck sie überfallen hatte, so schnell erhellte sich ihr Gesicht wieder, und ein sanftes Lächeln lag auf ihren Lippen.

Eli half Lillian herunter und Joseph kletterte hinten aus dem Wagen, aber Henrik blieb wie angewurzelt sitzen. Joseph trat neben seine Mutter und schaute zu Henrik hoch. »Henrik, kommst du?«

Seufzend sprang Henrik über die Sitzbank und schloss sich den anderen an. Sie standen im Kreis. Das Gras verschluckte sie bis zu den Hüften. Ihre Schatten fielen über das dichte Gras, als würden sie dieses Land für sich beanspruchen. Eli verschränkte die Hände unter dem Kinn und schloss die Augen. Worte strömten aus den Tiefen seiner Seele – Worte der Dankbarkeit und des Lobes für das Geschenk des Landes, das Geschenk der Freiheit, das Geschenk der Familie. Eli legte jeden von Herzen kommenden Satz vor den Thron des himmlischen Vaters und schloss dann sein Gebet mit einer demütigen Bitte. »Und, lieber Herr, schenke es, dass du durch unser Zusammenleben in unserem Heim und auf diesem Land geehrt wirst. Im Namen deines kostbaren Sohnes erbitte ich das. Amen.«

Er öffnete die Augen und sah, dass Lillian sich eine Träne von der Wange wischte. Sie schenkte ihm ein zittriges Lächeln, und ein Strahl der Wärme drang durch seine Brust. Er antwortete mit einem breiten Lächeln und öffnete die Arme weit.

»*Nä-jo*, meine Familie, es gibt viel zu tun, bevor die Sonne untergeht! Machen wir uns an die Arbeit.«

Mit der Sense befreite Henrik eine Stelle vom Gras, die ihr Lagerplatz werden sollte. In der Zwischenzeit entfernten Joseph und Eli die Plane und die Bögen vom Wagen. Sie benutzten das Holz und die Plane, um ein Zelt aufzustellen, das Lillian und die Jungen sich teilen konnten. Eli beabsichtigte, im Freien zu schlafen, wo er in den Himmel starren und die Sterne zählen konnte, die sich über seinem Land zeigten. Hatte er jemals etwas so Verrücktes in Gnadenfeld getan? Nein, wohl nicht. Er hielt bei seiner Arbeit inne und grübelte darüber nach, warum ihm dieses Stück Land in Kansas so viel bedeutete. Die Antwort fand er schnell: weil er dieses Land mit einer Frau und zwei Söhnen teilte.

In Gnadenfeld war er allein gewesen und hatte sich nach einer Familie gesehnt. Jetzt war ihm eine gewährt worden. Nicht auf die Art, wie er es sich gewünscht hätte, aber trotzdem war seine Sehnsucht gestillt. Nicht allein seine Füße würden über den Boden stampfen, nicht allein seine Hände würden in der Erde graben. Er würde nicht mehr daliegen und seinen eigenen Herzschlag in den Ohren haben. Von diesem Tag an würde er das Geräusch von Stimmen und Lachen und vielleicht manchmal auch Weinen hören. Aber er würde nie mehr allein sein.

Eli atmete die Luft von Kansas tief ein und seine Brust dehnte sich aus, bis er nicht mehr konnte. Dann ließ er sie mit einem hörbaren Zischen entweichen.

Joseph grinste ihn spitzbübisch an. »Es riecht anders hier. Gut, *jo*?«

»*Jo. Soja gööt.*«

Joseph lachte und Eli stimmte mit ein. Ihr vereintes Lachen bereitete ihm Vergnügen. Dann arbeitete er weiter.

Als die Dämmerung kam, hatten sie ihr Areal gut eingerichtet. Der Wagen war leer und ihre Vorräte waren an einem Ende des Zeltes ordentlich aufgestapelt. Unter dem Zeltdach war wenig Platz für Strohsäcke übrig, aber Lillian meinte, sie würde einfach ihre Matratze auf die Truhen legen, so wie sie es im Wagen gemacht hatte.

Sie servierte ein Abendessen aus Bohnen, Schweinefleisch und Armeleuteessen – das war ein dicker Brei aus Maismehl. Herr Wiens hatte ihnen einen Fünfundzwanzigkilosack Maismehl gegeben und erklärt, dass dies hier in der Ebene die übliche Grundnahrung war. Eli aß den Brei, nachdem er ihn mit einem Schöpfer Bohnen übergossen hatte, aber er war nicht davon überzeugt, dass er sich an das amerikanische Essen gewöhnen wollte, wenn Maismehl ein wichtiger Bestandteil davon war. Lieber aß er *Bobbat*, das aus dem Mehl seines eigenen kräftigen Weizens hergestellt war.

Nach dem Essen wollte Henrik die Teller nehmen, aber Lillian zog sie ihm weg. »*Nä*, mein Sohn, wir sind nicht mehr unterwegs. Wir sind zu Hause. Und zu Hause ist das Geschirrspülen meine Aufgabe.« Sie warf einen kurzen Blick zu Eli, als warte sie auf seine Zustimmung.

Er war nicht in der Lage, sich anders zu äußern als durch ein Nicken. Ihre Worte »Wir sind zu Hause« klangen in seinem Inneren nach. *O Herr, danke, dass Lillians und mein Herz darin vereint sind, dass wir dieses Land als Zuhause in Anspruch nehmen.*

Lillian beobachtete, wie Eli den Brocken der Grassode über seinen Kopf hob. Die Muskeln schwollen unter seinem schweißdurchtränkten Hemd an. Sie atmete erleichtert auf, als er den Brocken an die gewünschte Stelle hievte. Er wischte sich die Stirn mit dem Ärmel ab, drehte sich um und ertappte sie beim Zuschauen. Sofort war ein Grinsen hinter seinem Bart zu sehen.

»Aha, Lillian, du dachtest, das würde mir auf den Kopf fallen? Das wäre unterhaltsam für dich, da bin ich mir sicher.«

In den vergangenen Tagen war Elis sanft neckendes Wesen wieder zum Vorschein gekommen. Der strenge Mann von den letzten paar Tagen der Reise war verschwunden. Lillian merkte, dass sie die Gegenwart des lächelnden, leichtherzigen Eli genoss. Sie wünschte nur, Henrik würde Elis Beispiel folgen und sein mürrisches Benehmen ablegen.

»Ich hätte wenig Freude an all der Erde auf deinem Kopf und deinen Kleidern. Ich bin für die Wäsche zuständig, weißt du.«

Die Art, wie er in sich hinein lachte, brachte ihr Herz zum Hüpfen.

»Aber«, fuhr sie fort und tippte sich mit einem Finger ans Kinn, »diese Wand scheint mir jetzt hoch genug zu sein. Wir werden uns auf jeden Fall nicht den Kopf anstoßen. Und je schneller du ein Dach über die Wände baust, desto schneller können wir einziehen.«

Eli hatte sich entschieden, ihr erstes Haus aus Grassoden zu bauen. Auf ihrer Reise von Topeka nach Newton hatte sie viele solcher Häuser gesehen. Das dichte Gras hielt die Erde zusammen und ermöglichte es, große Blöcke daraus zu schneiden. Die Blöcke ließen sich gut aufeinanderstapeln und ein Schwung Wasser diente als Mörtel. Mit Henriks Hilfe hatte Eli Wände für zwei Häuser nebeneinander errichtet: Das eine hatte eine Seitenlänge von dreieinhalb Metern, das andere von zweieinhalb Metern. Beide Eingänge waren nach Osten ausgerichtet. Das größere Haus sollte für Lillian und die Jungen sein, das kleinere für ihn selbst.

Festgestampfte Erde würde als Boden dienen und es würde keine Fenster geben, aber die Behausungen sollten nur eine Übergangslösung sein. Lillian war froh, dass sie nicht lange in einem Haus würde wohnen müssen, das aus Erdblöcken errichtet war. Selbst das größere würde überfüllt sein, wenn drei Leute auf diesem engen Raum zusammenlebten. Aber irgendwie würden sie und die Jungen zurechtkommen, bis die erste Ernte eingebracht war und Eli die Mittel hätte, um ein richtiges Haus aus Holz zu bauen.

Eli stützte die Hände auf die Hüften und begutachtete den rustikalen Bau. »Das Dach wird am kniffligsten.« Er hielt einen Moment inne und nagte an seiner trockenen Unterlippe. »Ich habe Henrik und Joseph auf die Suche nach Ästen geschickt, die lang genug sind, um von einer Mauer zur anderen zu reichen. Die Äste müssen leicht genug sein, um den oberen Rand der Mauer nicht zu beschädigen, aber stabil genug, um eine Lage Grassoden auszuhalten.

»Legst du oben auch Grassoden hin?«

Elis Haar wippte auf seiner Stirn, als er nickte. Er hatte einen Haarschnitt nötig, aber Lillian traute sich nicht richtig, ihm das anzubieten. »*Jo*, sonst dringt die Nässe durchs Dach, wenn es regnet. Äste allein können den Regen nicht abhalten.«

Lillian hob ihre Schürze, um sich den Schweiß vom Gesicht zu wischen. »Ich wünschte, es gäbe nicht nur so wenige Bäume. Ich vermisse Bäume, die Schatten spenden.« Samen vom *Kruschkje* Baum in Gnadenfeld lagen in einem kleinen Beutel unten in ihrer Truhe und warteten darauf, im nächsten Frühling ausgesät zu werden. Aber es würde Jahre dauern, bis aus einem dieser Samen ein Baum wuchs, der groß genug war, um Schatten zu spenden … oder Birnen hervorzubringen.

Eli warf ihr einen mitfühlenden Blick zu. »Ich weiß. Diese Bäume sind so windgebeugt, dass sie mich an kleine alte Männer erinnern. Wir müssen das Holz von den Bäumen mit Bedacht nutzen. Aber zumindest stehen wir nicht ohne Brennmaterial da. Mit getrocknetem Büffeldung und Gras können wir deinen Ofen anfeuern und später auch den Kamin, den ich in euer Haus einbaue.«

Elis Einfallsreichtum erstaunte Lillian. Bevor er mit den Häusern angefangen hatte, hatte er im Freien einen *Spoaheat* konstruiert, damit sie backen konnte. Statt der Lehmziegel, die Reinhardt in Gnadenfeld verwendet hatte, holte sich Eli Ton aus dem Bachbett, um den Ofen zu formen.

Sie wusste nicht, wo er solche Fertigkeiten gelernt hatte, aber sie war dankbar dafür. Es war klug von Reinhardt gewesen, Eli zu fragen, ob er sie nach Amerika begleiten würde.

Wie immer zog sich beim Gedanken an Reinhardt ihre Brust schmerzhaft zusammen. Aber sie schob den Schmerz bewusst beiseite. Sich auf die Vergangenheit zu konzentrieren, würde niemandem nutzen. Sie musste nach vorn schauen. Dort in der Zukunft gab es ein Dach, sodass sie umgeben von Mauern schlafen konnte und nicht mehr zwischen den flatternden Planen eines Segeltuchzelts.

»*Nä-jo*, ich werde dir Wasser zum Trinken holen und dann kannst du dich wieder an die Arbeit machen.«

Sein Lachen folgte ihr, als sie den leeren Eimer nahm und auf den Bach zusteuerte. »*Jo*, Lillian, du brauchst keine Andeutungen zu machen. Ich werde diese Mauer fertigstellen, damit ich mich mit dem Dach beschäftigen kann.«

Als Lillian sich am Bach umdrehte, um zu ihrer Baustelle zurückzukehren, hielt sie einen Moment inne und bewunderte, was Eli und die Jungen in sechs kurzen Tagen zustande gebracht hatten. Zusätzlich zum Backofen aus Ton und den zwei Grassodenhäusern, denen noch das Dach fehlte, bot ein provisorischer Zaun aus aufgeschichteten Grassoden und geschälten Ästen einen Pferch für die Ochsen. Aus zwei Dachbögen des Wagens und einer Rolle Hühnerdraht, die er in Newton gekauft hatte, hatte Eli einen stabilen Hühnerstall konstruiert, der vier Mal so groß war wie der Käfig, in dem die Tiere auf ihrer Reise von Topeka untergebracht gewesen waren. Ihr alter Käfig lag seitlich gekippt innerhalb des Geheges und bot den Hühnern einen einfachen Unterschlupf.

Die Klinge der Sense hatte schon zwei Mal geschliffen werden müssen, aber das Gelände um die Grassodenhäuser samt einem großen Flecken für den Garten war sauber gerodet und das Gras war zum Trocknen in Garben zusammengebunden. Eli wollte den Jungen zeigen, wie man die langen, dicken Halme zu »Klötzen« zusammendrehen konnte, die Lillian dann statt Büffeldung zum Befeuern ihres Ofens verwenden konnte.

Sobald die Häuser fertig waren, wollte Eli anfangen, das Feld zu roden, damit er seine roten Weizenkörner säen konnte. Aber zuerst musste er nach McPherson Town oder Newton reisen, um einen Pflug zu kaufen. Die Reise würde fast einen ganzen Tag lang dauern und er würde allein in die Stadt fahren, das hatte er ihr bereits gesagt. Sein fröhliches Pfeifen drang an ihre Ohren und ihr wurde bewusst, dass sie es vermissen würde, ihn in der Nähe zu haben, wenn er an dem ausgewählten Tag seine Besorgung machte.

Das Gewicht des Eimers an ihrem Arm erinnerte sie, dass sie schon viel zu lange an diesem Fleck gestanden hatte. Mit einem kleinen Ruck setzte sie sich in Bewegung. Sie ging vorsichtig, um möglichst wenig Wasser zu verlieren – sie musste sparsam damit umgehen. Das Wasser aus dem Bach zu holen, der fünfhundert Meter entfernt von den Häusern vorbeifloss, war eine Aufgabe, die sie am wenigsten mochte. Eli hatte versprochen, einen Brunnen zu graben, bevor der Boden gefror, und sie wäre froh über diese Annehmlichkeit. Als sie am Zelt vorbeikam, holte sie eine Kelle, ließ sie in den Eimer fallen und trug ihn dann zum Grassodenhaus, wo Eli gerade den letzten Block an die gewünschte Stelle wuchtete.

»Ah …« Er leckte sich die Lippen, als er nach der Kelle griff. Sein Adamsapfel hüpfte auf und ab, als er geräuschvoll schluckte. Er trank zwei volle Kellen, bevor er sich den Mund mit dem Handrücken abwischte und rief: »Jungs! Kommt und trinkt etwas!«

Kurz darauf kamen Joseph und Henrik von Richtung Bach herbeigetrottet. Jeder zog einen Ast hinter sich her, und sie ließen das Holz fallen, bevor sie eifrig nach der Kelle griffen. Mit ihren braun gebrannten Gesichtern und dem sonnengebleichten Haar erschienen sie Lillian wie Fremde, aber ihre Augen – dunkelbraun wie die von Reinhardt – blieben vertraut. Josephs Augen funkelten mit einer Lebhaftigkeit, die er in Gnadenfeld nicht besessen hatte, während Henrik eine Gleichgültigkeit ausstrahlte, die Lillian jedes Mal traurig machte, wenn sie sie spürte.

Sie beobachtete, wie sie das Wasser hinunterstürzten und sich abwechselnd die Kelle weitergaben, und sie neigte den Kopf, als unwillkommene Gedanken in ihrem Kopf aufstiegen. Der eine Sohn empfing das neue Land mit offenen Armen, der andere wehrte sich dagegen. Joseph schien durch ihre abenteuerliche Reise etwas dazugewonnen zu haben, Henrik dagegen hatte wichtige Anteile seiner Persönlichkeit zurückgelassen. Zwei Söhne – zwei Extreme. Wie konnte sie Henrik zu dieser fröhlichen Hingabe veranlassen, die Joseph an den Tag legte?

Nachdem die Jungen ihren Durst gestillt hatten, wollten sie wieder Richtung Bach gehen, aber Eli streckte seine Hand aus.

»Wartet. Ich möchte etwas Wichtiges mit euch besprechen.«

Der neckende Ton, den er eben noch gebraucht hatte, war verschwunden. Lillian hielt die Luft an und fragte sich, was für ein ernstes Thema er wohl ansprechen würde.

»Morgen ist Sonntag – der Tag des Herrn.« Sein Blick wanderte beim Sprechen zwischen Lillian und jedem einzelnen Jungen hin und her. »Wir haben in dieser vergangenen Woche hart gearbeitet und ich bin *soja stolt* auf eure geduldige Haltung und eure gute Leistung.«

Lillians Herz wurde weit, als Joseph sich bei Elis lobenden Worten aufrichtete und die Schultern straffte. Auch sie war sehr stolz darauf, wie sich ihre Söhne ohne zu klagen den Herausforderungen stellten.

Eli fuhr fort. »Ich denke, um den Tag des Herrn zu ehren, sollten wir uns Zeit für einen Gottesdienst nehmen.«

»Einen Gottesdienst?« Joseph streckte die Handflächen nach oben und sah sich suchend um. »Aber wir haben keine *Tjoatj*!«

Eli zerzauste Josephs Haar. »Ach, mein Junge, wir brauchen doch kein Kirchengebäude, um einen Gottesdienst zu feiern.«

Joseph duckte sich und grinste.

Henrik verschränkte die Arme vor der Brust. »Was für eine Art Gottesdienst wird das?«

Eli holte Luft. »Eine ganz einfache Feier, um Gott zu ehren. Ich dachte, wir könnten einen Text aus der Bibel lesen, zusammen beten und« – er grinste Lillian unverhohlen an – »deine Mutter könnte ein paar Lieder mit uns singen.«

So ein Gottesdienst, obwohl er sich stark von dem unterschied, was sonst in der Kirche üblich war, sagte Lillian zu. »Mir gefällt die Idee, Eli.« Sie wandte sich an die Jungen. »Ist es nicht eine gute Idee? Da es noch viele Monate dauern kann, bis wir Gelegenheit haben, einen echten kirchlichen Gottesdienst zu besuchen, sollten wir anfangen, unsere eigenen Gottesdienste zu feiern.«

»Na klar.« Joseph nickte voller Überzeugung.

Henrik ließ die verschränkten Arme sinken und steckte die Hände in die Taschen. »Das wäre schön.« Seine Stimme ließ jede Begeisterung vermissen.

»*Gööt.*« Eli rieb die Handflächen aneinander. Sein Eifer reichte für sie alle aus. »Und nach unserem Gottesdienst werden wir uns ausruhen – keine Arbeit, genau wie in Gnadenfeld. Aber heute ist nicht Sonntag und es gibt noch viel zu tun.« Er wedelte mit beiden Händen zu den Jungen hinüber, als wolle er sie verscheuchen. »Sammelt mehr Äste. Eure Mutter möchte ein Dach auf ihrem Grassodenhaus haben!«

18

Der Monat August verging unter einer glühend heißen Sonne. Jeden Tag, von Sonnenaufgang bis zum späten Nachmittag trottete Henrik hinter Eli her und harkte das Gras, das Eli mit der Sense mähte, zu Haufen zusammen. Mit diesen Haufen mühte sich Joseph dann ab und band sie zu Garben. Obwohl sie oft eine Trinkpause einlegten, war Henriks Kehle ständig wie ausgetrocknet. Manchmal wollte er sich den Eimer an den Mund setzen und in einem Zug leertrinken. Trotzdem war er davon überzeugt, dass er nicht genügend Wasser trinken konnte, um den Schweiß zu ersetzen, der von seinem Körper geflossen und von der schweren schwarzen Erde aufgesogen worden war.

Aber nach der Arbeit des heutigen Tages würde das Land komplett gerodet sein. Eli konnte dann einen Pflug benutzen und den Boden aufbrechen, damit er die Saat empfing. Überall auf dem Grundstück stand trocknendes Gras, zu Garben gebündelt. Es erinnerte Henrik an eine Bleistiftzeichnung von Indianertipis aus einem Groschenroman, den Joseph unterwegs entdeckt hatte. Würde Joseph nicht vor Begeisterung jauchzen, wenn ein echter Indianer hinter einer solchen Garbe hervortreten würde?

Nachdem er wochenlang niemand anderes gesehen hatte als seine Familienmitglieder würde Henrik sich vielleicht sogar über den Besuch einer Rothaut freuen. Je länger sie dieses Land bearbeiteten, desto mehr sehnte er sich nach Gnadenfeld zurück. Nach Susie, seinen Freunden, seiner Schule … und dem Leben, das er früher geführt hatte.

Henrik hielt einen Moment inne und stützte sich auf den Griff der Heugabel, während Eli weiter in Bewegung blieb. Er schwang die Sense so rhythmisch, dass er mehr einer dampfbetriebenen Maschine glich als einem Menschen. Henrik begutachtete seine Hände – seine mit Blasen bedeckten, schwieligen Hände – und hätte am liebsten laut aufgestöhnt. Nicht wegen der Schmerzen. Er konnte körperliche Beschwerden ertragen. Aber seine Hände waren die Hände eines Bauern geworden, nicht die eines Lehrers.

Joseph gesellte sich keuchend zu Henrik. Sein von der Sonne braun gebranntes Gesicht glänzte vor Schweiß. »Meinst du, dass es bald Zeit ist, dass Mama den Wassereimer bringt?«

Henrik sah mit zusammengekniffenen Augen in die Sonne. Seit Lillians letztem Besuch auf dem Feld war ungefähr eine Stunde vergangen. »Vielleicht.«

Ohne seine Arbeit zu unterbrechen, rief Eli über die Schulter: »Deine Mutter wird den Eimer bald bringen, mein Junge, keine Sorge. Sie wird uns nicht vergessen.«

Joseph verzog die Lippen zu einem Grinsen. Er senkte seine Stimme zu einem Flüstern. »Das ist Onkel Elis Art zu sagen, dass wir uns wieder an die Arbeit machen sollen.«

Henrik unterdrückte ein verächtliches Brummen. Eli hatte eine Art, einem zu sagen, was man tun sollte, ohne direkte Befehle zu geben. Lillian meinte, das wäre diplomatisch. Henrik betrachtete es als Manipulation. Auf jeden Fall gefiel es ihm nicht, Elis Anweisungen zu folgen. Nur noch zwei Tage, dann wäre er achtzehn, was den Beginn seines Lebens als Mann kennzeichnete. Er war alt genug, um seine eigenen Entscheidungen zu treffen. Er würde diese Wohnstätte verlassen und sich eine Universität suchen!

Joseph trottete zum nächsten Haufen aus gerade zusammengeharktem Gras, das Gesicht zum Himmel gewandt. Henrik folgte dem Blick seines Bruders und entdeckte einen Habicht, der über ihnen kreiste. Henrik beneidete den Vogel um die Fähigkeit, seine Flügel auszustrecken und über der Erde zu schweben, unbelastet von Pflichten, Arbeit und Sorgen.

Er griff wieder nach der Harke, rammte die Zacken ins Gras und fegte die herumliegenden Halme mit wilden Bewegungen zu einem Haufen zusammen. Das Leben – sein Leben – wurde zu Boden gedrückt. Wie konnte er schweben, wenn er so viele Bürden mit sich trug? Sein Zuhause in Gnadenfeld … dahin. Sein Vater und sein lieber kleiner Bruder … dahin. Susie … dahin. Seine Möglichkeit, die Universität zu besuchen … dahin. Irgendwo im Hinterkopf hörte er die Worte seiner Mutter: *Eli hat versprochen, dass du Lehrer wirst*. Aber hier war er nun und harkte Heu, anstatt sich in Bücher zu vertiefen.

»Da kommt Mama!«

Josephs erfreuter Ausruf beendete Henriks Grübelei jäh. Er ließ die Harke fallen und schlenderte seiner Mutter entgegen. Joseph stürmte voraus und erhielt die erste Kelle zu trinken. In seiner Eile verschüttete er etwas von dem Wasser auf sein Hemd. »Pass doch auf, Joseph!«

Lillian schnalzte mit der Zunge und zog verärgert die Brauen zusammen. Aber sie richtete ihren Schweigen gebietenden Blick nicht auf Joseph, sondern auf Henrik.

Henrik biss die Zähne fest aufeinander, um jedes weitere Wort des Vorwurfs zurückzuhalten. Joseph reichte ihm die volle Kelle und er legte beide Hände darum, um sicherzugehen, dass jeder Tropfen Wasser in seinem Mund landete. Nach drei vollen Kellen reichte er den Schöpfer an Eli weiter, der geräuschvoll trank, aber nichts verschüttete.

Mit dem Handrücken wischte Eli die Tropfen ab, die in seinem Schnurrbart und Vollbart hingen, und grinste sie alle an. »An einem heißen Tag gibt es nichts Besseres als kaltes Wasser, um einen Mann neu zu beleben.« Er blickte auf Josephs verspritztes Hemd und zog eine Augenbraue hoch. »Hast du deinen Mund nicht getroffen, mein Junge?«

Mit verlegener Miene senkte Joseph den Kopf.

Eli lachte und zerzauste ihm das Haar. »Es war aber ein gutes Gefühl, einen kleinen Spritzer Wasser auf die Haut zu bekommen, oder?«

Joseph zuckte die Achseln.

»*Nä-jo*, dann finde ich, du solltest das noch einmal genießen.« Mit einer blitzschnellen Bewegung tauchte Eli die Kelle in den Eimer und schüttete Joseph ihren Inhalt über den Kopf.

Joseph sprang ein paar Schritte zurück, die Arme von sich gestreckt, den Mund vor Überraschung weit geöffnet. Eli stützte die

Hände auf die Hüften. Er grinste über sein ganzes sonnengebräuntes Gesicht. Henrik starrte ihn an, unfähig zu glauben, was er gerade beobachtet hatte. Eli war kein Kind mehr, mit dem man spielen konnte. Doch mit seinem neckenden Grinsen schien er Joseph gerade herausgefordert zu haben.

Joseph brach in lautes Gelächter aus. Er fuhr sich mit den Händen übers Gesicht, schüttelte sich das Wasser von den Handflächen und lachte wieder. Er drohte Eli mit dem Finger und sagte: »Onkel Eli, das werde ich dir noch heimzahlen.«

»Oho, denkst du, du kannst mir eins überziehen?« Eli schüttelte den Kopf hin und her, ohne seine zwinkernden Augen von Josephs Gesicht abzuwenden. »Wir werden sehen, mein Junge, wir werden sehen ...« Er drehte sich um und schritt zu seiner Sense, nahm sie in die Hand und fing wieder an zu arbeiten. Auch Joseph, der immer noch kicherte, trottete aufs Feld zurück.

Henrik blickte zu Lillian und ein kalter Schauer lief ihm über den Rücken, als er ihren Gesichtsausdruck sah. Darin standen Bewunderung, Wertschätzung und – er schluckte – Zuneigung. Die blauen Augen seiner Mutter leuchteten voller Zuneigung zu Eli. Er hatte beobachtet, wie sie seinen Vater auf diese Weise angesehen hatte. Aber Eli? Er drehte sich auf dem Absatz um und stapfte zu seiner Harke.

Henrik harkte wütend drauflos. Der Zorn setzte eine Energie in ihm frei, der die Hitze und die stundenlange Arbeit nichts anhaben konnte. Eli hatte es geschafft, Joseph und Lillian auf seine Seite zu ziehen. Aber Henrik würde nicht auf ihn hereinfallen. Eli hatte ihm die einzige Möglichkeit genommen, sich von seinem Schuldgefühl wegen Vaters und Jakobs Tod zu befreien. Konnte der Mann nicht verstehen, dass Henrik der einzige Grund war, warum sie dieses Schiff nach Amerika bestiegen hatten?

Henrik hielt inne und drückte die Stirn an den Griff der Harke. Wenn er allein verantwortlich für die Versorgung seiner Mutter wäre, könnte er etwas wiedergutmachen. Aber Eli kümmerte sich um Lillians Bedürfnisse. Und seine Mutter schien ihm dies bereitwillig zu erlauben. Henrik hob das Gesicht zum klaren Himmel und schickte die stille Frage nach oben: *Wie werde ich mich dann je von dieser überwältigenden Last der Schuld befreien können?*

Lillian hob das Blech mit *Pirschtje* vom Ofen und achtete darauf, nicht mit dem Daumen auf die blättrigen Gebäckstücke am Rand des schwarzen Backblechs zu fassen. Zu Hause in Gnadenfeld hatte sie ihre Piroggen mit klein gehacktem Schweinefleisch und Kohl gefüllt. Sie hatte hier keinen Kohl oder Schweinefleisch, um die Teigtaschen zu füllen, aber gehacktes und gekochtes Dörrfleisch vom Rind, vermischt mit wilden Zwiebeln und Pilzen, diente als Ersatz. Sie hielt sich das Blech mit den gut gefüllten kleinen salzigen Kuchen unter die Nase und atmete ihren Duft ein. Wenn sie so gut schmeckten, wie sie rochen, dürfte sich ihre Familie nicht beschweren.

Ihre Familie … Henriks Reaktion auf Elis leichtherziges Verhalten am Nachmittag war ihr nicht entgangen. Wie sehr wünschte sie sich, Henrik würde anfangen, sie als Familie zu betrachten. Natürlich war es nicht das Gleiche wie damals in Gnadenfeld. Kein spitzbübischer Jakob erfüllte ihre Tage mit Spaß und Lachen. Kein starker Ehemann schloss sie nachts in die Arme. Jetzt vergingen die Tage mit niemals endender Arbeit, und die Erschöpfung half ihr einzuschlafen, obwohl sie sich schmerzlich nach Reinhardts Gegenwart sehnte. Aber Eli war ein guter Mann – ein Mann, der hart arbeitete, um diesen Hof für sie zu schaffen. Ein Mann, der Henrik ein Vater sein könnte, wenn Henrik ihn nur akzeptieren würde.

Sie stellte das Blech mit den Piroggen auf die Truhe, die ihnen als Tisch diente, und legte ein Handtuch darüber, um die herumfliegenden Käfer davon abzuhalten, sich an ihrem Essen gütlich zu tun. Der Wind drohte das Handtuch wegzuwehen, deshalb beschwerte sie die Enden mit Steinen. Nachdem diese Aufgabe vollbracht war, betrat sie ihr Grassodenhaus und holte Teller und Becher heraus. Als sie den

Tisch deckte, staunte sie wieder einmal über Elis Geschicklichkeit. Er hatte vier Stühle hergestellt, indem er seine eigene Reisetruhe auseinandergenommen hatte.

Es betrübte sie, die gut gebaute Truhe in einzelne Stücke zerlegt zu sehen, aber was für eine Wahl hatten sie sonst? Es gab keinen mennonitischen Schreinerladen in der Nähe, wo sie Tisch und Stühle hätten kaufen können. Sie nahmen alle Mahlzeiten im Freien ein, es sei denn, es regnete, was nur selten vorkam, wie sie festgestellt hatte. Die engen Mauern des Grassodenhauses ließen wenig Platz, um sich darin zu bewegen. Wenn der Winter kam, würden sie die ganze Zeit eingepfercht sein. Solange das Wetter es zuließ, wollte sie so viel wie möglich draußen sein.

Als Lillian gerade den Tisch fertig gedeckt hatte, sah sie Eli und die Jungen vom Feld kommen. Eli und Joseph gingen dicht nebeneinander her, Elis Arm lag um Josephs Hals. Obwohl sie es nicht hören konnte, wusste sie, dass Joseph schnatterte. Mit einem nachsichtigen Lächeln schüttelte sie den Kopf. Der Junge redete mit Eli mehr, als er je mit jemandem gesprochen hatte. Elis Lob schenkte Joseph ein Selbstbewusstsein, über das man sich nur freuen konnte.

Dann bemerkte sie Henrik, der hinter den beiden hertrödelte, er ließ den Kopf hängen und schlurfte über die Erde. Lillian sank das Herz.

Sie musste etwas tun, um Henrik eine Freude zu machen. Sie hob die Hand und winkte ihnen, dass sie sich beeilen sollten. »Ich habe *Pirschtje* gemacht! Und die Waschschüssel steht bereit. Wascht euch und kommt zum Essen!«

Die drei nutzten die Waschschüssel ausgiebig, dann setzten sie sich um den Tisch und falteten die Hände, während Eli das Dankgebet sprach. Lillian servierte die Piroggen und wartete gespannt, wie sie auf die ungewöhnliche Füllung reagieren würden.

Joseph hob die Augenbrauen, als er mit großer Geschwindigkeit kaute. »Mm, Mama. Die sind gut. Anders.«

Henrik begutachtete seine Teigtasche, indem er sie zur einen und zur anderen Seite kippte. »Was hast du da hineingetan?«

Lillian lachte leise. »Was ich gerade zur Hand hatte.« Sie erzählte ihnen, aus was die Füllung bestand, und lächelte, als Henrik einen weiteren großen Bissen nahm.

Ihr gegenüber schüttelte Eli den Kopf. »Lillian, du bist eine erstaunliche Frau. Du nimmst die kargen Dinge, die wir haben, und verwandelst sie in etwas Gutes.«

Sein Lob wärmte ihr das Herz. Sie senkte den Kopf, um ihre flammenden Wangen zu verbergen. »Ich bin nicht die Einzige, die aus dem, was vorhanden ist, etwas Gutes macht.« Sie klopfte leicht an den Stuhl.

»Aber wir können die Truhen nicht essen.« Eli nahm sich eine weitere Teigtasche. »Wenn ich in die Stadt gehe, werde ich eine Mühle besuchen und etwas Bauholz mitbringen. Die Tiere werden einen Unterstand brauchen. Und diesen Winter, wenn wir draußen nicht arbeiten können, möchte ich die Werkzeuge nutzen, die ich mitgebracht habe, um ein paar Möbel für das Haus zu schreinern, das ich nach unserer Weizenernte bauen werde.«

Henrik warf Eli einen interessierten Blick zu. »Du gehst in die Stadt?«

»Natürlich. Wo sonst soll ich einen Pflug herbekommen? Ich musste meinen in Gnadenfeld lassen – er passte nicht in die Truhe.« Sein Lachen konnte das Bedauern darüber, dass er seinen wertvollen Besitz zurückgelassen hatte, nicht verbergen.

Henrik stützte die Ellbogen neben seinem Teller auf. »In welche Stadt?«

Eli zuckte die Achseln. »Ich denke, McPherson Town. Es ist nicht weiter weg als Newton, aber laut Herrn Wiens ist es eine Gemeinde von ordentlicher Größe. Und ich werde keine Flüsse überqueren müssen, um dorthin zu gelangen. Das macht die Reise mit den Rindern leichter.«

»Gehen wir alle zusammen?«

Ein solches Interesse hatte Lillian bei Henrik schon seit Wochen nicht mehr gesehen. Würde Eli zustimmen, Henrik mitzunehmen?

Eli verzog bedauernd die Lippen und schüttelte den Kopf. »Es tut mir leid, Henrik, aber das geht nicht. Aus zwei Gründen.« Er streckte einen Finger nach oben. »Ich brauche den Wagen, um eine Ladung Holz zurückzutransportieren. Ich werde viel Holz brauchen, um einen Unterstand für die Tiere zu bauen. Mit dem ganzen Holz und dem Pflug noch dazu wird hinten im Wagen kein Platz mehr sein, um jemanden mitzunehmen.« Er stellte den zweiten Finger auf. »Und wenn wir alle gehen, bedeutet das, dass nichts gearbeitet wird. Es wird eine ganztägige Reise, und wir haben hier zu viel zu tun, um alle einen Tag lang nichts zu machen.«

Henrik stieß seinen Teller beiseite.

Eli legte Henrik die Hand auf die Schulter. »Wir werden alle einmal zusammen in die Stadt gehen, bevor der Schnee fällt. Dann kaufen wir unsere Vorräte für die Wintermonate. Ist das kein gutes Angebot?« Er wartete, aber Henrik gab keine Antwort.

Schließlich seufzte Eli und nahm seine Hand weg. Er blickte zu Lillian. »*Nä-jo*, Lillian, das war ein sehr gutes Essen. Gehst du jetzt zum Bach, um das Geschirr zu waschen?«

Lillian sah ihn verwundert an. »Gehe ich nicht immer zum Bach und wasche dort das Geschirr?«

Eli hob das Kinn zu einem Nicken. »*Jo*, vermutlich tust du das. Dann solltest du dich jetzt besser beeilen. Denn« – er stand auf und warf einen kurzen Blick zu Joseph – »ich werde gleich ins Wasser springen und den Schlamm aufwühlen.«

Joseph setzte sich aufrecht hin und ließ das letzte Stückchen Pirogge fallen. »Du gehst schwimmen, Onkel Eli?«

Eli zwickte Joseph ins Ohr. »Natürlich gehe ich schwimmen, nach so einem langen heißen Tag wie heute.« Er hob eine Braue. »Aber du hast wahrscheinlich keine Lust, schwimmen zu gehen, stimmt's?«

Joseph warf beinahe seinen Stuhl um, so schnell sprang er auf. »Ganz im Gegenteil! Ich gehe gern schwimmen!« Er wandte sich an Henrik. »Kommst du auch mit, Henrik?«

Henrik erhob sich langsam mit einem trotzigen Zug um den Mund. »*Nä*. Geht ihr nur. Ich werde eine Laterne anzünden und stattdessen lesen.«

Lillian wartete darauf, dass Eli Henrik ermutigte, aber er warf seinen Arm um Josephs Schultern, und die beiden marschierten zum Bach, ohne sich noch einmal umzudrehen. Lillian schaute ihnen nach und nagte an ihrer Unterlippe. Wenn Eli aufhörte, sich um Henrik zu bemühen, wäre alles verloren. Trotz Henriks mangelnder Reaktion auf Annäherungsversuche musste sie Eli ermutigen, ihren Sohn nicht aufzugeben.

Henrik bewegte sich in Richtung Grassodenhaus, die Hände in den Taschen, den Kopf gesenkt. Wenn Eli Henrik nicht ermutigte, dann würde sie es eben tun. Sie rief seinen Namen und eilte ihm nach. Er blieb stehen, wandte ihr jedoch nicht das Gesicht zu.

Lillian spielte mit ihrer Schürze. »Du hast diese Woche schwer gearbeitet. Warum willst du nicht schwimmen gehen, Henrik? Verbring etwas Zeit mit Joseph und … und deinem Stiefvater.« Sie hielt die Luft an, nachdem sie diese Bezeichnung ausgesprochen hatte. Irgendwann musste Henrik anfangen, Elis Stellung in seinem Leben zu akzeptieren.

Mit einer plötzlichen Bewegung drehte sich Henrik zu ihr um. Die Wut in seinem Gesicht ließ Lillian ein paar Schritte zurückweichen. Er zog seine geballten Fäuste aus der Tasche und nahm eine drohende Haltung ein. Die Spannung zwischen ihnen war fast greifbar und Lillian hatte das Gefühl, ihr pochendes Herz müsste jeden Moment explodieren. Sie hatte nie Angst vor ihrem Sohn gehabt, aber in diesen spannungsgeladenen, zornerfüllten Augenblicken fragte sie sich, ob er sie tatsächlich schlagen würde.

Schließlich holte Henrik tief Luft und öffnete die Fäuste. Seine fest zusammengebissenen Kiefer lockerten sich, er senkte den Kopf und schüttelte ihn leicht, als sei er mit sich selbst nicht einig. Dann erwiderte er ihren Blick. Die Wut, deren Zeuge sie geworden war, hatte sich bis auf einen Funken in seinen dunklen Augen verflüchtigt. »Im Gegensatz zu Joseph erinnere ich mich noch an meinen Vater. Ich habe nicht den Wunsch, ihn zu ersetzen.« Sein leiser, gleichmäßiger Ton jagte ihr einen Schauder durch den Leib. »Aber ich frage mich, Mama, ob du das nicht bereits getan hast.«

Lillian öffnete den Mund zu einem Widerspruch, aber Henrik marschierte um das Grassodenhaus herum. Sie folgte ihm nicht. Denn ihr wurde bewusst, dass sie nichts zu ihrer Verteidigung sagen konnte.

19

Eli erklomm die sanfte Erhöhung, die zu ihrem Grundstück führte. Es kostete ihn viel Selbstbeherrschung, nicht die Zügel auf die Rücken der Pferde zu klatschen und sie zum Galopp anzutreiben, um die letzten paar Kilometer schnell hinter sich zu bringen. Würde es seine Familie nicht in Erstaunen versetzen, dass Pferde den Wagen zogen? Als er heute am frühen Morgen aufgebrochen war, war ein Paar der treuen Ochsen im Joch des Wagens eingespannt gewesen. Aber ein guter Handel mit einem Farmer in McPherson hatte dazu geführt, dass er zwei Braune erstanden hatte, die an einen Wagen gewöhnt waren. Es waren keine jungen Pferde mehr, aber sie hatten noch viele Arbeitsjahre vor sich.

Eli bewunderte das glänzende Fell der Pferde, die beide die Farbe gebeizten Mahagonis besaßen. Die Stute trug einen weißen Streifen auf der Mitte ihrer Schnauze, der mit dem hochweißen Fuß des rechten Vorderbeins harmonierte, aber der Hengst war vollständig rotbraun. Ein schöneres Paar Tiere hatte Eli selten gesehen, und nun gehörten sie ihm. Aber er hatte den Verkäufer nicht nach den Namen der Pferde gefragt. Er würde Joseph das Vergnügen gönnen, Namen für die beiden auszusuchen.

Eli lachte in sich hinein, als er daran dachte, wie Joseph ihren Hühnern Namen gegeben hatte. Die dummen Tiere kamen sogar, wenn er sie rief. Der Junge konnte wirklich gut mit Tieren umgehen. Vielleicht würde er ein Viehzüchter werden, wenn er erwachsen war, oder ein Hufschmied. Beide Berufe erforderten eine Begabung im Umgang mit Tieren. Joseph war noch jung, aber nicht zu jung, um an die Zukunft zu denken. Er würde bald ein Gespräch mit ihm führen müssen.

Als er die Pferde von der holprigen Straße und auf die ungezähmte Prärie führte, wurde der Wagen zur Seite gestoßen. Die Ladung im Wagen klirrte, als sie hin und her rutschte. »Hoo«, sagte Eli beruhigend und zog leicht an den Zügeln, um die großen Tiere zu bremsen. »Es wäre nicht klug, etwas von dem zugeschnittenen Holz oder meinen neuen Pflug aus dem Wagen zu schleudern.« Er wollte auch nicht die Überraschung für Henrik verlieren, die er besorgt hatte.

Der Gedanke an Henrik löste kein liebevolles Lachen aus. Stattdessen zog sich Elis Magen vor Furcht zusammen. Egal, was er tat – Henrik schien es immer zu missbilligen. Er warf einen Blick in den Wagen auf das in Leinen gewickelte Päckchen, das hinter der Sitzbank steckte. Sicher würde dem Jungen dieses Geschenk gefallen.

Seine Gedanken wandten sich dem nächsten Tag zu – morgen war Henriks achtzehnter Geburtstag. In Gnadenfeld hätte seine Familie eine Feier veranstaltet und die Nachbarn eingeladen, damit sie Henrik alles Gute für sein Erwachsenenleben wünschten. Es hätte reichlich zu essen gegeben und man wäre bis weit über die Schlafenszeit hinaus zusammengeblieben.

Hier hatten sie keine Nachbarn, die sie einladen konnten. Nur Lillian, Joseph und er würden Henrik gratulieren. Eli wusste, dass es nur eine Kleinigkeit war, verglichen mit dem, was er in ihrem mennonitischen Dorf bekommen hätte. Aber vielleicht würde der kleine Geschmack von Gnadenfeld, der in der Leinenverpackung umherrollte, den Schmerz der Enttäuschung lindern.

Eli schaute auf das gerodete Stück Land vor sich, das auf den Pflug wartete. Die Erde von Kansas war so dunkel und schwer. Umgeben vom dichten Präriegras sah der Flecken aus wie ein großes Paket, das in braunes Papier eingewickelt war. Dieses Bild kam ihm passend vor, denn Eli betrachtete das Land und die damit verbundenen Möglichkeiten als Geschenk.

Seine Brust dehnte sich vor Dankbarkeit und er sprach ein vertrautes Gebet: »*Dank Jie*, lieber Gott, für dieses Land. Möge seine Fruchtbarkeit dir Ehre bringen.« Morgen war Sonntag – ein Tag des Gottesdienstes, der Ruhe und der Feier von Henriks Geburtstag. Am Montag würde er sich dann mit seinem neuen Stahlpflug und dem übrig gebliebenen Paar Rinder an die Arbeit machen und den Boden umgraben.

Der Wagen ratterte am gerodeten Feld entlang und Eli entdeckte Joseph und Henrik, die vom Bach auf die Grassodenhäuser zugingen. Selbst gemachte Angeln wippten auf Josephs Schulter und Henrik trug eine Schnur mit Fischen. Voll Vorfreude leckte Eli sich die Lippen und stellte sich vor, wie diese Fische in Maismehl gewendet und knusprig gebraten wurden. Selbst das Armeleuteessen hatte seinen Reiz, wenn es als Panade für frischen Fisch aus dem Bach auf ihrem Grundstück diente.

Eli erkannte den Moment, als die Jungen ihn entdeckten, denn Henrik blieb stehen und Joseph streckte die Hand in die Luft und winkte aufgeregt. Dann sprintete der Jüngere zum Grassodenhaus und verschwand in seinem Inneren. Als er wieder auftauchte, waren seine Hände leer und Lillian folgte ihm. Sie wischte ihre Hände an der Schürze ab, die sie immer über ihrem Kleid trug. Selbst aus der Entfernung war ihr Lächeln nicht zu übersehen.

Eli hüpfte das Herz im Leib beim Anblick seiner Familie, die seine Rückkehr erwartete. Hatte er sich jemals so gebraucht, so glücklich und erfüllt gefühlt wie in diesem Augenblick? Seine Finger griffen fester nach den Zügeln, als ihn noch einmal der Drang überkam, die Pferde anzutreiben. Aber er ließ das Gespann langsam und stetig weitertraben, bis er die Grassodenhäuser erreichte. Sobald er den Wagen zum Stehen gebracht hatte, rannte Joseph herbei, um die Schnauze des großen Hengstes zu streicheln. Das Pferd wieherte leise und schnupperte an Josephs Schulter. Eli beobachtete es und lächelte. Ja, der Junge konnte gut mit Tieren umgehen.

»Onkel Eli, wo hast du die Pferde her? Wo sind Buff und Brody?« Obwohl er mit aufgeregtem Unterton sprach, hob Joseph die Stimme nicht, um die Pferde nicht zu erschrecken.

Lachend sprang Eli seitlich von der Sitzbank. Er grinste zu Lillian hinüber, bevor er sich an Joseph wandte. »Ich habe einen Tausch gemacht – zwei Rinder für zwei Pferde. Einen guten Tausch, finde ich. Sind sie nicht ein schönes Paar?«

»Ein sehr schönes Paar!« Joseph schaute über seine Schulter. »Sieh sie dir an, Mama. Sind sie nicht schön?« Bevor Lillian antworten konnte, flitzte der Junge um den Wagen herum, um hinten einen Blick hineinzuwerfen. Seine Augen wurden groß. »Schau dir das ganze Holz an!« Er drehte sich um und winkte Henrik herbei. »Schau mal, Henrik! Das ist genug Holz, um zwei Ställe zu bauen, glaube ich!«

Henrik spähte über die Seitenwand. Seine Lippen verzogen sich zu einem schiefen höhnischen Lächeln. »Du bist *domm*, Joseph.«

»Ich bin nicht dumm!«

»Jungs …«, mahnte Lillian sanft.

Eli schlenderte herbei und zerzauste Josephs Haar, um die Situation zu entschärfen. »Dieses Holz wird nicht für einen großen Stall reichen, aber es wird einen Unterstand für die Pferde und Rinder bieten. Ein kleiner Unterstand muss genügen, bis wir unseren Weizen ernten. Dann können wir mit diesem Geld einen größeren Stall bauen.«

»Und ein Haus?«, fragte Joseph.

»Und ein Haus«, bestätigte Eli.

Joseph strich mit der Hand an der glänzenden Schneide des Pflugs entlang. »Du hast Holz und einen Pflug mitgebracht … und was noch?«

Eli hob einen Korb aus dem Wagen und streckte ihn Lillian entgegen. Sie sprang nach vorn und zog die leinene Abdeckung beiseite. Sie schlug die Hände in offensichtlichem Vergnügen zusammen. »Kohl! O Eli, ich kann Sauerkraut machen!«

»*Jo*, wir brauchen Kraut für den Winter.« Eli setzte den Korb ab und grub mit der Hand unter den Kohlköpfen. »Ich habe ein Dutzend Köpfe gekauft und der Mann hat mir« – er holte vier Süßkartoffeln heraus, zwei in jeder Hand – »noch eine kleine Zugabe geschenkt.«

»Was für ein Genuss!« Sie nahm die Kartoffeln und zeigte sie Henrik. »Zu deinem Geburtstagsessen morgen wird es etwas Besonderes geben, Henrik!«

Joseph stand immer noch neben dem Wagen und griff nach dem letzten Leinenbeutel. »Und was ist das?«

Eli riss den Beutel an sich, bevor Joseph ihn berühren konnte. »Das ist eine Überraschung, mein Junge.«

Josephs dunkle Augen glänzten vor Aufregung. »Eine Überraschung? Für mich?«

Eli schüttelte grinsend den Kopf. »Du bist nicht derjenige, der morgen Geburtstag hat.« Er warf Henrik einen Blick zu und hoffte auf eine Reaktion. Aber Henrik schwenkte die Fische und verzog keine Miene.

Joseph schob schmollend die Unterlippe vor. »Ich wollte, du hättest auch etwas für mich mitgebracht.«

»Du darfst den Pferden Namen geben«, sagte Eli und Josephs Schmollmund verschwand. Den Leinenbeutel mit beiden Armen umschlungen, wandte sich Eli an Lillian. »Es sieht so aus, als käme ich gerade rechtzeitig zum Essen. Fisch, *jo*?«

Lillian eilte geschäftig zu Henrik und nahm ihm die Fische ab. »Mit Bohnen und wilden Kartoffeln.«

Bei der Erwähnung von Kartoffeln knurrte Eli der Magen. Der halbe Scheffel Kartoffeln, den sie in Newton gekauft hatten, hatte nicht weit gereicht, aber als sie für den Bau der Grassodenhäuser den Boden aufgegraben hatten, hatten Henrik und er eine stärkehaltige Wurzel entdeckt, die wie Süßkartoffel aussah und ähnlich schmeckte wie normale Kartoffeln. Lillian hatte keine Zeit vergeudet und sofort ausprobiert, wie man diese Wurzel kochen konnte.

Eli sagte: »Mir ist alles recht, was du zubereitest.« Henrik stand schweigend neben seiner Mutter. »Mein Junge, hilfst du mir, den Wagen abzuladen, während deine Mutter den Fisch brät? Es wird Zeit, dass die Pferde aus ihrem Geschirr befreit werden.«

Henrik nickte.

»Danke. Ich werde deine Überraschung wegbringen.« Er nickte mit dem Kinn auf den Beutel in seinen Armen und hoffte immer noch auf eine Reaktion von Henrik, aber es kam keine. Seufzend marschierte er mit großen Schritten zu seinem kleinen Grassodenhaus. Er legte den Beutel in einer Ecke ab und klopfte leicht darauf. Flüsternd ermahnte er sich selbst: »Lass dir von Henriks Verhalten nicht die Freude am Nachhausekommen verderben. Dass Lillian und Joseph sich freuen, ist genug.«

Doch als er wieder ins schwindende Sonnenlicht trat, konnte er nicht leugnen, dass diese goldenen Momente etwas von ihrem Glanz verloren hatten.

Nach dem Essen wischte sich Henrik den Mund mit einem Hemdzipfel ab und stand auf. »Mama, ich mache einen Spaziergang.« In Gnadenfeld war er gern durchs Dorf spaziert, wenn die Sonne am Horizont versank. Die Bilder und Gerüche seines Geburtsorts hatten ihm immer ein friedliches Gefühl geschenkt, egal, was für Herausforderungen ein Tag mit sich gebracht hatte.

Jetzt, an der Schwelle zum Erwachsenenalter, verspürte er das Bedürfnis, diesen Frieden zurückzugewinnen. Obwohl es hier keinen Dorfplatz, keine Lehmziegelhäuser mit Strohdächern und keine Begegnung mit Freunden gab, würde ihm ein Spaziergang vielleicht helfen, sich an diese Tage zu erinnern, an denen er herumgegangen war, nachgedacht und geträumt hatte.

Eli schluckte den letzten Bissen Fisch und hielt eine Hand hoch. »Warte, Henrik. Ich begleite dich.«

Lillians Gesicht leuchtete vor Freude auf und Henrik schaute schnell weg, bevor sie die Verärgerung in seinen Augen sah. Wenn er Gesellschaft gewollt hätte, hätte er Joseph darum gebeten. »Ich möchte lieber allein sein.«

Eli hatte sich halb erhoben und stockte mitten in der Bewegung. Er schaute zu Lillian, als wolle er ihren Rat. Doch bevor sie etwas sagte oder tat, richtete Eli sich vollständig auf und wandte Henrik das Gesicht zu. »Ich denke, dass ich trotzdem mitkomme. Es gibt ein paar Dinge, die ich mit dir besprechen möchte.«

Henrik stieß ein gereiztes Schnauben aus, aber Eli hörte es nicht – zumindest reagierte er nicht darauf. Sie verfielen in einen Gleichschritt, gingen zwischen den Grassodenhäusern hindurch und folgten dem Trampelpfad zum Bach. Auf beiden Seiten des breiten Pfades wuchs das dichte Gras fast hüfthoch.

Eli betrachtete es stirnrunzelnd. »Ich sollte einen Teil dieses Grases herunterschneiden. Wilde Tiere könnten sich darin verstecken und deine Mutter auf dem Weg zum Bach erschrecken.«

Henrik antwortete nicht. Wenn er weiter schwieg, würde Eli vielleicht zum Grassodenhaus zurückkehren und ihm den Rückzug gewähren, nach dem er sich sehnte.

Eli gab dem Gras ein paar Fußtritte, dann zeigte er auf das ebene Bachufer. »Setzen wir uns hin, *jo*?«

Henrik stieß wieder hörbar die Luft aus, was seine Ungeduld deutlich zum Ausdruck bringen sollte, und folgte Eli zum Ufer. Er wartete, bis Eli herabgeplumpst war, und setzte sich dann ein paar Zentimeter entfernt auf den Boden, zog die Beine an und schlang die Arme um die Knie. Er starrte über den Bach auf die Sonne, die größer zu werden schien, je tiefer sie am Himmel stand.

Jetzt, als sie saßen, verstummte Eli. Also blieb Henrik sitzen und lauschte auf die Geräusche der Prärie. Manche, wie das Rauschen des Windes im Gras und das Platschen von aufspringenden Fischen im Bach, glichen den heimatlichen Geräuschen. Aber andere – das unharmonische Quaken der Frösche und das Heulen eines Tiers, das einem hageren Hund ähnelte – waren neu. Henrik neigte den Kopf und versuchte festzustellen, wie weit der heulende Hund wohl entfernt war. Aber da das ganze Land so flach und offen war, war es schwer auszumachen. Er schloss die Augen und lauschte noch intensiver. Eli räusperte sich. Bei dieser Störung unterbrach der Frosch sein Abendkonzert für einen Moment. Eli füllte die plötzlich entstandene Stille.

»Auf meiner Reise nach McPherson Town habe ich viel nachgedacht.«

Henrik schaute zu Eli.

Eli fuhr sich mit den Fingern durch den Bart. Seine buschigen Augenbrauen schoben sich vor. »Ich bin an einer Schule vorbeigefahren und das hat mich daran erinnert, wie gern du Lehrer werden möchtest.«

Eine brennende Sehnsucht durchdrang Henriks Brust. Er spannte die Hände an seinen Knien an und hielt seine Worte der Bestätigung zurück.

»Ich hatte Schwierigkeiten in der Stadt, Henrik.« Eli verzog das Gesicht und schüttelte den Kopf. »Die Sprache … die englischen Worte nicht zu kennen, macht es schwer.«

Henrik seufzte und bewegte sich leicht, um wieder über den Bach zu starren. Eli musste ihn nicht daran erinnern, wie schwer es sein würde, seine Träume in diesem neuen Land zu verwirklichen.

»Ich habe mich gefragt, wie ich dir helfen kann, Englisch zu lernen, damit du an eine Universität gehen und studieren kannst.« Wieder machte er eine Pause, aber Henrik blieb still und wartete. Wenn Eli einen Plan hatte, würde er ihn anhören, aber er würde ihm nicht helfen. Eli fuhr sich mit der Zunge über die Lippen und fuhr fort: »Und ich habe mich erinnert, wie ein Baby sprechen lernt – indem es hört, wie andere sprechen. Eins nach dem anderen lernt es die Wörter, bis es sich unterhalten kann wie alle anderen auch.«

Henrik schnaubte. »Man lernt alles auf diese Weise. Schritt für Schritt, Stück um Stück, bis man etwas beherrscht.« In seiner Brust brannte die Sehnsucht, derjenige zu sein, der diese Schritte lehrte, der miterlebte, wie jemandem ein Licht aufging, der seinen Schülern zum Erfolg verhalf.

»*Jo*!« Eli nickte begeistert, als hätten er und Henrik ein großes Geheimnis aufgedeckt. »Und deshalb weiß ich, dass du Englisch lernen kannst, indem du dich unter Menschen aufhältst, die Englisch sprechen. Du musst bei ihnen arbeiten, in ihrer Nähe wohnen, ihnen zuhören und dich mit ihnen unterhalten.« Elis Worte stürzten immer schneller aus seinem Mund. »Sobald du die Sprache beherrschst, kannst du zur Universität gehen und studieren, um hier in Amerika Lehrer zu werden.«

»Eine Universität kostet Geld.« Feindseligkeit schwang in seiner Stimme mit, aber Henrik machte keinen Versuch, sie zu unterdrücken. Er würde Eli nicht erlauben, seinem Traum Nahrung zu geben, nur um ihn gleich darauf zu zerstören, weil es unmöglich war, ihn umzusetzen.

»Das weiß ich, mein Junge«, erwiderte Eli ruhig. »Ich habe überlegt, wie ich deine Ausbildung finanzieren kann. Dein Vater und ich haben uns sogar darüber unterhalten, bevor wir Gnadenfeld verließen. Er wollte von unserer ersten Ernte Geld zurücklegen, um dich zu unterstützen. Aber er sagte, dass du auch arbeiten müsstest, um dir einen Teil des Geldes zu verdienen.« Die Sonne sank tiefer. Sie warf lange Schatten über beide Männer, was Elis schmalem Gesicht ein ernsthaftes Aussehen verlieh. »Er glaubte – und ich stimme dem zu –, dass man etwas mehr zu schätzen weiß, wenn man es sich selbst erarbeitet hat.«

Henrik nickte langsam. »Ich habe nichts dagegen, mir Geld für die Schule zu verdienen.« Wenn er nur von der Arbeit auf ihrem Grundstück befreit werden könnte, würde er sich jeden Penny selbst verdienen. Aber das sprach er vor Eli nicht laut aus.

»*Gööt*.« Ein Lächeln zeigte sich auf Elis Gesicht, aber es verschwand schnell. »Es ist gut, sich einen Plan zu machen, Henrik. Dann hast du etwas, worauf du hoffen und wofür du arbeiten kannst. Aber Pläne … na ja …« Er zog die Augenbrauen zusammen. »Manchmal brauchen sie viel Zeit.«

Henrik reckte das Kinn nach vorn und die Muskeln in seinen Schultern spannten sich schmerzhaft an. »Wie viel … Zeit … wird mein Plan brauchen?«

Der Ausdruck, der über Elis Gesicht huschte, brachte Henrik in Versuchung, aufzuspringen und davonzulaufen. Aber die nächsten Worte seines Onkels hielten ihn davon ab. »Die Dauer einer Ernte.«

Henrik überlegte fieberhaft. Eli würde seine Körner im Oktober aussäen, damit sie im Winter den Schnee aufsaugten, unter der Erdoberfläche dick und rund wurden und dann im Frühling sehr bald groß und stark heranwuchsen. Mitte Mai würden sie dann die Weizenernte einbringen. Acht Monate.

Er murmelte: »Ein Dreivierteljahr …«

»*Jo.*« Elis Stimme, so sanft wie der Wind, der flüsternd über das hochgewachsene Gras strich, klang melancholisch. »Ich weiß, für jemand in deinem Alter ist das eine lange Zeit. Ein Jahr kann einem vorkommen wie ein ganzes Leben. Aber es wird schnell vorbeigehen. Im Handumdrehen werde ich den Weizen verkaufen, Geld in der Tasche haben und dir die Hälfte von Reinhardts Anteil geben, damit du die Schule bezahlen kannst.«

Henrik starrte Eli ungläubig an. »Die Hälfte von Vaters Anteil? Aber Mama, Joseph und ich sind doch zusammen zu dritt.«

Eli nickte ernst. »Aber ich will mich an die Entscheidung deines Vaters halten. Er und ich hatten den Plan, gemeinsam zu arbeiten und den Ertrag der Ernte dann halb und halb zu teilen. Er hatte die Absicht, dir die Hälfte seines Anteils für die Schulausbildung zu geben. Das wird sicher nicht für alles reichen, was du brauchst, um Lehrer zu werden, aber es wird dir einen guten Start ermöglichen. Erscheint dir das fair?«

Henrik dachte über diese Information nach. Sein Herz klopfte so laut, dass er meinte, den Schlag mit den Ohren wahrnehmen zu können. Eli würde ihm die Hälfte der Einnahmen von Vaters Ernteanteil geben! Aber sollte er dies annehmen? Mutter und Joseph würden auch Geld brauchen. War es fair von einer Person, die Hälfte zu nehmen, wenn die anderen beiden dann von der restlichen Hälfte leben mussten?

»Es … es ist mehr als fair mir gegenüber«, würgte er mühsam hervor. Er hatte das Gefühl, als hätten sich seine Stimmbänder verknotet.

»Dann haben wir eine Vereinbarung.« Eli streckte die Hand aus und Henrik ergriff sie. Sie schüttelten sich fest die Hände, dann lehnte sich Eli zurück und stützte sich mit den Ellbogen ab. »Es ist gut, einen Plan zu haben …«

Henrik nickte. Jetzt konnte er sich auf die Zukunft freuen, anstatt sich davor zu grauen. Seine Zeit hier war begrenzt. Er würde zur Schule gehen und Lehrer werden, genau, wie er es immer gewollt hatte. Ein Teil von ihm wollte Eli für seine Unterstützung danken. Aber dann wurde ihm bewusst, dass er sein Ziel auch ohne Elis Hilfe angestrebt hätte. Es hätte vielleicht länger gedauert, aber er hätte es geschafft. Warum sollte er Eli für etwas danken, was er letzten Endes auch in eigener Regie getan hätte?

»Mein Junge, es wäre schön, wenn du etwas tun könntest …« Eli setzte sich aufrecht hin und fixierte Henrik mit einem ruhigen Blick.

»Was?«

Eli legte seine Hand auf Henriks Schulter. »Ich weiß, dass du nicht glücklich darüber bist, dass deine Mutter mich geheiratet hat. Ich weiß, dass du nicht glücklich darüber bist, hier in Amerika zu sein. Ich verstehe das und werfe dir deine Gefühle nicht vor. Aber deine ständige Niedergeschlagenheit ist für deine Mutter sehr schmerzhaft.«

Reue drückte Henrik nieder, als er sich die Ursache für den Schmerz seiner Mutter vor Augen hielt: der Verlust ihrer Heimat, der Verlust von Vater und Jakob. Sein Atem ging stoßweise, als er gegen die aufsteigenden Schuldgefühle ankämpfte.

»Wirst du ein fröhlicheres Gesicht machen können, wenn du jetzt weißt, dass du in der Lage sein wirst, zur Universität zu gehen und Lehrer zu werden, wie du es immer wolltest? Deiner Mutter zuliebe? Ich wünsche mir, dass ihre letzten Monate hier mit dir schön und nicht schmerzhaft sind.«

Henrik ließ den Kopf hängen. Selbst jetzt, wo er wusste, dass er die Tage zählen konnte, bis er die Freiheit hatte, seine Träume zu verfolgen, hing der Kummer noch immer an ihm wie der Schweißgeruch nach einem langen heißen Arbeitstag. Aber er könnte sich verstellen. Seiner Mutter zuliebe würde er es versuchen.

Mit immer noch gesenktem Kopf murmelte er: »Ich werde mein Bestes tun.«

»Mehr könnte ich von keinem Menschen erwarten.« Eli drückte Henriks Schulter, erhob sich dann und klopfte das Hinterteil seiner Hose ab. »*Nä-jo*, mein Junge, ich lasse dich jetzt allein. Danke für unser Gespräch.« Er schlenderte den Pfad entlang und überließ es Henrik, in Ruhe über diese neue Wendung nachzudenken.

20

»Seinetwegen habe ich dreimal zum Herrn gefleht, dass er von mir weiche. Und er hat zu mir gesagt: Lass dir an meiner Gnade genügen, denn meine Kraft ist in den Schwachen mächtig.«

Wie jeden Sonntag seit ihrer Ankunft hier saßen sie auf einem von Lillians Quilts im Schatten der Grassodenhäuser und feierten zusammen Gottesdienst. Elis tiefe Stimme übertönte das Heulen des Windes und ließ Lillian angenehm erschauern. Sie liebte es so sehr, Gottes Wort von seiner männlichen Stimme gesprochen zu hören – als wäre es Gottes eigene Stimme.

»Darum bin ich guten Mutes in Schwachheit, in Misshandlungen, in Nöten, in Verfolgungen und Ängsten um Christi willen; denn wenn ich schwach bin, so bin ich stark.« Eli schloss die Bibel. Einen Moment lang strich seine große Hand liebevoll über den abgenutzten schwarzen Ledereinband. Dann schaute er in dem kleinen Kreis umher, den sie gebildet hatten. »Wir wollen beten.« Er senkte den Kopf und schloss die Augen. Lillian und die Jungen folgten seinem Beispiel.

Lillian spürte, wie ein Lächeln über ihr Gesicht ging, während Eli ihren himmlischen Vater lobte. Sie und Reinhardt hatten auch zusammen gebetet, aber sie erinnerte sich mehr an Bitten als an Lob. Der Gedanke, Gott zu preisen, auch wenn Probleme an der Herzenstür anklopften, gab ihr ein Gefühl der Zufriedenheit und Erfüllung, wie sie es nie zuvor gekannt hatte. Während Eli betete, bat sie Gott im Stillen, ihren Söhnen – vor allem Henrik – das gleiche Maß Zufriedenheit zu schenken.

Dann, als sie wieder an Elis Lob dachte, schickte sie einen von Herzen kommenden Dank nach oben, dass Henrik an diesem Sonntagmorgen weniger distanziert wirkte. Er hatte ihr sogar einen Kuss auf die Wange gedrückt, als sie ihm zum achtzehnten Geburtstag gratulierte. Diese einfache Geste hatte sie mit Freude erfüllt.

»Amen.« Eli hob den Kopf, atmete tief ein und lächelte dann fröhlich. »*Nä-jo*, jetzt wollen wir zu Mittag essen und dann wollen wir uns besonders Zeit nehmen und Henriks Geburtstag feiern.«

Normalerweise gab es am Sonntag kein aufwendiges Mittagessen, denn am Tag der Ruhe sollte man vermeiden, sich viel Arbeit aufzubürden. Aber nachdem der Geburtstag ein besonderer Anlass war, glaubte Lillian, Gott würde ihr vergeben, dass sie sich extra viel Mühe gemacht hatte.

Sie winkte Henrik und Eli zu. »Ihr beiden bleibt hier. Joseph und ich werden den Tisch decken.« Joseph sprang auf, und bald war ihr Truhentisch bereit. Lillians feinste Leinentischdecke, deren Ecken mit rosafarbenen Rosen bestickt waren, zart bemaltes Porzellangeschirr und von Lillian auf Hochglanz poliertes Silberbesteck zierten den Tisch. Sie lud alle ein, auf ihren Stühlen Platz zu nehmen. Dann brachte sie Henriks Geburtstagsessen: die Süßkartoffeln, die Eli aus McPherson Town mitgebracht hatte, und Kohlrouladen in einer dicken Soße aus saurer Sahne.

»Mutter, du hast *Galubtsy* gemacht?«

Lillian lachte über Henriks Verwunderung. »Hast du es nicht erraten? Der Wind hat den Geruch vom *Spoaheat* die ganze Zeit zu uns herübergeweht, seit wir uns zusammen zum Gottesdienst hingesetzt haben.«

Ein Windstoß hob die Ecke des Tischtuchs und Joseph schlug mit der Hand darauf, damit es an seinem Platz blieb. Er kicherte und zog schelmisch die Schultern hoch. »Der Wind muss den Geruch an Henriks Nase vorbeigeweht haben.«

Sie lachten alle und Lillian setzte das Blech auf die Tischmitte. Sie nahm auf ihrem Stuhl Platz und sie reichten sich alle die Hände. Doch statt das Dankgebet zu sprechen, blickte Eli zu Henrik.

»Möchtest du an diesem Tag, an dem du erwachsen wirst, für das Essen beten?« Das Zögern in Elis Stimme ließ Lillians Herz vor Aufregung beben. Würde die Frage wieder einen Trotzanfall auslösen? Nach ihrem fröhlichen Morgen wünschte sie sich, dass Henrik seine heitere Miene behielt. Zu ihrer freudigen Erleichterung nickte Henrik sanft.

Es rührte Lillian zu Tränen, als sie zuhörte, wie ihr Sohn ein einfaches Dankgebet aufsagte. Als er hinzufügte: »Und segne die Hände, die dieses Essen zubereitet haben«, drückte er ihre Hand leicht und die Tränen schossen ihr aus den Augen. Sie rollten ihr über die Wangen, als sie das Gesicht hob.

Henrik schaute sie erschrocken an. »Mutter?«

Sie wischte die Tränen ab und lachte unsicher. »Ach, achte nicht auf mich, Henrik. Es ist nur, weil du jetzt nicht mehr mein kleiner Junge bist. Eine Mutter betrauert solche Veränderungen.« Sie griff nach dem Blech mit den *Galubtsy*. »Bitte schön. Nimm dir die Dicksten.«

Es schien niemand etwas auszumachen, dass geriebene wilde Kartoffeln und gedörrtes Rindfleisch den Reis und die zerkleinerte Wurst ersetzten, die traditionellerweise in Gnadenfeld die Kohlblätter füllten. Stattdessen aßen sie alle mit großem Genuss und überschütteten Lillian mit Komplimenten.

Das Gespräch verlief lebhaft und Henrik trug fast genauso viel dazu bei wie Joseph. Lillian meinte, noch nie so glücklich gewesen zu sein. Vielleicht war es der Eintritt ins Mannesalter, der diese Veränderung bei Henrik hervorgebracht hatte. Oder vielleicht hatte Gott endlich ihre Gebete erhört.

Was auch immer der Grund sein mochte, Lillian feierte diese Zeit der Gemeinschaft mit ihren Söhnen und Eli.

Als die letzte Kohlroulade verzehrt war, stand Eli auf. Er schaukelte auf den Fersen und ein schelmisches Grinsen lag auf seinen Lippen. »Und jetzt ist es Zeit für meine Überraschung.«

Lillian zwinkerte den Jungen zu, als Eli über das Grundstück schritt und vor Eifer die Arme schwang. Er trat in sein kleines Grassodenhaus, und als er wieder auftauchte, trug er den Leinenbeutel, den er aus dem Wagen genommen hatte.

»Was ist es? Was ist es? Öffne es, Onkel Eli.« Joseph wippte auf seinem Stuhl.

Eli schüttelte den Kopf. »*Nä*, mein Junge, Henrik darf es auspacken.« Er streckte Henrik das Bündel hin, der es vorsichtig in Empfang nahm. Der Beutel rutschte ihm aus der Hand, landete auf seinem

Schoß und Henrik schlug schnell die Hände darüber, um zu verhindern, dass er zu Boden rollte.

»Was immer es sein mag, es ist auf jeden Fall schwer.« Henrik knotete die Schnur auf, mit dem der Beutel zugebunden war, und fasste hinein. Seine Augen wurden groß, als er zu Eli hochschaute. Das breite Grinsen auf Elis Gesicht weckte fast den Eindruck, als hätte er mehr Vergnügen an dem Geschenk als der Empfänger. Der Beutel fiel herunter und Henrik hielt eine runde, gestreifte *Arbüs* hoch.

Joseph klatschte und jubelte. »Eine Wassermelone! Henrik, Onkel Eli hat dir eine Wassermelone mitgebracht!« Dann schwand seine Begeisterung. Er biss sich auf die Unterlippe und kräuselte besorgt die Stirn. »Oh … aber es ist dein Geburtstagsgeschenk. Du wirst sie also … ganz allein essen?«

Henrik wiegte die Melone auf dem Schoß und rieb sich das Kinn mit Daumen und Zeigefinger. Lillian, die das neckende Funkeln in seinen Augen erkannte, legte sich die Hand auf den Mund, um nicht laut aufzulachen, während Henrik seinen Bruder auf die Folter spannte.

Schließlich rollte Henrik die Melone achselzuckend auf die Tischplatte. »Ich denke, ich kann mein Geburtstagsgeschenk teilen.« Er zwinkerte Lillian zu und deutete mit Zeigefinger und Daumen einen geringen Abstand an. »Aber mach Josephs Schnitz nicht größer als so.«

»Henrik!«, protestierte Joseph, aber als alle zu lachen anfingen, stimmte er mit ein.

»Hast du *Rollkuken* zur Melone gemacht, Mama?«, fragte Henrik.

Lillian verzog enttäuscht die Lippen. Ach, wie wunderbar wäre es gewesen, die kleinen gebackenen Kuchen zur Wassermelone zu essen – ein echter heimatlicher Geschmack. »*Nä*, die Melone ist für mich auch eine Überraschung, deshalb wusste ich nicht, dass ich *Rollkuken* hätte backen sollen.«

Eli sagte: »Vielleicht hätte ich es dir sagen sollen, aber ich wollte, dass es eine Überraschung bleibt.«

Henrik zuckte die Achseln. »Die Wassermelone ist schon genug

Überraschung.« Er deutete winkend auf die Melone. »Schneidest du sie in Scheiben, Onkel Eli?«

Eli rieb sich die Hände. »Hast du ein Messer, Lillian?«

Lillian, voll Freude über die entspannte Unterhaltung zwischen Eli und Henrik, holte ihr größtes Messer und reichte es Eli. Er teilte die Melone mit einigen geschickten Schlägen in Scheiben, sodass der Saft über die Tischdecke spritzte.

Eli reichte die Scheiben herum. »Spuckt die Samen auf euren Teller. Wir heben sie auf, und nächstes Jahr im Frühling legen wir unseren eigenen *Bischtaun* – Melonengarten – an. Wenn die anderen dann ankommen, wird das Feld mit Wassermelonen schon auf sie warten und ihnen helfen, sich in diesem neuen Land zu Hause zu fühlen.«

Joseph unterbrach sein Kauen. Mit geneigtem Kopf blickte er Eli an, während der Melonensaft an seinem Kinn heruntertropfte. »Glaubst du, die anderen werden uns hier finden, Onkel Eli?«

Eli drehte leicht den Kopf und schaute über die Prärie. »Dafür bete ich, Joseph.«

Einen Moment lang warfen die sehnsüchtigen Worte einen traurigen Schatten über ihre kleine Versammlung. Lillian suchte nach Worten, die sie zu ihrem fröhlichen Geplauder zurückbringen würde, aber bevor sie etwas sagen konnte, langte Henrik über den Tisch und tippte Joseph an den Kopf.

»Wir haben diesen Ort gefunden, nicht wahr? Und wir waren vorher noch nie da. Dieselben Landverkäufer, die uns hierher gebracht haben, werden nach weiteren Einwanderern Ausschau halten. Also werden die anderen ganz bestimmt auch herkommen. Und um ganz sicherzugehen«, fuhr Henrik mit nachdenklicher Miene fort, »können wir, wenn wir alle nach McPherson Town gehen, einen Brief nach Gnadenfeld schicken und den anderen erzählen, wo wir unser Land gekauft haben. Das wird ihnen helfen, den Weg hierher zu finden.«

Mit einem zufriedenen Grinsen wandte Joseph seine Aufmerksamkeit wieder seinem Stück Wassermelone zu. Lillians Blick fiel auf Eli und sein Gesicht sagte ihr sehr deutlich: *Siehst du? Mit deinem Hen-*

rik wird sich alles zum Guten wenden. Sie lächelte zurück und drehte den Kopf, um zu beobachten, wie Henrik in das Fruchtfleisch seiner Wassermelone biss. Mit den saftverschmierten Wangen und dem windzerzausten Haar, das sich auf seiner Stirn lockte, wirkte er wie ein kleiner Junge. Doch heute hatte sie einen kleinen Vorgeschmack davon bekommen, was für ein Mann aus ihm werden würde. Ihr Herz hob sich hoffnungsvoll. Ja, mit ihrem Henrik würde sich alles zum Guten wenden.

Der Herbst rückte näher und veränderte ihre Prärielandschaft. Lillian unterbrach das Kneten des Brotteigs und genoss die Vielfalt kräftiger Farben – Blumen in Blau-, Rosa- und Gelbtönen. Sobald eine Sorte verblüht war, war eine andere zu bewundern. Eli hatte sich angewöhnt, am Ende des Tages eine Handvoll von allem zu pflücken, was er finden konnte. Die Blumen brachten einen fröhlichen Farbtupfer auf den Tisch und ließen Lillians Herz höher schlagen.

Reinhardt war kein Gefühlsmensch gewesen. Ein guter Mann, ein guter Versorger und ein wunderbarer Ehemann und Vater, aber selten sentimental. Sie konnte sich nicht vorstellen, dass Reinhardt ihr wilde Blumen gepflückt hätte. Doch für Eli schien es etwas ganz Selbstverständliches zu sein. Dies weckte allerdings eine Zuneigung in ihr, die ihr eher Angst als Entzücken einjagte. Würden die Erinnerungen an Reinhardt für immer verschwinden, wenn sie ihr Herz für Eli öffnete? Diese Sorge hielt sie davon ab, Eli gegenüber die Dankbarkeit auszudrücken, die sie erfüllte, wenn er ihr den abendlichen Strauß überreichte.

Ein ferner Gewehrschuss schreckte Lillian auf und sie kehrte zu ihrer Arbeit zurück. Bald würde Henrik über das Gras marschiert kommen, mit stolzem Gesicht und einer Jagdbeute in den Händen. Eli hatte Henrik beigebracht, mit dem Gewehr zu schießen. Dank Henriks Geschicklichkeit bei der Jagd und Josephs Talent beim Fischen gab es immer genug zu essen auf dem Tisch. Zuerst hatte Lillian Schwierigkeiten mit der Verarbeitung von Wildtieren gehabt – sie war an Schweine-, Hühner- und gelegentlich ein Stück Rindfleisch vom Schlachter gewöhnt. Mit Innereien, Federn oder Fell hatte sie nie zu tun gehabt. Aber der Wunsch, ihre Familie zu ernähren, war größer als der Abscheu, die Kaninchen, Eichhörnchen und Gänse, die Henrik nach Hause brachte, auszunehmen und zuzubereiten.

Der junge Mann behauptete, er würde einen Büffel erlegen und sein Fleisch für den Winter trocknen, aber seit jenem frühen Morgen auf ihrer Reise hatten sie keines der großen trampelnden Tiere mehr gesehen. Sie fanden Hinweise für ihre Gegenwart: Hunderte getrockneter Dunghaufen übersäten die Prärie und dienten ihnen als Brennstoff für ihr Feuer. Aber die Tiere schienen verschwunden zu sein.

Lillian strich sich mit dem Arm die Haare aus dem Gesicht. Der endlose Wind zog Strähnen aus ihrem Knoten und der Schweiß klebte die Locken an ihre Wangen. Sie fragte sich, wann die Temperatur wohl endgültig fallen würde. Am Morgen war es kühler, frisch und feucht vom Tau, aber die Nachmittage des späten Septembers waren genauso heiß wie bei ihrer Ankunft Mitte Juli. Eli versicherte ihr, dass der Sommer nicht ewig dauern würde, aber manchmal fragte sie sich, ob er sich dieses eine Mal vielleicht irrte.

Wenn sie die Augen zusammenkniff, konnte sie Elis Gestalt am anderen Ende des Weizenfelds erkennen. Er schien nie müde zu werden, trieb die Rinder immer weiter vorwärts, während er von morgens bis abends einen Fuß vor den anderen setzte und nie erlahmte. Das Feld, auf dem der Weizen gesät werden sollte, veränderte sich von Woche zu Woche, während Eli den Boden einmal, zweimal und ein drittes Mal umgrub, um die reichen Nährstoffe aus der Tiefe zu holen, mit denen die kräftigen Weizenkörner versorgt werden sollten.

Nachts konnte sie manchmal hören, wie Eli über das Grundstück schlich. Einmal war sie ihm neugierig gefolgt und am Rand des mondbeschienenen leeren Feldes auf ihn getroffen, wo er einfach dagestanden hatte, die Hände in den Taschen. Bei ihrem Herannahen war er zusammengezuckt, aber auf ihre Frage hin hatte er ihr erklärt, dass er sich gern vorstellte, wie der Weizen weit in die Höhe wuchs. Es war leichter, von seiner ersten amerikanischen Ernte im Licht der Sterne zu träumen, hatte er ihr verlegen erklärt.

Als sie jetzt daran zurückdachte, lächelte sie. Ja, Eli war wirklich ein ganz anderer Mann als Reinhardt. Aber auch ein besserer Mann? Sie erlaubte sich nicht, so etwas zu denken, geschweige denn zu äußern. Reinhardt war ihre erste Liebe gewesen und der Vater ihrer Kinder. Ihm würde immer der größte Teil ihres Herzens gehören. Aber bedeutete das, dass dort kein Platz für Eli war?

Mit einem leisen Schnauben wandte sie ihre Aufmerksamkeit wieder dem Teig zu. Sie hatte keine Zeit für wunderliche Gedanken. Es gab Arbeit zu erledigen. Automatisch zerteilten ihre Hände den Teigklumpen in sechs gleich große Portionen. Sie kannte den ganzen Vorgang auswendig: Klopfend wurden die Laibe geformt; die Pfannen wurden mit Gänsefett eingerieben; die glatten, gesprenkelten Laibe wurden in die schwarzen, oft benutzten Brotpfannen gesetzt; dann stellte man die Pfannen oben auf den Tonofen, um den Teig noch einmal gehen zu lassen, bevor er im Ofen gebacken wurde.

Sobald sie mit dieser Aufgabe fertig war, reinigte sie die Hände im Wascheimer. Das Wasser stand nur noch wenige Zentimeter über dem Boden. Sie spähte zur Sonne hoch. Obwohl sie immer noch heiß herunterbrannte, sank sie in diesen Tagen früher zum Horizont hinab. Sie sollte Wasser holen, bevor die Dämmerung anbrach. Eli sah es nicht gern, wenn sie bei Einbruch der Dunkelheit zum Bach ging, denn zu dieser Stunde war es wahrscheinlicher, dass sie auf wilde Tiere traf, sagte er.

Lillian nahm die Eimer von ihrem Platz neben dem Grassodenhaus in die Hand und machte sich auf den Weg zum Bach. Auf halbem Weg kam ihr Joseph entgegen. Stolz zeigte er ihr seine Leine mit fünf bärtigen Katzenfischen. Sie lächelte anerkennend. »Sie werden morgen zum Frühstück gut schmecken. Nimm sie aus und lege die Filets zum Aufbewahren in eine Pfanne mit gesalzenem Wasser.«

Der Junge rollte mit den Augen. »Ich weiß, was ich tun muss, Mama.«

Statt zu schimpfen, verbarg Lillian ein Lächeln und setzte ihren Weg zum Bach fort. Im Lauf der vergangenen zwei Wochen hatte sie beobachten können, wie Joseph in die Pubertät kam. Seine

Stimme sprang ohne Vorwarnung von hoch zu tief und seine Stimmung schwankte ähnlich. Reinhardt hatte wenig Geduld mit Henriks wechselhaftem Verhalten in diesen schwierigen Jahren gezeigt. Aber sie spürte, dass Eli eher verständnisvoll als streng mit den Veränderungen bei Joseph umgehen würde.

Sie gab sich selbst einen kleinen Ruck. Was war heute nur mit ihr los, dass sie ständig Reinhardt mit Eli verglich? Sie bückte sich am Bachufer und hielt den Rand des Eimers in das sanft fließende Wasser, wobei sie den schwimmenden Eimer kräftig hinunterdrücken musste. Gleichzeitig schob sie alle Gedanken an Eli beiseite und durchforstete ihr Gedächtnis nach einem Bild von Reinhardt. Trotz aller Mühen kam ihr keines in den Sinn.

Ihre Hände wurden ganz ruhig. Kälte stieg in ihrem Körper auf und sie hatte einen unangenehmen Geschmack im Mund. Sie starrte in den Bach. Ihr verzerrtes Spiegelbild zeigte große, bestürzte Augen. Kaltes Wasser spritzte über ihre Hände und füllte den Eimer, aber sie blieb in ihrer gebeugten Haltung und hatte vergessen, dass sie Wasser holen wollte.

»Reinhardt, Reinhardt …«, klagte sie laut. Ihr Blick verschwamm, als sich ihre Augen mit Tränen füllten. »Wie konnte ich dein geliebtes Gesicht vergessen?«

Henriks verächtlicher Vorwurf vor ein paar Wochen kam ihr wieder ins Gedächtnis. *Ich frage mich, Mama … ob du ihn ersetzt hast.*

In diesem Moment war eine junge, überschwängliche Stimme weit über die Prärie zu hören: »Papa! Papa! Ich habe Katzenfische für das Frühstück morgen gefangen!«

21

Eli blieb abrupt stehen, aber die Ochsen zogen weiter und zwangen ihn, zwei oder drei Schritte vorwärts zu stolpern, bevor er »Brr!« rief. Die Tiere hielten gehorsam an. Eli nahm sich den Zugriemen von der Schulter und drehte sich zu den Grassodenhäusern um. Hatte er richtig gehört?

Joseph stand am Rand des Feldes und hielt eine Leine hoch, an der dicke Fische baumelten. »Papa! Katzenfisch!«

Joseph hatte ihn Papa genannt! Elis Herz machte einen Satz. Er winkte mit einer überraschend zittrigen Hand und sagte: »*Jo*, mein Junge, sie sehen gut aus.« Seine Stimme brach so ähnlich wie Josephs Stimme in letzter Zeit. Er räusperte sich und fügte hinzu: »Sehr gut.« Aber seine Worte bezogen sich weniger auf den Fisch als auf das berauschende Gefühl, Papa genannt worden zu sein.

Joseph winkte noch einmal und flitzte zu den Grassodenhäusern, während die Fische an der Leine auf und ab hüpften. Eli sah ihm nach, bis der Junge im größeren Haus verschwand. Aber selbst dann blieb er noch wie angewurzelt stehen und durchlebte das Erstaunen des vergangenen Moments noch einmal. Joseph hatte ihn Papa genannt, als wäre es das Selbstverständlichste auf der Welt. Als wäre Eli schon seit Jahren sein Papa gewesen.

Ein Schatten fiel auf das Gras neben den Grassodenhäusern, dann trat Lillian ins Sonnenlicht, die Finger um die Seilhenkel der Eimer geklammert. Ihre Schultern beugten sich unter dem Gewicht, aber selbst nachdem sie die Eimer auf dem Boden abgestellt hatte, veränderte sich ihre Haltung nicht. Eli spürte wieder sein Herz, aber diesmal war es beklommen. Hatte Lillian Josephs Worte ebenfalls gehört? Würde sie es ablehnen, dass ihr Sohn einen anderen Mann als Reinhardt Papa nannte?

Eli drehte sich um, legte sich den Zugriemen wieder um die Schultern und gab den Ochsen das Signal zum Weitertrotten. Als er den

Tieren folgte und den Pflug führte, der die Erde ein letztes Mal umgrub, dachte er über die vergangenen Monate nach. Obwohl ihm die Rolle eines Ehemanns und Vaters durch die Umstände aufgezwungen worden war, glaubte er, das Beste aus der Herausforderung gemacht zu haben.

Jahrelang hatte er die Männer in seiner Gemeinde beobachtet. Er hatte bestimmte Eigenschaften bewusst als positives oder abschreckendes Beispiel wahrgenommen, um für den Tag vorbereitet zu sein, an dem er eine eigene Familie haben würde. Mit einem seltenen Anflug von Stolz meinte er, sich weise entschieden zu haben. Die Jungen behandelte er fest, aber gerecht, mit Lillian ging er ehrlich und sanft um. Er nahm die biblische Rolle des Familienoberhaupts wahr, aber er erklärte die Gründe für seine Entscheidungen, um Wut und Ärger zu vermeiden und Einsicht zu ermöglichen.

Sein Verhalten hatte positive Folgen bewirkt. Lillian zeigte trotz der schweren Arbeit und des Schmerzes über ihren großen Verlust Zufriedenheit. Henrik hatte seine brütende Stimmung abgelegt. Und jetzt nannte ihn Joseph Papa. Was könnte es für ein besseres Zeichen der Akzeptanz geben?

Er zog an einem Riemen und rief »Hü!«. Seine Hände umklammerten die Griffe des Pflugs und lenkten die Pflugschar fachmännisch. Als er wieder eine gerade Strecke vor sich hatte, ließ er das Wort *Papa* in sich nachklingen. Er fand, das einzige bessere Wort, das es geben könnte, wäre *Ehemann*. Aber es war möglicherweise unrealistisch, von Lillian zu erwarten, dass sie ihn wirklich als ihren Mann annahm. Er war so lang der Pflegebruder ihres Mannes gewesen, Reinhardts bester Freund, der Ersatzonkel für ihre Kinder. Sie betrachtete ihn als Freund, aber Eli wollte mehr als das sein.

Am Feldrand schwankten hellgelbe Blumen auf dürren Stängeln und erinnerten Eli an die Sträuße, die er jeden Abend für den Esstisch mitbrachte. Lillian nahm sie mit einem erfreuten Lächeln entgegen, aber er sehnte sich nach mehr. In seinen Träumen griff sie nach den Blumen, lächelte und stellte sich auf die Zehenspitzen, um einen dankbaren Kuss auf seine Wange … oder seine Lippen zu drücken.

Sein Gesicht lief heiß an und er verdrehte die Hände an den Griffen, wodurch die Schneide zur Seite kippte. Schnell richtete er den Pflug wieder auf und schüttelte den Kopf, um das Bild zu vertreiben. Es würde ihm nicht guttun, sich diesen jugendlichen Hirngespinsten hinzugeben. Mit einem Schnalzen der Zunge spornte er die Ochsen an, das Feld ein letztes Mal zu queren, und tadelte sich selbst für seine gierigen Gedanken. Lillian hatte seinen Namen angenommen, um einen Beschützer und geregelte Verhältnisse für ihre Söhne zu haben. Nichts weiter. Außerdem gingen er und Lillian beide auf die vierzig zu. Die Tage der verliebten Blicke und des Händchenhaltens waren lang vorbei. In seinem Alter musste man praktisch denken. Statt mehr zu verlangen, sollte er Gott danken, dass er ihn mit einer Kostprobe des Familienlebens segnete.

Mit einem Ruck wandte er den Blick noch einmal zu den Grassodenhäusern. Weder Joseph noch Lillian waren wieder herausgekommen. Unruhe machte sich in ihm breit. Könnte es sein, dass Lillian Joseph schlug, weil er jemand anderen als seinen Vater Papa genannt hatte? Eli konnte sich nicht vorstellen, dass sie hart mit den Kindern umging, aber Reinhardts Tod – obwohl sie nie darüber sprachen – lag noch nicht lange zurück. Vielleicht fand sie es zu früh.

Egal, welche Entscheidung sie traf, er würde sie unterstützen. So sehr er sich danach sehnte, ein echter Ehemann und Papa zu sein, würde er doch nicht auf Lillians Gefühlen herumtrampeln, um seine eigenen Wünsche zu befriedigen. Aber er würde das Wunder des Moments, als Joseph ein tiefes Verlangen seines Herzens gestillt und ihn Papa genannt hatte, als ewigen Schatz in seinem Inneren bewahren.

Lillian zog den Quilt bis zu Josephs Kinn hoch und drückte ihm einen Kuss auf die Stirn. Als Ersatz für einen Kuss berührte sie Henrik an der Schulter. »Schlaft jetzt, ihr beiden. Morgen gibt es viel

Arbeit.« Eine Aufgabe, die sie erledigen mussten, war, den Hirsch auszunehmen, den Henrik erlegt hatte. Lillian schauderte. Wenn es ekelhaft war, ein Kaninchen auszunehmen, wie sollte sie es dann jemals schaffen, einen Hirsch zu verarbeiten?

Henrik bewegte sich auf seinem provisorischen Bett und das getrocknete Gras raschelte unter ihm. »Meinst du, dass wir den Hirsch hoch genug aufgehängt haben, damit keine Tiere drankommen?«

Ein Bild des Hirsches, der kopfüber vom höchsten Baum ihres Grundstücks herabhing, die Kehle durchgeschnitten und die glasigen Augen ins Leere starrend, huschte durch Lillians Kopf. Sie schüttelte sich. Für sie wäre es vielleicht ein Segen, wenn in der Nacht wirklich ein Tier käme und den Hirsch mitnähme. Aber für Henrik wäre das so enttäuschend. Er war so stolz gewesen, als er den Hirsch heute Abend nach Hause geschleppt hatte.

Außerdem brauchten sie das Fleisch für den Winter. Das Fleisch des gedörrten Rinds, das sie von Gnadenfeld mitgebracht hatten, war beinahe zu Ende.

»Eli sagt, er hängt hoch genug, und Eli hat meistens recht«, antwortete Lillian ihrem Sohn. »Und jetzt schlaf.«

Sie hob die Segeltuchklappe, die sie aus der Wagenplane geschnitten hatten, und spähte hinaus. Eli war nirgendwo zu sehen. Mit einem erleichterten Seufzer trat sie in das langsam schwindende Dämmerlicht hinaus. Der hohe Kaffeetopf stand noch neben den Kohlen auf ihrem Kochfeuer. Sie holte sich eine Blechtasse aus der Waschschüssel und ging zum Feuer. Als sie sich das dunkle, aromatische Getränk eingoss, hörte sie Schritte hinter sich. Sie richtete sich so schnell auf, dass sie sich den heißen Kaffee über die Hand schüttete.

Stöhnend setzte sie den Becher ab. In Sekundenschnelle war Eli bei ihr. Er nahm den Becher und führte sie zum Wascheimer. Ohne ein Wort zu sagen, tauchte er ihre Hand ins kühle Wasser. Sie versuchte, sich loszureißen, aber er hielt sie fest und zählte langsam in ruhigem, leisem Ton. Als er bei zwanzig war, hob er ihre Hand aus dem Eimer und wischte sie sanft mit ihrer Schürze trocken.

»Brennt es noch?« Seine Finger lagen um ihr Handgelenk.

Im schwachen Licht des Halbmonds las Lillian Besorgnis in seinen Augen. Ihr Pulsschlag hatte sich beschleunigt, als er sie erschreckt hatte, und er raste immer noch. Sie schüttelte den Kopf. »*Nä, nä*, es ist in Ordnung. Du … kannst mich jetzt loslassen.«

Er sah nach unten und zuckte zusammen, als wäre er überrascht, dass er immer noch ihre Hand hielt. Er ließ sie schnell los und machte ein paar eilige Schritte rückwärts. Seine Hände verschwanden in den Hosentaschen und er schaukelte auf den Fersen vor und zurück. »Ich habe deinen Becher neben den Eimer gestellt, falls du den Kaffee noch trinken möchtest.«

Lillian holte sich den Becher und nippte daran. Der restliche Kaffee reizte sie nicht mehr, aber die kleinen Handgriffe halfen, ihren schnellen Herzschlag unter Kontrolle zu bekommen. »Ich … ich dachte, du wärst schon im Bett.« Er sollte auf keinen Fall denken, sie wäre herausgekommen, um mit ihm allein zu sein.

Eli seufzte und legte dabei den Kopf in den Nacken. Sein dichter Bart hob sich leicht, als er schluckte. »Ich hab mich hingelegt, aber ich konnte nicht schlafen. Ich … bin beunruhigt, Lillian.«

Lillian hörte seinen ernsten Ton und machte unwillkürlich zwei Schritte in seine Richtung. »Beunruhigt?« Ihre Frage wurde von Gewissensbissen begleitet. Beim Essen hatte sie wenig zum Gespräch beigetragen. Nach Josephs plötzlichem Wechsel von »Onkel Eli« zu »Papa« und ihrem Versagen, sich Reinhardt vorzustellen, hatte sie sich innerlich zurückgezogen. Es war nicht Elis Schuld – sie sollte ihm nicht die Verantwortung für Josephs Verhalten oder ihr eigenes nachlässiges Gedächtnis geben –, aber sie hatte sich absichtlich von ihm distanziert. Sie hatte sein Unbehagen beim Essen gespürt, aber nichts getan, um es zu lindern.

Eli bewegte den Kopf, um ihr ins Gesicht zu sehen. Sekundenlang stand er so da, den Kopf geneigt, die Hände tief in den Taschen und die Unterlippe zwischen den Zähnen. Dann stieß er einen Seufzer aus, der deutlich an ihre Ohren drang. Er holte seine Hände heraus, hockte sich neben das Feuer und stützte die Ellbogen auf den Knien ab. Er starrte in die Glut und antwortete schließlich.

»Ich bin beunruhigt, weil du beunruhigt bist.« Er hob eine Hand und schüttelte den Kopf, als rechne er mit einer Widerrede. »Streite es nicht ab. Wir wissen beide, dass es stimmt.« Ein weiteres heftiges Schlucken verriet, wie tief seine Sorge war. Mit gesenktem Kopf schlug er vor: »Ich werde mit dem Jungen sprechen – ich werde ihm sagen, das ich sein Onkel und nicht sein Vater bin.«

Lillian öffnete den Mund, um zu protestieren, aber obwohl Eli diesmal keine Geste machte, um sie zum Schweigen zu bringen, brachte sie kein Wort heraus. Nach ein paar Sekunden angespannten Schweigens presste sie die Lippen fest aufeinander und wiegte den abkühlenden Kaffeebecher in ihren Händen.

Elis Kopf blieb gesenkt. »Wird das unsere Beziehung wieder in Ordnung bringen?«

Sie konnte die Verletzung in seiner Stimme nicht überhören. Beschämt ließ sie den Kopf hängen und seufzte. »Es tut mir leid, Eli.«

Er lachte leise. »Wofür willst du dich entschuldigen? Du kannst nichts für deine Gefühle.«

Nein, sie hatte keine Kontrolle über ihre Gefühle. Aber sie sollte in der Lage sein, ihr Verhalten zu steuern. Eli für etwas zu bestrafen, auf das er keinen Einfluss hatte, war nicht richtig. Sie platzte heraus: »Aber es wird Josephs Gefühle verletzen, wenn du ihm sagst, dass er dich nicht Papa nennen darf.« Wenn sie ehrlich war, hatte sie selbst schon überlegt, deshalb mit ihm zu schimpfen, aber sie hatte nicht den Mut dazu besessen.

Eli nickte langsam. »*Jo*, das könnte sein.« Er hob den Kopf und ihre Augen trafen sich. »Aber im Moment bist du mir mit deinen Gefühlen wichtiger.«

Lillian trat näher ans Feuer heran und umklammerte die Tasse so krampfhaft, dass der Henkel in ihre Handfläche drückte. »Bitte denk nicht zuerst an mich.«

Falten bildeten sich auf seiner Stirn. »Warum denn nicht? Du bist meine –« Abrupt wandte Eli seinen Kopf dem sanft glühenden Feuer zu. Das unausgesprochene Wort hing in der Nachtluft, als hätte er es herausgeschrien.

O Herr, was können wir tun, damit das mit uns klappt? Das Gebet stieg aus ihrem Herzen empor und trieb ihr Tränen in die Augen. Sie hatte sich an Eli gebunden. Sie arbeiteten jeden Tag Seite an Seite, aber jede Nacht gingen sie getrennte Wege. Diese Ehe löste zwar viele Probleme, aber sie war unnatürlich. Verwirrend. Unbefriedigend.

Mit zögernden Schritten überbrückte sie die Entfernung zwischen ihnen und schüttete den Inhalt ihres Bechers in die flackernden Flammen. Das Holz knackte und zischte und eine Dampfwolke stieg auf. Die letzte Glut verschwand und hüllte sie und Eli in dunkelgraue Schatten.

Sie stellte den Becher beiseite, setzte sich ihm gegenüber und verschränkte die Finger im Schoß. »Eli, ich denke, dass es in Ordnung ist, wenn Joseph dich Papa nennt. Das verschafft ihm ein Gefühl der Geborgenheit. Nach all den Veränderungen, die es in seinem Leben schon gab, braucht er diese Sicherheit.«

Eli warf ihr einen fragenden Blick zu und sie dachte, er würde widersprechen. Als er das nicht tat, fuhr sie leise fort. »Dass ich mich heute Abend von dir zurückgezogen habe, hat eher mit mir selbst zu tun und mit einem Erlebnis, das ich davor hatte. Ich hätte mein Verhalten dir gegenüber nicht davon bestimmen lassen sollen. Es tut mir leid.«

Besorgt runzelte er die Stirn. »Willst du mir davon erzählen?«

Sie hatte Eli verletzt, doch er behandelte sie freundlich. Kein Vorwurf, keine Vergeltung, nur der Wunsch, dazu beizutragen, dass wieder alles ins Lot kam. Zu ihrer großen Verlegenheit füllten sich ihre Augen mit Tränen.

Eli beugte sich vor und stützte ein Knie auf den Boden. »Lillian, was ist los?«

Reinhardt hatte selten Geduld mit ihren Tränen gezeigt. Er war niemals barsch zu ihr gewesen, wenn sie den Tränen nahe war. Doch normalerweise hatte er sich davongeschlichen, um sie nicht zu sehen. Sie hatte sich immer sehr bemüht, ihre Gefühle unter Kontrolle zu behalten, damit Reinhardt Unbehagen erspart blieb.

Aber beim Anblick ihrer Tränen stand Eli nicht auf und verschwand. Seine sanfte Frage und die tiefen Schatten, in denen sie sich verstecken konnte, gaben Lillian Mut. Sie flüsterte: »Ich war am Bach und habe mein eigenes Spiegelbild betrachtet und mir wurde bewusst … dass ich mir Reinhardts Gesicht nicht mehr vorstellen kann.«

Eli schien zu erstarren, dann setzte er sich wieder auf die Fersen. »Ich … verstehe.«

Sobald dieses Geständnis erst einmal ausgesprochen war, hatte sie das Gefühl, als wäre ein Damm gebrochen. Die Worte stürzten nur so aus ihr heraus. »Ist dir bewusst, dass wir nie über Reinhardt reden, Eli? Es ist, als – als ob er und Jakob nie existiert hätten. Ich denke jeden Tag an sie. Ich halte Ausschau nach Jakob, ich lausche nach Reinhardt. Das Erstaunen, sie nicht zu finden, hat nachgelassen. Doch ein Teil von mir hält immer noch Ausschau und lauscht, wartet und hofft.

Sie verfolgen mich nachts in meinen Träumen, aber selbst dann bleiben ihre Gesichter verschwommen. Reinhardt und ich haben zwanzig Jahre zusammengelebt, Eli, aber jetzt … ist mir sein Bild verlorengegangen.« Sie holte tief Luft und schluckte salzige Tränen.

Eli erhob sich, seine Knie knackten bei der plötzlichen Bewegung. Er blieb stehen, den Blick auf sie gerichtet, ohne ihr in die Augen zu sehen. »Es tut mir leid, Lillian, dass dein Schmerz so tief ist. Aber …« Er atmete tief ein und ließ die Luft langsam entweichen. Als er den Kopf wandte, war sein Lächeln traurig. »Es ist spät. Wir sollten uns ausruhen. Morgen gibt es viel zu tun. Wir wollen meinen Weizen säen und das Fleisch von Henriks Hirsch haltbar machen.«

Dieses unvermittelte Ende ihres Gesprächs verwirrte Lillian und sie nickte stumm. Er streckte ihr die Hand hin und sie erlaubte ihm, ihr auf die Füße zu helfen. Sobald sie stand, ließ er sie los und wich zurück.

»Gute Nacht, Lillian. Ich –« Er straffte die Schultern. »Ich werde dafür beten, dass du Reinhardt in deinen Träumen deutlich siehst.«

Eli schlug die Segeltuchklappe seines kleinen Grassodenhauses beiseite und stürmte ins Innere. Er wollte auf und ab gehen, um seine verworrenen Gedanken zu klären und dem Schmerz Raum zu geben, der schwer auf seiner Brust lastete. Aber es gab nicht genug Platz, um mehr als ein paar Schritte zu machen.

Mit einem frustrierten Stöhnen ließ er sich auf das angehäufte trockene Gras fallen, das ihm als Bett diente und mit einem Quilt bedeckt war, und legte den angewinkelten Arm über sein Gesicht. Hinter den geschlossenen Lidern sah er Lillian vor sich, wie sie vor wenigen Momenten im Mondlicht dagesessen hatte. Aber selbst im schwachen Licht hatte er die Wahrheit in ihren Augen lesen können.

Sie würde nie aufhören, Reinhardt zu lieben. Wie töricht war es von ihm gewesen, zu denken, er könnte mit Reinhardts Frau und Söhnen eine Familie bilden. In ihren Bemühungen, sich auf diesem Land einzurichten, waren Gegenwart und Zukunft Mittelpunkt ihrer Gespräche gewesen, aber nicht die Vergangenheit. Doch in Lillians Herz lebte diese Vergangenheit weiter. Lillian gehörte zu Reinhardt und das würde immer so bleiben.

Eli schleuderte die Schuhe von seinen Füßen. Der dumpfe Aufschlag der Sohlen auf dem festgetretenen Boden hallte von den Mauern des Grassodenhauses wider und hielt ihm vor Augen, dass er verheiratet war und trotzdem allein schlief. Verheiratet, aber ungeliebt.

»Warum, Gott?« Die Worte kamen krächzend aus seiner zugeschnürten Kehle. »Erst hast du mir meine Familie weggenommen – meine *Mutta* und meinen *Foda*. In all den Jahren meines Heranwachsens hatte ich eine Ersatzfamilie. Dann verbrachte ich mein Leben als Erwachsener allein. Ist es zu viel verlangt, jetzt um eine eigene Familie zu bitten?«

Eli lauschte, aber vom Himmel kam keine Antwort in Gottes Stimme. Nur Wind – der pfeifende Wind von Kansas – erfüllte seine

Ohren. Er stieß einen gewaltigen Seufzer aus, und der große Atemstoß trug den ganzen Schmerz weg, den Lillians Worte ihm zugefügt hatten.

Er hatte vor Gott und Zeugen geschworen, Lillian zu ehren. Er würde diesen Schwur halten. Er würde für sie und ihre Söhne sorgen, ihr ein Haus bauen, das ihr Schutz bot, ihr Freund bleiben. Doch sobald die anderen kamen und ein Dorf auf dieser Prärie errichteten, würde sie seine Anwesenheit nicht mehr benötigen. Wie es in Gnadenfeld Tradition war, würden die Männer der Gemeinde sich um die Bedürfnisse einer Witwe und ihrer Kinder kümmern. Sobald die anderen kamen, würde er die Farm verlassen und in die Stadt ziehen.

Eli nickte und ein Plan entstand in seinem Kopf. Es wäre nichts Unehrenhaftes daran, ihre Ehe aufzulösen. Eine Ehe, die nicht vollzogen worden war, konnte von der Kirche annulliert werden. Eine solche Auflösung würde Lillian die Freiheit geben, im Gedenken an Reinhardt zu leben, ungestört durch die Anwesenheit des Pflegebruders ihres Mannes. Eli würde die Freiheit bekommen, sich eine Frau zu suchen, die ihn liebte. In seinem Alter würde er wahrscheinlich niemals Kinder haben, aber vielleicht würde Gott ihn mit Stiefkindern segnen, die –

Das Bild von Joseph, wie er die Leine mit den Katzenfischen schwenkte, unterbrach seinen Gedankengang und löste einen so scharfen Schmerz aus, dass er sich auf dem Bett krümmte. Er kniff die Augen zu, strengte sich an, das Bild zu vertreiben und seinen Gedanken weiterzuverfolgen.

Wenn Gott ihn mit Stiefkindern segnete, würde er sie lieben und sich um sie kümmern, wie er es mit Joseph und Henrik versucht hatte.

Eli drehte sich auf die Seite und sprach ein flüsterndes Bittgebet: »Mein Gott, hilf mir, meinen Schwur zu halten, aber lege einen Schutzpanzer um mein Herz. Lass mich nur die Liebe fühlen, die positive Folgen haben wird … für mich und für Reinhardts Familie.«

22

Lillian bedeckte den Mund mit ihrer Schürze und hustete. Sie und Henrik hatten eine Feuergrube in ordentlicher Entfernung von den Grassodenhäusern und ihrem Tonofen errichtet, aber der Wind trug den Rauch zu ihr herüber, während sie ihren Aufgaben nachging. Henrik wachte über das Feuer und legte ständig weitere grüne Zweige über den getrockneten Büffeldung. Jedes Mal erhob sich eine neue graue Wolke. Wie konnte er es aushalten, so nah am Feuer zu stehen, wenn der Rauch ihr noch in einiger Entfernung den Atem raubte?

Ein Gestell, konstruiert aus den schlanken Zweigen dürrer Beerensträucher, die am Bach entlangwuchsen und jetzt ihrer Früchte beraubt waren, hing tief über dem Feuer herab. Streifen von Hirschfleisch, erst heute Morgen aus dem Tierkörper geschnitten, der die Nacht am Baum unbeschadet überstanden hatte, waren über das Gestell drapiert. Weitere Streifen lagen in unregelmäßigen Reihen auf einer Unterlage aus trockenem Gras und warteten darauf, über dem Feuer geräuchert zu werden. Bevor sich Eli mit Joseph auf den Weg zum Feld gemacht hatte, hatte er Anweisungen gegeben, wie sie das Fleisch trocknen sollten.

Ein unangenehmes Gefühl lief Lillian über den Rücken, als sie an Elis ernstes Gesicht am Frühstückstisch dachte. Als er Henrik erklärt hatte, was zu tun war, war sein Ton nicht unfreundlich gewesen, aber er hatte auch nicht wie Eli geklungen – nicht wie der Eli, den sie im Lauf der vergangenen Monate kennengelernt hatten. Obwohl Joseph mittags zum Essen erschienen war, war Eli nicht gekommen. Angeblich, weil er zu viel zu tun hatte, um sich die Zeit zum Essen zu nehmen. Aber Lillian hatte den Verdacht, dass er ihr absichtlich aus dem Weg ging. Sein distanziertes Verhalten schmerzte sie mehr, als sie begreifen konnte. Vor allem an diesem Tag, an dem Henrik seine erste große Beute zubereitete und die roten Weizenkörner, die sie von

Russland mitgebracht hatten, in die wartende Erde gelegt wurden – beide Ereignisse hätten Anlass für eine Familienfeier sein können.

Sie lud sich den Kleiderstapel zum Waschen auf und rief Henrik zu: »Ich gehe zum Bach. Kommst du zurecht?«

Zur Antwort hob Henrik eine Hand und winkte bestätigend, bevor er sich wie ein Räuber ein Tuch über Mund und Nase band. Sie drückte sich den schmutzigen Wäschestapel gegen die Brust und machte sich auf den Weg zum Bach. Dort legte sie die Kleider zur Seite, zog Schuhe und Socken aus und stellte sie am Ufer ab. Barfuß stieg sie ins Wasser. Der Schock der Kälte ließ sie erzittern, aber sie gewöhnte sich schnell daran.

Stück für Stück schrubbte sie die Kleider an einem großen Stein, der halb vom Wasser bedeckt war. Ihre Röcke sogen sich bis zum Knie mit Wasser voll, klebten an ihren Beinen und behinderten ihre Bewegungen, aber sie rieb die Kleider an der Oberfläche des Steins auf und ab, bis jedes Stück so sauber war, wie es nur ging.

Lillian bedauerte das Fehlen von Seife, um die verdreckten Kleidungsstücke damit einzureiben. Nachdem es keinen Laden in der Nähe gab, wo sie Seife kaufen konnte, musste sie selbst Laugenseife zum Gebrauch für die Familie herstellen. Sie würde prüfen, wie viel Schweineschmalz sie noch im Topf hatten. Seufzend breitete sie die Wäsche einer ganzen Woche über die Büsche und am sandigen Bachufer zum Trocknen aus. Hier hörte die Arbeit nie auf. Aber zumindest war sie für diese Woche mit der Wäsche fertig.

Sie hob ihre Schuhe auf und folgte vorsichtig dem Pfad zurück zu den Grassodenhäusern. Henrik stand noch an der Feuergrube und Lillian gesellte sich zu ihm. Sie drückten einige Streifen, nahmen die Fleischstücke weg, die ihnen trocken genug erschienen, um nicht zu verderben, und legten weitere auf den Holzrahmen. Inzwischen waren ihre Röcke trocken und sie zog sich Socken und Schuhe wieder an. Ein kurzer Blick zum Himmel bestätigte ihr, dass es bald Zeit fürs Nachtessen war. Sie kehrte mit Eimern in den Händen zum Bach zurück, um Wasser zum Kochen und Waschen zu holen.

Über dem Kochfeuer in der Nähe der Grassodenhäuser briet sie dicke Hirschsteaks mit wilden Zwiebeln und Pilzen. Der leckere Geruch, der von der Pfanne aufstieg, ließ ihr das Wasser im Mund zusammenlaufen. Den Hirsch auszunehmen war abscheulich gewesen, aber das Fleisch zu essen, würde sicher ein Vergnügen sein. Als die Sonne tief am Himmel stand, kamen Eli und Joseph vom Feld zurück.

Sie schaute in Elis dreckiges Gesicht und sprudelnde Heiterkeit überkam sie. »Du hast Dreck in jeder Falte auf deiner Stirn. Sie sieht aus wie die Karte, die Herr Wiens gezeichnet hat.«

Ein kurzes Lächeln zuckte über Elis Lippen, aber er gab keine neckende Antwort und Lillians Lachen erstarb schnell. Während Eli und Joseph sich wuschen, deckte sie den Tisch. Das Essen war gelungen. Sie lächelte zufrieden. Die Steaks verbreiteten einen unwiderstehlichen Duft. Sie hatte außerdem dünn geschnittene wilde Kartoffeln gebraten und sie in frisch gerührter Butter geschwenkt. Elis Gaumen würde das alles genießen – es war ein königliches Mahl.

Sie legte die Hände trichterförmig an den Mund und rief: »Kommt zum Essen!«

Zu ihrem Erstaunen kam Eli nicht an den Tisch, sondern ging zum Räucherfeuer und sprach mit Henrik. Kurz darauf schlenderte Henrik herbei und Eli nahm Henriks Platz ein.

Lillian fasste Henrik am Ärmel. »Will Eli nichts essen?«

Henrik warf einen Blick zur Räuchergrube und zuckte mit einer Schulter. »Jemand muss das Fleisch im Auge behalten. Er hat gesagt, ich soll essen, und er isst dann später. Lass ihm ein Steak übrig.«

Geschlagen ließ sich Lillian auf ihren Stuhl sinken. Nicht einmal, als Joseph sich freiwillig bereit erklärte, das Dankgebet zu sprechen, kehrte ihre gute Stimmung zurück. Sie aß, hörte zu, wie Henrik und Joseph wetteiferten, wer an diesem Tag am härtesten gearbeitet hatte, aber sie mischte sich nicht ein. Sie hätte genauso gut auf einer Schuhsohle herumkauen können, so wenig Vergnügen bereitete ihr das saftige Steak. Elis Abwesenheit – sowohl im wörtlichen, als auch im übertragenen Sinn – rief in ihr ein Gefühl der Niedergeschlagenheit hervor, das sie kaum abschütteln konnte.

Als sie und die Jungen fertig gegessen hatten, kehrte Henrik zum Räucherfeuer zurück und Eli setzte sich allein an den Tisch und aß gleichgültig sein kalt gewordenes Steak und die Kartoffeln. Als er fertig war, trug er den leeren Teller und die Gabel zur Waschwanne und drückte sie Lillian in die Hand.

»Das war ein gutes Essen, Lillian. Danke.«

Bei diesem Kompliment, in höflichem, aber ausdruckslosem Ton geäußert und ohne das warme Funkeln in seinen Augen, an das sie sich so gewöhnt hatte, wäre sie am liebsten in Tränen ausgebrochen. Es gelang ihr, die Lippen zu einem aufgesetzten Lächeln zu verziehen. »Sehr gern geschehen, Eli. Morgen werde ich einen herzhaften Eintopf mit wilden Kartoffeln, Zwiebeln und Kohl zubereiten. Wird … wird dir das schmecken?«

»Alles, was du kochst, ist prima.« Er machte einen langsamen Schritt rückwärts und winkte Henrik mit erhobenem Arm zu. »Ich glaube, Henrik braucht Hilfe mit dem Fleisch. Entschuldige mich, Lillian.«

Entschuldige mich, Lillian. Die Worte hallten in Lillians Kopf wider, während sich Eli umdrehte und über das Grundstück zur Feuergrube ging. *Entschuldige mich, Lillian* – höflicher konnte man nicht sein. Aber man hätte meinen können, er spräche mit einer Fremden, nicht mit seiner Frau.

Lillian drehte sich zu ihrer Waschschüssel um und schalt sich selbst. Was tat sie da? Versuchte sie Eli zu einem Lächeln zu verleiten? Also wirklich, sie verhielt sich wie ein Dummkopf! Sie schrubbte die Teller und stapelte sie klirrend neben der Waschschüssel auf. Erst gestern hatte sie ihre Unfähigkeit beklagt, sich Reinhardts Gesicht ins Gedächtnis zu rufen, und heute vermisste sie Elis Lächeln. Vielleicht wurde sie senil. Ihr Verhalten ergab keinen Sinn – nicht einmal für sie selbst.

Als sie mit dem Geschirr fertig war, ging sie zum Bach zurück, um die Wäsche einzusammeln. Der Wind hatte ein paar Stücke aufgehoben und zur Seite geweht. Eine von Josephs Hosen war am Ufer herabgerutscht, ein Hosenbein hing ins Wasser. Sie schnaubte verärgert, riss die Hose hoch und schüttelte sie. Kleine Wassertropfen bespritzten sie und glitzerten im schwindenden Sonnenlicht. Die winzigen Tröpfchen ähnelten Tränen und bevor es ihr richtig bewusst war, stiegen ihr echte Tränen in die Augen.

Sie ließ sich ans Ufer sinken, drückte Josephs feuchte Hose an sich und blinzelte, um nicht zu weinen. Wie sehr wünschte sie sich, sie hätte jemanden zum Reden! In Gnadenfeld waren immer Menschen in der Nähe gewesen – Reinhardt, ihre Kusinen, ihre Freunde aus der Gemeinde. Aber hier gab es niemanden. Außer Eli.

Erschrocken erkannte sie die Ursache ihrer Frustration: Im Lauf der letzten Monate hatte sie sich immer stärker auf die Kameradschaft mit Eli gestützt. In Gnadenfeld war er Reinhardts Freund gewesen; hier in der Prärie war er ihrer geworden. Aber jetzt hatte sich die Freundschaft wie der Rauch von Henriks Feuer verflüchtigt. Zurückgeblieben war der Nachgeschmack dessen, was gewesen war. Dies war der Grund für Lillians brennende Augen und ihren Kummer im Herzen.

Bis zu diesem Moment war ihr nicht bewusst gewesen, wie viel Eli ihr bedeutete. Nicht als Versorger oder als jemand, der ihre Söhne lenkte, nicht einmal als Reinhardts geliebter Pflegebruder, sondern als Freund. Als *ihr* Freund. Ihr war nicht klar, wie sie seine Freundschaft verloren hatte. Sie wusste, dass es gestern Nacht passiert war, als sie am verglimmenden Feuer miteinander gesprochen hatten. Aber sie verstand nicht, warum er sich so verändert hatte.

Seufzend stand Lillian auf. Überrascht stellte sie fest, dass die Dämmerung herabgesunken war, während sie nachdenklich am Bach gesessen hatte. Die Sonne war nur noch eine dünne rote Linie unter einem blassgelben Leuchten am Horizont. Sterne sprenkelten den dämmrigen graublauen Himmel und lange Schatten fielen über die Erde. Eli hatte sie mehrfach vor der Gefahr gewarnt, nach Einbruch der Dämmerung am Bach zu sein. In der Nacht kamen wilde Tiere aus ihren Verstecken, um zu trinken und zu jagen. Sie legte es nicht darauf an, ihre Beute zu werden.

Schnell nahm sie den ganzen Stapel Kleider in den Arm und

wandte sich dem Pfad zu, der zum gerodeten Gelände führte. Sie bewegte sich so schnell es ihre Röcke erlaubten und blickte hierhin und dorthin ins hohe Gras. Ihr Herz schlug immer schneller und die Angst verursachte einen unangenehmen Geschmack am Gaumen, während sie darauf wartete, dass ein Tier hervorsprang und sie angriff.

Als sie die Hälfte des sanft ansteigenden Wegs hinter sich gebracht hatte, hörte sie ein lautes Rascheln und das Herz klopfte ihr bis zum Hals. Plötzlich tauchte ein riesiger Schatten vor ihr auf. Sie stieß einen Angstschrei aus und warf die Kleider in alle Richtungen von sich.

»Lillian!«

Bei Elis erstaunter Stimme blieb sie abrupt stehen. Sie starrte ihn an, die Hand auf ihr pochendes Herz gelegt. »E-Eli?«

»Natürlich Eli. Was hast du sonst erwartet?«

»Ich … ich dachte …« Sie beugte sich vor und begann hastig, die verstreuten Kleidungsstücke aufzusammeln.

Eli half ihr. Als sie alles eingesammelt hatten, fasste er sie am Ellbogen. »Ich habe dich gebeten, nicht nach Sonnenuntergang zum Bach zu gehen.«

»Ich weiß. Es tut mir leid. Die Zeit ist mir davongelaufen.«

»Du musst aufpassen, Lillian. Diesmal habe ich dich gefunden, aber genauso gut hätte es ein wildes Tier sein können. Wirst du meine Warnung in Zukunft beherzigen?«

Hosenbeine und Hemdsärmel hingen über ihre Arme, während sie neben ihm her eilte und plötzlich von einem Glücksgefühl durchströmt wurde. Er hatte sie gesucht, weil er sich Sorgen um sie machte. Er würde sich keine Sorgen machen, wenn er keine Zuneigung für sie empfände. Vielleicht war die Freundschaft nicht endgültig verschwunden. Sie musste nur neu entfacht werden.

»Ich werde mich an deine Warnung halten«, sagte sie atemlos.

»*Gööt.*« Sie waren bei den Grassodenhäusern angekommen und er drückte ihr die Kleider, die er getragen hatte, in die Arme. »Noch einen Tag Aussaat und dann grabe ich deinen Brunnen. Danach wirst du nicht mehr so oft zum Bach gehen müssen. Aber trotzdem …« Seine Stimme hatte einen warnenden Klang.

Sie nickte schnell. »Mach dir keine Sorgen. Ich werde die Sonne im Blick behalten.«

»Danke, Lillian.« Er sah erleichtert aus.

»Eli …« Lillian nahm einen tiefen Atemzug, der ihren schnellen Puls zu einem normalen Rhythmus verlangsamte. Sie sah ihm direkt in die Augen und sagte beinahe flüsternd: »Danke, dass ich dir wichtig genug bin, dass du nach mir schaust.«

Die schmutzverkrusteten Falten auf seiner Stirn verzogen sich finster und entspannten sich wieder. Er öffnete den Mund, schloss ihn, öffnete ihn erneut und klappte ihn entschlossen zu. Er nickte grimmig, drehte sich auf dem Absatz um und stapfte davon.

Die letzten beiden Septemberwochen vergingen in einem Wirbel von Aktivitäten. Lillian hatte zwischendurch kaum Gelegenheit zum Aufatmen. Jetzt, als die Weizenkörner in der Erde lagen, beschäftigte sich Eli mit Verbesserungen rund um die Grassodenhäuser. Wie versprochen grub er einen Brunnen. Nachdem er um Führung gebetet hatte, stieß er die Schaufel in die Erde.

Während der drei Tage des Grabens war Lillian beunruhigt. Sie beobachtete, wie Eli in dem Loch verschwand, und hatte Angst, das Wasser könnte einschießen und ihn unter sich begraben, bevor er es schaffte, am Seil nach oben zu klettern. Eli machte sich Sorgen, dass er kein Wasser finden würde und dass seine ganze Arbeit umsonst gewesen wäre.

Aber am dritten Tag verriet ihnen sein Jubelschrei, dass seine Sorge grundlos gewesen war. Genauso wie Lillians Befürchtungen – Eli war längst aus dem Loch draußen, bevor aus dem Tröpfeln des Wassers ein Rauschen wurde. Am Morgen des vierten Tages konnte Lillian einen Eimer in das Loch hinablassen und kaltes Wasser nach oben ziehen.

Während Eli den Brunnen grub, hoben die Jungen eine Grube für ein Plumpsklo aus. Lillian gab sich keine Mühe, ihre Erleichterung zu verbergen, dass sie in Zukunft nicht mehr zu den Büschen am Ende des Grundstücks laufen musste. Dank ihrer gemeinsamen Anstrengung waren die Jungen am gleichen Tag mit der Grube fertig, an dem Eli auf Wasser stieß. Sie entschieden, dass ein Häuschen für das Klo Vorrang vor einer Überdachung des Brunnens hatte. Also machten sich Eli und die Jungen an die Arbeit, Grassoden vom Land auf der anderen Seite des Baches auszustechen, um die Grube zu ummauern.

Aus zwei langen Brettern, die er in McPherson Town gekauft hatte, baute er einen Sitz. Ein Stück Segeltuch, das von der Wagenplane übrig war, diente als Tür. Als die Außentoilette fertig war, schaute Eli Lillian an. »Jetzt müssen wir nicht mehr hinter die Bäume gehen, *jo*, Lillian?« Ein Funken Übermut blitzte in seinen Augen auf. »Willst du es als Erstes ausprobieren?«

Obwohl eine kühle, frühherbstliche Brise wehte, flammte Lillians Gesicht heiß auf. Als würde sie hineingehen und die Außentoilette benutzen, während ihre Familie in einer Reihe vor der Tür stand! Stammelnd brachte sie ein *Nä* hervor und eilte zum Grassodenhaus zurück. Doch später – weit weg von Eli und den Jungen – lachte sie herzlich. Dieser kleine Scherz gab ihr die Hoffnung, dass Elis leichtherziges Wesen vielleicht zurückgekehrt war … und bleiben würde.

Trotz ihrer Bemühungen, ein Lächeln hervorzulocken oder ihn in ein Gespräch zu verwickeln, behielt Eli seinen vorsichtigen Abstand bei. Davon waren auch die Jungen betroffen und Lillian tat es für Joseph sehr leid. Der Junge zog sich ebenfalls zurück und verlor durch Elis verändertes Verhalten etwas von seinem Schwung. Als Henrik sich erkundigte, ob mit Eli etwas nicht stimmte, erklärte Lillian, dass er müde von der schweren Arbeit war. Joseph schien sich mit dieser Antwort zufriedenzugeben, aber Henrik hob skeptisch eine Augenbraue. Obwohl er seine Mutter nicht bedrängte, ihm Genaueres zu sagen, schien er Eli intensiv zu beobachten, als wolle er begreifen, was in diesem vorging.

An einem Morgen gegen Ende der ersten Oktoberwoche bereitete Lillian sich auf die wöchentliche Waschaktion vor, als sie ein lautes Jauchzen hörte. Sie blickte auf. Joseph, der sich um die Hühner gekümmert hatte, schlenderte zu ihr hin. »Mama, was war das?«

Henrik trat mit dem Milcheimer aus dem Gehege für die Tiere. Auch er war verwundert. »Hat jemand gerufen?«

Der Schrei kam wieder und dieses Mal erkannte Lillian, von wem er ausging. »Eli?« Sie ließ ihr Bündel Wäsche fallen und fasste nach Josephs Hand. »Komm. Er ist beim Feld.«

Henrik stellte den Eimer ins Grassodenhaus und trabte neben ihnen her. Sie fanden Eli am Rand des Feldes, wo er auf und ab ging und die Fäuste in die Luft schlug. Keuchend hielt Lillian an. »Eli, ist etwas passiert?«

»Ob etwas passiert ist?« Er drehte sich zu ihnen um. Ein breites, strahlendes Lächeln, das sich so lange nicht mehr auf seinem Gesicht gezeigt hatte, ließ ihr Herz höher schlagen. Unvermittelt ergriff er Josephs Hände und zog ihn in einen wilden Stampftanz. Joseph kicherte und Lillian legte sich die Hand auf den Mund, um ihre eigene Belustigung zurückzuhalten. Wie jungenhaft und sorglos Eli aussah, während er mit Joseph im Kreis tanzte.

Die beiden beendeten ihr Hüpfen und Eli zog Joseph dicht an sich, während er noch einmal einen rauen Jubelschrei ausstieß. »Schaut dort drüben! Seht ihr das? Die Samen haben gekeimt!«

Lillian stützte die Hände auf die Knie und ließ den Blick über das Feld schweifen. Zarte grüne Schösslinge sprenkelten den Acker, wie kleine Pfeile gen Himmel gerichtet. Vor Aufregung machte ihr Herz einen Sprung. Sie japste nach Luft und verschränkte die Hände unter dem Kinn. »O Eli!«

»Mein erstes amerikanisches Getreide!« Er winkte Henrik heran. »Seht her, Joseph und Henrik. Weizen! Unser *Turkey Red* Weizen streckt seinen Kopf aus der Erde, um einen Blick auf die Sonne von Kansas zu werfen! Genau wie er auf der anderen Seite des Ozeans gesprießt hat, sprießt er jetzt hier.« Er schloss die Augen und grinste breit. »Ach, ich sehe ihn vor mir am Ende des Winters, wie er nach seinem Schlaf unter der Schneedecke immer höher wächst, sein Grün verliert und so gelb wird wie die Sonne, die Stängel beladen mit unseren robusten Weizenkörnern.«

Als er die Augen öffnete, glitzerten Tränen in den Augenwinkeln. »Siehst du es auch vor dir, Lillian?«

Lillian starrte ihn an. Bauern betrachteten ihren Reichtum ganz anders als Händler, wurde ihr bewusst. Obwohl Reinhardt stolz auf seine Künste als Schuhmacher gewesen war, hatte sie nie erlebt, dass er so hocherfreut über das Endergebnis gewesen war. Aber wenn sie in Elis aufgeregtes Gesicht sah, konnte sie sich vorstellen, wie Gott sich fühlen musste, wenn ein Baby geboren wurde – voll Freude über die Schöpfung.

Sie nickte. »Ja, ich sehe es vor mir, Eli.«

Er sog einen tiefen Atemzug durch die Nase ein und blies ihn aus. Dann schlug er die Hände zusammen und sagte: »Kommt, wir müssen beten.« Er fiel auf die Knie und schloss die Augen. Lillian gab ihren Söhnen ein Zeichen und schnell knieten sie sich alle hin, als Eli zu beten begann. »Mein Gott, ich danke dir für dieses fruchtbare Land. Ich danke dir für die Sprösslinge, die ihre kleinen Köpfe aus der Erde strecken. Ich danke dir für das Getreide, das hier wachsen und uns versorgen wird. Ich danke dir, dass du unsere Arbeit belohnst. Segne diesen Weizen, *dia Gott. M*öge er der Anfang großen Segens in Amerika sein. Amen.«

»Amen.« Lillian öffnete die Augen und sah, dass Eli ihr die Hände hinstreckte. Sie nahm sie und gemeinsam standen sie auf. Statt sie loszulassen, zog er sie an sich und legte leicht die Arme um sie. Sein Herz schlug an ihrem Ohr, sie spürte die Wärme seiner Brust an ihrer Wange und seine starken Arme an ihrem Rücken. Er seufzte und sein Atem bewegte ihre Haare. »Ach, Lillian, ich fühle mich so … erfüllt.«

Lillian schluckte. Auch sie fühlte sich erfüllt. Bevor sie das angenehme Gefühl näher ergründen konnte, hüstelte Henrik leise. Abrupt ließ Eli seine Arme fallen und entfernte sich ein paar Schritte von ihr.

Seine sonnengebräunten Wangen färbten sich rot. »*Nä-jo*, jetzt, wo wir den Weizen alle gesehen haben, sollten wir uns wieder an die Arbeit machen.« Er verschwand eilig. Die Jungen schlenderten zu den Grassodenhäusern. Aber Lillian ging in die Hocke und strich mit den Fingern behutsam über die zarten Spitzen der neuen Weizensprösslinge.

Sie sah zum Himmel auf, der mit Wolken betupft war, und lächelte. »Lieber Gott, ich danke dir …« Der Weizen war nicht das Einzige, was auf dieser Prärie gedieh. In ihrem Inneren war gerade etwas zum Leben erwacht.

23

»Wo hatte ich nur meinen Kopf?« Eli trat gegen ein Grasbüschel und stopfte seine bebenden Hände in die Hosentaschen. Er warf einen kurzen anklagenden Blick zum Himmel. »Habe ich dich nicht gebeten, mein Herz zu schützen? Und hast du gesehen, was ich gerade eben gemacht habe? Ich habe sie in den Armen gehalten.« Er blieb abrupt stehen, als wäre er gegen eine unsichtbare Mauer gestoßen. »Ich habe sie in den Armen gehalten.«

Solange er lebte, war Eli selten umarmt worden. Er erinnerte sich, dass seine Mutter ihn an sich gedrückt hatte, als er ein kleiner Junge gewesen war. Aber nach ihrem Tod konnte er es an einer Hand abzählen, wie oft ihn jemand in den Arm genommen hatte. Jedes Mal war das etwas Besonderes gewesen, was ihm viel bedeutete, weil es so selten vorkam. Aber dieses Mal – als er Lillian in den Arm genommen hatte – war es anders gewesen als jemals zuvor.

Eli richtete einen weiteren heftigen Tritt gegen das Gras und kämpfte sich weiter vorwärts. Nachdem er tagelang einen Sicherheitsabstand eingehalten hatte, aufmerksam gewesen war, ohne seine Gefühle zu investieren, hatte er in einem Moment der Aufregung alles zunichte gemacht. »Ach, wo hatte ich nur meinen Kopf?« Die Worte platzten lauter hervor als beim ersten Mal und schreckten zwei Wachteln aus dem dichten Gras auf.

Wieder blieb er stehen. Er bückte sich, pflückte einen langen Grashalm und zwirbelte ihn zwischen den Fingern. Der Halm drehte sich so unberechenbar wie seine Gedanken, die hierhin und dorthin sprangen. Als er den Halm schließlich wegwarf, war er zu einer Schlussfolgerung gekommen: Seine Aufregung über die gekeimten Samen war übergesprudelt und hatte ihn gezwungen, sie mit jemand zu teilen. Deshalb hatte er mit Joseph getanzt und Lillian umarmt. Die Umarmung war nur ein Ausdruck der Freude gewesen, sie musste nichts weiter bedeuten.

Aber als Eli die Sense holte und anfing, das Gras hinter den Grassodenhäusern zu schneiden, nagte ständig ein Gedanke an ihm: Diese Umarmung war kein Zufall gewesen. Er hatte sich bewusst entschieden, seine Aufregung mit Lillian zu teilen, weil er, tief in seinem Inneren, den Wunsch hatte, jeden Bereich seines Lebens mit ihr zu teilen.

»Joseph, pass auf!« Henrik zeigte auf das Mathematikbuch. Sein Finger warf einen langen Schatten über die Seite, als er versuchte, seinem Bruder eine Aufgabe zu erklären. »Siehst du hier? Du musst die nächste Zahl nach unten nehmen und immer weiter teilen, bis der Rest des Dividenden zu klein ist, um den Teiler zu enthalten. Wenn dann noch etwas von dem Dividenden übrig ist, setzt du es hier als Rest hin.«

Joseph schob die Unterlippe vor. »Das sind zu viele Schritte, Henrik. Mir gefällt die schriftliche Division nicht.«

Kopfschüttelnd warf Henrik seiner Mutter einen ungeduldigen Blick zu. »Joseph bleibt lieber *duslich*.«

Lillian schürzte die Lippen. Ihre Hände hielten in ihrer Aufgabe inne, einen Flicken auf Henriks Arbeitshose zu nähen. »Dein Bruder möchte nicht dumm sein, Henrik. Er hat nur keine Lust mehr, still zu sitzen. Ihr habt den ganzen Morgen gelernt. Vielleicht könnt ihr eine kurze Pause machen?«

»Und was sollen wir machen?« Henrik warf die Arme hoch. Draußen fiel stetiger Regen und fesselte sie schon den dritten Tag nacheinander ans Haus.

Lillian seufzte, während sie die Nadel durch den Stoff führte. »Ein Buch lesen?«

Henrik schlug das Mathematikbuch zu und ging auf der kleinen freien Fläche in ihrem Grassodenhaus hin und her. »Außer den Schulbüchern habe ich nur drei mitgebracht und ich habe sie inzwischen so oft gelesen, dass ich sie auswendig kann.«

»Dann sag mir etwas auf.«

»Ach, Mama …«

Joseph sprang von der Truhe auf. »Wir könnten Armdrücken machen.«

Henrik schnaubte verächtlich. »Kein ebenbürtiger Gegner.«

»Komm schon, Henrik.« Joseph krempelte den Ärmel hoch. »Ich habe schwer gearbeitet und Muskeln aufgebaut. Siehst du?« Er beugte den Arm. Zu Henriks Überraschung erhob sich eine kleine Schwellung am mageren Arm seines Bruders. »Komm, wir machen Armdrücken.«

»Jungs …« Der warnende Ton in Lillians Stimme war trotz eines sanften Donners und dem Plätschern der Regentropfen nicht zu überhören.

»Nur Armdrücken, Mama«, sagte Joseph flehend, »kein echter Kampf.«

Henrik schlang seinen Arm um Josephs Hals und zog ihn zu sich her. Erstaunlicherweise reichte Josephs Schläfe bis an Henriks Kinn. Sein Bruder war in den vergangenen Monaten gewachsen. »Mama sagt nein, Joseph. Denk dir etwas anderes aus.«

»Klopf, klopf!«

Joseph hörte auf zu schmollen, als Elis Stimme an der Tür erklang. Er machte schnell die paar Schritte, die nötig waren, um die Segeltuchklappe zur Seite zu nehmen. »Papa! Warum bist du im Regen?«

Eli duckte sich, um das Grassodenhaus zu betreten, blieb aber direkt an der Tür stehen. Wasser tropfte von seinem Hut, seinen Kleidern und seinem Bart, aber er grinste. »Ich bin im Regen, weil es sich nicht vermeiden lässt. Was für ein Regen! Stetig, aber nicht zu heftig – der perfekte Regen, um den Weizen zu versorgen.« Er nahm den Hut ab und schüttelte den Kopf. Tropfen flogen herum und bespritzten Lillian, aber sie lächelte nur, statt sich vor der Feuchtigkeit zu ducken.

Elis Blick schien Lillian auszuweichen und sprang stattdessen zwischen Joseph und Henrik hin und her. »Ich habe mich um die Tiere gekümmert. Die Hühner beklagen sich gackernd, aber die Pferde und Ochsen sind zufrieden, dazustehen und zuzusehen, wie der Regen fällt.«

Lillian, immer noch eifrig mit ihrer Näharbeit beschäftigt, bemerkte: »Diese zwei Jungen sind alles andere als zufrieden. Sie werden unruhig, weil sie hier eingesperrt sind.«

Eli schüttelte den Kopf und schnalzte mit der Zunge. »Wie, nach all unseren Arbeitstagen, könnt ihr ein paar Tage Ruhe nicht genießen?« Sein Grinsen nahm dem Vorwurf die Schärfe. Er fuhr sich mit den Fingern durch den Bart. »Ich dachte, ich könnte vielleicht zum Bach gehen und schauen, wie gut die Fische in Kansas im Regen anbeißen.«

Joseph stürmte zu seiner Jacke. »Darf ich mitgehen?«

Eli lachte leise. »*Jo*, deshalb bin ich zuerst zu euch gekommen. Ich dachte, ihr Jungs würdet vielleicht gern rausgehen.« Er zeigte mit dem Daumen in Lillians Richtung. »Eure Mutter allerdings – die ist sicher zu *je'scheet*, um an einem nassen Ufer zu sitzen und eine Angel zu halten, während ihr der Regen auf den Kopf fällt.«

Henrik erwartete halb von seiner Mutter, sie würde die Flickarbeit zur Seite werfen und Elis Herausforderung annehmen. In letzter Zeit hatte es den Anschein gehabt, als würde sie keine Mühe scheuen, um Eli zu gefallen.

Aber sie nickte nur. »Viel zu anständig für so ein Unternehmen.« Sie sah auf und zog eine Augenbraue hoch. »Wie wollt ihr die Fische kochen, falls ihr welche fangt? Der Regen verhindert, dass ich ein Feuer anmachen kann.«

Eli kratzte sich am Kopf. »Hm … das ist ein guter Hinweis von eurer Mutter. Vielleicht sollten wir doch nicht fischen gehen.«

»Och!« Joseph schlug sich die Jacke gegen die Beine. »Bitte, Papa? Selbst wenn wir sie nur fangen und dann wieder ins Wasser werfen, können wir doch trotzdem gehen, oder?«

Henrik war kein großer Angelfreund, aber wenn er vor der Wahl stand, ob er den ganzen Tag drinbleiben oder für eine Weile nach draußen gehen wollte, war er gern bereit zu angeln. »Vielleicht könnten wir die Fische an eine Leine hängen und im Bach lassen. Der Regen muss ja irgendwann aufhören, und wir können sie kochen, wenn der Regen dann vorbei ist.«

»Siehst du?« Eli deutete mit dem Hut auf Henrik und nickte Lillian zu. »Darum wird ein guter Lehrer aus deinem Jungen – er löst Probleme.« Er bewegte sich auf die Segeltuchtür zu. »*Nä-jo*, zieh die Jacke an, Joseph, und hol dir einen Hut. Du auch, Henrik.«

Während sie zum Bach gingen, die Angelruten über den Schultern, sagte Eli: »Sobald dieser Regen aufhört, müssen wir Ton holen und einen *Feaheat* in eurem Grassodenhaus bauen. Die Nächte sind jetzt schon so kühl, dass man manchmal die Wärme von einer Feuerstelle vertragen kann. Außerdem wird eure Mutter eine Möglichkeit zum Kochen benötigen, sobald es zu kalt ist, um sich draußen aufzuhalten.«

Henrik schätzte es, dass Eli sich um Lillians Bedürfnisse kümmerte, aber er fragte sich, warum Eli solche Dinge mit ihm besprach und nicht mit seiner Mutter. Wenn Eli gerade dabei war, Verbesserungen zu planen, gab es noch etwas, das das Grassodenhaus brauchte. »Wir sollten auch eine feste Tür einbauen. Das Segeltuch ist schon ganz zerfleddert, weil der Wind es in alle Richtungen schlägt. Und es wird keinen Schnee abhalten, wenn der Winter kommt.«

»Wieder eine vernünftige Überlegung.« Eli bückte sich, hob einen Wurm auf, der sich am Boden krümmte, und befestigte ihn an seinem Haken. »Ich denke, sobald der Regen vorbei ist, werden wir unseren Ausflug nach McPherson Town machen. Wir können Holz für die Türen besorgen und ein letztes Mal Vorräte kaufen, bevor der Winter hereinbricht.«

Der Gedanke, in die Stadt zu fahren – etwas anderes zu sehen als ihren eigenen Anteil an der sanft gewellten Prärie –, hob Henriks angeschlagene Laune. Er ließ sich neben Eli am Bachufer nieder. Feuchtigkeit drang durch seinen Hosenboden, sodass er zitterte. Aber er ignorierte diese Unannehmlichkeit und steckte einen Köder an seinen Haken. »Fahren wir dann alle zusammen in die Stadt?«

»Habe ich nicht versprochen, dass wir das als Familie machen?« Eli warf seinen Haken mit dem Köder in den Bach.

Im Lauf der vergangenen Monate hatte Henrik gelernt, dass Eli seine Versprechen hielt. Die Zusage, dass er Geld für den Schulbesuch bekommen würde, veranlasste Henrik, gewissenhaft und ohne Klage zu arbeiten, bis der Weizen geerntet wurde. Er warf seine Angel aus. Regentropfen tanzten auf der Wasseroberfläche und das Geräusch erinnerte ihn an Eier, die in Fett brieten. Bestimmt waren die Fische weit unten und versteckten sich in der ruhigen Tiefe. Womöglich saß er hier und wurde für nichts und wieder nichts bis auf die Knochen nass. »Bist du dir sicher, dass Fische im Regen anbeißen?«

Joseph, der auf Elis anderer Seite saß, gab ein Prusten von sich. »Wer ist denn jetzt *duslich*? Jeder weiß, dass Fische besser im Regen anbeißen.«

Eli stupste Joseph mit dem Ellbogen. »Nenn deinen Bruder nicht dumm.«

Joseph verkroch sich in seiner Jacke.

Eli fuhr fort: »Aber Joseph hat recht, Henrik. Ich habe das von eurem Großvater gelernt. Als euer Vater und ich Jungen waren, nahm uns euer *Gröötföt* am frühen Morgen im Regen zum Fischen mit. Ich glaube, wir brachten an einem regnerischen Tag immer viel mehr Fische nach Hause, als wenn die Sonne hell schien.«

Wie um seine Worte zu unterstreichen, fing seine Leine an zu zucken. Eli warf einen braunen, schuppigen Fisch mit einem breiten Maul ans Bachufer, wo er sich wild hin und her warf. Obwohl ihn die Erfahrung gelehrt hatte, dass diese Sorte Fisch nicht so gut schmeckte wie der graue, bärtige Fisch, den sie Katzenfisch nannten, packte Eli ihn trotzdem. Geschickt führte er eine Schnur durch seine Kiemen, band sich das andere Ende der Schnur um den Stiefel und warf den Fisch wieder ins Wasser.

Joseph schaute zu, wie Eli einen neuen Wurm an seinen Haken steckte. »Du und … und Vater, ihr habt zusammen gefischt, als ihr Jungen wart?«

Eli lachte leicht und warf seine Leine wieder ins Wasser. »Ja, natürlich haben wir das. Dein Vater und ich, wir haben fast alles zusammen gemacht, als wir aufwuchsen. Wir hatten auch unsere Portion Ärger!« Er lachte wieder und fing eine Geschichte über einen Angelausflug an, der witzig ausgegangen war.

Während er zuhörte, fragte sich Henrik, warum Eli plötzlich so viel über Vater sprach. Nach Vaters Tod hatte es den Eindruck gemacht, als wäre er plötzlich vergessen gewesen. Aber jetzt, Monate später, erzählte Eli von ihm, als wäre er ständig Gesprächsgegenstand gewesen. Henrik spürte ein unangenehmes Gefühl im Magen, wenn er an seinen Vater dachte. Gedanken über seinen Vater führten zu Gedanken über Jakob. Das Schuldgefühl, dem Henrik durch harte Arbeit so sehr zu entkommen versucht hatte, kehrte mit einem Schlag zurück.

Sein Vater und Jakob könnten mit Angeln in der Hand an einem Bach in Russland sitzen, wenn es Henrik nicht geben würde. Trauer, so frisch, als wären die beiden erst heute Morgen gestorben, überfiel ihn mit aller Macht und Tränen begannen, über seine Wangen zu laufen. Regentropfen vermischten sich mit den Tränen und verbargen die Tatsache, dass er weinte – bis er schniefte.

Elis Kopf ging sofort hoch und er zog die Augenbrauen zusammen. »Ist dir kalt, mein Junge? Wir wollen nicht, dass du dich erkältest. Geh zurück zum Grassodenhaus, wenn du meinst, du könntest krank werden.«

Obwohl Henrik wusste, dass er nicht körperlich angeschlagen war, legte er die Angelrute bereitwillig beiseite. »Ich denke, ich gehe zurück.«

Auf seinem Weg zum Haus fiel ihm etwas anderes auf. Joseph nannte Eli Papa. Genau wie Henrik hatte er ihren Vater immer mit der förmlichen Anrede Vater angesprochen. Niemals mit Papa. Dieser Name schien zu zwanglos, zu vertraut. Henrik verlangsamte seine Schritte, bis er schließlich stehen blieb. Wieder überfiel ihn Trauer – diesmal aus einem völlig anderen Grund. Er hatte seinen Vater geliebt, aber er hatte ihn nicht wirklich gekannt. Vater hatte ihn nie zum Fischen mitgenommen oder Seite an Seite mit ihm gearbeitet, um ein Grassodenhaus zu bauen, oder mit ihm gesprochen, als würde seine Meinung wirklich zählen. In den paar wenigen Monaten hatte er mit Eli vertrautere Momente erlebt als in all den vergangenen Jahren mit seinem Vater.

Henrik schaute zurück zum Bach, wo Eli und Joseph zusammengekauert unter einem Regenteppich saßen, und erkannte, dass er eine tiefe Sehnsucht hatte, von einem Vater mehr zu bekommen als Erziehung und Unterweisung. Man hatte ihm beigebracht, seinen Vater zu achten, aber er wünschte sich, auch seinerseits geachtet zu werden. Von Eli hatte er Ermahnung empfangen, aber auch Anerkennung, Achtung und Herzlichkeit. Zum ersten Mal erlaubte sich Henrik, Eli nicht nur als Lillians zweckmäßigen Ehemann zu betrachten.

Papa … Diese Anrede passte.

Lillian drehte sich um und machte eine Geste zu den Jungen, die hinten im leeren Wagen hockten. »Ich kann McPherson Town sehen. Richtet euch auf und schaut.«

Der Wind, kalt und wohlriechend nach den Regentagen, zerrte an den Bändern ihrer Haube. Sie hielt sie unter dem Kinn fest und lächelte Joseph an, der sich über die Rückenlehne der Sitzbank beugte und sich mit großen Augen erstaunt umsah. Sie verstand seine Verwunderung. Obwohl sie auf der Reise zu ihrem Grundstück viele Städte gesehen hatten, waren sie in den letzten Wochen ganz allein auf der Prärie gewesen. Der Anblick anderer Menschen war höchst willkommen.

»Siehst du sie auch?« Sie schloss Henrik in ihre Frage mit ein, obwohl er lieber sitzen blieb, anstatt sich wie sein Bruder hinzuknien, um in die Gegend zu schauen. »Es gibt tatsächlich noch andere Leute, die in Kansas wohnen. Ich hatte schon daran gezweifelt.«

Eli lachte und schüttelte den Kopf. »Denkst du, nur weil du etwas nicht siehst, existiert es nicht? Ich habe dir gesagt, dass es McPherson

Town gibt und zum Beweis habe ich Holz und eine *Arbüs* mitgebracht. Und trotzdem hattest du Zweifel.«

Lillian lächelte ebenfalls. Sein scherzhafter Ton gab ihr zu verstehen, dass er sie nicht schalt, und es gefiel ihr, den leichtherzigen Klang in seiner Stimme zu hören. Obwohl sie und Eli nicht völlig zur gleichen Kameradschaft zurückgefunden hatten, die sie für kurze Zeit miteinander geteilt hatten, behandelte er sie nicht mehr so distanziert. Sie antwortete schnell: »Ich hatte keine Zweifel, aber es ist gut, es mit eigenen Augen zu sehen.« Sie schaute wieder nach vorn und holte Luft. »Wir waren so beschäftigt, dass wir kaum Zeit hatten, uns einsam zu fühlen. Aber jetzt, wo ich eine Stadt und Menschen sehe, wird mir bewusst, wie sehr ich es vermisse, Teil einer Gemeinschaft zu sein.«

Eli schnippte mit den Zügeln, um die Pferde für die letzten paar Meter anzutreiben. »Du wirst froh sein, wenn unsere Leute eintreffen.«

Sie sah ihn an und biss auf ihrer Unterlippe herum. »Du nicht?«

Sein Blick traf ihren und seine Brauen zogen sich für einen Moment nachdenklich zusammen. Aber dann nickte er. »*Jo*. Es wird schön sein, sie wieder in der Nähe zu haben.«

Der Wagen rollte in die Stadt ein und Henrik kniete sich neben Joseph hinter die Sitzbank. Beide Jungen hielten sich an der hölzernen Rückenlehne fest und spähten über Lillians Kopf, wobei sie über verschiedene Geschäfte sprachen und spekulierten, was darin zu finden sein könnte. Joseph hoffte auf Bonbons, während Henrik zugab, dass er gern ein neues Buch hätte, das er in den Wintermonaten lesen könnte.

Eli ließ das Gespann vor einem Laden halten, dessen breites Fenster einen Blick auf aufgestapelte Mehlsäcke freigab. »Dies ist der Gemischtwarenladen, in dem ich letztes Mal war. Hier gibt es fast alles, was wir brauchen.« Die Jungen wollten gerade aus dem Wagen klettern, als Eli nach Henriks Arm griff und sie stoppte. »Es tut mir leid, Jungs, aber wir können nur Waren kaufen, die wir benötigen – keine Pfefferminzstangen für Joseph und kein Buch für Henrik.« Sein Gesicht verriet, wie ungern er die Jungen enttäuschte. »Bis wir den Weizen ernten, müssen wir weise mit dem Geld umgehen, das wir aus Gnadenfeld mitgebracht haben. Versteht ihr das?«

Lillian beobachtete, wie sich Bestürzung auf den Gesichtern ihrer Söhne zeigte, aber sie war stolz, als Henrik die Schultern straffte und entschieden nickte.

»Das ist in Ordnung.« Dann schnaubte er belustigt. »Die einzigen Bücher, die man hier bekommt, werden auf Englisch gedruckt sein, und da ich Englisch noch nicht lesen kann, würde es mir also nicht viel nützen, eins zu kaufen.«

»Englische Bonbons schmecken bestimmt genauso gut wie russische«, sagte Joseph und ließ dann den Kopf hängen. »Aber ich brauche keine.«

Eli lächelte anerkennend. »In Ordnung. Gehen wir also in den Laden und machen wir unsere Einkäufe. Wenn wir hier fertig sind, gehen wir zum Holzlager.«

Lillian hakte sich bei Eli ein und folgte den Jungen in die Gemischtwarenhandlung. Die Kombination von Gerüchen, die so typisch für eine Kurzwarenhandlung waren – Hefe und Leder und Äpfel – versetzte sie zurück in den kleinen Gemischtwarenladen in Gnadenfeld. Sie atmete tief ein und genoss die Erinnerung sehr.

Eine Frau eilte hinter einer Theke hervor und begrüßte sie. Da sie mit der Sprache nicht vertraut war, wich Lillian zurück. Doch zu ihrer Überraschung stotterte Eli einen Satz in einer Mischung aus Niederdeutsch und Englisch hervor. Offenbar gelang es ihm zu vermitteln, was sie brauchten, denn die Frau lächelte und winkte sie zu einer Seite des Ladens. Lillian blieb dicht neben Eli, während er die Besorgungen erledigte. Wie schnell er ein paar englische Worte aufgeschnappt hatte! Ihr Stolz auf ihn wuchs, als er fachmännisch Papiergeld und Münzen gegen die Waren tauschte, die sie brauchen würden, um die Wintermonate zu überstehen.

Während ein Ladenmitarbeiter Elis Einkäufe in stabile hölzerne Kisten verstaute, begutachtete Lillian die Stoffballen, die an einer Seite des ordentlichen Geschäftes aufgestapelt waren. Ihre Kleider waren ziemlich abgenutzt, da sie sie oft trug und beim Waschen an einem Stein schrubbte, statt an einem Waschbrett. Zarte Blumenmuster zogen ihren Blick auf sich und sie strich mit den Fingerspitzen über einen hellgelben Baumwollstoff, der mit winzigen lavendelfarbenen Rosenknospen übersät war.

Eine Hand berührte ihre Schulter. Als sie sich umdrehte, entdeckte sie Eli hinter sich. Er nickte zu dem Stoff hin. »Brauchst du so etwas?«

Sie warf einen Blick auf den ausgefransten Saum ihres Rocks und kämpfte gegen die Versuchung, ein paar Meter Stoff für ein neues Kleid zu erbitten. Aber sie dachte an Elis Warnung und die Bereitschaft der Jungen, ihre Wünsche zurückzustellen, und schüttelte entschieden den Kopf. »*Nä*. Ich werde warten, bis die anderen eintreffen und wir wieder offizielle Gottesdienste feiern. Dann werde ich noch einmal herkommen und mir Stoff für ein neues Kleid kaufen.«

Eli nickte mit leuchtenden Augen. »Ich finde, das ist ein guter Plan.«

Plötzlich merkte Lillian, dass weder Henrik noch Joseph im Laden waren. Ihr Herz setzte einen Schlag lang aus – hatte Henrik sich vielleicht wieder davongeschlichen? »Wo sind die Jungs?«

Eli nahm ihren Arm und drehte sie zum breiten Schaufenster. »Sie sitzen auf dem Gehsteig und teilen sich eine Tüte Gummibonbons für einen Penny.«

Lillians Lippen zuckten, als sie versuchte, nicht zu grinsen. »Ich dachte, du hättest gesagt, es gibt keine Bonbons.«

Er kratzte sich achselzuckend am Kinn. »Die Jungs haben viel gearbeitet. Sie verdienen eine kleine Belohnung. Und ein Penny … wir können einen Penny entbehren.«

Sie schüttelte den Kopf und lachte nachsichtig.

Die Ladeninhaberin trat heran und sprach mit Eli. Er nickte, dann wandte er sich an Lillian. »Unsere Einkäufe sind fertig.«

Henrik und Joseph halfen Eli, die Kisten, Beutel und Fässer hinten in den Wagen zu laden. Lillian beobachtete Henrik genau und suchte nach Anzeichen, dass er vielleicht wieder davonlaufen würde, aber er zeigte kein Bedürfnis, herumzuschlendern. Stattdessen scherzte er mit Joseph, befolgte Elis Anweisungen ohne finstere Miene und tippte sich an den Hut, wenn Damen auf dem Gehsteig vorbeikamen.

Während sie so dastand und beobachtete, wie Eli und ihre Söhne zusammenarbeiteten, schwoll ihr das Herz in der Brust. Offenbar hatte sogar Henrik Eli inzwischen als Familienoberhaupt akzeptiert. Allem Anschein nach waren sie eine Familie geworden. Eine echte Familie.

Als alles eingeladen war, klatschte Eli in die Hände. »*Nä-jo*, Jungs. Steigt ein, damit wir zum Holzlager fahren und Holz kaufen können. Daraus bauen wir dann Türen für die Grassodenhäuser.«

Türen ...

Als Eli ihr auf den Sitz half, lösten sich Lillians schöne Träumereien in Luft auf. Eine echte Familie würde nur *eine* Tür brauchen, denn sie würde unter einem Dach zusammenleben. Solange sie und Eli in getrennten Häusern wohnten, wären sie nie eine Familie im eigentlichen Sinn.

24

»O Eli, halt an!«

Alarmiert zog Eli die Zügel an. Die Pferde blieben stehen und wieherten protestierend. Nachdem ihr Zuhause so nah war, hatten sie es zweifellos genauso eilig, zu ihrem Unterstand zu kommen wie Eli in sein Bett.

Die Tagesreise nach McPherson Town und zurück hatte ihn erschöpft, obwohl er den größten Teil der Zeit nur auf der Sitzbank des Wagens verbracht hatte. Offenbar ging es den Jungen ähnlich, denn beide schliefen fest, eingerollt zwischen den Einkäufen hinten im Wagen. Der Tag war allerdings noch nicht zu Ende, sie mussten den Wagen noch entladen. Aber der dringliche Ton in Lillians Stimme ließ alles hinter dem Wunsch zurückweichen, ihren Bedürfnissen nachzukommen.

»Was ist los?«

Sie zeigte nach vorn, das Gesicht leuchtend vor Freude. »Die Farben! O schau dir nur den Himmel an!«

Eli schaute. In den vergangenen Monaten hatte er festgestellt, dass die Sonnenuntergänge in Kansas besonders schön waren. Dieser war keine Ausnahme. Er lächelte zustimmend.

Die Pferde scharrten ungeduldig, aber Eli hielt die Zügel fest und beobachtete, wie Lillian den herrlichen Sonnenuntergang in sich aufnahm. Der schöne Schwung ihrer Lippen und die Ehrfurcht in ihren Augen weckten in ihm die Sehnsucht, ihre Hand zu halten und seinen Kopf an ihren zu legen, um den Anblick gemeinsam zu bewundern.

»So viele Farben …« Lillians Blick huschte hin und her, während sie anscheinend versuchte, sich jeden Zentimeter des weiten Himmels ins Gedächtnis einzuprägen. Sie gestikulierte lebhaft, als sie sagte: »Leuchtend rosa Wolken ganz oben, orange und gelbe weiter unten und dahinter ein Purpurhimmel. Ja, das Gestrüpp und die Grasbüschel sehen aus, als wären sie mit schwarzer Tinte gemalt, so dunkel sind sie vor diesem farbenfrohen Himmel!« Sie lachte laut vor Vergnügen und Elis Grinsen wurde breiter. Sie warf ihm einen Blick zu und plötzlich erlosch ihre Freude. »Du hältst mich für dumm.«

»Ach, *nä.*« Eli schüttelte den Kopf und verstärkte den Griff um die Zügel, um nicht die Hand nach ihr auszustrecken. »Ich finde, es ist klug von dir, dass du dir Zeit nimmst, um Gottes Schöpfung wahrzunehmen und zu loben. Es gibt einen Vers in den Psalmen …« Er suchte in seinem Gedächtnis nach der Stelle und dem genauen Wortlaut. »Am Anfang von Psalm 19 heißt es, glaube ich: *›Die Himmel erzählen die Ehre Gottes, und die Feste verkündigt seiner Hände Werk.‹* Bei so einem Anblick wird Gottes Ehre überschwänglich erzählt, finde ich.«

Lillian starrte ihn an, die Lippen leicht geöffnet, als wäre sie erstaunt. »Der Himmel scheint Gott wirklich zu preisen.« Sie schaute wieder nach vorn und Eli gab ihr Zeit, ungestört ihren Gedanken nachzuhängen. Langsam verschwand die Sonne und die leuchtenden Farben verblassten, als wäre die Szene mit Wasserfarben gemalt worden und der Künstler wäre zurückgekehrt und hätte die obere Schicht abgewischt. Als die Wolken in tiefem Purpurrot an einem dämmrigen Himmel hingen, seufzte Lillian zufrieden auf. Dann zuckte sie leicht zusammen.

»Oh, wie dunkel es geworden ist. Und es gibt noch Arbeit zu erledigen. Es tut mir leid, Eli.«

Er schnalzte den Pferden zu und sie setzten sich in Bewegung. »Du musst dich nicht dafür entschuldigen, dass du dir die Zeit genommen hast, um Gottes Schöpfung zu bewundern, Lillian. Ich glaube, es bereichert unsere Herzen, wenn wir innehalten, um ihn zu loben und uns bewusst zu machen, was er uns alles schenkt.«

Die Wolken teilten sich und gaben den Blick auf die ersten Sterne frei. Die Jungen schliefen weiter, einer von ihnen schnarchte leise. Nachtgeräusche – das Zirpen von Insekten, das endlose Flüstern des Windes und der ferne Ruf einer Eule – wirkten wie wunderbare Musik. Im Schutz der Dunkelheit öffnete er sich ein bisschen vor dieser

Frau, mit der er so gern alles teilen würde. »Manchmal staune ich über die Beigaben, die Gott uns schenkt. Er gibt uns, was wir brauchen, aber auch noch so viel darüber hinaus. Es war für ihn nicht nötig, die Welt als leuchtenden, farbenprächtigen Ort der Schönheit zu schaffen. Er hätte uns einfach die Dinge zur Verfügung stellen können, die unsere Körper zum Überleben brauchen. Aber er wollte auch unseren Seelen Nahrung geben. Er hat sich Blumen ausgedacht, singende Vögel und sogar die pelzigen bellenden Geschöpfe, die aus ihren Löchern flitzen und uns zum Lachen bringen. Und er schuf einen Himmel, der jeden Tag farbenprächtig beginnen und enden lässt.«

Als der Wagen vor den Grassodenhäusern zum Stehen kam, vollendete Eli seinen Gedanken. Er drehte sich zu ihr und schloss leise: »Ich denke, Lillian, wenn wir nicht innehalten, um Gottes wunderbare Kunstfertigkeit zu bewundern, mit der er diese Welt zusammengefügt hat, enttäuschen wir ihn. Sicher freut er sich an unserem Staunen, wenn wir uns an seiner Schöpfung freuen.«

Lillians Augen glitzerten und Tränen hingen zitternd an ihren dichten Wimpern. Sie schluckte, blinzelte und schüttelte langsam den Kopf. »Eli, du hättest Pastor werden sollen. Das war die schönste Predigt, die ich je gehört habe.«

Verlegen lachte Eli in sich hinein und rieb sich mit dem Finger unter der Nase. »Ach, was für ein Gedanke – ich als Pastor. Ich bin ein Bauer, Lillian, nichts weiter.«

»O nein. Du bist mehr. Viel mehr.«

Ihr bewundernder Ton und die Ernsthaftigkeit in ihren Augen berührten Eli auf nie gekannte Weise. Er hielt den Atem an, als Wärme sich von seinem Bauch her ausbreitete und jeden Zentimeter seines Körpers erfüllte. Zitternd streckte er die Hand aus, um sie an ihre Wange zu legen, aber kurz bevor seine Finger ihr Gesicht berührten, unterbrach ihn ein Quietschen, das von hinten aus dem Wagen kam.

»Mama?« Josephs schläfrige Stimme erhob sich über die sanften Nachtgeräusche. »Sind wir zu Hause?«

Lillian drehte den Kopf leicht in Josephs Richtung, aber ihre Augen blieben an Elis Gesicht hängen. »*Jo*, Joseph, wir sind zu Hause.«

Sie fuhr sich mit der Zunge über die Lippen und löste schließlich ihren Blick, um hinter sich in den Wagen zu schauen. »Du und Henrik, ihr helft Eli, unsere Einkäufe auszuladen, und ich werde ein Nachtessen für uns zubereiten.«

Als Eli die Kisten in das Grassodenhaus trug, und Henrik und Joseph dabei auswich, die beim Helfen verschlafen stolperten, kreisten seine Gedanken ständig um Lillians einfache Aussage. *Du bist mehr. Viel mehr.* Diese Worte erregten und verwirrten ihn gleichzeitig. Viel mehr als was? Und der Ausdruck in ihren Augen, als sie gesprochen hatte – was hatte er in ihren so klaren blauen Augen wahrgenommen? Er hatte den sanften Ausdruck schon einmal gesehen, als sie von Reinhardt gesprochen hatte. Dass sie ihn so liebevoll betrachtete, während sie ein solches Lob äußerte, hatte ihm den Atem geraubt.

Eli ließ den letzten Mehlsack oben auf den Stapel Kisten plumpsen und sah sich im Grassodenhaus um. Die Lagerung von allerlei Gegenständen verkleinerte den Raum und ließ nur wenig Platz übrig, in dem man sich bewegen konnte. Er trat nach draußen und ging zu Lillian, die eine Pfanne übers Feuer hielt. Das Glühen der Flammen beleuchtete ihr Gesicht und verlieh ihrem Haar einen goldenen Schimmer. Er dachte an seine eigenen Worte, dass Gott die Welt nicht schön hätte machen müssen, sondern dass Schönheit sein Geschenk an die Menschheit war. Die Schönheit dieser Frau kam ihm vor wie ein Geschenk an ihn.

Er hockte sich neben sie und räusperte sich. »Ich fürchte, ihr werdet es noch beengter als vorher haben, nachdem alle unsere Wintervorräte bei euch untergebracht sind. Es tut mir leid, dass das Grassodenhaus so klein ist. Aber ich verspreche dir, wenn ich euch nach der Ernte ein Haus baue, werde ich es groß machen – sogar noch größer als das Haus, das ihr in Gnadenfeld hattet –, es wird viele Zimmer haben.« Der Traum ließ sich mühelos weiter entfalten. »Es wird einen Salon geben und ein eigenes Esszimmer, getrennt von der Küche, so wie es die Reichen gern haben, und viele Schlafzimmer. Eines für Joseph und Henrik und –«

Er biss sich beinahe auf die Zunge, so abrupt brach er den Satz ab. Was redete er da? Er wollte ohne Lillian in die Stadt ziehen, sobald die anderen eintrafen. Wozu sollte da ein großes Haus nötig sein?

Um seinen Fehler zu überspielen, sagte er: »Aber bis zum Bau des Hauses vergehen noch viele Monate. Vielleicht sollte ich Henrik zu mir nehmen, damit du und Joseph mehr Platz haben.«

Lillian starrte auf die Bratpfanne, in der etwas blubberte und aromatisch dampfte. »Ich denke, das könnte eine Lösung sein …«

Eli verkrampfte sich und seine Sinne waren plötzlich hellwach. »Hast … hast du eine andere Idee?«

Einen Moment lang neigte sie den Kopf und ihr Gesicht glühte rot. Von der Hitze des Feuers? Sie rieb die Lippen aneinander, warf ihm einen kurzen Blick zu und konzentrierte sich dann wieder auf die Pfanne. Als sie sprach, musste er sein Ohr in ihre Richtung wenden, um sie zu hören. »Vielleicht könntest du das kleine Grassodenhaus als … als Lagerraum verwenden. Und … und wir könnten alle …«

Er hielt die Luft an, während er wartete, dass sie ihren Satz zu Ende sprach. Aber sie verstummte. Seine Brust wollte mit jedem dröhnenden Herzschlag explodieren. Er beendete ihren Satz in Gedanken: *Wir könnten alle zusammenwohnen.* War es das, was sie hatte sagen wollen? Aber führten sie nicht eine reine Vernunftehe? Sie liebte Reinhardt noch immer.

Du bist mehr. Sein Mund war so trocken, dass ihm die Zunge am Gaumen klebte. Er wollte Fragen stellen, ihre Antworten hören, aber er brachte seine Lippen nicht dazu, ihm zu gehorchen.

»Mama?« Joseph stapfte zum Feuer, das Gesicht mürrisch verzogen. »Wann gibt es etwas zu essen?«

»In ein paar Minuten, mein Sohn. Hab Geduld.«

Joseph stolzierte murrend davon. Aber selbst nachdem er verschwunden war, machte Lillian keinen Versuch, das unterbrochene Gespräch wieder aufzunehmen. Eli hatte auch nicht den Mut, noch einmal nachzuhaken. Als die Mischung aus Eiern und Fleisch in der Bratpfanne fertig war, aßen sie schweigend. Ihre Blicke begegneten sich und huschten schnell in eine andere Richtung. Als sie das einfache Mahl beendet hatten, lag die Landschaft in tiefer Dunkelheit, und Eli schlug vor, Lillian solle den Morgen abwarten, bevor sie das Geschirr wusch.

Sie folgte Henrik und Joseph in ihr Grassodenhaus und ließ die Segeltuchklappe hinter sich fallen, ohne einen einzigen Blick zurückzuwerfen. Aber was hatte er erwartet? Dass sie sich umdrehen und den Satz beenden würde, der quälend durch seinen Kopf geisterte? Inzwischen bereute sie sicher ihre unüberlegten Worte.

Eli schüttete den restlichen Kaffee aus der Kanne ins Feuer. Er wartete, bis die flackernden Flammen völlig erstarben, bevor er sich auf die Beine stellte und über das Grundstück zu seinem eigenen kleinen Grassodenhaus trottete.

Vor der Tür blieb er stehen und schaute zum größeren Haus hinüber, das nur wenige Meter entfernt war. Beide Häuser bestanden aus Grassoden, beide ragten wie schwarze Schatten unter dem nächtlichen Himmel auf, aber innerhalb der Mauern war der Unterschied groß. Das eine beherbergte Menschen, das andere sperrte eine Person ein. Er wollte nicht in sein kleines Haus gehen. Er wollte nicht allein sein.

Mit einem schweren Seufzer stieß er die Segeltuchtür beiseite und zwang seine Füße, über die erdige Schwelle zu treten. Drinnen starrte er in den winzigen Raum. Nie war ihm seine kleine Wohnstätte so trostlos vorgekommen wie diese Nacht.

Lillian ließ sich schwer auf ihre Federmatratze fallen und starrte an die dunkle Decke. Josephs leises Schnarchen und Henriks deutlich hörbares, tiefes Atmen gaben ihr die Gewissheit, nicht allein zu sein. Doch die Einsamkeit lastete schwer auf ihrer Brust. Langsam, als müsse sie sich durch eine zähe Masse kämpfen, streckte sie den Arm zur Seite, zum schmalen Bereich des Bettes, wo immer ihr Mann gelegen hatte. Sehnsucht durchflutete sie, als sie sich erinnerte, wie sie sich an Reinhardts festen Leib gedrückt hatte, wie sein Körper sie gewärmt und sie seinen Atem an ihrem Haar gespürt hatte.

Sie verfolgte die Zeit zurück bis zu ihrer letzten Nacht in Gnadenfeld. Es war kein halbes Jahr seither vergangen … aber so viel hatte sich in diesen kurzen Monaten ereignet, dass sie das Gefühl hatte, als läge die Zeit in ihrem kleinen Dorf – ihre Zeit als Reinhardts Frau – ein ganzes Leben lang zurück. War dieses einsame Sehnen der Grund, warum sie Eli beinahe eingeladen hätte, zu ihr ins Grassodenhaus zu ziehen? Sie erforschte ihr Herz. War es wirklich ihr Wunsch, ihr Bett mit Eli zu teilen? Oder hatte sie den impulsiven Vorschlag nur deshalb machen wollen, weil sie Reinhardt so sehr vermisste?

Als sie den Sonnenuntergang gemeinsam beobachtet hatten, hatte sie sich auf einzigartige Weise mit Eli verbunden gefühlt. Eli hatte nicht über ihre Begeisterung für die Farben am Himmel gespottet. Er hatte ihr Verlangen, diese wunderbare Schönheit in sich aufzunehmen, nicht nur verstanden, sondern auch unterstützt. Wie leicht hätte er ihr den Wunsch, den Sonnenuntergang zu bewundern, verwehren können, nachdem es schon so spät gewesen war und sie einen langen Tag hinter sich gehabt hatten. Aber er hatte angehalten, ihr zugehört und sich mitgeteilt.

Diese Momente im Wagen, als er davon gesprochen hatte, all das zu würdigen, was Gott über die Bedürfnisse hinaus geschenkt hatte, kehrten in ihr Gedächtnis zurück. Seit früher Kindheit hatte man ihr beigebracht, dass Gott ihr geben würde, was sie brauchte. Dieser Gedanke hatte ihr ein Gefühl der Sicherheit gegeben. Aber Eli hatte angedeutet, dass das nicht alles war. Erfüllte Gott auch Sehnsüchte und nicht nur Bedürfnisse? Beschenkte Gott seine Kinder über das hinaus, was sie von ihm erbaten? Sie hatte sich nie zuvor so viele Gedanken über Gottes großzügiges Wesen gemacht. Aber der Gedanke, dass Gott weit über das hinaus schenkte, was zum Überleben nötig war, erfüllte sie mit Dankbarkeit. Sie wünschte, sie könnte laut ein Loblied anstimmen!

Eli redete so ungezwungen von Gott, wie man von einem engen Freund oder Familienmitglied sprechen würde. Ein Teil von ihr beneidete ihn darum, dass er auf so vertrautem Fuß mit dem Schöpfer stand. Aber tiefer als ihr Neid war die Erkenntnis, dass Elis Worte nicht nur beschrieben, wie Gott schenkte, sondern auch, wie Eli schenkte.

Sie und Eli waren nur dem Namen nach verheiratet. Von ihm wurde nur erwartet, sich um die körperlichen Bedürfnisse ihrer Familie zu kümmern. Doch was er gab, ging weit darüber hinaus. Elis Bereitschaft, sich selbst ganz hinzugeben, war ein sichtbares Zeichen dafür, wie Gott seine liebende Hand zu den Menschen ausstreckte.

Eine Frage beschäftigte Lillian: Wenn Menschen sie ansahen, was sahen sie da? Sie liebte Gott – sie war dazu erzogen worden, Gott den Vater zu verehren und zu lieben. Sie glaubte an seinen Sohn Jesus und hatte ihn bereits als junges Mädchen als Retter angenommen. Doch wenn sie ihr eigenes Leben genau betrachtete, war sie nicht sicher, dass es ihren Glauben widerspiegelte.

Eli war erfüllt mit Gottes Liebe. Sie hörte es an seinen Worten, sah es an seiner Haltung und an seinen Taten. Er lebte von ganzem Herzen, was er glaubte. Seine Miene, als er vorhin am Abend die Stelle aus den Psalmen zitiert hatte, war so sicher gewesen, so ruhig. Wie war er zu so einem gottgefälligen Lebensstil gekommen?

Die Bibel … natürlich. Eli las jeden Tag darin. Er begann seinen Tag mit Gottes Wort – er gab ihr und den Jungen auch jeden Morgen beim Frühstück ein paar Verse aus der Bibel weiter. Hatte sie nicht schon beobachtet, wie er in tiefer Konzentration über die Bibel gebeugt dasaß und mit dem Finger Worte unterstrich? Egal, wie viel Arbeit anstand, er begann er seinen Tag mit einer Zeit der Gemeinschaft mit Gott. Das musste es sein, was ihm half, Gottes Wesensart den ganzen Tag über mit sich zu tragen.

Auch sie musste sich diese Gewohnheit aneignen. Am liebsten wäre sie aus dem Bett gesprungen, hätte die Laterne angezündet und die Bibel gesucht, die Reinhardt in seiner Truhe verpackt hatte, so ungeduldig war sie, sofort mit dem Lesen anzufangen. Aber nein …

wenn sie ein Licht anmachte, würde sie ihre Söhne stören. Sie musste bis zum Morgen warten.

Entschlossen, jetzt zu schlafen, drehte sie sich auf die Seite und rollte sich eng zusammen. Aber die Gedanken kreisten noch immer in ihrem Kopf. Eine beunruhigende Frage fand den Weg in ihr Bewusstsein: Wollte sie in der Bibel lesen, um Gott ähnlicher zu werden? Oder hoffte sie, Eli näher zu kommen?

25

Lillian stieß einen zufriedenen Seufzer aus, als sie Reinhardts Bibel schloss. Die tägliche Zeit mit Gott hatte ein größeres Bedürfnis in ihr geweckt, ihn besser kennenzulernen. Sie genoss die gesegneten Minuten der persönlichen Gemeinschaft mit dem Vater.

Sie legte die Bibel neben die Laterne, die auf der Ecke einer umgedrehten Kiste in Elis Grassodenhaus stand. Ihr gewebter Schal glitt ihr von den Schultern. Sie steckte ihn wieder fest und fragte sich, womit sie sich die Zeit vertreiben könnte, denn sie hatte nichts anderes als die Bibel dabei. Nach einem frühen Frühstück hatte Eli sie angewiesen, den Vormittag in seinem Haus zu verbringen. Er wollte ein Loch in die Mauer des größeren Hauses brechen, um den Bau eines Kamins vorzubereiten.

Sie würde die Wärme eines Kamins begrüßen und fragte sich, ob Eli in sein Haus auch einen einbauen würde. Selbst innerhalb der dicken Mauern seiner kleinen Behausung, mit der neuen hölzernen Tür, die sich passgenau in ihrem Rahmen schließen ließ, spürte sie die Kälte des heutigen Tages. Doch sie wollte sich nicht beklagen. Bis zu den vergangenen zwei Tagen war das Wetter mild geblieben. Aber als die ersten Novembertage näher rückten – genau, wie sie es auch in Gnadenfeld erwartet hätte –, fiel die Temperatur und verursachte ein frostiges Knirschen im Gras und neblige Atemwolken in der Morgenluft.

Eli suchte den Himmel jeden Tag nach Anzeichen für Schnee ab. Er machte sich Sorgen, dass der Schnee in Kansas entweder zu leicht sein könnte, um eine Decke über seinem aufgekeimten Weizen zu bilden und ihn in einen Winterschlaf zu versetzen, oder zu schwer, sodass er den Weizen erstickte und die zarten Schösslinge umbrachte. Als Lillian ihn daran erinnerte, dass Gott ihnen geben würde, was sie brauchten – und auch was der Weizen brauchte –, lächelte er und strich mit den Fingerspitzen an ihrem Kinn entlang. Die sanfte Berührung, seine Geste der Dankbarkeit, löste ein prickelndes Vergnügen in ihrem Körper aus.

Draußen brach jemand in Gelächter aus – Henrik oder Joseph, sie wusste es nicht genau. Seit Joseph vor einer Woche zwölf geworden war, schien seine Stimme jeden Tag etwas tiefer zu werden und den Klang eines kleinen Jungen völlig zu verlieren. Diese Veränderung bewirkte, dass sie Jakob noch stärker vermisste. *Ach, Jakob, mien kjestlijch en Sän* … Würde sie die Sehnsucht je völlig verlieren, ihren kostbaren kleinen Jungen zu ihr rennen zu sehen, mit ausgestreckten Armen und seinem sonnigen Lächeln auf dem Gesicht? Wie könnte sie jemals aufhören, sich nach einem Kind zu sehnen, dem sie das Leben geschenkt hatte? Im Lauf der Monate hatte das bittere Brennen etwas nachgelassen. Gott war so gut gewesen, den Schmerz zu lindern. Dankbarkeit für seine Gnade stieg in ihr auf.

Lillian erhob sich von der Kiste, die sowohl Bank als auch Tisch war, ging zur Tür und öffnete sie. Kalte Luft schoss herein und biss sie in die Nase. Obwohl sie vorgehabt hatte, hinauszugehen und zu schauen, welche Fortschritte der Kamin machte, schloss sie die Tür und kehrte zur Kiste zurück.

Sie setzte sich hin und ihre Röcke streiften die Bibel. Sie veränderte ihre Position leicht und zeichnete mit dem Finger die vergoldeten Buchstaben nach, die das Wort *Heilige Bibel* bildeten. Die Berührung löste eine Flut von unzusammenhängenden Erinnerungen aus: An ihren Vater, wie er vor der Kirche stand, die Bibel aufgeschlagen in seiner breiten Hand, und die Bedeutung einer bestimmten Stelle erklärte. An Reinhardt, wie er stocksteif in der Bank auf der Männerseite der Kirche in Gnadenfeld saß und die geöffnete Bibel mit beiden Händen im Schoß hielt. An Eli, wie er im Schneidersitz im Gras hockte, seine Bibel zwischen seine breite Hand und sein Knie geklemmt, und mit ernster Stimme Abschnitte daraus vorlas.

Jedes Bild beinhaltete einen Mann, durch den sie Unterweisung, Fürsorge und Leitung erfahren hatte. Jedes Bild verriet etwas davon, wie dieser Mann Gottes Wort verehrte. Sie kräuselte die Stirn und stellte sich ihre Gesichter vor. Zwei waren streng, eines entspannt, alle drei leidenschaftlich. Lillian fühlte sich am meisten zu Elis Bild hingezogen, vielleicht, weil er eine liebende, persönliche Art der Religiosität verkörperte, im Gegensatz zu den Ge- und Verboten, an die sie sich von ihrem Vater erinnerte, und zu Reinhardts unumstößlichen Überzeugungen.

Lillian schlug die Bibel wieder auf und fand die Stelle, die sie an diesem Morgen gelesen hatte. Es waren dieselben Verse, die Eli ihnen weitergegeben hatte, als sie ihren ersten kleinen Privatgottesdienst in Kansas abgehalten hatten. Sie überflog den Text auf der Suche nach dem Wort Gnade. Als sie es fand, flüsterte sie den Satz vor sich hin: *»Lass dir an meiner Gnade genügen; denn meine Kraft ist in den Schwachen mächtig.«*

Ein Lächeln ging über ihr Gesicht, als sie sich die Bedeutung dieser Worte bewusst machte. Wenn es ihr an Kraft mangelte, würde Gott sie damit versorgen ... sogar über ihre Bedürfnisse hinaus. Und während er sie versorgte, würden ihre Erkenntnis, ihr Vertrauen und ihr Verlangen nach ihm wachsen.

Weiteres Gelächter lockte sie von ihrem Platz. Sie legte sich den Schal über den Kopf, verknotete die Enden und schlüpfte nach draußen. Der frische Wind hob ihren Schal, und sie zitterte, als sie um Elis Haus herumging. Dann blieb sie abrupt stehen und machte vor Erstaunen große Augen. In der nördlichen Wand ihres Grassodenhauses prangte ein riesiges Loch.

Joseph kam herbeigetrabt. Er fasste sie am Arm und zog sie über das Gras. »Schau, Mama! Siehst du, wie groß der Kamin wird?« Er krümmte sich und hielt sich den Bauch vor Lachen. Eli und Henrik grinsten sich an und stießen sich gegenseitig mit dem Ellbogen in die Rippen.

Bei diesem Anblick kam sich Lillian wie ein Eindringling vor. Sie stemmte die Fäuste auf die Hüfte. »Den ganzen Morgen höre ich Gelächter. Was macht ihr nur? Ihr sollt doch arbeiten, nicht spielen.«

Joseph taumelte immer noch lachend zu Henrik hinüber. Henrik schüttelte den Kopf und versuchte, eine ernste Miene aufzusetzen, aber immer wieder entwich ihm schallendes Gelächter.

Eli wedelte mit beiden Händen zu dem unregelmäßigen Loch hin. »Spielen? Meinst du, ein Loch in dieser Größe zu schlagen, ohne dass die gesamte Mauer einbricht, ist ein Spiel?«

»Na ja, irgendetwas bereitet euch jedenfalls große Heiterkeit.« Stirnrunzelnd sah sie einen nach dem anderen an. »Was ist es?«

Henrik nahm die Hände hinter den Rücken, pfiff melodielos und schaukelte auf den Fersen, ähnlich, wie Eli es oft tat. Eli hielt die Axt am Keil fest und klopfte sich mit unschuldiger Miene den Schaft ans Bein. Joseph presste mit hochrotem Gesicht die Lippen fest aufeinander. Keiner von ihnen gab eine Erklärung ab.

Kopfschüttelnd sagte sie: »Ich dachte, drei *Männer* würden den Kamin bauen, aber so wie es aussieht, sind es drei *kleine Jungs*.«

Wenn sie erwartet hatte, ihre Bemerkung würde eine gewisse Ernsthaftigkeit wiederherstellen, hatte sie sich getäuscht. Ihre Worte riefen einen neuen, noch wilderen Ausbruch von Gelächter hervor. Mit einem Schnauben, das eine Kondensationswolke in der Luft hinterließ, drehte sie sich um und stürmte um die Ecke.

Eine Hand hielt sie am Oberarm fest und brachte sie zum Stehen. Sie schaute in Elis Gesicht. Echte Besorgnis stand darin. »Bist du ärgerlich? Das Lachen ist nicht gegen dich gerichtet.«

Lillian biss sich von innen auf die Wangen, um nicht zu lächeln. Obwohl sein dichter Bart ihn als gestandenen Mann auswies, wirkte er mit den dunklen Haarsträhnen, die unter seiner Kappe hervorschauten, und dem ängstlich verzogenen Gesicht sehr jungenhaft. Sie setzte eine gekränkte Miene auf und schniefte. »Ihr lacht gemeinsam über *en Sposkje*, aber mich schließt ihr aus.«

Er blinzelte zwei Mal, während sein Daumen an der Innenseite ihres Arms auf und ab fuhr und einen angenehmen Schauder auslöste, der von ihrer Schulter bis in die Fingerspitzen reichte. »Aber der Witz geht nicht gegen dich.«

»Trotzdem …« Der Wind griff wieder nach ihrem Schal und er verrutschte. Bevor Lillian danach greifen konnte, um ihn zurechtzuziehen, fasste Eli nach den Enden und verschob den Schal so, dass er ihr Gesicht umrahmte. Dabei streifte er mit den Fingerknöcheln ihre Wangen. Die Berührung mit seiner rauen Haut, die sich kalt anfühlte, war ungewohnt, aber merkwürdig willkommen. Tief bewegt schnappte sie leise nach Luft.

Er trat einen riesigen Schritt zurück. »Ich werde dir sagen, was so lustig war«, stieß er hervor. Seine Wangen glühten rot über seinem Bart.

Lillian bewegte sich langsam auf die Tür des Grassodenhauses zu. Sie winkte mit einer Hand ab, während sie mit der anderen den Knoten ihres Schals fest umklammerte. »*Nä, nä*, das ist schon in Ordnung. Ihr Männer braucht ab und zu mal einen Witz für euch. Ich habe euch nur geneckt. In Wirklichkeit …« Sie leckte sich die trockenen Lippen und nahm ihren Mut zusammen, um ihm ihre Gedanken mitzuteilen. »In Wirklichkeit tut es gut, Gelächter zu hören. Das macht mein Herz leicht und sagt mir, dass es hier Glück gibt.«

»Es gibt viel Glück hier.« Eli legte sich die Hand aufs Herz. »Ich spüre es … und es wächst jeden Tag. Ich … ich war noch nie so glücklich wie hier in diesem Land.«

Die Worte »Ich auch nicht« lagen Lillian auf der Zunge, aber sie hielt sie zurück. Wie könnte sie ohne Reinhardt und Jakob glücklicher sein? So etwas zu sagen, wäre frevelhaft. Stattdessen sagte sie: »Das freut mich.«

Ihre Antwort schien Eli zufriedenzustellen. Ein Lächeln breitete sich auf seinem Gesicht aus. Ein weiterer Windstoß erfasste sie von hinten und wickelte ihr die Röcke um die Beine. Eli zog sich die Kappe tiefer ins Gesicht. »Heute ist es kalt. Geh wieder nach drinnen – es wäre nicht gut, wenn du dich erkälten würdest. Ich muss wieder an die Arbeit zurückkehren, wenn wir das Loch bis zum Ende des Tages mit einem stabilen Kamin verschließen wollen.«

Lillian ging einen Schritt auf das Grassodenhaus zu. »Baut ihr den Kamin also heute?«

»Ja, wir bauen ihn, aber man kann ihn noch nicht benutzen«, erklärte er. »Der Ton muss erst fest werden, bevor man darin ein Feuer anzünden kann. Zwei, drei Tage musst du noch warten. Wirst du so lange zurechtkommen?«

»Ja, das wird gehen.«

Seine Augen leuchteten anerkennend auf. »*Gööt*. Und jetzt ins Haus mit dir!«

Ganz allein dazusitzen war öde, stellte sie fest. In ihren Jahren in Gnadenfeld, als immer drei Jungen um sie herum gewesen waren, hatte es Momente gegeben, in denen sie sich danach sehnte, eine Weile allein zu sein. Jetzt verstand sie das überhaupt nicht mehr. Wie hatte sie nur so dumm sein können?

Als es Zeit fürs Abendessen wurde, hatte sie genug davon, untätig herumzusitzen. Auch wenn der Wind kalt war, würde sie ihren Männern ein warmes Essen zubereiten, um sie für den anstrengenden Arbeitstag zu belohnen.

Nachdem sie im *Spoaheat* Feuer gemacht hatte, bereitete sie einen Ansatz *Bobbat* vor. Sie gab dem dicken Teig klein geschnittenes Hirschfleisch und ein paar Handvoll Rosinen aus ihren in McPherson Town gekauften Vorräten bei.

Um die Zeit zu nutzen, in der das *Bobbat* backte, rollte sie für das Essen am nächsten Tag Nudelteig aus und schnitt ihn in Streifen. Gebratene Nudeln mit Ei war eins von Josephs Lieblingsgerichten. Sie sang neben der Arbeit her, und der Text des Liedes »*Wach auf, mein Herz, und singe*« kam ihr mühelos über die Lippen.

Als Eli die Tür des Grassodenhauses öffnete, traf er auf Lillian, wie sie Nudeln über jede vorhandene saubere Oberfläche ausbreitete. Er lachte leise und sie verstummte mitten im Lied. Einladend hob er die Hand. »*Nä, nä*, ich mag dieses Morgenlied. Sing ruhig weiter.« Er hob das Kinn und sang den Anfang der ersten Strophe.

Lillian stimmte mit ein, ihr Sopran verband sich wunderbar mit seinem Bariton. Sie sangen alle vier Strophen in vollkommener Harmonie, während sie sich über ein kleines Nudelmeer hinweg ansahen. Als sie fertig waren, holte Eli tief Luft und stieß sie mit einem Seufzer des Vergnügens aus. Er grinste. »Obwohl das ein Morgenlied ist, ist es auch schön, den Tag damit zu beschließen.«

Er sah sich im Raum um. »Du hast mein Haus in eine *Nüdelfabritj* verwandelt, wie ich sehe.«

»Bis zum Schlafengehen werden sie trocken genug sein, damit ich sie in einen Tontopf füllen kann«, versicherte sie ihm.

»Ach.« Er machte ein enttäuschtes Gesicht. »Ich dachte, du würdest sie heute Abend kochen.«

»Morgen«, antwortete sie. »Heute gibt es *Bobbat*. Es wird bald fertig sein.«

Sofort erhellte sich sein Gesicht. »Das ist *gööt*! Aber während wir warten, komm.« Er hielt ihr die Hand hin und sie nahm sie. Zusammen gingen sie über die kleine Grasfläche, die die beiden Häuser voneinander trennte. Er öffnete die Tür und winkte sie herein.

Wo vorher das Loch gegähnt hatte, befand sich jetzt ein tiefer, grau gesprenkelter Kasten aus trocknendem Ton. Lillian beugte sich herunter und schaute am Kamin hoch, dann richtete sie sich auf und klatschte in die Hände. »Eli, du bist so schlau! Es wird so angenehm sein, im Winter drinnen zu kochen.«

Er schaukelte auf den Absätzen und lächelte zufrieden. »*Jo*. Er ist nicht so schön wie ein geziegelter *Oweback*, aber er wird genügen, bis ich dir einen Ofen bauen kann, und das Feuer wird euch auch warm halten.« Er deutete mit dem Daumen nach draußen. »Wenn es den ganzen Winter so kalt bleibt, werdet ihr sehr froh über diesen Kamin sein.«

»Ganz bestimmt.« Sie schaute sich um und bemerkte die Kisten und Fässer, die auf der anderen Seite des Raumes auf einem unordentlichen Haufen lagen. Sie zog eine Augenbraue hoch und fragte: »Was ist das?«

Eli betrachtete den Stapel und kratzte sich am Kopf. »Wir mussten alles aus dem Weg räumen, damit wir Platz zum Arbeiten hatten.«

Lillian stützte die Hände auf die Hüften und warf ihm einen scherzhaften bösen Blick zu. »*Öömtje* Bornholdt, du hast mein Haus in ein furchtbares Chaos verwandelt! Das muss in Ordnung gebracht werden, bevor wir ins Bett gehen.«

Er grinste. »Du bist aber herrisch, *Frü* Bornholdt.«

Die Anrede – *Frü* Bornholdt – blieb zwischen ihnen in der Luft hängen und brachte ihren leichtherzigen Schlagabtausch zu einem plötzlichen Ende. Nachdem die Jungen sie »Mama« nannten und Eli sie mit »Lillian« anredete, hatte sie nie aufgehört, sich als *Frü* Vogt zu betrachten. Aber sie war *Frü* Bornholdt, Elis Frau. So zu heißen überraschte sie, aber noch überraschender war, dass ihr dieser Klang nicht unangenehm war.

Sie versuchte, zur Normalität zurückzukehren, indem sie sagte: »W-wirst du in deinem Haus jetzt auch einen *Feaheat* einbauen?«

Eli schluckte, dann räusperte er sich. »*Nä*. Die Mauern sind nicht breit genug, um einen Kamin zu stützen. Wir hatten hier schon Schwierigkeiten, das Loch auszuschneiden, ohne dass die Grassodenmauer einfiel. Wir haben oben über der Öffnung ein Brett eingeklemmt, um die Wände zu stützen, und es mit mehreren Lagen Ton umhüllt, damit es kein Feuer fängt.« Seine Mundwinkel zuckten, als er lächelte. »Das Gelächter, das du gehört hast, kam daher, dass immer wieder Grassodenstücke auf Henriks Kopf gefallen sind. Joseph hat gesagt, er hoffe, es würde ihm etwas Verstand einbläuen.«

Lillian stellte sich die Szene vor und kicherte leise. Doch der Gedanke daran, wie sie den Tag über in seinem Haus gefröstelt hatte, ernüchterte sie. »Aber du wirst so frieren. Wenn der Schnee kommt, ist der Winter sicher noch kälter als heute. Du brauchst auch eine Wärmequelle.«

Er verscheuchte diese Sorge mit einer Handbewegung. »Ach, damit komme ich schon zurecht. Ich werde mich in viele Decken einwickeln und vielleicht auch in das Hirschfell von Henriks Beute. Das hält den Hirsch ja auch ausreichend warm.«

Trotz seiner Zuversicht zweifelte Lillian weiterhin. »Ich denke, Decken und ein Hirschfell genügen vielleicht nicht.« Was würde aus ihr und den Jungen werden, wenn Eli erfror? In diesem fremden neuen Land wäre alles möglich.

Eli fuhr in überzeugtem Ton fort: »Das wird mir ausreichen, Lillian. Es kann hier auch nicht kälter sein als in meiner Dachkammer in Reinhardts Haus, als ich ein Kind war.«

Obwohl Lillian Reinhardt und Eli ihr ganzes Leben lang gekannt hatte – sie hatte alle Menschen in Gnadenfeld gekannt –, hatte sie nicht gewusst, dass sie in einer Dachkammer geschlafen hatten. Die Dachkammer in ihrem eigenen Haus war im Sommer unerträglich heiß und im Winter beißend kalt gewesen. Es schüttelte sie, wenn sie nur daran dachte, in so einem unbequemen Raum schlafen zu müssen.

»Du und Reinhardt habt in der Dachkammer geschlafen? Aber das Haus von Vogts war so groß. Warum habt ihr nicht in einem von den unteren Zimmern geschlafen?«

»Du hast mich falsch verstanden, Lillian.« Eli rieb sich mit dem Finger unter der Nase. »Reinhardt hatte ein Zimmer im Hauptteil des Hauses. *Ich* hab in der Dachkammer geschlafen.«

Lillian starrte ihn erstaunt an. In all den Jahren ihrer Bekanntschaft mit der Familie Vogt war sie davon ausgegangen, dass sie Eli wie ein eigenes Kind behandelt hatten. Er und Reinhardt waren ständig zusammen gewesen, genau wie andere Brüder auch. Sie hatten abwechselnd zusammen herumgetollt und gerauft. Die Entdeckung, dass sie ungleich behandelt worden waren, bekümmerte und ärgerte sie.

Offenbar las Eli die Betroffenheit in ihrem Gesicht, denn er zuckte die Achseln. »Ich hatte viele Decken und es war ruhig dort – friedlich.«

»Trotzdem.« Lillians Stimme zitterte vor Empörung. »Sie haben dich bei sich aufgenommen. Sie haben überall im Dorf herumerzählt, dass sie dich als ihren Sohn betrachten. Und die ganze Zeit –«

Er trat vor und legte seine Hände auf ihre Schultern. »Lillian.« Sie blickte in sein ruhiges Gesicht. »Es spielt keine Rolle. Lass nicht zu, dass dies deine Erinnerung an die Familie beschmutzt. Sie haben mich gut behandelt. Sie haben mich mit Nahrung und Kleidung versorgt und mir Zuwendung geschenkt. Im Gegenzug haben sie nichts verlangt außer Respekt und Gehorsam, genau, wie es von jedem Kind verlangt wurde. Ich wurde nie schlecht behandelt oder vernachlässigt.«

Ein düsteres Bild stieg in Lillians Kopf auf – das Bild eines kleinen Jungen, der unter einem Stapel Decken zitterte, ganz allein und von allen anderen abgeschnitten. »Aber eine Dachkammer! Ist das keine Vernachlässigung?«

»Lillian, hätten sie sich nicht um mich gekümmert, wäre ich ganz allein gewesen.« Er wurde streng und brachte ihre Proteste zum Schweigen. »Ich danke Gott jeden Tag für ihre Freundlichkeit gegenüber einem Waisenjungen. Wir werden nicht mehr davon sprechen, solange es nicht in Anerkennung ihres Opfers geschieht, das sie gebracht haben, als sie ein Kind aufzogen, das nicht ihr eigenes war.«

Seine Hände glitten von ihren Schultern und er trat zurück. Er schnupperte die Luft und sagte: »Ich glaube, das *Bobbat* ist beinahe fertig. Ich werde die Jungs holen. Wir werden uns waschen und ein gutes Mahl zusammen genießen, bevor wir diesen Raum wieder in Ordnung bringen.« Er marschierte aus dem Grassodenhaus, während Lillian allein vor dem neu gebauten Kamin stehen blieb.

Als sie daran dachte, was das kurze Gespräch offenbart hatte, zog sich ihr Herz zusammen. Obwohl er das Gegenteil behauptete, wusste Lillian, dass die Verletzung von damals immer noch in ihm nachklang. Wie oft musste er das Gefühl gehabt haben, ausgeschlossen und unwillkommen zu sein, weggesperrt an einen unfreundlichen Ort, während der Rest von Reinhardts Familie sich in bequemen Räumen aufhielt.

Jetzt verstand sie auch, warum Eli ihre Söhne so offen annahm. Er wollte nicht, dass sie die gleiche Ablehnung erfuhren wie er damals, als er von einem anderen Mann als seinem Vater großgezogen worden war. Es wäre so einfach für Eli gewesen, bitter zu werden, doch er hatte beschlossen, seinen Frieden in der Beziehung mit Gott zu suchen. Sie wurde von Bewunderung für ihn ergriffen, aber ein anderes Gefühl drängte sich noch mehr in den Vordergrund.

Lillian hatte den Eindruck, dass sie gerade dabei war, sich in ihren Ehemann zu verlieben.

26

Der Wind heulte, wurde lauter und heftiger, bis Lillian sich am liebsten die Ohren zugehalten hätte. Dann, so schnell, wie er sich gesteigert hatte, sank er zu einem sanften Säuseln herab und verleitete sie zu der Annahme, er hätte sich verzogen. Dieser Vorgang wiederholte sich endlos und hielt sie davon ab, in den Schlaf zu sinken.

Gott sei Dank störte der Wind ihre Söhne nicht. Henrik und Joseph schliefen fest auf ihren Lagern auf der anderen Seite des Raums, erschöpft von einem Tag, an dem sie Grassoden aus der Mauer geschnitten, einen Kamin gebaut und sich amüsiert hatten. Sie waren beinahe über ihrem Essen eingeschlafen und ins Bett gestolpert, sobald sie ihren Teller leer hatten. Aber sie lag mit offenen Augen hellwach da und lauschte auf den wilden Gesang des Windes. Und sie dachte an Eli.

Ob er wohl schlief? Ganz allein in seinem kleinen Grassodenhaus … genau, wie er ganz allein in seinem Dachzimmer in Gnadenfeld gewesen war? Der Schmerz in ihrer Brust schwoll an wie das Heulen des Windes, als sie sich vorstellte, wie er als kleiner Junge unter den schrägen Dachbalken lag, die Decken bis ans Kinn hochgezogen. Dieses Bild rührte sie zu Tränen und sie blinzelte schnell und vertrieb die Vorstellung. Doch die Tränen flossen trotzdem.

»So viel Ungerechtigkeit in diesem Leben, Gott«, flüsterte sie. Sie bekam oft mit, wie Eli sich bei verschiedenen Gelegenheiten an den Herrn wandte, wenn er nicht merkte, dass sie zuhörte. Wenn er mit der Familie betete, erinnerte sie sein Verhalten an einen Pastor, aber wenn er allein mit Gott sprach, wurde deutlich, wie vertraut seine Beziehung zu seinem Schöpfer war.

Im Lauf der vergangenen Wochen, seit sie in der Bibel las und jeden Tag Gemeinschaft mit Gott pflegte, hatte sie angefangen, stille Gespräche mit Gott zu führen – Gespräche, die Gebete, aber nicht an eine bestimmte Form gebunden waren. Beide Möglichkeiten, mit ihm zu sprechen, fand sie sinnvoll. So war es völlig selbstverständlich für sie, mit offenen Augen und eingekuschelt in ihre Decke mit ihm zu reden, statt mit gesenktem Kopf und geschlossenen Augen auf ihren Knien.

»Warum muss so viel Schweres passieren, Herr? Vor allem bei Kindern. Eli verwaist und wird dann nicht wirklich geliebt und angenommen … mein eigener Jakob stürzt bei einem Spiel …« Ihre Stimme stockte. Bilder von Eli und Jakob wirbelten so schnell in ihrem Kopf durcheinander, dass es ihr schwerfiel, den einen vom anderen zu unterscheiden. »Du musst einen Grund dafür haben, aber ich verstehe es nicht. Wenn du alles kannst, warum nimmst du dann nicht das Leiden aus unserem Leben und lässt uns immer fröhlich sein?«

Der Wind heulte wütend und sie zitterte unter ihren Decken. »Es tut mir leid, wenn ich dich mit meinen Fragen beleidige. Aber bitte, Herr, hilf mir zu verstehen … und einen Weg zu finden, wie ich den Mangel an Annahme, den Eli als Kind erlebt hat, ausgleichen kann.«

»Herr, hilf mir zu verstehen und mich nicht über Lillian wegen ihrer Reaktion zu ärgern.«

Eli kniete neben seinem Bett, sein Bart streifte die zum Gebet gefalteten Hände. Lillians Gesicht verfolgte ihn – der mitleidige Ausdruck, als sie diese kleine Wahrheit über seine Kindheit herausgefunden hatte. Als er aufwuchs, hatte er so oft Mitleid in den Augen der Menschen gesehen. Er hatte die flüsternden Bemerkungen gehört: »Armer Eli … Er hat keine Eltern und kein Zuhause, was wird nur aus ihm werden?«

Armer Eli … Wie sehr er es hasste, so genannt zu werden! Als ob sein elternloser Stand ihn irgendwie herabsetzen würde. Er hatte sich angestrengt, um diesen Makel, verwaist zu sein, zu überwinden. In der Schule hatte er gelernt, um zu den Besten in seiner Klasse zu gehören; für Reinhardts Vater hatte er doppelt so viele Aufgaben übernommen wie sein Pflegebruder; im Dorf hatte er geholfen, Häuser und Scheunen zu bauen, er hatte Wagen für alle repariert, die Hilfe brauchten. Als Erwachsener war er ein erfolgreicher Bauer und ein geachteter Reiter geworden. Doch trotz seiner Leistungen quälte ihn das Raunen: *Armer Eli …*

Er hatte geglaubt, das mitleidsvolle Gemurmel in Gnadenfeld zurückgelassen zu haben. Aber nein, es hatte ihn selbst hier in der Prärie in Kansas eingeholt. Vorhin, als Lillian ihn mit diesem bekümmerten Blick angeschaut hatte, der ihm verhasst war, war die Schande zurückgekehrt. Er erhob sich von den Knien und stieß einen gewaltigen frustrierten Seufzer aus.

»Ich will für Lillian nicht der arme Eli sein. Vielleicht der fähige, der zuverlässige, der unverzichtbare Eli oder … am allerliebsten … der geliebte Eli.« Er ließ die Schultern hängen und sprach mit rauer Stimme in den leeren Raum hinein. »Wird sie mich anschauen und den Mann sehen, der ich geworden bin? Oder wird sie immer das einsame Kind in mir sehen?«

Der Gedanke, für immer der arme Eli für diese Frau zu sein, der sein Herz gehörte, war unerträglich. Der kalte, heftige Wind kroch an den Rändern der Tür hinein und raste gegen das Grassodenhaus, bis kleine Stücke Erde aus der Grassodendecke fielen. Er stand in der Mitte des Raums, hörte den Wind wie einen Chor gequälter Stimmen heulen und hatte das Gefühl, als stimme seine Seele mit ein. Aber frierend auf dem erdigen Boden zu stehen, würde nichts ändern, auch wenn er die ganze Nacht stehen blieb. Es würde seine Vergangenheit nicht ausradieren. Weder die Vergangenheit, die viele Jahre zurücklag, noch die Vergangenheit, die erst wenige Stunden alt war.

Er blies die Laterne aus und legte sich auf das mit einem Quilt bedeckte angehäufte Stroh, das ihm als Matratze diente. »Herr, nimm die Erinnerungen weg«, betete er. Aber wie er so dalag, frierend und einsam, fühlte er sich wie der arme Eli.

Fröhlicher, durchdringender Vogelgesang weckte Eli aus einem tiefen Schlaf. Er rieb sich die Augen, setzte sich dann benommen auf und schaute verwirrt um sich. Da das Grassodenhaus keine Fenster hatte, war es schwer, die Uhrzeit zu bestimmen, aber winzige Sonnenstrahlen stahlen sich durch die Risse neben der Tür. Die Helligkeit verriet ihm, dass der Sonnenaufgang schon eine Weile zurücklag.

Er sprang aus dem Bett und tastete nach den Kleidern, die über seiner Kiste lagen. Wie hatte er so lange schlafen können? Die Antwort war leicht – er hatte bis spät in die Nacht wach gelegen, geplagt vom stürmischen Wind und den unruhigen Gedanken über Lillian. Plötzlich wurde ihm bewusst, dass der Wind nicht mehr heulte – eine willkommene Abwechslung. Aber hatte sich Lillians Mitleid auch verzogen?

Er wurde in Sonnenlicht getaucht, als er vor die Tür trat. Der Morgen war kühl, aber ruhig und erinnerte Eli an einen späten Septembertag. Er schüttelte den Kopf. Dieses Land war so wechselhaft wie die Garderobe einer reichen Frau. Würden diese schwankenden Temperaturen sich negativ auf seine kleinen Weizenpflanzen auswirken? Er vermutete, dass nur die Zeit ihm diese Frage beantworten würde.

Lillian und die Jungen saßen um eine Truhe, die Henrik in den sonnigen Hof hinausgezogen haben musste. Joseph sah von seinem Teller auf und grinste. Er zeigte mit seiner Gabel auf Eli. »Papa ist wach.«

Lillian drehte sich auf ihrem Hocker um und wischte sich den Mund mit einem Stück Stoff ab. Ihr Lächeln war so warm wie die Sonne. »Wir haben dir einige Bratkartoffeln und Zwiebeln übrig gelassen. Komm, setz dich. Ich brate dir die letzten beiden Eier.« Sie eilte zum Kochfeuer, wo eine Bratpfanne wartete.

Eli ließ sich das nicht zweimal sagen. Sein Magen knurrte, als ihm der Bratkartoffelgeruch in die Nase stieg. Er setzte sich auf den freien Hocker und senkte den Kopf zu einem stillen Gebet, bevor er sich die restlichen Kartoffeln auf den Teller füllte. Sie waren kalt, aber das machte ihm nichts aus. Sie schmeckten gut. Er hatte die Hälfte der Portion verzehrt, als Lillian zurückkam und zwei perfekte Spiegeleier auf ihrem Pfannenwender mitbrachte.

»Hier, bitte.« Sie legte ihre Hand auf seine Schulter, als sie die Eier auf seinen Teller gleiten ließ. Bei ihrer Berührung fing sein Kopf an zu prickeln und unwillkürlich richtete er sich ruckartig auf. Schnell ließ sie ihre Hand fallen und warf ihm einen verwunderten Blick zu. Ohne ein Wort ging sie wieder zum Feuer und legte den Pfannenwender an den Rand der Pfanne.

Seine Hände zitterten leicht, als Eli seine Eier zerschnitt und einen Bissen zum Mund führte. Aber obwohl sie genau so zubereitet waren, wie er sie liebte – das Weiße ganz durch und das Eigelb warm und flüssig –, konnte er das Essen nicht so richtig genießen. Warum hatte Lillian ihn berührt?

Seine Gedanken flogen zu den vielen Malen zurück, als jemand ihm auf die Schulter geklopft und mit traurigen Augen sein Bedauern bekundet hatte.

Die Jungen meldeten sich ab und schlenderten vom Tisch weg, um ihre morgendlichen Aufgaben in Angriff zu nehmen. Lillian blieb am Feuer und kratzte die verkrusteten Reste der Eier und Kartoffeln aus der Pfanne in die Flammen, während Eli sein Mahl beendete. Sobald er fertig war, kam sie wieder an den Tisch und nahm seinen leeren Teller.

»Bist du satt geworden? Ich kann noch mehr Kartoffeln braten, falls du noch Hunger hast.«

Ihr freundlicher, hilfsbereiter Ton enthielt keine Spur von unangebrachtem Mitleid, aber seine Schulter prickelte noch von ihrer Berührung. Er beobachtete sie misstrauisch, ob sich eine mitleidige Miene auf ihr Gesicht schlich.

»*Nä*, ich bin vollkommen satt, danke. Und ich bin mit meiner Arbeit im Verzug, weil ich so lang geschlafen habe. Jemand hätte mich wecken sollen.« Ungewollt klang ein Vorwurf in seiner Stimme mit.

Lillians Reaktion bestand aus einem freundlichen Lächeln. »Du hast gestern so viel gearbeitet. Da hast du dir etwas zusätzlichen Schlaf verdient. Die Jungen schaffen es gut, sich um die morgendlichen Aufgaben zu kümmern. Wenn du dich gern ausruhen würdest –«

»*Nä.*« Eli stand auf und wischte sich den Mund mit seiner Serviette ab. Er warf das zerknitterte Stück Stoff auf die Truhe und wandte sich zum Gehen.

Aber zum zweiten Mal an diesem Morgen streckte Lillian die Hand aus. Ihre Finger landeten leicht an seinem Unterarm und bewirkten, dass er an Ort und Stelle verharrte, als hätte jemand seine Schuhe am Boden festgenagelt.

»Was hast du dir für heute vorgenommen?« Ihr beiläufiger Ton stand in krassem Gegensatz zum heftigen Pochen seines Herzens.

»W-warum fragst du?«

Sie zuckte leicht die Achseln, ohne dass ihre Hand sich bewegte. »Ich habe eine Verbesserungsidee, aber ich möchte dich nicht von etwas Wichtigem abhalten.«

Er senkte den Arm und unterbrach so die Berührung. Sofort spürte er, dass sie ihm fehlte, und er wünschte sich, er hätte sich nicht bewegt. Er schluckte. »Ich wollte das getrocknete Gras zu Blöcken verarbeiten, die du diesen Winter im *Feaheat* verfeuern kannst.«

»Noch mehr Brennmaterial?« Sie lachte leise. Eine Strähne ihres goldblonden Haars schlüpfte aus ihrem Knoten und umrahmte ihre Wange. »Du hast schon einen Stapel, der so groß ist wie ich, in der Ecke des Grassodenhauses aufgeschichtet.«

»*Jo*, gut, es wird auch viel Brennmaterial zum Heizen und Kochen nötig sein.« Es klang, als wolle er sich verteidigen.

Einen Moment lang kräuselte sich Lillians Stirn, aber dann kehrte ihr Lächeln zurück. »Können die Jungs diese Blöcke herstellen?«

»Natürlich können sie das.« Eli hatte den Jungen gezeigt, wie man ein Büschel getrockneter Halme so fest drehte, dass sie sich um sich selbst krümmten. Die so entstandenen Bündel waren ungefähr eine halbe Armlänge groß. Sie brannten nicht so lang wie Holz oder Büffeldung, aber sie sorgten für eine gute Hitze. Die Jungen waren inzwischen geschickt darin, die Grasblöcke herzustellen. »Aber Joseph muss lernen. Wenn wir in einem Dorf wären, wäre er in der Schule. In Henrik hat er einen Lehrer zur Hand, also dachte ich, die Jungs sollten einen Teil des Tages zum Lernen verwenden.«

»Ich verstehe.« Lillian nagte an ihrer Unterlippe und spielte mit ihrem Schürzensaum. Ihre enttäuschte Reaktion weckte seine Neugier.

»Was sollte ich denn heute für dich tun?«

Ihr Kopf schoss hoch und ihre Augen leuchteten hoffnungsvoll auf. »Letzte Nacht, als der Wind so heftig geweht und die Kälte hereingetragen hat, habe ich darüber nachgedacht, dass es für dich schwer sein wird, ohne die Hilfe eines Herds oder Kamins warm zu bleiben.« Sie wandte sich zu den Grassodenhäusern. »Die Häuser stehen dicht beieinander – nur drei große Schritte voneinander entfernt ...«

Als sie anfing zu gehen, folgte er ihr automatisch. Sie betrat die enge Lücke zwischen den Häusern, drehte sich dann zu ihm um und breitete die Arme aus. Ihre Augen leuchteten aufgeregt und ließen sie viel jünger aussehen.

»Wie wäre es, wenn du Türen in die Mauern schneiden würdest, die sich gegenüberliegen, und du dann einen Gang bauen würdest, der die beiden Häuser miteinander verbindet? Würde die Wärme vom Kamin in das kleinere Haus hinüberziehen?«

Eli schüttelte langsam den Kopf. Ihr Vorschlag war nicht dumm. Die Wärme würde sicher auch in das zweite Haus vordringen und die Kälte im Raum teilweise vertreiben. Wenn er die Mauern bündig mit dem kleineren Grassodenhaus baute, konnten sie viele der Vorratskisten auf beiden Seiten des Durchgangs aufstapeln und so mehr freien Platz im größeren Haus gewinnen. Er sah, wie vernünftig der Gedanke war, aber sie hatte ein wichtiges Detail vergessen.

»Lillian, wenn ich deinem Vorschlag folgen würde, würden wir ... *alle* ... unter einem Dach leben.«

Das Wort, das er so unauffällig betont hatte, erreichte sein Ziel. Sie stand im Schatten, aber er sah, dass Röte in ihre Wangen stieg. Sie senkte den Blick und fuhr mit der Fußspitze über das kurz geschnittene Gras. »Und wäre das ... unangenehm?«

Eli war sich nicht sicher, ob er sie richtig verstanden hatte, und trat einen Schritt näher zu ihr. »Was hast du gesagt?«

Den Kopf immer noch gesenkt, hob sie die Schultern zu einem langsamen Zucken. »Wir sind … Mann und Frau. Die Jungen … sie verstehen sich gut mit dir. Vielleicht …«

Der arme Eli … ganz allein in seinem kleinen Grassodenhaus … Die verächtlichen Worte gingen ihm durch den Kopf und verhöhnten ihn. Er biss ein paar Sekunden lang die Zähne fest aufeinander, um seine Gefühle unter Kontrolle zu bringen, bevor er wieder sprach.

»Lillian, wir sind Mann und Frau. Es war notwendig, dass wir diesen Bund eingingen, sonst hätten wir nicht zusammen weiterreisen können. Aber wir sind nicht Mann und Frau wie – wie du und Reinhardt Mann und Frau waren.« Diese Feststellung schmerzte ihn, aber die Tatsache laut auszusprechen, war auch eine gewisse Befreiung. Es wurde Zeit, dass sie mit dem Katz-und-Maus-Spiel aufhörten, das sie entwickelt hatten, und der Wahrheit ins Auge sahen. »Unsere Ehe hat ihren Zweck erfüllt. Henrik ist hier in Amerika und muss keinen Kriegsdienst leisten. Er wird die Mittel haben, auf die Universität zu gehen, sobald die Ernte eingebracht ist. Für dich und die Jungen ist gesorgt. Aber … wenn unsere Leute kommen …«

Sein Mund wurde trocken. Er sah in ihre großen, verwirrten Augen und zwang sich fortzufahren. »Wenn die anderen kommen und unser Dorf errichtet ist, wird die Dorfgemeinschaft dich versorgen. Die Kirche hat sich immer um Witwen gekümmert. Ihr braucht mich dann nicht mehr so in eurem Leben, wie es jetzt der Fall ist.«

»W-was redest du da, Eli?« Ihre Stimme klang rau, als müsse sie darum ringen, die Worte hervorzubringen. »Hast du … hast du die Absicht, uns hier alleinzulassen?«

Eli seufzte und schloss einen Moment lang die Augen. Warum kam er sich bei ihren Worten wie ein Verräter vor? Trotz seines eigenen launenhaften Herzens, das ihn dazu verführt hatte, sich mitten in einer Vernunftehe zu verlieben, wusste er, dass sie niemals eine echte Beziehung haben konnten.

Er räusperte sich und fuhr fort: »Du wirst nicht allein sein, wenn die anderen kommen. Dann können wir diese Ehe auflösen lassen und sind frei, unsere eigenen Wege zu gehen. Genau, wie wir es getan hätten, wenn Reinhardt nicht auf dem Schiff umgekommen wäre.« Sie zuckte zusammen, aber er wappnete sich gegen ihre Reaktion und führte seinen Gedanken zu Ende. »Wenn wir unter einem Dach zusammenleben, wird der Pfarrer uns keine Annullierung erlauben.«

Lillian schien zu schrumpfen, während er sprach. Sie schlang die Arme um ihren Bauch und wandte das Gesicht von ihm ab. »W-was ist mit den Jungen?« Ihre geflüsterte Stimme war fast nicht zu hören. »Du wirst Joseph verlassen, der dich Papa nennt?«

Jetzt zuckte Eli zusammen. Er spürte einen stechenden Schmerz, als er daran dachte, wie glücklich es ihn gemacht hatte, so von Joseph angenommen zu werden. »Wir werden im selben Dorf leben. Ich werde Zeit mit ihm verbringen, damit er sich nicht verlassen fühlt.«

»Das ist doch nicht das Gleiche, Eli.«

Er wusste nur zu gut, dass es nicht das Gleiche war, getrennt voneinander zu leben oder zu einer Familie zu verschmelzen. Aber er würde nicht zulassen, dass Mitleid sie aneinander band. Sein Ton wurde kurz angebunden. »Das mag schon sein, aber ich sehe keine andere Lösung. Henrik hat mir gesagt, dass es falsch war, dich zu heiraten, ohne dass du mich liebst. Ich habe widersprochen und ihm geantwortet, dass es genügt, eine gemeinsame Verantwortung zu übernehmen. Aber ich habe mich geirrt. Gott hat Mann und Frau dazu geschaffen, eins zu sein. Ohne Liebe kann das nicht geschehen. Wenn die anderen also ankommen und diese Verbindung ihren Zweck erfüllt hat, werden wir den Fehler wiedergutmachen.«

»Aber Eli –«

»Mach dir keine Sorgen.« Er hielt beide Hände nach oben, um ihre Widerrede abzuwehren und gleichzeitig ein Versprechen zu geben. »Ich werde mich diesen Winter warm halten, und ich werde mein Versprechen erfüllen, für dich zu sorgen. Und jetzt …« Er fing an, sich auf die Grasbündel zuzubewegen, die in unregelmäßigen Reihen neben dem Weizenfeld standen. »… muss ich mich an die Arbeit machen, bevor der Vormittag vorbei ist.«

27

Zu verletzt, um sich zu bewegen, starrte Lillian auf Elis sich entfernenden Rücken. Wie hatte er sie nur so täuschen können? Warum hatte er ihr nichts von diesen Plänen erzählt, bevor sie das Eheversprechen abgelegt hatten? Eli hatte versprochen, sie zu lieben und zu ehren, bis der Tod sie trennte. Wenn er nicht die Absicht gehabt hatte, diesen Schwur zu halten, hätte er ihn nie aussprechen sollen!

Lillian stand zwischen den beiden Grassodenhäusern im tiefen Schatten. Sie ließ den Schmerz in sich anwachsen, bis er sich in eine gewaltige Wut verwandelte. Schließlich wurde der Zorn so groß, dass sie ihn nicht mehr zurückhalten konnte. Sie ballte die Hände zu Fäusten und stürmte Eli hinterher. »Eli! Eli Bornholdt, bleib sofort stehen und sprich mit mir!«

Er war beinahe am Weizenfeld, aber ihr schriller Schrei musste ihn erreicht haben, denn er blieb stehen und drehte sich mit ungläubiger Miene zu ihr um. Sie stampfte zu ihm hin und hielt einen Meter vor ihm an, stützte die Fäuste auf die Hüften und fixierte ihn mit einem wütenden Blick. »Bist du ein Mann, der sein Wort hält, oder *en Läajna*?«

Seine dichten Augenbrauen zogen sich scharf zusammen und sein Bart stand in alle Richtungen ab. »Lillian, du weißt, dass ich kein Lügner bin. Ich halte mein Wort.«

»Ein Mann, der sein Wort hält, würde keine Versprechen machen und sie dann zurücknehmen. Du hast gesagt, du würdest für mich und meine Söhne da sein.« Ihre Stimme zitterte vor unterdrücktem Zorn. »Aber jetzt sagst du, dass du Joseph und Henrik verlassen wirst, nachdem sie so weit sind, dass sie dir vertrauen, sich auf dich verlassen und dich als ihren Papa betrachten!«

»Lillian …«, knurrte er und schaute über ihre Schulter hinweg nach hinten.

Sie drehte den Kopf und sah, dass Henrik und Joseph, beide mit getrocknetem Gras in den Armen, zu ihr hinstarrten. Sie wedelte mit den Händen in ihre Richtung und befahl: »Ihr Jungs geht jetzt ins Grassodenhaus und lernt.« Sie bewegten sich nicht. »Geht jetzt!«

Sofort ließen sie das Gras fallen und trabten zum größeren Grassodenhaus. Lillian wartete, bis die Tür hinter ihnen geschlossen war, bevor sie wieder zu Eli herumwirbelte.

»*Wir* haben die Entscheidung getroffen zu heiraten, Eli. Du und ich, wir haben das miteinander besprochen und gemeinsam haben wir befunden, dass es die beste Lösung für unsere Probleme war. Du hast kein einziges Mal erwähnt, dass es eine vorübergehende Lösung sein sollte. Es ist grausam, uns jetzt darüber zu informieren, ohne uns die Chance zu geben, bei dieser Entscheidung mitzureden.«

Eli schob den Unterkiefer vor und verschränkte die Arme vor der Brust. »Du sagst ›wir‹, als wären wir eine Familie. Aber da gibt es keine Familie, nur eine Mutter und ihre Söhne, die ein Grundstück mit einem Mann teilen, der das Feld bearbeitet und die Tiere versorgt.« Sein Ton wurde hart. »Ich könnte genauso gut ein bezahlter Arbeiter sein.«

Seine Worte trafen sie tief wie ein Messerstich. »Wie kannst du so etwas sagen? Weißt du nicht, dass du für mich und die Jungen viel mehr bist als ein Arbeiter? Joseph nennt dich Papa, Henrik respektiert dich und folgt deinen Anweisungen, und ich –«

»Was ist mit dir, Lillian?« Er beugte sich vor und seine Augen glitzerten feindselig. »Du empfindest Mitleid mit mir?«

Sie wich zurück und starrte ihn mit offenem Mund an. »M-Mitleid?«

»*Jo.*«

Lillian schüttelte leicht den Kopf und versuchte, diese seltsame Beschuldigung zu verstehen. Aber bevor sie ihre Gedanken ordnen konnte, fuhr er mit harter Stimme fort.

»Ich hatte genug Mitleid für ein ganzes Leben. Die Dorfbewohner – immer haben sie mich mitleidig angeschaut, weil ich ein Waisenkind war. Immer haben sie sich gefragt, was wohl aus dem armen Eli werden sollte, aus dem Jungen, der seine Eltern verloren hatte. In unserer Vereinbarung war dein Mitleid nicht inbegriffen, Lillian, und ich werde es nicht annehmen.«

Sie warf die Arme nach oben und drehte sich zu ihm hin. »Ich biete dir kein Mitleid an!«

»Warum kommst du dann jetzt zu mir – nachdem du erfahren hast, dass ich in einer Dachkammer geschlafen habe und kein echtes Mitglied der Familie Vogt war – und schlägst mir vor, unter einem Dach mit dir zu leben?«

»Weil ich dir zeigen will, dass du ein echtes Mitglied *dieser* Familie bist – zusammen mit Henrik, Joseph und mir.« Ein Schluchzer nahm ihr den Atem und sie drückte die Faust auf den Mund, um dem Drang zu weinen nicht nachzugeben. Tränen würden nur auf seiner Seite Mitleid hervorrufen und dieses Gefühl hatte keinen Platz in diesem Gespräch. Sie holte tief Luft, gewann wieder die Kontrolle über sich und fuhr fort: »Hier auf diesem Land – wir arbeiten zusammen, beten zusammen, lachen zusammen … Eli, wir sind eine Familie geworden.«

Sie flehte ihn mit Augen und Stimme an und ihr Herz wünschte sich verzweifelt, er würde verstehen, dass er unmöglich – unmöglich! – einfach von allem weglaufen konnte, was sie sich zusammen aufgebaut hatten. »Erkennst du das nicht?«

»*Jo.*« Eli nickte, ohne auch nur eine Sekunde die Augen von ihr zu nehmen. »Ich erkenne, dass es uns gelungen ist, einander alles zu geben, was wir brauchen … bis auf eines.«

Lillians Atem ging stoßweise. Obwohl er es nicht aussprach, wusste sie, was er meinte: das Bedürfnis, geliebt zu werden. Auch sie hatte es. Sie wollte genauso geliebt werden wie er. Und sie wollte von ihm geliebt werden. Sie wartete darauf, dass er diese Sehnsucht aussprach, damit sie eine Gelegenheit hatte, ihm ihr Herz zu öffnen. Aber er blieb still und in seinem gleichmütigen Gesicht war keine Spur von Zuneigung zu lesen.

Also leckte sie sich über die trockenen Lippen und flüsterte mutig: »Meinst du … du sehnst dich danach, nicht nur als Arbeiter gebraucht zu werden? Willst du gern als Vater … und als Ehemann geliebt werden?«

Er zuckte zusammen wie von einem Pfeil getroffen. Obwohl er nichts sagte, konnte sie die Antwort in seinen Augen lesen. Seine braunen Augen baten sie darum, ihm diese Sehnsucht zu erfüllen.

Sie hob einen Fuß und trat einen Schritt näher. Mit wispernder Stimme, nicht lauter als die sanfte Brise, die an ihren Röcken zupfte und eine Locke von Elis Haar auf seiner Stirn tanzen ließ, sagte sie: »Du musst nur darum bitten, Eli, dann wird dieses Verlangen erfüllt.«

Sein Blick erforschte ihr Gesicht. Seine Hände schossen hervor und legten sich um ihre Oberarme. Seine Finger drückten sich in ihr Fleisch, als müsse er sich an ihr abstützen, um nicht umzufallen. »Was willst du mir sagen, Lillian?«

Ihr Herz flatterte so, dass sie fürchtete, es würde Flügel bekommen und davonfliegen. »Ich will dir sagen, dass ich mich in dich verliebt habe, Eli. Ich möchte mehr sein als die Frau, die für dich kocht und deine Kleider wäscht. Ich möchte deine Ehefrau sein.«

»Aus Mitleid?«, bellte er.

Sie schüttelte heftig den Kopf, sodass sich Strähnen ihres Haars aus dem Knoten lösten und gegen ihre Wangen fielen. »Nicht aus Mitleid – aus Wertschätzung.«

»Aber … aber du bist erst vor Kurzem Witwe geworden … es ist nur so wenig Zeit vergangen …«

Musste er ihrem Herzen widersprechen? Warum konnte er ihre Worte nicht einfach annehmen, anstatt dagegen zu kämpfen? Wusste er nicht, wie viel Mut es sie gekostet hatte, zuzugeben, was sie für ihn empfand? Lillian wand sich aus seinem Griff, nahm seine Hände und schob ihre Finger zwischen seine, um sich Hand an Hand mit ihm zu verbinden.

»Ich weiß, wenn man die Tage zählt, scheint es nur eine kurze Zeit zu sein. Aber denk doch daran, was wir alles zusammen gemeistert haben. Es ist, als hätten wir ein ganzes Leben auf diesem Land verbracht, Eli. Wir haben in ein paar Monaten mehr zusammen erlebt als die meisten Paare in Jahrzehnten.«

Tränen füllten ihre Augen und sein Bild verschwamm, aber sie fuhr mit zittriger Stimme fort: »Ich habe mein Herz geprüft und ich weiß, dass die Liebe zu dir tief in meinem Inneren existiert. Ich kann den Gedanken nicht ertragen, ohne dich hierzubleiben. Ich weiß, dass es auch meinen Söhnen das Herz brechen würde, wenn du uns verlassen würdest. Bitte, Eli. Bitte sei mein Ehemann, so wie du es versprochen hast.«

Er zog seine Hände aus ihren und einen Moment lang fürchtete sie, er würde sich umdrehen und davongehen. Aber dann öffneten sich seine Arme, um Lillian an sich zu ziehen, und seine Umarmung schloss sie völlig ein. Mit einem kleinen Freudenschrei drückte sie sich an ihn und schlüpfte mit den Armen unter seine Jacke, um seinen Körper zu umschlingen. Sie hob das Gesicht und seine Lippen trafen auf ihre – warm und feucht und mit Zwiebeln aromatisiert. Nie hatten Zwiebeln so gut geschmeckt!

Seine Hand legte sich an ihren Hinterkopf und zog sie fester in den Kuss und sekundenlang vergaß sie zu atmen. Als sie nach Luft schnappte, wich er besorgt zurück. »Ist alles in Ordnung?«

Lachen stieg in ihr auf und sprudelte in einem heiteren Schwall hervor, begleitet von Freudentränen. »Mir geht es gut. Ich bin nur atemlos von deinen Küssen.« Sie stellte sich auf die Zehenspitzen, um ihm einen schnellen Kuss auf die Lippen zu drücken, dann sagte sie kokett: »Du küsst sehr gut, *Öömtje* Bornholdt. Was für andere Geheimnisse hältst du vor mir verborgen?«

Er hielt sie leicht im Arm, wiegte vor und zurück und sagte mit einem breiten Lächeln: »Mein einziges Geheimnis – und es tut mir jetzt leid, dass ich das vor dir verborgen habe – ist meine Liebe zu dir. Ich liebe dich schon seit Wochen … es kommt mir wie eine Ewigkeit vor. Ich hätte es dir früher sagen sollen.«

Geborgen in seiner Umarmung, seufzte sie. »Bis jetzt war ich nicht bereit, es zu erfahren.«

Plötzlich runzelte er die Stirn. »Du sagst aber nicht, dass du mich liebst, nur weil du Angst hast, ich könnte dich sonst ohne Schutz und Versorgung verlassen?«

Die Unsicherheit in seiner Stimme rief eine Welle der Traurigkeit in ihr hervor. Was für Wunden er mit sich trug, weil er so lang allein gewesen war! »Ich bin von dir abhängig, Eli. Aber meine Liebe zu dir gründet sich nicht auf das, was du mir gibst, sondern darauf, *wer* du bist.«

Sein Gesicht erhellte sich. »Dann liebst du mich also wirklich?«

»*Jo*, Eli. Ich liebe dich wirklich.«

»Ah.« Sein Seufzer war Ausdruck einer Zufriedenheit, die bis in den Kern seiner Seele reichte. »Geliebt zu werden ist mehr, als ich mir erhofft habe.«

Lillian berührte seinen Bart mit ihren Fingern und genoss das Gefühl der weichen, gewellten Haare. »Aber weißt du es nicht mehr? Gott schenkt uns mehr, als wir erwarten.«

Sein Lächeln ließ ihr Herz vor Glück schneller schlagen. Er zog sie wieder dicht an sich und lehnte seine Wange an ihren Kopf. »Wir sind über alle Maßen gesegnet …«

Als der Abend näher rückte, zitterten Lillian vor nervöser Vorfreude die Hände und erschwerten die Essensvorbereitungen. Das Mittagessen war eine einfache Mahlzeit gewesen – Dörrfleisch, Brot und gebratene Nudeln. Deshalb plante sie ein besonderes Abendessen, das der Geständnisse des Vormittags würdig war.

Henrik hatte bei Tagesanbruch eine fette Gans geschossen, als ein schreiender Schwarm am Himmel über die Grassodenhäuser hinweggezogen war. Der Vogel backte nun draußen im *Spoaheat*, gefüllt mit Semmelbröseln, Reis, Rosinen und Walnüssen, die sie von einem Baum am anderen Bachufer geerntet hatten.

Lillian deckte den Tisch mit einer Leinentischdecke und gutem Geschirr statt den üblichen Blechtellern. Frisch gerührte Butter stand blass und saftig in einer Schüssel neben einem Laib frisch gebackenem Brot.

Die Jungen würden einen Blick auf den Tisch werfen und sich wundern, warum sich ihre Mutter an einem einfachen Donnerstag so viel Mühe gemacht hatte, aber Eli würde den Aufwand verstehen. Ihr Puls beschleunigte sich, als sie daran dachte, wie er sie in die Arme geschlossen und ausgiebig geküsst hatte. Sie berührte ihre Lippen und ein Lächeln entstand unter ihren Fingern, als sie den Moment noch einmal durchlebte, als Eli ihr mit seinem Kuss den Atem geraubt hatte.

Am Rand ihres Bewusstseins nagte ein Schuldgefühl. Sie hatte Reinhardts Küsse genossen, aber er hatte immer eine gewisse Zurückhaltung bewahrt, als fürchtete er sich, der Leidenschaft freien Lauf zu lassen. Eli jedoch hatte nichts zurückgehalten und dadurch hatte er in Lillians Innerem etwas berührt, von dessen Existenz sie bisher nichts geahnt hatte.

Wie sehr wünschte sie sich einen zweiten Kuss. Aber dafür war jetzt keine Zeit. Sie hatte noch viel zu tun. Kartoffeln, dünn geschnitten und mit wilden Zwiebeln vermischt, warteten darauf, gebraten zu werden. Sie trug die Pfanne zum *Spoaheat*. Bald würde sie drinnen am Kamin kochen, aber erst wenn Eli ihr sagte, dass der Ton trocken genug war. Sie briet die Kartoffeln in heißem, aromatischem Schweineschmalz, bis sie knusprig waren, dann stellte sie die Pfanne an den Rand des Feuers, um die Kartoffeln warm zu halten, bis die Gans fertig war.

Als sie das Backblech mit dem gebräunten Vogel aus dem Ofen holte, kamen Eli und die Jungen vom Feld. Eli warf einen Blick auf die Gans und zog anerkennend die Augenbrauen hoch. Dann betrachtete er den festlich gedeckten Tisch und lächelte Lillian zärtlich an.

Wärme stieg ihr ins Gesicht. Sie eilte geschäftig zum Tisch und hielt die Gans vor sich wie einen Schild. »Wascht euch schnell. Unser Essen wird kalt, wenn ihr trödelt.«

Eli blieb auf dem Weg zur Waschschüssel kurz stehen und flüsterte ihr ins Ohr: »Du hast dir so viel Mühe gemacht. Ich muss mir etwas Spezielles überlegen, wie ich es dir danken kann.«

Die milde Wärme in ihren Wangen verwandelte sich in eine glühende Hitze.

Sie setzten sich an den Tisch und reichten sich die Hände, während Eli das Dankgebet sprach. War seine Stimme heute Abend heiserer als sonst oder bildete sie sich das nur ein? Lillian war sich nicht sicher, aber sie wusste, dass sie ihn viel intensiver wahrnahm. Als sie ihm die

Butter reichte und sich ihre Finger streiften, schoss es ihr heiß durch die Magengegend. Sie meinte, die Jungen müssten die Funken sehen können, so ausgeprägt war ihre Reaktion auf diese einfache Berührung.

Aber ein kurzer Blick auf ihre Söhne zeigte ihr nur, dass sie das Mahl genossen. Sie zwang sich, ruhiger zu werden und sich an diesem Festessen zu freuen.

Als sie die halbe Mahlzeit hinter sich hatten, sagte Henrik: »Wir werden diesen Winter mehr Futter für die Tiere brauchen. Hast du die Absicht, Futter zu kaufen, Eli?«

»Nicht, solange es Gras auf den Feldern gibt, das nur abgeschnitten werden muss.« Eli schob sich eine Gabel mit Kartoffeln in den Mund. Er schluckte, bevor er hinzufügte: »Morgen und am Samstag werden wir einen Verbindungsgang zwischen den beiden Grassodenhäusern bauen und ein Haus daraus machen –«

Joseph hob den Kopf mit einem Ruck und starrte Eli an. Henrik tat es ihm gleich, richtete den Blick jedoch auf Lillian. Sie konzentrierte sich darauf, ein Stückchen Fleisch vom Schenkelknochen der Gans zu zupfen, während Eli fortfuhr.

»– das wird uns zusätzlichen Stauraum verschaffen. Wenn wir damit fertig sind, werden wir die nächste Woche damit verbringen, das Gras auf der anderen Seite des Bachs zu schneiden und zu sammeln, damit wir unsere Rinder und Pferde im Winter füttern können.«

Henrik hob langsam einen Bissen zum Mund, den Blick noch immer auf das Gesicht seiner Mutter gerichtet. Lillian vermied es, seinen Blick zu erwidern, aus Angst, eine Anklage darin zu lesen. Sie fragte: »Du willst das Gras auf der anderen Seite des Baches schneiden? Aber dieses Land gehört dir doch nicht.«

»Ich weiß«, bestätigte Eli, »und wenn jemand auf dem Grundstück leben würde, würde ich das Gras auch nicht antasten. Aber bis jetzt gehört es noch niemand. Im nächsten Frühling, wenn unsere Leute eintreffen, wird das Gras wieder hoch und dicht nachgewachsen sein, also tun wir niemand weh, wenn wir es ernten.«

Joseph, der Gabel und Messer auf beiden Seiten des Tellers aufgerichtet in der Faust hielt, beugte sich zu Eli hinüber. »Du hast gesagt, wir würden die beiden Grassodenhäuser zu einem verbinden …«

Henrik räusperte sich – sicher sollte das seinen neugierigen Bruder zum Schweigen bringen, dachte Lillian. Aber Joseph fragte unbeeindruckt weiter. »Baust du dir dann ein neues Grassodenhaus, wenn du dein Haus zu einem Teil von unserem machst?«

Elis und Lillians Blicke trafen sich über den Tisch hinweg. Sie spürte, dass er ihr Einverständnis wollte, um den Jungen von ihrer veränderten Beziehung zu erzählen. Mit einem kaum merklichen Nicken stimmte sie ihm zu.

»*Nä*, mein Sohn, ich werde mir kein neues Grassodenhaus bauen. Stattdessen werden wir –«, seine Geste umfasste alle, die um den Tisch herum saßen, »wenn wir euer und mein Grassodenhaus zu einem machen, auch zu einer Familie, die gemeinsam in einem Haus lebt.« Plötzlich wurde seine Miene unsicher. »Seid … seid ihr damit einverstanden, Jungs?«

Joseph kräuselte die Stirn. »Wir werden also ein Grassodenhaus mit zwei Zimmern haben.« Er richtete sich auf seinem Platz auf, ähnlich wie die kleinen bellenden Hunde, die in der Prärie aus den Löchern auftauchten. »Können Henrik und ich dann in das kleinere Zimmer ziehen, damit wir unseren eigenen Raum haben?«

Eli blickte zu Henrik. »Henrik, würde es dir etwas ausmachen … ein Zimmer mit Joseph zu teilen?«

Lillian hielt den Atem an, während sie auf Henriks Reaktion wartete. Henrik war alt genug, um die wahre Bedeutung von Elis Frage zu verstehen. Würde er in Wut ausbrechen oder würde er ihnen seinen Segen geben? An dem Tag, als sie Eli geheiratet hatte, war er distanziert und kalt gewesen. Ihr lag so viel an seinem Einverständnis.

Henrik blickte von Eli zu Lillian und zu Eli zurück. Seine Schultern hoben und senkten sich und er drückte die Lippen aufeinander, als er auf den halb leeren Teller vor sich starrte. Dann hob er den Kopf und schenkte seiner Mutter ein trauriges halbherziges Grinsen. »Ich denke, das wäre … in Ordnung.«

Lillian unterdrückte den Impuls, ein lautes Lied anzustimmen. Obwohl er keine Begeisterung zeigte, verriet Henriks einfache Antwort sehr viel über seine geänderte Haltung. So viele Gebete waren erhört worden. Sie fasste seine Hand und flüsterte: »Danke, *mein kjestlijch en Sän*.«

Er nickte und wandte sich wieder seinem Essen zu. Lillian drehte den Kopf nach vorn und sah, dass Eli sie mit einem sanften, hingerissenen Blick betrachtete. Wieder schien ihr plötzlich alle Luft aus den Lungen gedrückt worden zu sein. Wie konnte sie nur die Liebe übersehen haben, die dieser Mann für sie empfand? *Danke, Herr, dass du uns füreinander geöffnet hast. Danke für das Geschenk dieses selbstlosen, liebenden, frommen Mannes.*

Mit einem kleinen Lachen nahm sie den Schenkelknochen der Gans in die Hand und führte ihn zum Mund. Sie beendeten ihr Mahl mit leichtem Geplauder, Scherzen und viel Gelächter. Während sie zuhörte, wie Eli und die Jungen sich darüber unterhielten, wo sie das Winterfutter für die Tiere lagern würden, waren Lillians Gedanken beim nächsten Sonntag. Dann würde nur noch *ein* Grassodenhaus auf ihrem Grundstück stehen. Bestimmt würde von nun an das Glück ihr ständiger Begleiter sein.

28

Henrik warf den Quilt über das frisch angehäufte, süß riechende getrocknete Gras, trat dann einen Schritt zurück und ließ den Blick durch den kleinen Raum wandern. Joseph hatte sich sein Bett in der gegenüberliegenden Ecke eingerichtet. Eine Truhe, die ihre Kleider enthielt, bildete eine Schranke zwischen den zwei einfachen Betten. Eine zweite Truhe, die seine Büchersammlung und Jakobs – von Lillian gehütete – Besitztümer enthielt, stand dicht neben der holzverkleideten Öffnung zum neu gebauten Flur. Die beiden Grassodenhäuser waren jetzt zu einem verbunden.

Zu einem verbunden ... Die Häuser waren eins und Lillian und Eli waren es – offensichtlich – auch.

In den vergangenen zwei Tagen hatte Henrik versucht, den Blick abzuwenden, wenn Lillian und Eli in unmittelbarer Nähe waren. Die verträumten Blicke, die sie sich zuwarfen, schienen für Menschen ihres Alters unangebracht und verursachten Henrik ein seltsames Gefühl in der Magengrube.

Joseph stapfte in den Raum, setzte sich auf sein Bett und lehnte sich an die Grassodenwand. »Henrik, bring die Laterne hier herüber.« Er klopfte auf die Truhe zwischen ihren Betten. »Ich möchte an meiner Flöte weiterarbeiten, und ich sehe nicht genug.«

Henrik trug die Laterne zu ihm und stellte sie auf die Truhe. »Schnitzt du wieder?« Eli hatte Joseph ein Taschenmesser zum Geburtstag geschenkt. Joseph arbeitete eifrig und bemühte sich, Zweige in nützliche Gegenstände zu verwandelt, doch aus Henriks Sicht war das reine Zeitverschwendung.

»Ich schnitze gern.« Joseph summte tonlos vor sich hin, während er geringelte Holzspäne auf den Boden fallen ließ.

Henrik zeigte darauf. »Du musst aber hinterher sauber machen. Ich möchte keinen Splitter in den Fuß bekommen.«

Joseph warf ihm einen bösen Blick zu. »Dann zieh deine Schuhe an. Du klingst wie Mama, wenn sie sich darüber beschwert, dass jemand die Socken auf dem Boden liegen lässt. Lass mich in Ruhe.«

Brummend stampfte Henrik zu der kleineren Truhe und holte das Geschichtsbuch heraus. Er ließ sich auf sein Bett fallen und öffnete das zerlesene Buch, aber er konnte sich nicht konzentrieren. Was taten Mama und Eli auf ihrer Seite des Grassodenhauses? An den vergangenen Sonntagnachmittagen hatten er, Joseph und Lillian sich in ihrem Grassodenhaus ausgeruht, während Eli sich allein in seinem aufgehalten hatte. Aber gestern Abend hatten sie den Verbindungsgang überdacht und Eli hatte ihnen erlaubt, einen Teil des Sonntags, der eigentlich der Tag des Herrn war, zu verwenden, um mit ihren Sachen umzuziehen. Vater hätte darauf bestanden, bis Montag zu warten, statt am Ruhetag etwas zu tun, was auch nur entfernt nach Arbeit aussah. Aber Eli unterschied sich in vielerlei Weise von Vater. Manche Unterschiede gefielen Henrik gut, aber dieses Mal konnte er das so nicht sagen. Elis Eile, den Umzug der Jungen zu bewerkstelligen, war aus Henriks Sicht ein Zeichen für Elis Ungeduld, mit Lillian allein zu sein.

Henrik blätterte wahllos in seinem Buch herum und sah mit gerunzelter Stirn zum Durchgang hinüber. Vielleicht sollte er nach Lillian schauen – um sicherzugehen, dass es ihr gut ging. Sie hatte sich an seine und Josephs Gegenwart gewöhnt, vielleicht fühlte sie sich ebenfalls unbehaglich. Er legte das Buch hin und wollte gerade aufstehen, als Elis Stimme aus dem Gang zu hören war.

»Hallo, Jungs, darf ich in euer Zimmer kommen?«

Joseph senkte sein Taschenmesser. »Komm rein, Papa!«

Eli trat durch den Eingang. Ein gefaltetes Stück Segeltuch lag über seinem Arm. Er schaute sich im Raum um und lächelte Henrik und Joseph an. »Wie ich sehe, habt ihr alles verstaut.«

»Jo.« Joseph ließ ein weiteres Stückchen Holz von dem glatten Stock zu Boden fallen. »Mir gefällt es, dass wir unser eigenes Zimmer haben.« Er kräuselte die Nase. »Außer dass Henrik sich wie Mama verhält und mir sagt, dass ich nachher sauber machen muss.«

Eli lachte leise, aber dann deutete er mit dem Finger auf Joseph. »Trotzdem musst du auf deinen Bruder hören. Ihr teilt euch diesen Raum und er hat ein Wort mitzureden, wie ordentlich dieses Zimmer sein soll.«

Joseph verzog das Gesicht, aber er zuckte die Achseln und wandte sich wieder seiner Schnitzerei zu.

Eli hielt das Segeltuch in die Höhe. »Möchtet ihr, dass ich das vor den Eingang hänge, damit ihr mehr für euch seid?«

Henriks Alarmbereitschaft wurde geweckt. Das Segeltuch würde eine Trennwand zwischen Joseph und ihm auf der einen und Lillian und Eli auf der anderen Seite bilden. In ihrem Haus in Gnadenfeld hatten er und seine Brüder auf dem Dachboden geschlafen. Oben an der Treppe hatte es keine Tür gegeben. Zu wissen, dass seine Mutter und sein Vater direkt unter ihnen schliefen und dass keine verschlossene Tür zwischen ihnen lag, hatte ihm als Kind ein Gefühl der Sicherheit gegeben.

»Wird das nicht verhindern, dass Wärme in unser Zimmer kommt?«, fragte er mit einem misstrauischen Unterton.

Eli rieb sich mit dem Finger unter der Nase, als er darüber nachdachte. »Ach, wir werden es in der Nacht, wenn ein Feuer im Kamin brennt, einfach zur Seite falten. Ich dachte nur, ihr hättet vielleicht gern die Möglichkeit, ab und zu ganz ungestört nur unter euch zu sein.«

Henrik suchte in Elis Gesicht nach verborgenen Beweggründen. Er sah keine. Trotzdem schüttelte er den Kopf. »Joseph und ich sind an offene Türen gewöhnt. Das Segeltuch ist unnötig.«

Eli zuckte die Achseln. »*Nä-jo.*« Er nickte kurz. »Genießt euren freien Nachmittag. Am besten macht ihr vor dem Abendessen ein Schläfchen. Morgen haben wir viel zu tun.« Er drehte sich um und verließ den Raum.

Henrik wartete einen Moment, dann stand er auf und ging zum Flur. Am Ende des Gangs hing ein Streifen Segeltuch und verschloss den Hauptraum, in dem Lillian und Eli jetzt allein waren.

Das unbehagliche Gefühl kehrte zurück.

»Ruhen die Jungs sich aus?«

Eli setzte sich neben Lillian auf die Truhe und zog sie an sich. Wie herrlich war es, die Freiheit zu haben, sie jederzeit zu berühren, wenn er es wünschte. Jedes Mal, wenn sie bereitwillig – sogar erwartungsvoll – in seine Arme kam, ging eine Welle der Freude über ihn hinweg. Wieder einmal sandte er ein stilles Gebet nach oben, um dem Herrn für das Geschenk zu danken, dass diese Frau ihn liebte.

»Joseph schnitzt und Henrik hat ein Buch aufgeschlagen.«

Sie lehnte ihren Kopf an seine Schulter und seufzte. »Es geht ihnen also gut.«

»Es geht ihnen gut.«

»Fein.«

Als er so mit Lillian auf der Truhe saß, wünschte sich Eli ein mit Sägemehl ausgestopftes Sofa oder eine gepolsterte Couch. Die Truhe war kein bequemer Sitzplatz, aber sonst gab es nur noch Lillians Federmatratze, auf der sie gemeinsam sitzen konnten. Und das wäre nicht angebracht, falls einer der Jungen in den Raum kam. Deshalb saßen sie hier auf der Truhe, auch wenn es nicht bequem war. Dank der angenehmen Gesellschaft lohnte es sich, die harte Sitzfläche zu ertragen.

Mit dem Daumen zeichnete er langsam Schnörkel auf ihrem Arm, und seine Wange lag an ihrem Haar. »Wenn wir den Weizen geerntet haben, werde ich Möbel kaufen.« Sein Atem ließ eine Locke, die sich gelöst hatte, aufsteigen, und er drehte sich, um die Strähne hinter ihr Ohr zu schieben, bevor er sie wieder an sich zog.

»Aber du musst Holz für unser Haus kaufen.« Sie neigte leicht den Kopf, um in sein Gesicht zu spähen. »Wird das Geld für beides ausreichen?«

Eli lächelte. »Dieses Land, Lillian … der Boden ist so schwer und dunkel. Wenn unser Weizen so hoch und dicht wächst wie das Gras, werde ich sogar eine bessere Ernte haben als damals in Molotschna.« Er richtete sich auf und wandte ihr das Gesicht zu. »Der Mann, dem der Getreidespeicher in McPherson Town gehört, hat mir den Weizenpreis aufgeschrieben und ich habe ihn mir gemerkt.«

Er wurde aufgeregt, als er an den Reichtum dachte, der auf sie wartete. »Letztes Jahr brachte das Getreide einen Dollar und fünf Cent pro Scheffel.«

Ihre Augenbrauen schossen nach oben.

Obwohl sie mit den amerikanischen Maßeinheiten noch nicht vertraut war, wusste sie, wie viele Vorräte für diesen Betrag im Laden gekauft worden waren.

»Wie viele Scheffel wirst du pro Hektar ernten?«

Ihr ehrliches Interesse steigerte seine Begeisterung. In all den Jahren, als er sein Land allein bebaut hatte, hatte ihn nie jemand gefragt, was er anbaute oder wie hoch seine Ernte ausfiel. Es machte Eli große Freude, Lillians Frage zu beantworten. »Ich habe siebenundneunzig Hektar von den Landagenten gekauft und ungefähr dreiundsiebzig Hektar habe ich bewirtschaftet.«

»Warum hast du nicht die ganze Fläche für den Getreideanbau genutzt?«

»Es ist am besten, etwas Land übrig zu lassen, auf dem man Heu machen kann, um die Tiere zu versorgen.«

Sie nickte und lächelte zustimmend.

»In Gnadenfeld habe ich einundsechzig Scheffel pro Hektar geerntet. Ich erwarte hier einen besseren Ertrag. Aber selbst wenn es wieder einundsechzig Scheffel pro Hektar sind, könnten wir knapp viertausend Dollar für unser Getreide bekommen.«

Lillian riss die Augen weit auf. »Viertausend!«

Er lachte. »*Jo*, ich weiß! Es ist eine gewaltige Summe.« Er verzog die Lippen und gab zu: »Es werden einige Kosten entstehen, um es zum Markt zu transportieren – vielleicht sechs oder acht Cent pro Scheffel … aber selbst dann können wir damit rechnen, eine Menge zu verdienen. Wir werden uns alles beschaffen können, was wir brauchen … und noch mehr.«

Er erinnerte sich, dass er Henrik ein Viertel des Ertrags versprochen hatte, und fügte schnell hinzu: »Ich habe Henrik Geld für die Schule versprochen, also müssen wir das als Erstes abziehen.« Dann kam der nächste Gedanke. »Wir haben keine Gemeinde.«

»*Jo*, das weiß ich …«

»*Nä, nä*, ich denke an den Zehnten. Wie können wir den Zehnten geben, wenn wir keine Gemeinde haben?« Eli tippte sich mit dem Finger an die Lippen. »Wir müssen Gott einen Teil von dem zurückgeben, was wir erhalten. Aber wie?«

Ihr zärtlicher Ausdruck raubte ihm den Atem. Sie nahm seine Hände und drückte sie leicht. »Eli, was für ein guter Mann du bist!«

Diese Worte zu hören, während ihre Finger sich mit seinen verschränkten, war eine unaussprechliche Freude. Er lachte verlegen. »Den Zehnten gebe ich nicht aus Güte, sondern aus Dankbarkeit.«

Lillian nagte an ihrer Unterlippe und kräuselte nachdenklich die Stirn. Dann erhellte sich ihre Miene. »Du kannst das Geld beiseitelegen. Wenn dann die anderen kommen und wir bereit sind, eine Kirche für unser Dorf zu bauen, kannst du dem Pastor das Geld geben.«

»Eine gute Idee!« Eli beugte sich vor und drückte ihr einen Kuss auf die Lippen. »Du bist ein helles Köpfchen, *Frü* Bornholdt.«

Sie kuschelte sich in seinen Arm und lehnte ihren Kopf an seine Schulter. »Und dieses helle Köpfchen möchte jetzt gern ein Schläfchen machen.«

»Dann tu das.« Er küsste sie auf den Kopf und schlang seine Arme noch fester um ihre Taille. »Ich werde dich nicht fallen lassen.« Obwohl das Sitzen unbequem war und er selbst gern ein Schläfchen gemacht hätte, saß er ganz ruhig und wachsam da und hielt seine Lillian gut fest, damit sie schlafen konnte.

Während der November unter einem wolkenlosen, düsteren, graublauen Himmel verging, wurde es Elis neuer Zeitvertreib, Lillian glücklich zu machen. Er dachte sich kleine Dinge aus, um ein Lächeln zu ernten – brachte ihr unerwartete Geschenke wie einen braunen

Stein mit einem glitzernden goldenen Streifen, geglättet von Jahren im Bach, oder eine bunte Vogelfeder anstelle der Blumen, die nicht mehr blühten, während der Herbst sich zum Winter wandelte. Dem Grassodenhaus mit seinen Erdmauern und der einfachen Einrichtung fehlte Farbe. So wurden seine symbolischen Gaben immer mit einem Lächeln, einem Kuss und einem geflüsterten Dankeschön belohnt.

Sie entdeckten auch andere Freuden, nach dem Nachtessen, wenn Henrik und Joseph in ihrer Hälfte des Grassodenhauses schliefen. Obwohl Eli sich oft gefragt hatte, wie es sein würde, mit einer Frau zu schlafen und der Geliebten den eigenen Körper hinzugeben, übertraf die Realität seine Vorstellungen bei Weitem. Noch nie hatte er sich so angenommen, so begehrt und so geliebt gefühlt. Sein Herz ging jeden Tag weiter auf, denn Lillians Liebe befriedigte jede Sehnsucht, die er je gehabt hatte.

Die Tage wurden kürzer und die Sonne sank am Horizont, bevor die Arbeit des Tages vollendet war. Der Wind wurde schneidend und Lillian war dankbar, dass sie nicht mehr draußen an der Feuerstelle kochen musste. Eli wollte gern, dass Joseph einen Teil des Tages mit Lernen verbrachte, doch meistens beteiligte er sich doch wieder an Elis und Henriks Arbeit. Sie schlugen Äste von Bäumen, um einen größeren Zaun um das Gehege der Tiere zu bauen. Oder sie schnitten Gras zum Verfeuern und als Winterfutter für die Tiere. Die Arbeit war äußerst mühsam, aber Eli fühlte sich belohnt, wenn er sah, wie der Heuhaufen hinter dem einfachen Stall aus drei Wänden wuchs. Seine Tiere würden nicht hungern und seine Familie würde nicht frieren.

Jeden Morgen, nachdem er die Kuh gemolken hatte, deren gerundeter Bauch die Ankunft eines Kalbs versprach, zog Henrik mit dem Gewehr in der Hand los. Manchmal kehrte er mit einem dicken Kaninchen zurück, ein anderes Mal mit ein paar Eichhörnchen oder einem gesprenkelten Präriehuhn. Seine Geschicklichkeit versorgte sie mit frischem Fleisch, sodass sie ihren Vorrat an gedörrtem Hirschfleisch nicht antasten mussten, sondern für den Winter aufheben konnten, wenn es wenig Jagdbeute geben würde.

Joseph wuchs ständig und an einem Tag Ende November sah Eli erschrocken, dass die Hosenbeine des Jungen nicht mehr in seinen Stiefeln stecken blieben. Obwohl er nicht vorgehabt hatte, vor dem Frühling wieder nach McPherson Town zu fahren, fragte er sich, ob er eine weitere Tour planen sollte, damit Joseph neue Hosen bekam. Die alten würden für den Winter nicht ausreichen. Er fragte Lillian um Rat.

Sie war damit beschäftigt, saubere Kleider in Stapel zu sortieren, und hielt mit ihrer Arbeit inne. »Du möchtest ihm neue Hosen kaufen?« Er tippte ihr auf die Nasenspitze. »Sie verkaufen keine alten. Also, *jo*, ich würde ihm neue kaufen.« Ihre bekümmerte Miene weckte Besorgnis bei ihm. »Lillian, was ist los?«

Ohne zu antworten, ging sie in den Gang. Eli folgte ihr und beobachtete, wie sie stehen blieb und die Hände flach auf den Deckel von Reinhardts Truhe legte. Sie drehte den Kopf, um seinen Blick zu erwidern, und Tränen glitzerten in ihren Augen. »Wir müssen keine neuen Hosen kaufen. Hier drin liegen noch mehrere gute Hosen. Wenn ich sie etwas ändere, passen sie Henrik. Er kann dann seine Hosen an Joseph weitergeben. Sie sollten ihm gut passen.«

Ihre Stimme klang gleichmäßig und unerschüttert, aber Eli spürte, dass sie bewusst ruhig sprach, um ihre wahren Gefühle zu verbergen. Seit sie in Kansas angekommen waren, hatte Lillian Reinhardts Truhe nur zwei Mal geöffnet – einmal, um das Gewehr zu holen, und ein anderes Mal, um Reinhardts Bibel herauszunehmen. Davon abgesehen war der Inhalt der Truhe unberührt geblieben.

Er strich mit den Händen über ihre Oberarme. »Ich kann Joseph eine Hose kaufen. Du musst Reinhardts Hosen nicht verwenden.« Es war seltsam, den Namen seines Pflegebruders auszusprechen. Hatte es seine Tage mit Reinhardt wirklich gegeben? Es kam ihm vor, als hätte sein Leben erst in dem Moment angefangen, als Lillians und sein Herz sich miteinander verbunden hatten.

Lillian schüttelte seine Hände ab und hob den Deckel ein kleines Stück an. »*Nä*. Es ist dumm, diese Sachen zu haben und sie nicht zu nutzen. Selbst Reinhardt würde schimpfen, wenn er wüsste, dass seine Kleider nur in der Truhe herumliegen. Ich … ich werde seine Hosen holen und …« Sie verstummte und ihr Kinn begann zu zittern. Plötzlich ließ sie den Deckel los und er fiel krachend herunter, während sie ihr Gesicht mit den Händen bedeckte. Ihr Körper wurde von lautlosen Schluchzern geschüttelt.

Eli nahm sie an den Schultern, drehte sie zu sich und zog sie in seine Arme. Er drückte sie an seine Brust, während sein Herz vor Mitleid und Sorge klopfte. Lillian weinte selten. Dass sie es jetzt tat, verriet ihm, dass sie Erleichterung brauchte. Doch nicht zu wissen, was der Grund ihrer Tränen war, beunruhigte ihn. Sobald sie aus seiner Umarmung schlüpfte, um sich die Augen mit ihrer Schürze abzuwischen, legte er seine Hände um ihr Gesicht. »Meine Lillian, warum weinst du? Bist du dir sicher, dass du Reinhardts Sachen nicht lieber unberührt lassen willst?«

Sie schüttelte den Kopf, bewegte sich von ihm weg und griff noch einmal nach dem Deckel. Sie stemmte ihn auf und starrte auf den sauber gestapelten Inhalt. Ihre Hände schossen vorwärts und sie holte zwei braune Hosen heraus. Dann ließ sie den Deckel mit einer geschickten Handbewegung wieder herabsinken, drehte sich dann um und setzte sich auf den Rand der Truhe, während sie die Hosen auf dem Schoss hielt. Ein trauriges Lächeln lag auf ihrem Gesicht, als sie zu Eli hochschaute.

»Schau nicht so besorgt, Eli. Manchmal … weinen Frauen. Und diese Tränen waren notwendig. Sie haben mir geholfen, mich von Reinhardt zu verabschieden.«

Hatte sie sich nicht bereits auf dem Schiff von Reinhardt verabschiedet, als sein Körper ins Meer hinabgelassen worden war? Lillian musste seine Verwirrung gespürt haben, denn sie klopfte auf den Platz neben sich. Eli setzte sich und sie legte eine Hand auf sein Knie.

»In diesen vergangenen Wochen, als wir uns … näher … gekommen sind« – rosa Flecken bildeten sich auf ihren Wangen und ihr Blick schweifte kurz ab, bevor sie ihm wieder ins Gesicht sah – »da gab es Zeiten, in denen Reinhardt in meine Gedanken eingedrungen ist.«

Elis Inneres verkrampfte sich. Ihre Gedanken waren bei einem anderen Mann gewesen, während sie bei ihm lag?

»Ich habe Reinhardt geliebt, Eli, und ich weiß, dass er mich geliebt hat. Wir haben sehr jung geheiratet. Wir waren viele Jahre zusammen und aus unserer Verbindung sind drei gesunde Söhne hervorgegangen. Wir haben viel miteinander geteilt.«

Es kostete Eli Mühe, äußerlich Ruhe zu bewahren, während sein Puls wild galoppierte.

»Eine Weile lang habe ich mit Schuldgefühlen gekämpft. War es ein Verrat an Reinhardts Gedächtnis, wenn ich dich liebte? Vor allem, weil … mit dir … der Liebesakt so wunderbar war, so aufrichtig …« Ihr Blick schweifte wieder ab, und das Rosa auf ihren Wangen vertiefte sich zu einem feurigen Rot. Ihre Stimme senkte sich zu einem Flüstern. »Obwohl Reinhardt und ich so viel miteinander geteilt haben, ist es – mit dir – irgendwie so, dass alles in mir sich nach dir ausstreckt. Selbst die tiefen, verborgenen Seiten von mir. Nichts wird zurückgehalten.«

Eli schluckte, unfähig zu antworten.

Sie drehte langsam den Kopf, bis ihre klaren blauen Augen direkt in seine sahen. »Was wir haben, ist wunderschön, Eli – und erfüllt. Ich habe oft dafür gebetet, dass Gott mein Gewissen beruhigt und mir erlaubt, mit dir ohne Vorbehalte in die Zukunft zu gehen.« Eine übrig gebliebene Träne, die an ihrer Wimper gehangen hatte, tropfte herab und rann an ihrem lächelnden Mund vorbei. »Und ich weiß jetzt, dass ich dafür bereit bin. Wenn ich in diese Truhe greifen und die Sachen benutzen kann, die Reinhardt auf dieser Erde nie mehr brauchen wird, dann weiß ich, dass ich mich endgültig von ihm verabschiedet habe.«

Sie atmete bebend ein. Ihr liebliches Gesicht drückte so viel Einverständnis und Zuversicht aus, dass Eli einen Kloß in seiner Kehle spürte. »Nichts – keine bittere Erinnerung, kein falsches Schuldgefühl, kein geflüstertes ›so war es früher‹ – steht mehr im Weg. Ich gehöre voll und ganz dir.«

Von Gefühlen überwältigt, brachte Eli keinen Ton heraus. Zärtlich zog er Lillian an sich und drückte seine Wange an ihr warmes Haar. Wenn die Erinnerungen an Reinhardt ihr Herz nicht von ihm losreißen konnten, dann gab es bestimmt nichts, was dies bewirken konnte.

29

Lillian legte ihren Finger auf das Kalenderfeld, das für den letzten Tag des Dezembers 1872 stand, und stieß einen Seufzer aus. So schnell war das Jahr verflogen … und so viel *Leben* hatte in diesen zwölf knappen Monaten gesteckt.

Der Kalender hatte schon in ihrem Haus in Gnadenfeld an der Wand gehangen. Er war über den Ozean gereist und an einen Drahtbügel gehängt worden, um die Tage zu zählen, die sie in diesem neuen Land verbrachten. Einen Moment lang überlegte sie, ob sie ihn hängen lassen sollte – keine anderen Bilder oder Verzierungen schmückten die Grassodenwände –, aber ihre praktische Ader setzte sich durch. Das Jahr war vorbei. Der Kalender sollte von der Wand genommen werden.

Sie machte den Kalender vom Drahtbügel los und hielt ihn in beiden Händen. Als sie auf die Felder starrte, die für vorübergegangene Tage standen, spürte sie ein Prickeln über der Nase. Obwohl sie die Absicht gehabt hatte, den Kalender zur Außentoilette zu bringen, wo er einen nützlichen Zweck erfüllen würde, beschloss sie, ihn in eine der Truhen zu legen. 1872 war ein Jahr mit vielen Herausforderungen und Veränderungen gewesen. Dieser Kalender würde ihr helfen, sich an alles zu erinnern, was auf sie zugekommen war … und was sie bewältigt hatten.

Joseph sah hoch, als sie durchs Zimmer ging und ihre Truhe öffnete. »Du behältst den alten Kalender?«

»*Jo.*« Lillian stopfte ihn auf den Boden der Truhe unter ihre Kleider. Obwohl sie wusste, dass Joseph sich fragte, warum sie etwas aufbewahrte, was in der Vergangenheit immer weggeworfen worden war, gab sie keine Erklärung ab.

Kurz darauf konzentrierte sich Joseph wieder auf das Mathematikbuch, das aufgeschlagen auf der Truhe lag, und Lillian ging zum Kamin, um prüfend in den Topf zu schauen, der über dem Feuer hing. Das Schmalz blubberte und verbreitete einen starken Geruch. Ihr Magen knurrte, als sie sich darauf freute, in ein frischgebackenes *Portsetje* zu beißen. Das mit Rosinen gefüllte Schmalzgebäck war immer Bestandteil ihres Silvesteressens in Russland gewesen. Lillian war entschlossen, diese Tradition auch in ihrem neuen Land fortzusetzen.

Die Tür öffnete sich und Eli trat ein. Henrik folgte ihm dicht auf den Fersen. Ein kalter Windstoß begleitete sie. Lillian verschränkte die Arme über der Brust. »Ach, das fühlt sich wie Schnee an! Schließt die Tür *flucks*!«

Eli verriegelte die Tür schnell, wie befohlen, und zog Hut und Schal aus. Er schüttelte den Kopf. »Es ist höchste Zeit für Schnee. Bisher haben wir nur ein paar einzelne Schneeflocken gesehen – und mein Weizen braucht eine Decke.«

Lillian eilte über die kleine Fläche, die zwischen ihnen lag, und hängte sich an Eli. Seine Jacke verströmte Kälte, aber sie machte keine Anstalten, sich zurückzuziehen. Elis Arme waren ihre liebste Zuflucht geworden.

Henrik warf Eli einen besorgten Blick zu. »Wird der Weizen verderben, wenn es keinen Schnee gibt?«

Eli zog Lillian fester an sich. »Es ist kalt genug geworden, um die Sämlinge in einen Ruhezustand zu versetzen. Wir haben noch Zeit für den Schnee. Außerdem …« Er hob eine Augenbraue und lächelte auf Lillian herab. »Der Himmel hängt voller schwerer Wolken und ist sehr grau. Vielleicht bekommen wir unseren ersten Schnee zum Beginn des neuen Jahres. Wäre das nicht perfekt?«

Henrik trat zu der Truhe, neben der Joseph saß. »Bist du mit diesen Aufgaben noch nicht fertig?«

Joseph rollte mit den Augen. »Doch, ich bin fertig. Willst du dir die Lösungen anschauen?«

»Später.« Henrik zeigte auf seine fleckige Hose. »Ich habe Wasser auf die Hose bekommen, als ich die Tränke der Tiere gefüllt habe. Ich muss mich umziehen.« Er verschwand im Flur.

Eli drückte seine kalte Nase an Lillians Hals. »Hm, du riechst gut.«

Sie wand sich, bis sein weicher Schnurrbart ihren Hals berührte. »Ich rieche wie heißes Schmalz. Ich werde nachher *Portsetje* backen.«

Eli sprang zurück, legte die Hände auf ihre Schultern und streckte die Arme. »Wirklich?«

»Wirklich, genau solche wie in Molotschna – ohne Zutaten auszutauschen!« Sie befreite sich aus seinem Griff und kehrte zum Kamin zurück. Die Teigschüssel stand auf einem einfachen Regalbrett, das in die Wand gedrückt war. Sie tauchte einen Finger in den Teig und schob ihn in den Mund. »Wir mussten Weihnachten mit gebratenem Kaninchen statt dem traditionellen Schweinebraten feiern, und unser *Plümentjieltje* enthielt gedörrtes Hirschfleisch statt Schinken. Aber wir werden *Portsetje* als Silvesteressen haben, genau wie immer.«

»Zusammen mit einer Menge Sauerkraut ist das Kaninchen sehr gut angekommen«, sagte Eli. Lillian war froh, dass er sich nie über das Essen beklagte, welches sie auf den Tisch stellte, obwohl viele ihrer vertrauten Gerichte neue Geschmacksnuancen oder eine andere Konsistenz besaßen, weil sie die Zutaten ersetzen musste. Eli zog die Jacke aus und ließ sie auf Josephs Kopf fallen, als er an dem Jungen vorbeikam. Kichernd warf Joseph die Jacke über die Truhe und folgte seinem Stiefvater zur Teigschüssel. Beide nahmen sie ein wenig Teig und probierten ihn.

»Mm! *Gööt*, Mama!«, erklärte Joseph.

»So gut wie der *Plümentjieltje* an Weihnachten«, fügte Eli hinzu.

Lillian seufzte. Er ermutigte sie, dass das herzhafte Gericht aus Pflaumen, Nudeln und Fleisch, das sie für das Weihnachtsfrühstück zubereitet hatte, Anklang gefunden hatte. Aber anstelle von gedörrtem Hirschfleisch und anderen Wildtieren hätte sie gern einmal wieder Schwein gegessen.

Beim Gedanken an geräucherten Schinken, Würste und Rippchen lief ihr das Wasser im Mund zusammen. Dann tadelte sie sich selbst. Sie sollte sich nicht beklagen – es war freundlich von Gott, ihnen Nahrung zu schenken. Doch ein Teil von ihr sehnte sich nach dem Essen ihres Heimatlandes.

Sie neigte den Kopf und sah zu Eli hoch. »Könntest du im Frühling ein oder zwei Ferkel aufziehen, damit wir sie schlachten können? Dann hätten wir nächstes Jahr Schinken in unserem *Plümentjieltje*.«

Josephs leuchtende Augen schauten zwischen seiner Mutter und seinem Stiefvater hin und her. »Und wir können einen *Miragrupen* bauen, um unser eigenes Schmalz auszuschmelzen - dann haben wir Grieben!«

Lillian seufzte fast vor Vergnügen, als sie an die knusprigen kleinen Fleischstückchen dachte, die am Boden des Schmelzkessels zu finden waren, wenn man das Schmalz herausholte.

Eli lachte und schnippte Lillian mit dem Zeigefinger ans Kinn. »Ich werde sehen, was sich machen lässt. Vielleicht kaufe ich ein paar fette Ferkel, wenn ich das Kalb verkaufe.«

Sie hätte lieber eine definitive Antwort gehabt, aber Lillian hatte gelernt, dass Eli keine Versprechen gab, die er nicht halten konnte. Im Moment musste sie sich zufriedengeben. Wenn er sagte, er würde es versuchen, konnte sie sich darauf verlassen. Sie warf einen Blick auf die Truhe, die als Esstisch diente und sagte: »Joseph, häng die Jacke von Papa an den Haken und räum deine Bücher weg. Jetzt, wenn wir alle hier sind, können wir bald essen.«

»*Jo*, Mama.«

Lillian stach einen Löffel Teig aus und ließ ihn ins Fett gleiten. Es fing an zu zischen und der Krapfen tanzte im kochenden Fett.

Eli trat dicht an sie heran und hielt seine Nase über den Topf. »Warum hat Joseph heute gelernt? Silvester sollte ein Feiertag sein.«

Lillian schob Eli sanft zur Seite und drehte den Krapfen mit einem Holzlöffel um. »Henrik hat darauf bestanden. Er hat gesagt, dass Joseph an zu vielen Tagen beim Angeln war, anstatt zu lernen. Deshalb muss er sich jetzt, wenn der Bach gefroren ist, mit seinen Schulbüchern beschäftigen.«

Eli schnalzte mit der Zunge. »Henrik wird ein harter Zuchtmeister sein, wenn er ein Klassenzimmer voller Schüler zu überwachen hat.«

Lillian hob das gebräunte Schmalzgebäck mit dem Schaumlöffel aus dem Fett. Elis Blick folgte ihm und sie ertappte ihn, wie er sich die Lippen leckte. Lachend schüttelte sie den Kopf. »Du bist wie ein kleiner Junge! Du darfst den ersten Silvesterkrapfen haben.«

Sein Grinsen war ihr Dank genug. Sie rollte den heißen Krapfen in einer Pfanne mit Zucker. Sie hatte sich kaum von der Pfanne weggedreht, als Eli mit Daumen und Zeigefinger nach dem ovalen Krapfen griff. Er zischte: »*Soja heut*!« und warf ihn von einer Hand in die andere, wobei ein Teil des Zuckers auf den Boden rieselte.

»Eli! Du machst alles schmutzig!« Lillian trat die Zuckerkörnchen in den Boden.

Nachdem er auf den Krapfen geblasen hatte, biss Eli ein großes Stück davon ab. Er wackelte mit den Augenbrauen, um seine Zufriedenheit zu signalisieren. Lachend machte Lillian sich daran, den restlichen Teig auszubacken. Der Duft ließ ihr das Wasser im Mund zusammenlaufen, aber sie wartete geduldig zwischen den einzelnen Portionen, bis das Schmalz wieder kochte. Sie wollte, dass ihre *Portsetje* perfekt wurden.

Bald häuften sich die goldbraunen, in Zucker gewälzten Krapfen in ihrer Servierschüssel. Sie stellte sie auf die Truhe und lächelte Eli an, der die traditionellen Leckerbissen von seinem Stuhl am Tisch aus betrachtete. »Ruf die Jungs und wir können essen.«

Die Krapfen verschwanden schnell, während sie auf das vergangene Jahr zurückschauten und Pläne für 1873 machten. Alle hatten Tränen in den Augen, als sie von Reinhardt und Jakob sprachen, aber Lillian war dankbar für die Freiheit, ihre Namen zu nennen, ohne stechenden Schmerz oder Gewissensbisse zu empfinden.

Joseph schnappte sich den letzten Krapfen aus der Schüssel und hielt dann mit einem zufriedenen Seufzer inne. »Die sind gut, Mama. Aber es kommt mir komisch vor, dass wir sie alle selbst essen, anstatt sie mit den Nachbarn zu teilen.«

Lillian nickte. Sie erinnerte sich an das Klopfen an der Tür, an die fröhlichen »*Fröö niejoa*«-Rufe, die laut durch die Nacht drangen, an das Lachen von Freunden und Familienangehörigen, die ins Haus drängten, um einen Krapfen zu essen, bevor sie zum nächsten Haus gingen.

»Aber denk nur«, sagte Eli, »nächstes Jahr an Silvester werden wir zu einem Dorf gehören. Unsere Leute werden nächstes Frühjahr kommen, ihre Häuser bauen, genau wie wir es getan haben, und dann werden wir bei ihnen an die Tür klopfen und ihnen ein frohes neues Jahr wünschen.«

Joseph grinste. »Ich weiß, an welche Tür Henrik klopfen möchte – an die von den Friesens.«

»Joseph«, sagte Henrik warnend, aber Joseph lachte und stopfte sich das letzte Stück Krapfen in den Mund.

Lillian war fest entschlossen, einen Streit am letzten Tag des Jahres zu vermeiden, und sagte: »Glaubst du wirklich, sie werden im nächsten Frühling kommen?«

»Ganz bestimmt.« Elis zuversichtlicher Ton zerstreute Lillians Sorge. »Die Kundschafter werden inzwischen nach Gnadenfeld zurückgekehrt sein. Ich glaube, unsere Nachbarn schmieden gerade Pläne, wie sie nach Amerika kommen, genau, wie wir zu Beginn dieses Jahres unsere Pläne gemacht haben. Und siehst du, wo wir jetzt sind und was wir alles geleistet haben?« Er stützte seine Ellbogen auf die Truhe. »Unser Gott ist gut zu uns gewesen. Er wird die anderen zu uns bringen.«

Eine Spur der alten Rebellion zeigte sich in Henriks Augen. »Wie kannst du dir sicher sein, dass sie hierher kommen?«

Obwohl Lillian mit Eli glücklich war, hatte sie in letzter Zeit bei ihrem ältesten Sohn gelegentlich eine trotzige Haltung festgestellt. Sie vermutete, dass es ihm zu schaffen machte, dass Eli Reinhardts Platz in ihrem Leben und Herzen einnahm. Aber sie war nicht bereit, sich dafür zu entschuldigen, dass sie Eli vorbehaltlos liebte. Er war ein guter Mann, ihr und den Kindern herzlich zugetan. Henrik würde eines Tages erwachsen genug sein, um zu erkennen, dass Eli ein besonderes Geschenk für sie alle war.

Ein nachsichtiges Lächeln rief kleine Fältchen um Elis Augen hervor. »Hast du nicht Susie Friesen und ihrer Familie einen Brief geschickt, um ihnen zu sagen, wo wir sind und wie fruchtbar das Land ist?«

Henrik nickte langsam.

»Na, also, dann denk nur daran.« Elis Stimme war frei von jeder Feindseligkeit. »Außerdem bete ich täglich für unsere Freunde und Nachbarn, damit sie eine sichere Transportmöglichkeit in dieses wunderbare Land finden. Gott hat hier gute Pläne für unsere Leute. Er wird dafür sorgen, dass diese Pläne sich erfüllen.« Eli schlug leicht mit der Faust an Henriks Unterarm. »Vertraue ihm, Henrik. Du wirst sehen – unser Gott lässt uns nicht im Stich.«

Mit Josephs Hilfe wusch Lillian das Geschirr und dann verbrachten sie und ihre Familie den Abend, indem sie Lieder sangen, in der Bibel lasen und ein Hüpfspiel namens *Hinkspiel* machten. Nachdem sie eine Stunde lang gespielt hatten, kicherten sie so sehr, dass sie fast nicht mehr stehen, geschweige denn auf einem Fuß hüpfen konnten. Eli ließ immer wieder seine Taschenuhr aufschnappen, um die Zeit im Auge zu behalten, und um Mitternacht fassten sie sich alle an den Händen und neigten die Köpfe zum Gebet.

Eli räusperte sich. »Unser lieber himmlischer Vater, während wir uns von einem Jahr verabschieden und in ein neues eintreten, danken wir dir für deine beständige Gegenwart in unserem Leben. Wir preisen dich, dass du uns in dieses Land gebracht hast. Es ist ein gutes Land, Gott –« Seine Stimme versagte und Lillian drückte seine Hand. Sie hörte, wie er schluckte, und dann sprach er weiter: »Mögen wir uns deines Segens würdig erweisen. Schütze und führe uns. Mögen wir dir Freude machen, indem wir auf deinen Wegen bleiben. Amen.«

»Amen«, wiederholte Lillian. Sie umarmte die beiden Jungen nacheinander und flüsterte ihnen »*Fröö Niejoa*« zu. Nachdem sie ihr das Gleiche gewünscht hatten, verzogen Joseph und Henrik sich ins Bett. Nun ließ sich Lillian von Elis Armen umschließen. »*Fröö Niejoa*, Eli.«

»Ach, Lillian …« Er seufzte in ihr Haar hinein und sein Schnurrbart kitzelte sie an der Schläfe. »Das wird das glücklichste Jahr aller Zeiten, glaube ich. Mit dir und den Jungen … so ein Segen … Mein Leben ist vollständig ausgefüllt.« Er neigte den Kopf und drückte einen weichen, süßen, verheißungsvollen Kuss auf ihre Lippen, die ihm so bereitwillig entgegenkamen.

Lillian setzte sich auf. Ein einzelner Schlag an die hölzerne Tür hatte sie aus dem Schlaf gerissen. Klopfte da jemand? Sie schaute blinzelnd durch den Raum. Das flackernde Licht des Feuers warf tanzende Schatten an die Wände und die Decke. Sämtliche Sinne waren hellwach. Sie lauschte und wartete auf ein zweites Klopfen. Aber die einzigen Geräusche, die an ihr Ohr drangen, waren das Knacken des Feuers und Elis gleichmäßiges Atmen.

Seufzend legte sie sich wieder hin und kuschelte ihren Kopf an Elis Schulter. Er legte seinen Arm um sie und sie lächelte. Selbst im Schlaf hielt er sie fest. Sie schloss die Augen und – da ertönte wieder das Geräusch eines dumpfen Aufpralls. Dieses Mal richtete sich Eli auf und löste seine Umarmung. Sie stützte sich auf einen Ellbogen.

»*Waut weascht 'et*?« Eli sah sich verwirrt um.

Bevor Lillian antworten konnte, dass vielleicht jemand an die Tür klopfte, brach draußen eine Salve von Schlägen los. Das konnten keine Fäuste an der Tür sein, ahnte Lillian. Sie und Eli sprangen beide aus dem Bett. Elis Nachthemd flatterte, als er zur Tür rannte. Henrik und Joseph stolperten durch den Flur herein, die Augen weit aufgerissen. Joseph eilte direkt zu Lillian.

»Mama, was ist das?« Seine Frage war ein Echo von Elis, aber sie konnte sie ihm auch nicht beantworten. Sie legte ihren Arm um seine Schulter und sah abwartend zu Eli. Er sollte die Führung übernehmen.

Die Schläge wurden lauter. Sie erinnerten Lillian an das Hämmern in der Ferne, wenn die Dorfbewohner beim gemeinsamen Bau einer Scheune die Nägel eingeschlagen hatten. Aber hier existierte kein Dorf und es wurde keine Scheune gebaut. Ihr verschlafener Verstand konnte nicht begreifen, was sonst noch so wildes Klopfen verursachte.

Eli und Henrik standen an der Tür. Eli streckte mehrmals die Hand nach dem Riegel aus und zog sie dann wieder zurück. Lillian hatte ihn noch nie so unentschlossen gesehen und das alarmierte sie noch mehr. Zusätzlich zu den schrecklichen Schlägen erklang jetzt das Schreien der Tiere. Das tiefe Muhen der Rinder kontrastierte mit dem schrillen Wiehern der Pferde, das anhaltende Geschrei der Hühner lag dazwischen und schuf einen unharmonischen Dreiklang der Verwirrung und Angst.

»Papa, tu etwas!« Joseph, der beinahe so groß wie Lillian war, klammerte sich an sie.

Henrik ballte die Fäuste. »Wir müssen hinausgehen und nach den Tieren schauen. Mach die Tür auf.«

Schließlich öffnete Eli sie. Das Geräusch des grimmigen Pochens vervielfältigte sich, nachdem die schützende Absperrung weg war. Draußen fielen weiße Bälle vom Himmel, prallten auf dem harten Boden auf und zersprangen.

»*Hoagelsteuna* …«, japste Eli.

Hagel! Lillian eilte zur Tür. »Die Hühner! Wir müssen –«

Eli packte sie und zog sie zurück. »Nein, Lillian! Siehst du, wie groß die Körner sind? Größer als Gänseeier …« Er schüttelte den Kopf und seine Finger krallten sich an ihrem Rücken zusammen. »Ein Hagelkorn von dieser Größe könnte einen Mann verwunden. Wir müssen im Haus bleiben.«

»Aber –« Ein Brocken Gras und Erde fiel aus der Decke und unterbrach Lillians Einspruch. Der Klumpen zerbrach und ein rundes, weißes Hagelkorn rollte über den Boden. Joseph hob es auf und hielt es seiner Mutter hin.

Sie schaute zur beschädigten Decke und ihr Herz pochte. Würde die Decke einbrechen? Sie faltete die Hände unter dem Kinn und betete lautlos um Gottes Bewahrung.

Eli stand an der Tür. Der kalte Wind wehte ihm die Zipfel des Nachthemds um die nackten Beine. Er rief: »Lieber Gott, bitte lass es aufhören!«

Ein paar entsetzliche Sekunden lang ging der Angriff weiter, aber dann ließ der Hagel glücklicherweise nach. Langsam beruhigte sich der Sturm, bis nur noch einzelne Körner dumpf auf dem mit Hagel übersäten Boden aufschlugen. Selbst nachdem es vorbei war, klingelte es Lillian noch in den Ohren. Eli blieb an der offenen Tür stehen und starrte in die Nacht hinaus.

Lillian trat an Eli vorbei und schloss die Tür. Schwer atmend, als sei sie gerannt, lehnte sie sich gegen die Tür und sah in das blasse Gesicht ihres Mannes. Er starrte weiter geradeaus, der Schock stand ihm in den Augen. Mit seinem schlaffen Gesichtsausdruck und den hängenden Schultern sah er aus, als wäre er in den letzten Minuten um zehn Jahre gealtert. Lillian schluckte einen Kloß aus Sorge und Kummer hinunter. »Eli?« Sie berührte ihn am Arm. »Solltest du vielleicht hinausgehen und nach den Tieren schauen?«

»Ich ziehe mich an und komme mit.« Henrik drehte sich zum Flur um.

»Ich auch!« Joseph trottete hinter Henrik her.

»*Nä*!« Elis scharfer Ton stoppte die Jungen. Sie drehten sich um und schauten ihren Stiefvater an. Eli wedelte mit den Händen. »Bleibt hier bei eurer Mutter. Ich gehe.«

Die Jungen stellten sich links und rechts neben Lillian, während Eli in seine Stiefel schlüpfte und sich den Mantel übers Nachthemd zog. Er marschierte hinaus. Das Knirschen der Hagelkörner unter seinen Stiefeln war bis zu ihnen zu hören, obwohl die Tür geschlossen war. Es schienen Stunden zu vergehen, während sie und die Jungen in einer schweigenden Reihe standen, den Blick auf die Tür gerichtet, und darauf warteten, dass Eli wiederkam.

Schließlich knarrte die Schnur in der Öffnung und der Riegel hob sich. Lillian trat einen Schritt vor, als die Tür aufging und Eli das Haus betrat. Er schloss die Tür hinter sich, zog seinen Mantel mit langsamen, bewussten Bewegungen aus und legte ihn über eine Truhe. Erst dann wandte er sich seiner Familie zu.

Lillian wrang die Hände. »Die Tiere?«

»Die Rinder und die Pferde sind nervös, aber es geht ihnen gut.« Er sah an Lillian vorbei zu Joseph. »Es tut mir leid, mein Junge, aber die Hühner … ihnen ist es nicht so gut ergangen.«

Joseph schlug sich die Hand auf den Mund und Lillian legte schnell ihren Arm um seine Schultern.

Henrik machte einen Schritt vorwärts, die Fäuste geballt. »Was ist mit dem Weizen?«

Eli schloss die Augen und atmete lang und tief durch die Nase ein. Als er die Augen öffnete, entdeckte Lillian darin Schmerz, verbunden mit Frieden – eine Kombination, die sie nicht verstehen konnte.

Eli legte Henrik die Hand auf die Schulter. »Der Weizen ist vernichtet.«

30

Eli schlang seinen Arm fester um Lillian. Sie lag mit der Wange an seiner Schulter, ihre Finger spielten mit den Knöpfen seines Nachthemds. Obwohl der Verlust ihres Getreides verheerend war, jammerte und klagte sie nicht. Doch er hatte die Angst in ihren Augen gesehen und suchte nach Worten, um ihr die Sorge zu nehmen.

»Es ist nur eine Ernte.« Er zwang sich zu einem leisen Lachen. »Was ist der Verlust einer Ernte im Lauf eines Menschenlebens? Nichts … eine Unannehmlichkeit.« Er schnippte mit den Fingern, als würde er eine lästige Schnake vertreiben, und wickelte eine Strähne ihres Haars um seinen Finger. Die dunkelblonden Locken sahen im Schein des Feuers wie gesponnenes Gold aus.

Ohne sich zu bewegen, fragte sie: »Wirst du irgendwelche Samen für eine neue Aussaat retten können?«

»*Nä*.« Der Gedanke versetzte ihm einen schmerzhaften Stich. All die Stunden, in denen er die Körner sorgfältig ausgewählt und mit Jakobs Hilfe den Sack gefüllt hatte, kehrten in sein Gedächtnis zurück.

Kein Beutel Samen würde jemals so besonders sein wie der, den er aus Gnadenfeld mitgebracht hatte. »Aber wenn die anderen kommen, werden sie Samen mitbringen. Wir werden ihnen welche abkaufen und wieder neu anfangen.«

Lillians dichte Wimpern bewegten sich auf und ab und ihre Stirn kräuselte sich. »Eli … werden wir genug Geld haben, um durchzukommen, bis du nächstes Jahr die Ernte einbringst?«

Unwillkürlich lächelte Eli. Dass sie an die Ernte im nächsten Jahr dachte, verriet ihm, dass sie das Land nicht aufgegeben hatte. Er küsste sie auf den Kopf, bevor er antwortete: »Wir werden es schaffen. Der Herr ist gut. Er hat uns an einen Platz gestellt, an dem wir jagen und fischen, Nüsse und Beeren ernten und Wurzeln ausgraben können. Wir werden nicht verhungern.«

Plötzlich zog sich sein Herz zusammen, als er sich an etwas erinnerte. »Ich wollte dir gern vor dem Winter ein festes Haus bauen.« Selbst mit dem Kamin blieb das Grassodenhaus feucht und kühl. Lillian brauchte ein warmes, dauerhaftes Zuhause. »Aber Bauholz … das kostet viel Geld. Das wird warten müssen.« Er spürte ihren Seufzer in seinem Bart. »Aber mach dir keine Sorgen. Der Herr hat immer für uns gesorgt. Er wird es auch weiterhin tun.«

Sie richtete sich auf und stützte sich auf den Ellbogen, um in sein Gesicht zu blicken. »Dann glaubst du also, dass wir zurechtkommen werden?«

Eli legte seine Hand an ihre Wange. Ihre warme, seidige Haut beruhigte ihn. »Ich glaube, dass Gott uns nicht im Stich lassen wird. Wir werden zurechtkommen.«

Ein paar Sekunden lang starrte sie in seine Augen, als suche sie etwas darin. Dann lächelte sie ihn sanft an. »*Nä-jo*, ich vertraue Gott … und dir.«

Verschiedene Gefühle – Dankbarkeit, Liebe, Fürsorglichkeit – drängten sich abwechselnd in den Vordergrund und schnürten ihm die Kehle zu. Er zog seine Frau wieder an seine Schulter. »Schlaf jetzt, Lillian.«

Sie kuschelte sich an ihn und er umschloss sie mit beiden Armen. Zufriedenheit hüllte ihn ein. Mit Gottes Hilfe konnten er und seine Lillian gemeinsam alles überwinden.

Henrik schreckte aus dem Schlaf hoch, sein Körper war schweißgebadet. Bilder aus einem Albtraum wiederholten sich in seinem Kopf: Er versuchte, Weizen zu säen, doch immer wurden die Samen von Vögeln gestohlen oder vom Wind weggeweht. In seinem Traum befahl er der Natur, die Samen in Ruhe zu lassen – er musste Weizen anbauen oder er könnte sich kein Geld für die Schule verdienen –, aber die Vögel und der Wind lachten ihn aus.

Jetzt, als er richtig wach war, zitterte er unter seinen Decken und starrte an die Grassodendecke ihres kleinen Zimmers. Zorn – heiß, grimmig, verzehrend – ließ sein Herz heftig pochen, genau, wie die Hagelkörner pochend den Weizen in den Boden geschlagen hatten. Eli und seine großartigen Pläne … was würde jetzt geschehen?

Josephs leises Schnarchen rasselte vom anderen Ende des Raums herüber. Sein Bruder würde wahrscheinlich bis in den Vormittag hinein schlafen, nach all der Aufregung am späten Abend und mitten in der Nacht. Das passte Henrik gut. Er hatte Eli etwas zu sagen und es wäre das Beste, wenn Joseph es nicht hören würde.

Henrik rollte sich vom Bett und zuckte zusammen, als das trockene Gras unter ihm knisterte. Er schlüpfte in seine Kleider und öffnete dann ganz langsam die Truhe. Er hielt die Luft an, als die Scharniere quietschten. Aber Joseph schlief weiter. Erleichtert holte Henrik die zwei Hosen von seinem Vater heraus, die Lillian für ihn geändert hatte. Er legte sie zur Seite, dann stapelte er ein paar Hemden, eine lange Unterhose und alle seine Socken auf dem Bett übereinander. Er schloss den Truhendeckel mit einem leisen Poltern. Joseph schniefte und verzog das Gesicht.

Henrik stand vollkommen still da und hielt den Atem an, während er abwartete, ob Joseph richtig aufwachen würde. Zu seiner Erleichterung drehte sich sein Bruder auf die Seite und zog sich die Decke über den Kopf. Sein Schnarchen setzte wieder ein. Auf Zehenspitzen schlich Henrik aus dem Zimmer und stieß die Luft aus, als er den Gang erreicht hatte.

Ein schwaches Glühen des verglimmenden Holzes führte ihn in die größere Hälfte des Grassodenhauses. Er trat in den Hauptraum und wich sofort wieder zurück.

In tiefem Schlaf lagen Lillian und Eli fest aneinandergeschmiegt auf der hinteren Seite von Lillians Matratze. Der Anblick rief eine neue Welle des Zorns hervor, verbunden mit Übelkeit. Henrik drückte die Hände auf den Bauch und atmete schwer, um sich zu beherrschen. Vielleicht sollte er einfach seine Sachen schnappen und ohne ein Wort das Haus verlassen.

Aber nein! Er brauchte Geld. Eli hatte ihm Geld für die Schule versprochen und er wollte es jetzt haben. Er wusste nicht, wo Eli den Geldbeutel aufbewahrte – er musste ihn bitten, ihm seinen Anteil auszuhändigen. Henrik stieß den Atem mehrmals in kleinen Stößen aus und nahm allen Mut zusammen. Dann räusperte er sich laut.

Ein schlurfendes Geräusch kam aus dem Hauptraum.

Noch immer vom Gang aus rief Henrik: »Eli?«

»*Jo.*« Elis Stimme klang rau. »Eine Minute, mein Junge.«

Flüstern und Schlurfen waren zu hören und dann Elis Stimme, diesmal kräftiger. »Wir sind angezogen. Komm herein, Henrik.«

Henrik stiefelte zu der Truhe, an der sie ihre Mahlzeiten einnahmen. Das zerbrochene Stück Grassode von der Decke lag neben seinem Stuhl auf dem Boden. Er stieß mit der Fußspitze dagegen. Der zerbröselte Brocken erinnerte ihn an seine zerschlagenen Träume. Eli musste die Dinge in Ordnung bringen!

»Du bist früh auf den Beinen«, sagte Lillian. »Ich dachte, am ersten Tag des Jahres würdest du lang schlafen.«

»Ich kann nicht mehr schlafen.« Henrik vermied es, seine Mutter anzuschauen, und konzentrierte sich stattdessen auf Eli. Dieser fuhr mit dem Kamm durch seine zerzausten Haare und strich sich dann mit der Hand über den Kopf. Er ahnte nichts von Henriks innerem Aufruhr. »Ich muss mit Eli sprechen.«

»*Nä-jo.*« Eli legte den Kamm wieder auf das kleine Regalbrett, das in die Wand gedrückt war, und ging zur Truhe hinüber. Er setzte sich auf seinen Stuhl und deutete auf den Platz ihm gegenüber. »Setz dich. Deine Mutter wird uns einen Kaffee kochen.«

Lillian fing an, Wasser von einem Eimer in den Kaffeetopf zu schöpfen, als wäre ihr jeder Wunsch dieses Mannes ein Befehl – genauso wie sie immer die Anweisungen von Reinhardt befolgt hatte.

Die angestaute Wut in Henriks Brust dehnte sich weiter aus. Er blieb stehen. »Ich will das Geld, das du mir versprochen hast.«

Elis gefällige Miene wurde sofort von einem verwirrten Stirnrunzeln abgelöst. »Wie bitte?«

»Geeeld.« Henrik dehnte das Wort und nahm absichtlich einen kämpferischen Ton an. »Du hast mir Geld für die Schule versprochen. Ich will es jetzt.«

Eli warf Lillian einen kurzen Blick zu, die mit einem Stapel Grasblöcken in den Armen neben dem Kamin stand. Dann wandte er sich wieder Henrik zu. »Ich habe dir Geld von der Ernte versprochen, *jo*. Aber, mein Junge, du weißt selbst ... nach der letzten Nacht ... es wird keine Ernte geben.«

Henrik schlug mit der Faust auf den Tisch. Lillian zuckte zusammen und ließ einen Block fallen. Er beugte sich zu Eli vor. »Es ist nicht meine Schuld, dass es keine Ernte geben wird. Ich sollte nicht der Leidtragende sein, wenn dieses Land das Getreide vernichtet, anstatt es zu ernähren.« Er richtete sich mit einem Ruck auf und verschränkte die Arme vor der Brust. »Du und ich, wir hatten eine Vereinbarung. Du hast gesagt, wenn ich ein fröhliches Gesicht aufsetze und hart arbeite, gibst du mir das Geld, um eine Universität zu besuchen.«

»*Jo*, das stimmt, aber –«

»Ich habe meinen Teil der Vereinbarung gehalten. Jetzt steh du auch zu deinem. Ich will hier weg.«

»Und ich möchte, dass du die Möglichkeit hast, wegzugehen.« Dass Eli sich nicht aus der Fassung bringen ließ, ärgerte Henrik noch mehr. »Aber du musst auf eine Ernte warten.«

»Ich werde kein weiteres Jahr warten, nur um einen zweiten Fehlschlag zu erleben!«, zischte Henrik zwischen den Zähnen hervor. Seine Frustration war so heftig, dass seine Schläfen pulsierten. »Ich will keine weitere Saison auf diesem Land festsitzen, Erde umgraben, Gras schneiden und den Tierstall ausmisten! Du hast mir Geld für die Schule versprochen. Bist du ein Mann, der sein Wort hält, oder nicht?«

Alle im Raum erstarrten bei dieser Herausforderung. Sekundenlang blickte Eli mit ruhiger Miene in Henriks Gesicht. Henrik wartete, ohne zu blinzeln, während ihm das Herz im Leib hämmerte. Er hörte Lillians schnelles Atmen, und ein Teil von ihm wollte die Situation entschärfen, sich entschuldigen, doch seine Wut war stärker als dieser Impuls.

Schließlich drückte Eli die Hände gegen die Truhe und erhob sich. »In Ordnung, Henrik. Du willst dein Geld. Ich werde es dir holen.«

»Eli?« Lillian trat einen Schritt vor. Sie warf Henrik einen missbilligenden Blick zu, bevor sie sich ihrem Mann zuwandte.

Eli schüttelte den Kopf und Lillian verstummte. Er kniete sich hin und rollte die mit Federn gefüllte Matratze zur Seite. Eine flache Blechdose lag auf dem Erdboden. Eli hob sie hoch, und der lederne Geldbeutel kam zum Vorschein, der in einer Vertiefung gelegen hatte. Er trug den Beutel zur Truhe und warf ihn hin.

Eli setzte sich rittlings auf einen Stuhl und löste die Schnur an dem Beutel. »Ich habe dir gesagt, du würdest die Hälfte vom Anteil deines Vaters bekommen.« Er holte einen Stapel Geldscheine hervor und fächerte sie auf. »Hast du das auch so in der Erinnerung?«

Henrik nickte und starrte auf die Banknoten.

»Also gut.« Eli fing laut an zu zählen und häufte vier Stapel auf der Truhe auf. Während er zählte, wurde Lillians Gesicht blass. Ihr Blick schoss zwischen Eli und Henrik hin und her, aber sie sprach kein Wort. Henrik beobachtete sie aus dem Augenwinkel und kämpfte gegen die aufsteigende Reue an. Sollte er seine Mutter verlassen? Durfte er das?

Er stählte sich innerlich. Lillian hatte Eli. Sie brauchte ihn nicht mehr. Außerdem war er erwachsen und kein Kind mehr, das man herumkommandieren konnte. Er wollte nicht, dass sein Lebensunterhalt permanent von einer erfolgreichen Weizenernte abhing. Es war Zeit, seine eigenen Träume zu verfolgen.

Eli klatschte den letzten Geldschein auf den Stapel. »Dein Anteil kommt auf zweihundertelf Dollar.« Er stützte sich schwer auf die Truhe. »Viel weniger, als was du erhalten würdest, wenn du eine Ernte abwarten würdest.«

Henrik biss die Zähne fest aufeinander. »Ich werde auf keine Ernte warten, die womöglich nie eintrifft.«

Eli schnalzte mit der Zunge. »Junge, wo ist dein Glaube?«

Henrik schnaubte. »Glaube … an was? Dieses *Land*? Wir wissen nichts von diesem Land, außer dass hohes Gras darauf wächst und dass der Hagel in einer Nacht alles vernichten kann. Du kannst nicht versprechen, dass es eine Ernte geben wird, aber es wird immer Schulen und einen Bedarf an Lehrern geben. Ich will lieber etwas, das sicher ist, als etwas, auf das ich nur hoffen kann.« Er streckte seine Hand aus. Ohne zu zögern, nahm Eli einen Stapel und drückte ihn Henrik in die Hand.

Henrik rollte die Geldscheine zusammen und stopfte sie sich in die Tasche. Ein Dankeschön lag ihm auf der Zunge, aber statt es auszusprechen, presste er die Lippen fest aufeinander. Ohne seine Mutter anzuschauen, ging er in den Flur und hob einen schlaffen Leinenbeutel hoch. Er schüttelte ihn und ein Dutzend Kartoffeln fielen auf den Boden. Sie erinnerten ihn an den Hagel in der letzten Nacht, der die kleinen Weizenpflanzen zerschlagen hatte. Er ließ die Kartoffeln im Flur verstreut liegen und eilte in sein Zimmer. Es dauerte nur ein paar Sekunden, um seine Kleider in den Beutel zu stopfen. Als er ihn mit einem Stück Lederschnur zuband, erwachte sein Bruder.

Gähnend rieb sich Joseph die Augen. »Was machst du da, Henrik?«

»Ich gehe weg.« Henrik schnappte sich den Beutel und marschierte ins große Zimmer.

Joseph stürmte an ihm vorbei und sein Nachthemd wickelte sich um seine Knie. »Mama! Henrik sagt, er geht weg!«

Henrik nahm seinen Mantel, Hut und Schal vom Haken an der Wand. Seine Mutter stolperte auf ihn zu und packte ihn am Oberarm. »Mein Sohn, bitte geh nicht weg!«

Henrik schüttelte sie ab, schlüpfte in den Mantel und wich ihr aus, als sie ihn wieder festhalten wollte. »Ich muss es tun, Mama.« Bei seinem harten Ton zuckte sie zusammen, als hätte er sie geschlagen. Gewissensbisse nagten an ihm, aber er weigerte sich, auf sie zu achten. »Wie kann ich jemals Lehrer werden, wenn ich hierbleibe?«

»A-aber wohin willst du gehen?« Er sah, dass Tränen in ihren Augen glänzten.

»Nach McPherson Town. Dort kann ich mir eine Zugfahrkarte kaufen.« Er drückte sich den Hut auf den Kopf und schlang sich den Schal um den Hals. Er beugte sich vor und warf das zugeschnürte Ende des Beutels über seine Schulter. »Ich schicke euch –« Aber da wurde ihm bewusst, dass er ihnen keine Nachricht schicken konnte. Kein Postservice erreichte ihr Land. Wie würde er mit Lillian und Joseph in Kontakt bleiben? Einen Moment lang schwankte er.

Aber dann sah er Eli hoch aufgerichtet und ernst neben der Truhe stehen und seine Entschlossenheit kehrte zurück. Eli und sein Glaube an Gott … der Mann war ein Narr. Wie konnte man einem Gott vertrauen, der ihr hart erarbeitetes Getreide mit Hagelkörnern bombardierte, statt es mit schützendem Schnee zu bedecken? Gott hatte Henriks Leute in Russland nicht vor Bedrängnissen beschützt. Er hatte Henriks Vater und Jakob nicht bewahrt. Warum sollten sie damit rechnen, dass Gott ihnen endlosen Segen in Amerika schenken würde? Henrik musste sein Leben selbst in die Hand nehmen. Damit das möglich wurde, musste er von diesem Ort wegkommen.

Er riss die Tür auf. »Auf Wiedersehen, Mama.«

»Henrik!« Lillian stürmte zur Tür. Starke Hände hielten sie an den Oberarmen fest und hinderten sie am Weiterlaufen. Sie wehrte sich gegen Elis Griff und ächzte frustriert. »Lass mich los! Ich muss meinem Sohn hinterher!«

»Lillian, hör auf!«

Elis strenger Befehl bewirkte, dass sie einen Moment lang aufhörte zu kämpfen. Aber sie streckte ihre Arme nach Henriks verschwindender Gestalt aus. Die Qual brannte in ihrem Magen und drückte ihr die Kehle zusammen. »Aber ich muss ihn zurückholen!«

Eli drehte sie um und hielt sie an den Schultern fest. »Lass ihn gehen.« Er schob sie ins Grassodenhaus zurück und schloss die Tür.

Mit einem Schrei versuchte sie, die Tür wieder aufzuziehen, aber er hielt sie so mit den Armen fest, dass sie die Tür nicht erreichte. Sie schlug mit den Fäusten gegen seine Brust. »Lass mich los! Er wird gleich weg sein! Lass mich los, Eli!«

»Lillian, Lillian …«

Seinem besänftigenden Ton gelang es nicht, sie zu beruhigen. Gefangen in seiner Umarmung – einem Ort, der in den vergangenen Monaten Zuflucht und Sicherheit für sie bedeutet hatte – schlug sie wild um sich, um sich zu befreien. Eli hob sie hoch und trug sie zu einer Truhe. Er setzte sich und hielt sie auf seinem Schoß fest. So sehr sie es auch versuchte, sie konnte seinem eisernen Griff doch nicht entkommen.

Nachdem sie einige Minuten fieberhaft gekämpft hatte, ließ sie sich gegen seine Brust fallen. Erst jetzt lockerte er seinen Griff. Er setzte sie auf einen Stuhl und kniete sich neben sie, die Hände sanft um ihr Gesicht gelegt. »Lillian, du kannst ihm nicht nachlaufen. Er –«

Sie klammerte sich an sein Hemd. »Dann musst *du* gehen. Nimm eines von den Pferden. Du kannst ihn einholen. Bring ihn nach Hause zu mir, Eli. Bitte! Bitte bring ihn zu mir zurück.«

»Nein.«

»Warum nicht, Eli? Warum nicht?« Ihre Kehle war so zugeschnürt vor lauter Emotionen, dass sie die Worte kaum hervorbrachte.

»Er hat seine Entscheidung getroffen. Er will ein Mann sein.«

»Aber er ist kein Mann! Er ist ein Junge – mein Sohn! Und ich will ihn hier haben!«

Sie drückte sich die Fäuste gegen die zitternden Lippen und stöhnte. »Ach, wie könntest du das auch verstehen? Du hast nie ein Kind vom Säuglingsalter an großgezogen.«

Eli zuckte so heftig zusammen, als habe sie ihm ein Messer in den Leib gerammt. Aber als er sprach, behielt er seinen sanften Ton bei. »Es wäre nutzlos, ihn zurückzuzerren. Er wäre nur wütend über die Einmischung und würde wieder davonlaufen. Wir müssen ihn gehen lassen, damit er seinen eigenen Weg findet. Damit er seine eigenen

Fehler macht. Mit der Zeit werden Weisheit und Reife ihn zurückbringen. Aber es muss seine eigene Entscheidung sein.«

Lillian warf die Arme hoch und zwang ihn so, seine Hände von ihrem Gesicht zu nehmen. Ihr Haar verfing sich an einem seiner Finger, aber sie begrüßte den scharfen Schmerz. Er lenkte ihre Aufmerksamkeit vom Schmerz in ihrem Inneren ab – wenn auch nur für einen kurzen Moment. Sie stand auf und durchbohrte seine kniende Gestalt mit den Augen. »*Seine* Entscheidung! Seine Entscheidung?«

Sie raufte sich die Haare und ging im Raum hin und her. »Und was ist mit *meinen* Entscheidungen, Eli? Ich entscheide mich, meine übrig gebliebenen Söhne bei mir zu haben. Ich will sie *hier* haben, auf diesem Land, an meinem Tisch, unter meinem Dach!« Sie war so hysterisch, dass ihre Stimme fast zu einem Kreischen geworden war. Joseph eilte in seine Hälfte des Grassodenhauses zurück, während Lillian weiterkeifte. »War es meine Entscheidung, mein geliebtes Dorf Gnadenfeld zu verlassen? War es meine Entscheidung, dass mein Mann und mein kleiner Sohn über Bord des Schiffes geworfen wurden wie ein Bündel Abfall?«

Sie stürmte vorwärts, packte Eli am Hemd und riss an ihm, bis er auf den Beinen stand. Sie schüttelte ihn und schlug mit den Fäusten gegen seine Brust. »Ich kann mein Zuhause in Gnadenfeld nicht wiederhaben. Reinhardt und Jakob können nicht von den Toten zurückkehren. Aber du könntest mir Henrik zurückbringen! Geh und hol ihn, Eli!« Sie schob ihn Richtung Tür. »Bring mir meinen Sohn!«

Aber Eli blieb an Ort und Stelle stehen, als hätte er dort Wurzeln geschlagen. Seine teilnahmslose Miene und seine schlaff herunterhängenden Arme brachten Lillian zur Weißglut. Wie konnte er wie eine leblose Vogelscheuche dastehen, wenn ihr Sohn in der Kälte umherwanderte?

»Eli!« Sie kreischte seinen Namen. »Eli, bitte!«

Schließlich bewegte er sich. Sehr langsam bewegte er den Kopf von einer Seite zu anderen in einer verneinenden Gebärde. Mitleid leuchtete aus seinen Augen, aber die fest zusammengebissenen Kiefer signalisierten sture Verweigerung. »Ich werde Henrik nicht nachgehen,

Lillian. Er muss seinen eigenen Weg finden. Ich werde dafür beten, dass er zu uns zurückkommt. Aber er muss dies aus freien Stücken tun.«

Lillian starrte ihn in ungläubigem Schweigen an, als er sich langsam zu den Haken bewegte und seinen Mantel herunternahm.

»Ich werde mich jetzt um die Tiere kümmern.« Er nickte zum Kamin hinüber. »Mach das Feuer wieder an. Der Raum ist kalt.« Er trat zur Tür hinaus.

Lillian blieb einen Moment lang stehen und starrte ihm hinterher. Ihre Muskeln waren so angespannt, dass sie sich nicht bewegen konnte. Unfähig, sie noch länger aufrechtzuhalten, gaben ihre Beine unter ihr nach, und sie brach auf dem Boden zusammen. Das Gesicht auf die kalte Erde gedrückt, schluchzte sie, bis sie fürchtete, ihre Lungen würden zusammenfallen. Aber die Tränen – die in der Vergangenheit ein Mittel der Erleichterung gewesen waren – trugen nichts dazu bei, den Schmerz der Enttäuschung zu lindern.

31

Würde Lillian nie mehr aufhören zu trauern? Eli warf den Pferden eine Gabel voll Heu hin, während er darüber nachgrübelte. Seit drei Wochen wartete er darauf, dass seine liebliche Lillian zurückkehrte. Er sehnte sich nach den Tagen zurück, als ihr Gesicht sich freudig erhellt hatte und ihre Arme sich einladend geöffnet hatten, sobald er den Raum betrat. Ihr hartnäckiger Rückzug schmerzte mehr als der schneidende Wind, der über das Land fegte. Eli fror von innen heraus.

Er gabelte eine Ladung Heu für die Rinder auf, als sein Blick auf etwas fiel. Er schüttelte das Heu lose auf und griff dann in die getrockneten Halme, um eine verblasste, vertrocknete Distelblüte herauszuholen. Er drückte den Distelkopf zusammen. Die braunen Blütenblätter zerbröselten und fielen auf den Boden, sodass er nur noch einen leeren Stängel in der Hand hielt. Er hatte dichte Sträuße dieser purpurfarbenen, kegelförmigen Blumen zu Lillian gebracht. Die Distel – einst voll Leben, aber jetzt trocken und tot – zeichnete ein hässliches Bild von Lillians Herz.

Diese Distel würde nie wieder erblühen. Würde Lillians Liebe zu Eli je zu neuem Leben erwachen?

Nachdem er die Heugabel mit dem Griff nach unten an zwei in die Wand des Stalls eingeschlagene Nägel aufgehängt hatte, zog sich Eli den Kragen bis übers Kinn und marschierte zum Feld. Jetzt, spät im Januar, war endlich Schnee gefallen. Er ließ den Blick über die endlose, weiche weiße Decke wandern, die der perfekte Schutz für seinen Weizen gewesen wäre. Er seufzte und der Dunst seines Atems hing schwer in der eiskalten Luft.

Es war so viel Arbeit gewesen, die Erde umzugraben und den Samen auszubringen. Mit so viel Vorfreude hatte er darauf gewartet, dass die Samen keimten. Das erste Wachstum hatten sie so fröhlich gefeiert. Eli hatte so viel Hoffnung auf eine erfolgreiche Ernte gehegt.

»Warum, Herr, konntest du den Hagel nicht fernhalten? Lillians und mein Leben waren miteinander verschmolzen. Diese Monate als ihr Mann ... als ihr *wahrer* Ehemann ... haben mir mehr Freude gebracht als alles je zuvor. Aber der Hagel ...« Er schluckte die Bitterkeit, die ihm in der Kehle saß. »Der Hagel hat mir alles genommen.«

Nachdem die Worte seinen Mund verlassen hatten, spürte Eli Gewissensbisse. Er wiederholte seine Aussage im Geist, bis ihn die Reue auf die Knie warf. »O Gott, mein Vater, bitte vergib mir. Der Hagel hat mir dich nicht weggenommen. Meine Freude ... meine größte Freude ... liegt in meiner Rettung. Deine Liebe kann ich niemals verlieren. Danke, dass du mich daran erinnert hast.« Der Wind pfiff ihm um die Ohren und führte kristallisierte Schneeflocken mit sich, die stechend auf Elis Wangen landeten, aber er behielt seine kniende, gebeugte Haltung bei und betete weiter, bis die Nässe durch seine Hose drang und seine Glieder steif wurden.

Als er aufstand, wischte er sich den zusammengedrückten Schnee von den Knien und ging auf das Grassodenhaus zu. Eine kleine Spur aus weißem Rauch stieg aus dem Kamin auf und löste sich spiralförmig am blassen blauen Himmel auf. Die dunklen Grassoden hoben sich wie ein einladender Leuchtturm vom weißen Teppich rundherum ab. Elis Herz zog sich zusammen, als er daran dachte, wie wenig einladend die Stimmung innerhalb der dicken Mauern war.

Die zusammengefügten Häuser waren einmal von Ruhe und Zufriedenheit erfüllt gewesen, aber jetzt herrschten Spannung und Zorn in diesem engen Raum. Selbst Joseph litt darunter. Wie oft war Eli erwacht, hatte sich auf Henriks Bett ausgestreckt und gehört, wie der Junge leise in sein Kissen weinte! Genauso oft, wie Lillians nächtliches Weinen an sein Ohr gedrungen war. Viel zu oft.

Er setzte sich in Bewegung und trottete langsam über den weichen Schnee. Irgendwie mussten sie all das in Ordnung bringen, was zwischen ihnen zerbrochen war. Aber wie sollte das gehen? Lillian schenkte Eli kaum einen Blick, geschweige denn ein Wort. Doch ohne ein Gespräch konnte es keine Versöhnung geben. Sein Fuß stieß an etwas Hartes und brachte ihn beinahe zu Fall. Er blieb stehen und sah nach unten. Sein Stiefel war an einem Stein hängen geblieben, der so groß war wie ein Laib Brot.

Eli stieß ärgerlich die Luft aus, ging in die Hocke und versuchte, den Stein aus dem harten Boden zu lösen. Beim Pflügen hatte er festgestellt, dass das Land mit großen Steinen übersät war. Die lästigen Steine wanderten an die Oberfläche, wo sie einen Pflug stumpf machten oder sogar beschädigten.

Eli fiel fast rückwärts um, als der Stein sich lockerte, aber er fand sein Gleichgewicht wieder und stand auf, den Stein in der Hand. Er trug ihn zum nächstgelegenen der vier Steinhaufen, die sich am Rand des Felds befanden. Der größte Haufen reichte Eli fast bis zum Kopf und hatte ungefähr den gleichen Umfang wie ursprünglich das kleine Grassodenhaus. Mit Schwung wuchtete er den Stein auf die Spitze des Haufens und beobachtete, wie er auftraf und dann hinunterfiel, bis er sich zwischen anderen Steinen des kleinen Berges verfing. Er rieb sich die Hände und wollte gerade weggehen, als er sich noch einmal umdrehte und den Steinhügel betrachtete.

Plötzlich hatte er eine Idee und das Herz schlug ihm gegen die Rippen. Er hatte Lillian ein Haus versprochen – ein stabiles Haus mit vielen Zimmern. Ohne Ernte konnte er kein Holz für ein solches Vorhaben kaufen. Aber wie wäre es, wenn er das Haus aus Steinen baute? Hatte er Lillian nicht gesagt, dass Gott sie auf diesem Land mit allem versorgte, was sie brauchten? Ihr Bedürfnis nach Nahrung war gestillt worden. Jetzt sah er, wie eine Unterkunft – eine dauerhafte Unterkunft – aus dem Material konstruiert werden konnte, das hier auf dem Land verfügbar war.

Es würden viele Steine und viele Arbeitsstunden nötig sein, um ein Haus zu bauen. Aber was hatte er schließlich sonst zu tun, bis die anderen kamen und er ihnen Weizensamen abkaufen konnte? Ja, er würde Lillian ein Haus bauen. Er würde sein Versprechen halten, selbst wenn er nicht mit ihr zusammen einziehen würde. Der Kummer zerriss ihm das Herz, wenn er daran dachte, vielleicht für den Rest seines Lebens von der Frau entfremdet zu bleiben, die er liebte.

Würde er auf diesem Land bleiben und getrennt von ihr leben können, nachdem er jetzt wusste, wie herrlich es war, geliebt zu werden?

»Ich verspreche, für Lillian zu sorgen«, sagte er laut und seine Stimme klang weit über die wellige Prärie. »Wir sind miteinander verbunden und ich werde dafür sorgen, dass sie alles hat, was sie braucht, selbst wenn …« Die Entschlossenheit entzündete ein Feuer in seiner Seele. Er ballte die Hände zu Fäusten, hob das Gesicht zum Himmel und schwor: »Selbst wenn sie mich nie mehr annimmt, werde ich meine Verpflichtung ihr gegenüber erfüllen, Vater. Ich werde sie bedingungslos lieben, so wie du mich immer geliebt hast.«

Mit schwingenden Armen steuerte er auf das Haus zu, um Joseph zu holen. Er konnte die Hilfe des Jungen gebrauchen.

Lillian saß vor dem Kamin und hielt den Stoff und die Nadel zum Feuer hin, um besser zu sehen. Ihre Stiche, die für gewöhnlich gerade und völlig gleichmäßig waren, sahen schief und schlampig aus. Sie schnaubte unzufrieden und zerknitterte die Patchworkdecke in ihrem Schoß. Wie konnte sie in diesem dunklen, schattigen Loch irgendetwas richtig machen?

Sie schloss die Augen und kämpfte gegen die Tränen. Ach, wie sehr sehnte sie sich nach Sonne, die durch ein Fenster fiel und eine gelbe Bahn auf den Boden warf! Das Grassodenhaus mit seinen fensterlosen Mauern und der fest verschlossenen Tür kam ihr wie die Höhle eines Tiers vor. Wie hatte sie es so viele Monate in dieser Bruchbude aus Erde ausgehalten, ohne den Verstand zu verlieren? Ständig im Schatten zu leben, trug sicher zu der Niedergeschlagenheit bei, unter der sie seit einer Weile litt.

Sie legte die unvollendete Decke beiseite, ging zur Tür und öffnete sie einen Spaltbreit. Kalte Luft zog herein und ließ die Flammen tanzen. Sie schlang sich die Arme um den Körper, spähte durch die schmale Öffnung und ließ sich von dem dünnen Streifen Sonnenlicht bestrahlen, obwohl er nur wenig Wärme mitbrachte. Ihr Blick schweifte über das schneebedeckte Land, auf dem sie Abdrücke von Stiefeln entdeckte – die größeren hatte Eli hinterlassen, die kleineren stammten von Joseph. Es fiel ihr sofort ins Auge, dass eine Spur fehlte: die von Henrik.

Zorn drückte ihr die Kehle zusammen und sie schlug die Tür zu. Sie stampfte zu der abgelegten Decke, schnappte sie und drückte sie an ihre schmerzende Brust. Wenn sie nur ihre abwesenden Söhne so im Arm halten könnte wie diesen Quilt, wäre das Balsam für ihre Seele.

Lillian sank auf den Stuhl neben dem Feuer und glättete die Decke über ihren Knien. Sie berührte jeden Flicken mit den Fingerspitzen und ihre Lippen bebten, während sie gegen einen weiteren Tränenstrom kämpfte. Dieser Quilt – ihr Erinnungsquilt – war aus Jakobs kleinen Hemden und den Hemden, die Henrik zurückgelassen hatte, gefertigt. Als sie die noch guten Kleider in Quadrate zerschnitten hatte, hatte sie geweint und das Gefühl gehabt, ihr eigenes Herz zu zerschneiden. Die Quadrate zusammenzufügen, aus gemusterten und einfarbigen Stücken ein schönes Muster zu gestalten, hatte ihr jedoch ein gewisses Maß an Trost geschenkt.

Wenn sie mit dieser Patchworkdecke fertig war, konnte sie sich in die Erinnerungen an ihre Söhne einhüllen. Der Gedanke motivierte sie, die Nadel schnell wieder in die Hand zu nehmen und weiterzunähen. Sie sehnte sich nach dem Trost, den diese Decke ihr schenken würde. Es gab sonst nichts, was ihr Trost gab. Weder Eli. Noch Gott.

Erneut wurde sie von Zorn – einem allzu vertraut gewordenen Begleiter – attackiert. Eli hätte Henrik nachgehen sollen. Er hätte Henrik kein Geld geben und ihn dann in die Kälte hinausschicken dürfen. Wie sollte sie einem Mann vertrauen, der sich so wenig für das interessierte, was ihr am Herzen lag? All die vertrauten Momente, die sie zusammen erlebt hatten, quälten sie jetzt. Sie stach die Nadel hinein und hinaus, hinein und hinaus, während ihre Gedanken weiter durcheinandergingen.

Wo war Henrik jetzt? Die Ungewissheit machte sie beinahe verrückt. Hatte er es warm? Hatte er genug zu essen? War er krank oder wurde er schlecht behandelt? Ihre Hände zitterten und sie setzte einen Stich falsch, während die Ungewissheit an ihr nagte. Bei seinem Morgengebet bat Eli Gott jeden Tag, Henrik zu bewahren und seine Schritte zu lenken. Sie würde jedoch keinen Frieden haben, bis Henriks Schritte ihn zu ihr zurückführten. Und sie würde sich von Eli – und von Gott – fernhalten, bis Henrik in ihre Arme zurückgekehrt war.

Lillian richtete sich stocksteif auf, als sich knirschende Schritte näherten. Sie drückte ihre Hand auf die Brust, als die Tür aufschwang. Aber es war Joseph, nicht Henrik, der den Raum betrat.

Joseph ging nur einen Schritt weit ins Haus hinein. Er rieb seine in Fausthandschuhen steckenden Hände zusammen, während Schneeklumpen von seinen Stiefeln fielen. Früher hätte ihn Lillian neckend ermahnt, die Schuhe auszuziehen und ans Feuer zu kommen. Aber sie war zu erschöpft, um zu sprechen, und warf ihm nur einen Blick zu, ohne zu lächeln.

»Papa schickt mich. Ich soll dir sagen, dass wir nicht zum Mittagessen kommen. Er spannt die Rinder ein und wir nehmen den Wagen mit nach unten an den Bach, um mehr Steine zu sammeln.«

Der fehlende Eifer in Josephs Stimme versetzte Lillian einen Stich. Ihr fröhlicher, energiegeladener Sohn – der auf amerikanischem Boden so aufgeblüht war – hatte sich wieder in den stillen Jungen von Gnadenfeld verwandelt. Sie konnte den lebhaften Joseph nicht wieder hervorlocken, genauso wenig wie sie Jakob ins Leben zurückholen oder Henrik nach Hause bringen konnte.

»Möchtest du dann vielleicht Brot und Butter mitnehmen?«

Joseph nickte zögernd. Langsam legte Lillian den Quilt zur Seite, wobei sie sich vorkam wie eine alte Frau mit knarrenden Gelenken, und holte einen Laib Brot aus dem Topf in der Ecke. Sie brach ihn auseinander, bestrich die Mitte mit Butter und wickelte die Stücke in ein Handtuch. Seufzend legte sie das Bündel in Josephs wartende Hände. »*Nä-jo*, sag Eli, dass ich euch einen Topf Suppe warm halten werde, wenn ihr dann mehr Hunger habt.«

Der Junge schlüpfte ohne ein Wort zur Tür hinaus. Sie schüttelte den Kopf. Dazu hatten sie und Eli jetzt Zuflucht genommen, dass sie Joseph als Vermittler benutzten.

Sie erinnerte sich an die Tage, als Eli jeder Vorwand recht gewesen war, um zum Grassodenhaus zurückzukehren. Dann hatte er sie auf die Lippen geküsst oder sein Gesicht an ihren Hals gedrückt und ihr etwas ins Ohr geflüstert. Eine Welle der Sehnsucht wollte sie überwältigen, aber sie wehrte sie ab.

Dieser Teil ihrer Gemeinschaft war tot. Daran zu denken, was gewesen war, verstärkte nur ihre Unzufriedenheit mit dem jetzigen Zustand. Entschlossen nahm sie den Quilt wieder zur Hand. Sie musste sich mit etwas beschäftigen, was konkret, nützlich und anspruchslos war … Wenn sie mit dieser Patchworkdecke fertig war, wollte sie für Joseph eine ähnliche aus Reinhardts Hemden machen. Der Junge nannte Eli immer noch Papa, was Lillian jedes Mal einen Stich versetzte. Eli hatte diese Anrede zum Gespött gemacht. Ein wahrer Papa wäre auch für Henrik ein Vater gewesen. Reinhardt hätte Henrik kein Bündel Banknoten in die Hand gedrückt und ihn allein in eine unbekannte Welt hinausgeschickt. Reinhardt hatte seine Söhne immer beschützt, sie dicht bei sich und in Sicherheit behalten. Aber Eli …

Die Nadel traf ihren Finger. Sie japste auf und zog ihre Hand mit einem Ruck unter dem Stoff hervor. Ein Tropfen Blut quoll aus der winzigen Wunde. Sie saugte an ihrem brennenden Finger und der Schmerz ließ nach. Wenn sich die gähnende Leere in ihrem Herzen nur auch so leicht heilen ließe!

Mit einem ärgerlichen Schnauben rollte sie den Quilt zusammen und trug ihn zu Reinhardts Truhe. Als sie den Deckel anhob, fiel ihr Blick auf die schwarze Lederbibel. Eine weitere Welle der Sehnsucht brachte sie beinahe dazu, sich auf die Knie zu werfen. Der Trost, den sie in Gottes Gegenwart gefunden hatte, war ihr an dem Tag verloren gegangen, als Eli Henrik aus dem Haus geschickt hatte.

Tränen strömten aus ihren Augen. Sie schloss die Truhe und ließ sich auf den Deckel sinken. Sie drückte beide Handflächen gegen die stabile Oberfläche der Truhe und stellte sich vor, dass das Buch darin eingesperrt war. Sie spürte den flehenden Wunsch in ihrem Herzen, wieder zu beten – Gott zu bitten, dass er sie in die Arme nahm und ihrer Seele Frieden schenkte. Aber ihre Seele war vertrocknet und wund und fand keinen Weg, sich zu öffnen.

Gott hatte Reinhardt und Jakob zu sich geholt, lang bevor sie bereit gewesen war, von ihnen Abschied zu nehmen. Er hatte sie hier in der Prärie mit Eli und ihren verbliebenen Söhnen Sicherheit erfahren lassen. Doch dann hatte er ihr unbarmherzig auch das geraubt. Gott wusste, was sie alles verloren hatte. Deshalb hätte er verhindern müssen, dass Henrik wegging. Er hätte Eli den Impuls geben sollen, Henrik in der Nähe zu behalten.

Kopfschüttelnd erkannte sie die Wahrheit. Solange es ihr verwehrt war, ihren ältesten Sohn bei sich zu haben, würde ihr auch der Frieden verwehrt sein.

»Papa?«, brummte Joseph, als er einen Stein in den Wagen hievte.

Eli unterbrach den Versuch, einen grauen Stein aus der harten Erde zu lösen. »*Jo*, mein Sohn?«

»Meinst du, Mama wird das neue Haus gefallen?«

Der hoffnungsvolle Ton in Josephs Stimme versetzte Eli einen Stich. Konnte Lillian nicht sehen, wie sehr sie Joseph mit ihrem fortwährenden Rückzug schadete? War Henrik jetzt der Einzige, der zählte?

Er zwang sich zu einem Lächeln. »Ganz sicher wird es deiner Mutter gefallen, eine große Küche und getrennte Räume zum Schlafen und Wohnen zu haben. Dieses Steinhaus wird ein schönes Haus. Jedes Mal, wenn sie es anschaut, wird sie sich daran erinnern, wie hart du gearbeitet hast, um es für sie zu bauen.«

»Du arbeitest auch hart.« Der Junge klang verteidigend.

Eli war gerührt. Es wäre naheliegend, wenn sich der Junge von Eli zurückziehen und Loyalität mit seiner Mutter zeigen würde. Aber er hatte sich nicht von dem Mann abgewandt, den er Papa nannte. Es gefiel Eli nicht, dass Joseph gezwungen war, sich auf eine Seite zu stellen, aber er freute sich natürlich, dass er und sein Stiefsohn sich weiterhin nahe blieben. Er betrachtete dies als kostbares Geschenk und würde nicht leichtfertig damit umgehen.

»*Jo*, wir arbeiten zusammen. Du bist ein prima Arbeiter und deine Mutter ist genauso stolz auf dich wie ich.« Ein schiefes Grinsen zeigte sich auf Josephs rissigen Lippen. Eli ruckte am Blatt der Schaufel und der Stein sprang heraus. »Komm her – hol diesen Stein und leg ihn in den Wagen.«

Gehorsam hob Joseph den Stein und grunzte vor Anstrengung. Er bewegte sich breitbeinig und wuchtete den Stein über die Seitenwand in den Wagen. Er schlug sich die Hände an die Hüften und fragte: »Wie viele Steine brauchen wir noch, Papa?«

Eli kratzte sich am Kinn. Sie hatten alle Steine, die auf den vier Haufen gelegen hatten, dafür verwendet, das Fundament zu legen und die ersten Schichten der Mauern darauf zu bauen. Es gefiel ihm, den ganzen Umfang abzulaufen und sich Türen, Fenster und Zimmer im Inneren vorzustellen. Hätte er sich nicht entschieden, das Haus so groß zu machen, wären die Mauern bereits höher. Aber er hatte Lillian ein großes Haus versprochen, also würde er ihr ein großes Haus bauen.

»Wir brauchen noch sehr, sehr viele Steine, Joseph«, antwortete er, »aber das Land ist voll damit. Wir werden sie weiter sammeln, bis die Wände so hoch sind wie mein Arm, wenn ich ihn über den Kopf halte. Dann wissen wir, dass wir fertig sind.«

Joseph folgte Eli. Er setzte seine Füße in die großen Abdrücke, die Eli auf der dünnen Schneedecke hinterließ. »Wenn wir mit den Außenwänden fertig sind, verwendest du dann auch Steine, um Mamas *Spoaheat* zu bauen?«

Eli suchte den Boden nach Steinen ab, während er über die Frage nachdachte. In Gnadenfeld war der Kochherd aus Lehmziegeln, die von Mennoniten gebrannt worden waren, gebaut gewesen. Lillian vermisste ihr kleines strohgedecktes Haus im Dorf; eine Küche, wie sie sie kannte, würde ihr gefallen.

»Wir werden Ziegel für den Herd und den Ofen brennen.« Er lächelte Joseph über die Schulter zu. »Und den *Miragrupen*. Deine Mutter will Schweine züchten, also wird sie auch einen Schmalzkessel brauchen.«

Joseph nickte und sein Gesicht erhellte sich. Dann blieb er plötzlich stehen. »Dann …«

Auch Eli hielt an und wandte sich dem Jungen zu. »*Jo*?«

»Dann wirst du nicht …« Josephs Kinn zitterte; er blinzelte heftig.

Besorgt legte Eli ihm eine Hand auf die Schulter. »Was macht dir Kummer, mein Junge? Sag es mir. Hab keine Angst.«

Joseph schluckte und sah mit schmerzerfüllter Miene in Elis Gesicht. »Du wirst nicht aufgeben? Du wirst Mama … weiter lieben? Bis sie dich auch wieder liebt?«

Mit einem erstickten Schluchzer zog Eli Joseph in die Arme. Der Junge klammerte sich an ihn und vergrub sein Gesicht in Elis Jacke. *O Herr, bitte tu ein Wunder in Lillians verwundetem Herzen. Heile du, was zerbrochen ist …* Eli drückte das Kinn auf Josephs Mütze und gab ihm ein Versprechen. »Ich werde nicht aufgeben, mein Junge. Ich werde deine Mutter für immer lieben.« *Selbst wenn sie meine Liebe niemals mehr erwidert.*

32

Bei Schnee, Regen, Sonnenschein und Wolken arbeitete Eli zusammen mit Joseph am Haus. Der Winter wurde durch einen Frühling abgelöst, der so voller Düfte war, dass Eli manchmal fast das Gefühl hatte, vom Einatmen der Gerüche berauscht zu werden. Moschusartige Erde, herb riechendes Gras, süßliche Feuchtigkeit – eine Kombination, die das Herz eines Bauern höherschlagen ließ. Dies war gutes Land – er weigerte sich, anders darüber zu denken.

Das Haus, aus einem Sortiment brauner, dunkelbrauner und grauer Steine erbaut, erinnerte Eli an die Patchworkdecken, an denen Lillian arbeitete. Aber anders als ein Quilt, der im Lauf der Zeit lumpig und abgenutzt wurde, würde dieses Haus Jahrzehnte überdauern. Genau wie seine Liebe zu Lillian alles überdauern würde.

Eli wuchtete einen Stein in Brusthöhe, rollte ihn an seinen Platz und drückte ihn fest in die dicke Mörtelschicht aus Lehm und Ton. Joseph trat zur Seite und sog die Lippen nach innen, während er die Luft anhielt. Eli hielt den Stein fest und zählte lautlos bis zehn, bevor er einen Schritt von der Mauer wegging. Der Stein hielt.

Joseph stieß die Luft mit einem lauten Zischen aus, dann grinste er Eli an. »Ich habe immer Angst, dass er dir auf den Kopf fällt, wie die Grassode auf Henrik heruntergefallen ist, als wir den Kamin gebaut haben.«

Eli lächelte und erinnerte sich. Das war ein guter Tag gewesen. »Ein solcher Stein würde mehr Schaden anrichten als ein Klumpen Erde, das kann ich dir sagen.« Er zeigte auf den Haufen, wo noch viele Steine warteten. »Gib mir den nächsten – er soll *lenkjlijch* sein.«

Joseph sah den Haufen durch und wählte einen länglichen Stein aus. Mit einem leichten Lachen ließ er ihn in Elis wartende Hände plumpsen. »Er sieht wie eine graue Wassermelone aus.«

Eli kicherte. »*Jo*, aber ich würde dir nicht raten, hineinzubeißen. Du würdest dir die Zähne ausbrechen.«

Joseph lachte zustimmend. Beim Klang des Jungenlachens, begleitet vom Flüstern des Windes und dem Gesang der Vögel, wurde es Eli leichter ums Herz.

»Wir müssen ein Stück Land für ein Wassermelonenbeet roden«, sagte Joseph. Eli verbarg sein Lächeln, als der Junge die Hände in die Taschen steckte und auf den Absätzen schaukelte – genau, wie Eli es oft tat. »Bald wird es Zeit sein, sie auszusäen. Können wir den Boden am Samstag vorbereiten?«

»Ich dachte, du wolltest am Samstag fischen gehen.«

Eli und Joseph hatten es sich zur Angewohnheit gemacht, an den Samstagen zusammen zu jagen oder zu angeln. Diese gemeinsame Zeit schweißte sie so fest zusammen wie der Mörtel zwei Steine.

»Der Bach ist nächste Woche immer noch da.« Joseph warf ihm einen flehenden Blick zu. »Wir brauchen Wassermelonen, damit wir eine an Henriks Geburtstag essen können, wenn er zurückkommt.«

Joseph erwähnte Henrik selten, aber Eli sah ihn oft in die Ferne starren. Er wusste, dass Joseph seine beiden Brüder vermisste. Eli wählte einen weiteren Stein aus, während Joseph nachdenklich weitersprach: »Was meinst du, wo Henrik jetzt lebt?«

»Ich weiß es nicht, mein Sohn.« Eli stieß die Worte zwischen den Zähnen hervor, weil er beim Sprechen einen fast fünfzehn Kilogramm schweren Stein stemmte. Ein dumpfes mahlendes Geräusch erklang, als der Stein seine Position einnahm. Eli trat zurück und rieb sich die Schulter. »Er will eine Universität besuchen. Vielleicht ist er deshalb den ganzen Weg nach New York zurückgereist.«

Wie weit würden zweihundert Dollar in einer großen Stadt wie New York reichen? Hatte Henrik genug Englisch gelernt, um sich verständigen zu können? Eli gefiel der Gedanke nicht, der Junge könne von jemand betrogen werden. Es gab viele skrupellose Menschen auf der Welt, die nicht zögern würden, einen jungen Mennoniten aus einem fernen Land übers Ohr zu hauen. Aber Eli äußerte diese Sorgen gegenüber Joseph nicht. »Wo immer er auch ist: Du kannst sicher sein, dass er sein Geld für die Schule spart. Lehrer zu werden, ist wichtig für ihn.«

Joseph trat mit gesenktem Kopf gegen einen Stein. »Ich wünsche mir trotzdem, er würde zurückkommen.«

Eli brauchte nicht zu fragen, warum Joseph sich seinen großen Bruder zurückwünschte. Lillians nicht enden wollende Verzagtheit verbreiterte den Graben zwischen Mutter und Sohn mit jedem Tag. Er und Joseph hatten angefangen, zusammen für Lillian zu beten. Josephs von Herzen kommendes Flehen für das Glück seiner Mama trieb Eli Tränen in die Augen. Wann würde Gott die Gebete dieses jungen, treuen Dieners erhören?

»Er wird zurückkommen.« Eli sprach zuversichtlich und betete, dass seine Aussage sich als wahr erweisen würde. »Er liebt dich und deine Mutter und er wird euch bestimmt die Urkunde zeigen wollen, die er von der Universität bekommt, damit ihr stolz auf ihn sein könnt.«

Joseph nickte langsam mit besorgter Miene. »Wenn er wartet, bis er eine Urkunde hat, kann es Jahre dauern, bis er kommt.« Plötzlich straffte er die Schultern und drückte die Brust nach vorn. »Bis dahin bin ich groß geworden – so groß wie er wahrscheinlich, aber stärker.«

Eli lachte. »Stärker?«

»*Jo.*« Joseph stemmte einen großen Stein in die Höhe. Sein Gesicht rötete sich und die Sehnen in seinem Hals traten wie Seile hervor. Eli nahm ihm schnell den Stein ab und Joseph ließ die Muskeln in seinen Armen spielen. »Ich trage Steine und Henrik trägt Bücher. Ich werde der Stärkere sein.«

Eli lachte noch einmal und wandte sich dem Haus zu. »Du hast wahrscheinlich recht. Jetzt rühre noch etwas mehr Mörtel an. Wir sind so weit, dass wir an der nördlichen Mauer weiterbauen können.«

Sie bauten weiter, einen Stein nach dem anderen, den ganzen Vormittag und bis in den Nachmittag hinein. Jetzt, Anfang März, schien die Sonne warm auf sie herab und sie zogen ihre Jacken aus. In der Mitte des Nachmittags nahm Eli aus dem Augenwinkel eine Bewegung wahr und sah, dass Lillian zu ihnen kam. Sie trug einen Eimer.

Seine Gedanken gingen zurück zu den Tagen, als er, Henrik und Joseph das Land gerodet hatten, damit sie den Weizen säen konnten.

Lillian war über das Gras gewandert, um ihnen Wasser zum Trinken zu bringen. Aber in all den Wochen, seit sie an dem Haus bauten, hatte sie sich der Baustelle nie genähert. Sie jetzt kommen zu sehen, sandte einen Schauer der Vorahnung durch Elis Körper.

»Mama?« Überraschung klang aus Josephs kurzer Frage heraus. »Bist du gekommen, um dir das Haus anzuschauen?«

Lillian stellte den Eimer auf den Boden, richtete sich auf und zog ihren Schal zurecht. »Ich habe euch etwas zu trinken gebracht. Und ich muss mit Eli sprechen.«

Elis Herz machte einen Satz. Seit dem Tag, an dem Henrik davongelaufen war, war kein Gespräch mehr von ihr ausgegangen. Trotz ihres ernsten Gesichtes war das sicher ein gutes Zeichen. »Natürlich können wir miteinander reden.« Er deutete auf das halb fertige Steinhaus. »Komm herein und ich zeige dir das Haus, während wir uns unterhalten.«

Einen Moment lang dachte er, sie würde seinen Vorschlag ablehnen. Ihre Lippen verzogen sich, eine scharfe Falte bildete sich zwischen ihren Augen, aber dann nickte sie.

Lillian bewegte sich steif durch die Öffnung, die eines Tages die Eingangstür sein würde.

Elis Hände zitterten vor Aufregung, als er ihr folgte. »Siehst du, Lillian? Hier wird das Wohnzimmer sein und hier drüben« – er trabte auf die gegenüberliegende Seite des großen Raums – »die Küche. Dein *Spoaheat* wird genau hier in die Ecke passen, dann kann das Abzugsrohr den Rauch unters Dach führen, um deinen Schinken zu räuchern.«

Er wartete auf ein Lächeln, aber sie blieb ernst. Dies dämpfte seine Laune etwas, aber er fuhr fort: »Hier hinten« – er ging in die Ecke auf der anderen Seite und breitete die Arme aus – »wird ein großes Schlafzimmer sein, und von dort drüben wird eine Treppe unters Dach führen. Und dieser Raum wird das Esszimmer.« Als Eli sich das alles vorstellte, stieg seine Begeisterung wieder. »Wenn unsere Leute eintreffen und der Schreiner seinen Laden aufmacht, können wir einen guten, von Mennoniten gefertigten Tisch kaufen und

Stühle dazu. Es wird genug Platz sein, um Menschen zum Sinndachsfaspa zu versammeln oder –«

»Eli.« Ihr scharfer Ton würgte seine Erklärungen ab. Sie griff nach den Enden ihres Schals und überkreuzte sie vor dem Körper. »Wir müssen miteinander reden.«

»In Ordnung.« Er verschränkte die Arme vor der Brust und fröstelte, weil er reglos im Schatten der schulterhohen Mauern stand.

Sie kam ein paar Schritte näher und warf einen Blick über ihre Schulter. »Kann Joseph uns hören?«

Eli beugte sich vor und schaute durch die Tür. »Ich werde ihn zum Grassodenhaus schicken, wenn dir das lieber ist.«

»Ja, bitte.«

Er ging in großem Bogen um sie herum und steckte seinen Kopf durch die Türöffnung. »Mein Sohn, nimmst du bitte den Eimer für deine Mutter mit zurück? Fülle ihn noch einmal am Brunnen und geh dann ins Grassodenhaus. Dort kannst du eine Kleinigkeit essen – ein Stück Brot oder gedörrtes Hirschfleisch. Du hast dir eine Pause verdient.«

»In Ordnung, Papa.«

Eli wandte sich um. »Er geht.«

Sie nickte. Einige Augenblicke stand sie schweigend da und nagte an ihrer Unterlippe. Er wartete geduldig mit schwitzenden Händen. Schließlich stieß sie einen tiefen Seufzer aus.

»Erinnerst du dich noch, wie du gesagt hast, dass du den Pastor bitten wolltest, unsere Ehe aufzulösen?«

Eli traf die Frage völlig unvorbereitet. Dieses Gespräch war schon so lange her. In der Zwischenzeit hatte sich so viel ereignet, dass er seine damalige Absicht total vergessen hatte. Aber er nickte. »*Jo* … ich erinnere mich.«

»Ich möchte gern, dass du mit dem Pastor sprichst, wenn die anderen ankommen – und die nötigen Vorbereitungen triffst, die für die Auflösung unserer Ehe notwendig sind.«

Eli fuhr sich mit der Zunge über die Lippen. Seine Schläfen pochten. »Lillian …« Er räusperte sich und starrte auf den Boden zwischen seinen Stiefelspitzen. »Das … das ist nicht mehr möglich.«

»Warum nicht?«

Die streitlustigen Worte brachten ihn dazu, den Kopf zu heben. Am Hals und an den Ohren wurde es ihm heiß. Konnte sie wirklich so naiv sein? »Wir haben … wir haben beieinandergelegen.«

Farbe stieg in ihre Wangen und sie wandte das Gesicht ab. In ihrer Kehle zuckte es.

»Warum willst du das jetzt plötzlich, Lillian?« Tiefer Schmerz begleitete seine Worte und er gab sich keine Mühe, ihn zu verbergen. Sie musste begreifen, dass ihr Verhalten verletzend war.

»Wir können so nicht weitermachen.« Ihre Stimme, angespannt und heiser, drang fast nicht bis zu ihm. »Ich kann nicht mehr mit dir zusammenleben, jetzt wo ich weiß …«

Obwohl ein Teil von ihm Angst vor der Antwort hatte, wollte der größere Teil die Wahrheit erfahren. »Wo du … was … weißt?«

Sie schluckte und begegnete seinem Blick. In ihren großen blauen Augen standen Enttäuschung, Ernüchterung und Verzweiflung. »Unsere Liebe war eine Farce.«

Erinnerungen wirbelten durch Elis Kopf – Momente der süßen Intimität; Momente, in denen sie zusammen erwacht waren. Eine Farce? Ein Possenspiel? Er hatte ihr nie etwas vorgespielt. Jedes Wort, jede Berührung, jedes Gefühl war echt und kostbar gewesen. Bis jetzt.

»Wie kannst du so etwas sagen?« Der Ärger verzerrte seine Stimme zu einem Knurren. »Wie kannst du die Erinnerung an unseren Liebesakt so beschmutzen?«

»Erzähl mir nichts von unserem Liebesakt!« Sie passte sich seinem Ton und seiner Lautstärke an. »Unsere Körper haben sich vereint – ja. Aber unsere Seelen? Ich dachte, sie wären eins …« Einen Augenblick lang versagte ihre Stimme, aber dann biss sie die Kiefer zusammen und fuhr in hartem Ton fort. »Aber ich habe mich geirrt. Ganz und gar geirrt. Und ich will mit dieser Scheinehe nicht weitermachen.«

Sie drehte sich um und wollte gehen, aber Eli stampfte ihr nach und hielt sie am Arm fest. »*Nä*, Lillian! Sag mir, warum du unsere Ehe als Scheinehe bezeichnest.« Als sie die Lippen aufeinanderpresste, schüttelte er sie leicht. »Sag es mir!«

»In Ordnung!« Sie riss sich los und drehte sich zu ihm, mit angespanntem Körper und erhobenem Kinn. »Du hast gesagt, dass du mich liebst. Du hast versprochen, mir alles zu geben, was ich brauche. Aber was ich am meisten brauche – dass meine übrig gebliebenen Kinder in meiner Nähe sind –, darüber hast du … hast du dich hinweggesetzt, als wäre es unwichtig. Obwohl ich dich gebeten habe, es nicht zu tun, hast du Henrik weggeschickt. Jetzt baust du dieses große Haus.« Sie warf die Arme in die Luft und warf einen verächtlichen Blick auf jede Wand. »Aber zu welchem Zweck? Die Familie, die hier hätte wohnen können, gibt es nicht mehr. Die Familie ist an dem Tag zerbrochen, Eli, als mein Sohn im Schnee davongewandert ist. Wenn es keine Familie gibt, dann gibt es auch keine Ehe mehr. Ich … will … nicht … mehr.«

Die gehässigen Worte blieben in der Luft hängen. Sie standen sich gegenüber, ein leerer Raum zwischen ihnen. Tränen glitzerten in Lillians Augen, aber sie weinte nicht. Elis Brust fühlte sich an, als müsse sie in sich zusammensinken, so groß waren der Schmerz und die Frustration. *Herr, wie ist es möglich, dass wir so viel gemeinsam erlebt haben und jetzt so weit voneinander entfernt sind?* Wenn er sie nicht lieben würde … Aber er konnte nicht tun, was sie von ihm verlangte. Wenn er eine Annullierung anstrebte, müsste er den Pastor belügen. Und das würde er nicht tun.

Er atmete mehrmals tief und langsam durch. Seine nächsten Worte sollten nicht im Zorn ausgestoßen werden. »Lillian, wenn du diese Beziehung verlassen willst, dann werden wir uns um eine Scheidung bemühen müssen.«

Ihr Gesicht wurde blass. Das hässliche Wort, das von Mennoniten selten ausgesprochen wurde, war wie eine drohende schwarze Wolke.

Er gab ihr keine Zeit für eine Antwort, sondern fuhr in ruhigem Ton fort: »Wenn es das ist, was du willst, werden wir, sobald die anderen da sind, nach McPherson Town fahren und uns dort erkundigen, wie wir unsere Ehe beenden können. Bist … bist du dir sicher?«

Tränen hingen zitternd an ihren Wimpern und sie wischte sie mit einer ungeduldigen Handbewegung weg. »Ich kann nicht so weitermachen wie bisher. Es ist zu … schwer.«

Eli stimmte ihr zu. Aber der Gedanke an eine Scheidung zerriss ihm das Herz. Sie wandte sich zum Gehen, aber noch einmal ergriff er ihren Arm. Er spürte, wie angespannt ihre Muskeln waren, und hielt sie sanft fest. »Lillian, wirst du über etwas nachdenken?«

Mit großen, misstrauischen Augen starrte sie ihm ins Gesicht. Sie hob das Kinn und nickte leicht.

»Manchmal sind die Dinge, die uns am tiefsten treffen, eine Bahn für großen Segen.« Er sprach mit fester Stimme und richtete seine Worte nicht nur an sie, sondern auch an sich selbst. »Gott ist kein Gott, der Dinge verschwendet. Er kann alles verwenden – auch unseren Kummer –, um Gutes daraus hervorzubringen, wenn wir ihm erlauben, in unserem Leben zu wirken.«

Lillian zog ihren Arm aus seinem Griff und trat zur Seite. »Ich möchte dir glauben, Eli. Ich möchte gern denken, dass ein großer Segen aus dieser Zeit des Leids und der Enttäuschung entsteht. Aber dir zu glauben würde bedeuten, dir zu vertrauen. Und ich kann dir nicht mehr vertrauen, genauso wenig wie ich Gott vertrauen kann. Du … und Gott … ihr habt mein Vertrauen missbraucht.«

»Lillian –«

»*Nä!* Reden wir nicht weiter.« Sie trat zwei Schritte rückwärts und blieb stehen. Eingerahmt vom Eingang und mit dem Sonnenlicht, das auf ihrem Haar tanzte, sah sie aus wie ein Engel vor dem Himmelstor. Sie schaute durch den Raum und lachte bedauernd. »Bau dein Haus, Eli. Halte dieses Versprechen.« Eine Träne lief über ihre Wange. »Aber erwarte nicht, dass das genug ist, um die Verspechen wiedergutzumachen, die du gebrochen hast.«

33

Am ersten Tag im April säten Eli und Joseph die Samen aus, die sie von Henriks Geburtstagswassermelone aufbewahrt hatten. Eli hörte Joseph zu, der während der Arbeit fröhlich summte. Sie bückten sich, um einen Samen in die Erde zu drücken, schoben das Loch mit den Füßen zu und machten zwei große Schritte nach vorn, um den Vorgang zu wiederholen. Doch trotz des sonnigen Tages und Josephs offensichtlich guter Laune, kämpfte Eli gegen die Schwermut.

Wenn diese Samen aufgingen, würden Lillian und Joseph nicht mehr hier sein, um die ersten weißen Blüten zu feiern oder sich auf die Ernte der ersten reifen, saftigen Melone zu freuen. War es fair, den Jungen einfach so weitermachen zu lassen, ohne dass er etwas von den Veränderungen ahnte, die bald auf ihn zukommen würden?

Dass Lillian die Scheidung verlangte, ließ Eli keine Ruhe. Er hatte mehrmals versucht, es ihr auszureden, aber sie blieb fest. Sobald ihre Leute kamen, würde sie den Jungen und das übrige Geld von Reinhardt nehmen und ins Dorf ziehen. Das Grundstück würde sie Eli überlassen. Dann wäre er wieder allein. Er wünschte fast, er hätte diese kurze Zeit des Familienlebens nie kennengelernt. Wenn Lillian und Joseph ihn verließen, würde ihn die Einsamkeit vielleicht vernichten.

Joseph blieb stehen und schaute über die Schulter. Er rollte mit den Augen und grinste. »Soll ich das ganze Beet allein pflanzen? Beeil dich, Papa, damit wir vor dem Abendessen noch angeln können.«

Eli lachte leise und winkte ihm zu. Er holte einen Samen aus der Tasche und kniete sich hin, um ihn in die kühle, feuchte Erde zu drücken. Aber dann verharrte er in dieser Position, als seine Gedanken ihn wieder einmal gefangen nahmen. Kurz darauf fiel ein Schatten über seine Knie. Er sah in Josephs neckendes Gesicht.

Der Junge stützte die Hände auf die Hüften und schüttelte den Kopf. »Du bist überhaupt keine Hilfe. Was ist los?« Der neckende

Blick verschwand und sein Gesicht verzog sich besorgt. »Bist du krank?«

Meine Seele ist krank. Aber Eli behielt die Worte für sich. Es war bereits Frühling. Die anderen würden sicher bald hier sein. Joseph musste erfahren, welche Veränderungen das für ihn mit sich brachte. So sehr es Eli auch schmerzte, den Jungen darüber zu informieren, wusste er doch, dass Lillian es nicht tun würde. Also war es seine Aufgabe.

Er stand auf, legte Joseph eine Hand auf die Schulter und führte ihn an den Rand der gerodeten Fläche. »Komm her, mein Junge. Wir müssen miteinander reden.«

Joseph blinzelte zu ihm hoch. »Worüber?«

Eli setzte sich hin und wartete, bis Joseph sich neben ihm niedergelassen hatte. Er riss einen frischen grünen Grashalm aus und hielt die Augen darauf gerichtet, um Joseph nicht ansehen zu müssen. »Über deine Mutter und mich …« Er zwang sich zu einem leisen Lachen. »Wir kommen nicht mehr so gut miteinander aus. Seit …«

»Seit Henrik weggegangen ist?« Joseph sprach die Worte aus, die Eli nicht über die Lippen kommen wollten.

Eli warf den Grashalm weg und schaute den Jungen an. »*Jo*. Deine Mutter ist hier nicht mehr glücklich … und deshalb haben wir eine Entscheidung getroffen.« Eigentlich war es Lillians Entscheidung, aber Eli hielt es für besser, ihr nicht die ganze Schuld zuzuschieben.

Joseph wartete schweigend, mit geradem Blick und arglosem Gesicht.

»Wenn die anderen kommen und unser Dorf gebaut wird, will sie ins Dorf ziehen, statt hier auf unserem Land zu leben.«

Joseph runzelte die Stirn. »Werden wir den Hof verlassen?«

»*Nä*, mein Junge. Nicht wir alle. Nur du und deine Mutter.«

Mit weit aufgerissenen Augen wich der Junge zurück. »Ohne dich? Aber – aber du und Mama, ihr seid verheiratet! Verheiratete Menschen leben zusammen!«

Eli nickte. Sein Herz pochte so heftig, als wolle es aus seiner Brust springen. »*Jo*, verheiratete Menschen bleiben meistens zusammen, aber manchmal lassen sie sich scheiden. So wird es mit deiner Mutter und mir sein.«

»*Nä!*«, explodierte es aus dem Jungen. Er sprang auf die Beine und starrte Eli wütend an. »Eine Scheidung verstößt gegen die Bibel! Ich habe gehört, wie der Pastor das gesagt hat!«

Eli stand auf und legte seine Hand an Josephs Nacken. »Ich weiß, dass das schwer für dich ist, mein Junge, aber deine Mutter …« Konnte er die Worte sagen, ohne selbst die Beherrschung zu verlieren? Es würde Joseph nichts nützen, seinen Stiefvater wie ein kleines Kind weinen zu sehen. Er atmete tief ein, um sich zu wappnen, und fuhr fort: »Deine Mutter hat es verdient, glücklich zu sein, Joseph. Wenn sie hier bei mir nicht glücklich sein kann, ist es das Beste –«

»*Nä*, Papa.« Tränen strömten über Josephs Wangen. »Es ist nicht das Beste. Nicht für mich.« Er wischte sich mit dem Ärmel übers Gesicht. »Ich will hierbleiben, auf dem Hof. Wir haben das Haus gebaut. Ich möchte darin wohnen. Du hast gesagt, wir würden neue Hühner und ein Ferkel kaufen. Ich möchte helfen, das Ferkel aufzuziehen.« Sein Ton wurde kämpferisch. »Mama kann gehen, wenn sie will, aber ich bleibe bei dir.«

»Joseph …« Der Schmerz riss Eli fast die Brust entzwei.

Der Junge schüttelte Elis Hand ab. »Mama ist nicht glücklich mit dir – deshalb erlaubst du ihr, dass sie dich verlässt. Na gut, mit mir ist sie auch nicht glücklich. Sie will nur Henrik und Jakob und mich nicht. Also kann sie allein ins Dorf ziehen! Ich werde nicht mitkommen!« Er drehte sich um und rannte davon.

»Joseph!«

Der Junge ließ sich nicht bremsen. Der Wind trug sein Schluchzen zu Eli hinüber, als Joseph stolpernd über den sanften Anstieg verschwand, der zum Bach führte. Eli wollte ihm nachlaufen, aber ein leises Wimmern hinter ihm stoppte ihn. Er drehte sich nach dem Geräusch um. Lillian stand am Eingang der größeren Hälfte des Grassodenhauses. Ihr blasses Gesicht verriet ihm, dass sie Josephs Ausbruch mit angehört hatte.

Er starrte in ihre betroffenen Augen und suchte nach Worten, um sie zu trösten. Aber er fand keine. Sie hatte diesen Kummer verursacht, sie würde nun auch die Folgen tragen müssen.

Er räusperte sich. »Mach dir keine Sorgen. Ich hole ihn zurück.«

Sie drückte die Finger an ihre zitternden Lippen und nickte kurz.

Eli wandte sich von seiner Frau ab und zog mit großen Schritten los, um seinen Sohn zu suchen.

»Lieber Herr, was hab ich getan? Oh, was hab ich getan?«, stöhnte sie gequält aus tiefster Seele. Was für eine Mutter vermittelte ihrem Kind, dass sie es nicht gebrauchen konnte?

Ihre Beine fühlten sich so ungelenk an, als wären sie aus Holz. Unsicher stolperte Lillian über das frisch aufwachsende Gras zum Steinhaus. Seit dem Tag, an dem sie Eli gesagt hatte, dass sie die Scheidung wollte, war sie nicht mehr hier gewesen. Bisher füllten keine Fensterrahmen oder Türen die Öffnungen, aber ein Strohdach, ähnlich wie die Dächer in Gnadenfeld, bedeckte das hohe, stabile Wohnhaus. Ein Kamin aus den gleichen vielfältigen, bunten Steinen wie die Mauern erhob sich von der Mitte des Hauses und reckte sich stolz in den Himmel. Es war ein wunderschönes Haus – ein großes Haus, wie Eli es versprochen hatte.

Andere Verspechen von Eli kamen ihr in den Sinn – der Schwur, sie zu schützen, für sie zu sorgen, sie in Ehren zu halten … Sie ließ den Blick über das Grundstück schweifen und sah das gestutzte Gras, den Brunnen, den Stall, das Tiergehege, das Grassodenhaus und die umgegrabene Erde auf dem Weizenfeld. Alles, was er tat, diente dazu, ein angenehmes Zuhause für sie zu schaffen. Zeichen seiner Fürsorge sprangen ihr aus jeder Richtung ins Auge.

»Aber er hat mich nicht in Ehren gehalten. Er hat meinen Sohn nicht in Ehren gehalten. Er hat sich über meine Wünsche hinweggesetzt und Henrik weggeschickt.« Sie sprach die überheblichen Worte laut aus, aber als sie ihre eigene Stimme hörte, hatte sie plötzlich Gewissensbisse. Wie es für ihn typisch war, war Eli weit über sein Eheverspechen hinausgegangen und hatte ihre Jungen geliebt, als wären es seine eigenen Kinder. Ja, er hatte Henrik gehen lassen, aber er hatte ihn nicht davongejagt. Nicht wie sie Joseph mit ihrem missmutigen Rückzug davongejagt hatte.

Lillian stand in der Mitte des Raums, von dem Eli erzählt hatte, dass er das Wohnzimmer werden sollte. Sonnenlicht strömte durch eine Fensteröffnung und tauchte sie in Licht und Wärme. Sie blieb in der Sonne stehen und ließ die Tränen fließen. Heiße Tränen, die sie zu ersticken drohten. Draußen vor dem Fenster war der Frühling eingezogen. Er wurde von sprießendem jungem Gras begleitet und von winzigen Blättern, die sich an den Büschen und den verkümmerten Bäumen entfalteten. Neues Leben wuchs um sie herum auf ... aber sie fühlte sich innerlich tot. Sie war so leer wie dieses sorgfältig gebaute Steinhaus.

Sie hatte Gott angeklagt, weil er ihr Jakob und Henrik weggenommen hatte. Aber sie konnte Gott nicht für den Verlust von Joseph verantwortlich machen. Sie allein trug die Verantwortung dafür. Fast geblendet von ihren Tränen stolperte sie aus dem Haus. Ziellos überquerte sie das Gras und befand sich plötzlich mitten auf dem leeren Weizenfeld.

Braune, verdorrte Stümpfe um sie her ersetzten den hüfthohen Weizen, der hier eigentlich wachsen sollte. In ihrem Herzen ersetzte eine dumpfe Qual das Gefühl von Freude und Zufriedenheit, das sie einst besessen hatte. Lillian sank auf die Knie und griff mit den Händen in die vertrockneten Büschel, während die Tränen über ihr Gesicht strömten.

»Lieber Gott«, schluchzte sie mit bebenden Schultern, »ich brauche ein *Gnadenfeld* – ein Feld deiner Gnade. Dein Wort sagt, dass deine Gnade genügt und dass deine Kraft sich in der Schwäche vollendet.« Sie hob das Gesicht zum Himmel und gestand: »Ich bin schwach, Gott. Ich habe keine Kraft mehr in mir. Keine Kraft, um Joseph zu geben, was er braucht. Keine Kraft, um Eli zu vergeben, dass er Henrik hat gehen lassen. Keine Kraft, um mich in deine tröstenden Arme zu flüchten. Füll mich mit deiner Kraft, Gott. Schenk mir Gnade. Bitte, lass in mir ein Gnadenfeld erblühen.«

Sie verharrte in ihrer Stellung, Hände und Knie in die Erde von Kansas gedrückt, den Kopf gesenkt, und ließ die Tränen fließen, bis sie sich völlig entleert fühlte. Als ihr Weinen versiegt war, wischte sie sich das Gesicht an ihrer Schürze ab und kam schwankend auf die Beine. Als sie sich dem Grassodenhaus zuwandte, sah sie Eli und Joseph vom Bach her über den Hügel kommen. Sie erstarrten für einen Moment und schauten beide zu ihr herüber. Ihre steifen Schultern und düsteren Gesichter verrieten etwas von dem Schmerz, den Lillian ihnen zugefügt hatte. Warum hatte sie so lange gebraucht, um zu erkennen, dass sie nicht die Einzige war, die litt?

Ach, könnte sie doch zu den Tagen zurückkehren, als Joseph eilig zu ihr gekommen war, um ihr von einem Tier zu erzählen, das er aufgescheucht hatte, oder von einem Fisch, den er gefangen hatte. Oder von etwas anderem, was sein Jungenherz erfreute. Ihr Herz verzehrte sich nach Elis sanftem, liebevollem Blick, der süßen, zärtlichen Berührungen vorausgegangen war. Sekundenlang starrten sie sich über das Grundstück hinweg an. Dann drehte Joseph den Kopf, um zu Eli aufzuschauen. Eli hob den Arm und legte ihn um Josephs Schultern, und die beiden bewegten sich auf den Garten zu.

Lillian blieb wie angewurzelt stehen und beobachtete, wie die beiden sich bückten, um in dem Bereich des Gartens zu arbeiten, den sie für ein Wassermelonenbeet frei gemacht hatten. In ihrer Brust stieg eine Sehnsucht auf, die so groß war, dass sie meinte, daran ersticken zu müssen. Neue Tränen brannten in ihren bereits geröteten Augen. Sie hatte zu Eli gesagt, dass es auf diesem Land keine Familie mehr gab, aber sie hatte sich geirrt. Eli und Joseph waren auf jeden Fall eine Familie. Aber nachdem sie sich so lange selbst ausgeschlossen hatte, wusste sie nicht, ob die beiden sie wieder in ihre Gemeinschaft aufnehmen würden.

Am Samstagmorgen stand Lillian früh auf und rührte *Pankuake*-Teig an. Joseph mochte die Pfannkuchen besonders gern mit Zucker bestreut oder mit Pfirsichmarmelade bestrichen. Da sie keine Eier hatte, benutzte sie Speisenatron, damit der Teig aufging. Nachdem sie schon so viele Rezepte angepasst hatte, zuckte sie nicht einmal mit der Wimper, als sie das krümelige weiße Pulver anstelle der Eier einrührte.

Der Duft der Pfannkuchen lockte Joseph und Eli aus der kleineren Haushälfte herbei. Sie warf ihnen ein schüchternes Lächeln zu, als sie den Raum betraten, und ihr Herz krampfte sich zusammen, als keiner der beiden es erwiderte. Aber sie sagte sich, dass es Wochen gedauert hatte, um diese Schranken zwischen ihnen zu errichten. Es konnte also auch Wochen dauern, um sie einzureißen. Ihre Gebete, die bis spät in die Nacht gedauert hatten, gaben ihr die Kraft, einen Versuch zu wagen. Sie hoffte, dass Gott ihr weiterhin Gnade schenken würde, damit sie den Schaden wiedergutmachen konnte, den sie angerichtet hatte. Sie wollte nicht noch einen Sohn verlieren.

»Bitte schön!« Mit der Gabel legte sie auf jeden Teller einen heiß dampfenden Pfannkuchen. »Sprecht euer Gebet und esst sie, solange sie heiß sind. Ich werde weitere backen.« Sie wandte sich wieder ihrer Pfanne am Kamin zu und ließ sie in Ruhe essen.

Das leise Klirren der Gabeln auf den Blechtellern und die murmelnden Stimmen waren Musik in Lillians Ohren, während sie den restlichen Teig ausbackte und zuschaute, wie die Pfannkuchen verschwanden. Joseph streckte den Arm aus, um sich den letzten Pfannkuchen auf den Teller zu ziehen, aber er hielt mit der eingestochenen Gabel im gebräunten Pfannkuchen inne. »Oh. Du hast noch nichts gegessen.«

Lillian schob ihm mit den Fingern die Haare hinter die Ohren. Nachdem sie sich monatelang von ihm ferngehalten hatte, jagte ihr die einfache Berührung einen Schauder durch den Leib. Am liebsten hätte sie ihren Sohn umarmt, aber sie spürte, dass er sich dagegen wehren würde. »Es ist schon gut, mein Sohn. Nimm ihn dir, wenn du willst. Ich habe keinen Hunger.«

Aber statt sich den Pfannkuchen zu nehmen, schüttelte ihn Joseph von der Gabel. »*Nä*.« Er ließ die Gabel auf seinen Teller fallen und warf ihr einen misstrauischen Blick zu. »Ich weiß, was du vorhast. Du willst mich hereinlegen. Das wird nicht funktionieren.« Er stand von einem Stuhl auf und trat einen Schritt von ihr weg. »Ich verlasse dieses Land nicht. Ich bleibe hier bei Papa.«

»Joseph.« Elis Stimme war eine Mahnung.

Lillian schluckte die heißen Tränen hinunter, die in ihrer Kehle aufstiegen. Ihre Lippen bebten, aber sie zwang sich zu einem Lächeln. »Das ist in Ordnung, mein Sohn. Ich zwinge dich nicht wegzugehen, wenn … wenn du hierbleiben willst.« Sie spähte zu Eli und bemerkte, dass er verblüfft die Stirn runzelte. Wieder zu Joseph gewandt, fügte sie hinzu: »Und ich habe die *Pankuake* nicht gemacht, um dich hereinzulegen, sondern weil ich mich entschuldigen will. Ich weiß, dass es … schwierig mit mir war.«

Joseph starrte sie in finsterem Schweigen an.

Sie sprach schnell weiter. »Nicht zu wissen, wo Henrik ist oder wie es ihm geht, ist sehr …« Ihre Kehle wurde eng und sie schluckte wieder, bevor sie fortfuhr. »Das ist sehr schwer für mich. Aber meine Sorge um Henrik hätte nicht dazu führen dürfen, dass ich dich von mir wegstoße. Es tut mir leid, Joseph. Vergibst du mir?«

Sekundenlang stand Joseph da und starrte in ihr Gesicht, als wolle er herausfinden, ob sie es ernst meinte. Sie hielt den Atem an und wartete, ob er sie verdammen oder freisprechen würde. Als sie schon dachte, sie würde vor Spannung gleich zusammenbrechen, gewährte er ihr ein winziges Nicken. »Ich vergebe dir, Mama.«

Zischend stieß sie die Luft aus. »Danke, Joseph.«

»Aber ich will trotzdem hierbleiben, bei Papa.«

Vater, schenk mir Gnade … Obwohl ihr die Worte ihres Sohnes einen Stich versetzten, straffte sie die Schultern und erwiderte seinen Blick. »*Nä-jo*, Joseph, das verstehe ich. Dein … Papa« – sie warf einen kurzen Blick auf Eli und stellte fest, dass er sie mit wachsamen Augen betrachtete – »und ich werden das besprechen.« Sie konnte nicht widerstehen und strich noch einmal eine Locke hinter sein Ohr. »In Ordnung?«

Joseph seufzte, aber er wich ihrer Berührung nicht aus. »Na gut.« Dann drehte er sich schnell zu Eli um. »Papa, fahren wir heute nach McPherson Town, um die Hühner und Ferkel zu holen?«

Eli erhob sich langsam, als müsse sich sein Körper entfalten. Sein Blick streifte Lillian mit finster herabgezogenen Brauen, aber seine Miene erhellte sich, als er sich Joseph zuwandte. »Das Kalb ist groß genug, um verkauft zu werden, also *jo*, wir werden heute losziehen und versuchen, den Handel abzuschließen.«

»Kommt … kommt Mama auch mit?«

Lillian wusste nicht, ob Joseph es begrüßen würde oder ob er etwas dagegen hätte, wenn sie mitkäme. Bevor Eli eine Antwort geben konnte, sagte sie: »Ich habe heute meine eigenen Aufgaben zu erledigen, Joseph. Ihr Männer macht das zusammen.« Sie fing an, das schmutzige Geschirr aufzustapeln.

Joseph riss seine Jacke vom Haken neben der Tür. »Beeil dich, Papa.«

Eli verließ den Tisch. »Ich komme, mein Sohn.« Er nahm seinen Hut und seine Jacke und zog beides mit ungewöhnlich langsamen Bewegungen an. Bevor er zur Tür hinausging, richtete er den Blick auf Lillian.

Sie hielt den Atem an und hoffte auf anerkennende Worte oder sogar einen liebevollen Blick. Würde er verstehen, dass ihre Bitte um Vergebung auch ihm gegolten hatte?

»War es dir ernst mit dem, was du gesagt hast … dass Joseph bei mir auf dem Hof bleiben kann?«

»Ja, das war mir ernst.« Ihre Stimme klang atemlos, als wäre sie eine lange Strecke gerannt. »Er ist so gern hier. Er liebt dich. Er sollte hierbleiben.«

Eli nickte langsam. »*Jo*, es ist gut, dass du überlegst, was das Beste für den Jungen ist, und nicht nur an dich denkst.« Sein Ton gab ihr zu verstehen, dass er ihr bisheriges Verhalten für egoistisch hielt.

Hitze stieg in ihren Wangen auf, aber sie wandte sich nicht ab. »Ich weiß, dass ich ihn verletzt habe.« *Und dich.* »Und ich will es wiedergutmachen.« *Ich will mich mit euch beiden wieder vertragen. Wirst du mir das erlauben, Eli?* Sie wartete auf seine Frage, ob sie auch dableiben würde, aber sein Blick ging an ihr vorbei zum Korb in der Ecke, in dem sie die schmutzigen Kleider zum Waschen gesammelt hatte.

»Du musst meine Kleidung nicht waschen, Lillian. Ich werde mich selbst darum kümmern, wenn der Junge und ich aus McPherson Town zurückkommen.« Er schloss die Tür hinter sich.

Seine Botschaft war eindeutig: Er brauchte sie nicht. Und das bedeutete, dass er sie nicht zurückhaben wollte. Lillian ließ die Schultern hängen. »O Vater, bitte … schenk mir Gnade, damit ich diesen Schmerz ertragen kann, den ich selbst verursacht habe …«

34

Eli stand im Steinhaus und beobachtete Lillian durch eine Fensteröffnung. Die Haube hing ihr an den Bändern auf den Rücken herab, sodass ihr Gesicht der Sonne ausgesetzt war, aber sie unterbrach ihre Arbeit nicht, um sie wieder aufzusetzen. Stattdessen hackte sie im stetigen Rhythmus und arbeitete sich so durch das Melonenbeet.

Der gelegentliche Aprilregen hatte neues Wachstum hervorgebracht, auch beim Unkraut. Lillian hatte ihre Absicht kundgetan, das Unkraut zu beseitigen, damit es die Melonenpflanzen nicht ersticken würde.

Eli beschloss, nicht nach den Gründen für ihr plötzliches Interesse an der Gartenarbeit zu forschen, nachdem sie sich in der Vergangenheit auf die häuslichen Tätigkeiten konzentriert hatte. Darüber zu spekulieren würde nur wieder neuen Kummer auslösen. Obwohl sich ihre Haltung in den vergangenen beiden Wochen zum Positiven verändert hatte und er ab und zu wieder etwas von der Frau erkennen konnte, die sie vor Henriks Aufbruch gewesen war, und obwohl sie Joseph erlaubt hatte, mit Eli auf dem Land zu bleiben, hatte sie nicht den Wunsch erkennen lassen, ebenfalls dazubleiben. Er würde sie auch nicht darum bitten. Nicht noch einmal. Eine negative Antwort würde sicher alles vernichten, was von seinem geschundenen Herzen noch übrig war.

Er wandte sich von der Fensteröffnung ab und tippte mit der Schuhspitze an das Bauholz, das mitten auf dem Boden aufgestapelt war. »Danke, Vater, dass du uns versorgst«, sagte er laut. Das Kalb hatte einen guten Preis in McPherson Town erzielt – Eli hatte mehr dafür bekommen als erhofft. Er hatte außerdem einige Pfund Walnüsse und einen Korb Pilze verkauft. Von diesen Einkünften hatte er vier rote Hennen, einen frechen Hahn, zwei magere Ferkel und einige Vorräte gekauft. Das übrige Geld hatte er für einen Stapel Holz ausgegeben – hoffentlich reichte es, um die Wände im Steinhaus zu errichten, damit es in vier Zimmer unterteilt war, und unter dem Dach einen Boden einzuziehen.

Eli schaute wieder zur Fensteröffnung und seufzte. Er wünschte, er hätte auch Glas kaufen können, um es in die Öffnungen einzusetzen. Aber der Besitzer des Gemischtwarenladens in McPherson Town hatte einen Preis genannt, der über das hinausging, was für Eli im Rahmen lag. Der Mann hatte ihm daraufhin vorgeschlagen, Glasscheiben in Newton zu kaufen. Da die Scheiben mit der Eisenbahn aus dem Osten kamen und Newton an der Bahnlinie weiter vorn lag, waren die Kosten für den Transport – und damit der Preis für die schwereren Güter – im Gemischtwarenladen in Newton geringer. Also musste Eli jetzt eine Reise nach Newton planen.

Eli glitt mit der Hand über ein gehobeltes Brett und biss sich auf die Unterlippe. Vom Verkauf des Kalbs war kein Geld mehr übrig. Um Glasscheiben zu kaufen, müsste er auf die Rücklagen im ledernen Beutel zurückgreifen. Es ging ihm gegen den Strich, diese Rücklagen zu verringern – zumal es kein Getreide zum Ernten gab –, aber er hatte keine andere Wahl.

Es sei denn … Es gab noch etwas, das er verkaufen konnte. Es schmerzte ihn, das in Betracht zu ziehen, aber es würde bedeuten, das vorhandene Bargeld nicht anzutasten, was er für klug hielt. »Herr, lenke du meine Gedanken und zeige mir in dieser Angelegenheit deinen Willen.« Nachdem er die Sache in Gottes zuverlässige Hände gelegt hatte, beschäftigte er sich wieder mit der vor ihm liegenden Aufgabe.

Joseph wartete schon ungeduldig darauf, auf den Dachboden dieses Hauses zu ziehen – also musste Eli ihn bauen. Er zog einige Nägel aus dem Stoffbeutel, der um seinen Bauch hing, und steckte sie sich zwischen die Lippen. Er lud sich ein Brett auf, trug es zur östlichen Mauer und brachte es in Position. Während sein Hammer rhythmisch auf den rechteckigen Kopf des Nagels traf, drangen die Vibrationen der wuchtigen Schläge von seiner Hand bis in den Ellbogen. Der Widerhall war durchs ganze Haus zu hören. Sechs Nägel, sechs kräftige Schläge auf jeden Nagel und das Brett saß fest.

Als es Mittag wurde, war der Dachboden an Ort und Stelle, mit groben Öffnungen für die Türen, und er konnte mit den Wänden anfangen. Er plante, die offenen Zwischenräume mit Lehm zu füllen, um die Wände zu isolieren und einen Schallschutz zu haben. Das morgendliche Klappern von Lillians Töpfen und Pfannen war ein unharmonischer Start in den Tag. Eli wollte sich lieber von den ersten Sonnenstrahlen wecken lassen, die durchs Fenster krochen. Er hatte das Sonnenlicht am Morgen vermisst, seit er im Grassodenhaus wohnte. Im Schlafzimmer dieses Hauses würde er darauf achten, dass sein Kissen nach Osten zeigte, damit das erste Morgenlicht auf ihn fiel.

Eine Welle der Traurigkeit schwappte über ihn hinweg und riss ihm fast den Boden unter den Füßen weg. Er lehnte sich gegen den Holzstapel und vergrub das Gesicht in den Händen. Als er dieses Haus für Lillian geplant hatte, hatte er sich vorgestellt, wie sie gemeinsam die Schlafzimmertür zuziehen und alle Sorgen der Welt hinter sich lassen würden. Aber jetzt würde er allein in diesem Zimmer leben.

Wenigstens würde er die Gesellschaft des Jungen haben, sagte er sich und klopfte sich aufs Knie, um den Anfall von Mutlosigkeit zu vertreiben. Er und Joseph würden sich dieses Haus teilen. Eli hob das Gesicht und betete in dem widerhallenden Raum: »Herr, mit Joseph hast du mir ein großes Geschenk gemacht. Ich preise dich dafür, dass ich diesen Jungen in meinem Leben habe.« Dies laut auszusprechen munterte ihn auf und Eli kehrte an seine Arbeit zurück.

Beim Abendessen beobachtete Eli, wie sich Joseph gebratene Nudeln auf den Teller schaufelte. »Diese Hühner, die wir gekauft haben« – der Junge schüttelte betrübt den Kopf – »sind nicht so schlau wie die anderen, die wir von Topeka mitgebracht haben.«

Eli lachte leise und nahm den Löffel, um sich eine herzhafte Portion Nudeln auf den Teller zu füllen. Sein Magen knurrte, als ihm der Duft der Nudeln, die zusammen mit frischen Eiern in Schmalz angebraten waren, in die Nase stieg. »Hühner sind Hühner. Sie haben alle einen kleinen Kopf und einen kleinen Verstand.«

Er gab Schöpflöffel und Schüssel an Lillian weiter. Ihre Finger streiften seine Hand und er ließ beinahe die Schüssel fallen. Es kostete ihn Mühe, seine Augen weiter auf Joseph zu richten.

»Helena, Matilda und Katrina sind immer gekommen, wenn ich gerufen habe. Diese vier Hühner rennen vor meiner Stimme weg. Und dieser *Hahn*!« Josephs Augen funkelten. »Er denkt, er sei der Chef, und er scheucht sie alle durch die Gegend.« Er schüttelte den Zeigefinger. »Sie sollten lieber lernen, auf mich zu hören. Sonst bekommen sie meine Rute zu spüren.«

Eli lachte, aber als Lillian mit hellem Lachen einstimmte, verstummte er. Er beugte sich über seinen Teller und konzentrierte sich darauf, seinen Magen zu füllen, während er Joseph und Lillian das Gespräch überließ. Nach den langen Wochen, in denen sie kaum miteinander kommuniziert hatten, erneuerten sie nun ihre Beziehung. Er wollte sie nicht dabei stören.

Er verzehrte seine letzte Nudel und griff nach einem Stück Brot, um das Fett aufzutunken, als Lillian ihn ansprach. »Eli?«

Sobald er seinen Namen aus ihrem Mund hörte, waren sämtliche Sinne in Alarmbereitschaft. Er schluckte heftig und hielt das Brot wie einen Schild vor sich. »*Jo?*«

»Joseph hat mir erzählt, dass du angefangen hast, die Innenwände im Steinhaus zu bauen.«

Der ruhige Ton erinnerte ihn an vergangene Zeiten und erfüllte ihn mit der Sehnsucht, zu diesen wunderbaren Tagen der innigen Gemeinschaft mit Lillian zurückzukehren. Er biss in sein Brot, anstelle einer verbalen Antwort.

»Was meinst du, wann das Haus bezugsfertig sein wird?«

Eli schluckte das Brot und zwang es seine unwillige Speiseröhre hinunter. Er überlegte, wie er angemessen auf die Frage antworten sollte. Mit Josephs Hilfe sollte er die Wände bis Anfang Mai errichtet und isoliert haben. »In zwei Wochen wahrscheinlich.« Er warf einen Blick in ihre Richtung und seine Neugier war stärker als seine Vernunft. »Warum fragst du?«

Sie hob leicht die Schultern und spießte einige Nudeln auf die Gabel. »Ich dachte, ich könnte Vorhänge für die Fenster machen und einige Flickenteppiche für den Boden. Ich habe mich gefragt, wie viel Zeit ich noch dafür habe.«

Elis Kopfhaut prickelte. »Das ist nett von dir. Aber Joseph und ich brauchen hier draußen, weit weg von allen anderen, keine Verzierungen vor dem Fenster. Wer soll bei uns hereinschauen? Und Teppiche – es ist so viel Mühe, sie anzufertigen. Hast du keine anderen Sachen, an denen du lieber arbeiten würdest?«

Ihr Blick wirkte einen Moment lang gekränkt, aber sie lächelte weiter. »Mir machen solche Aufgaben Spaß, Eli. Vorhänge werden dem Haus ein wohnliches Aussehen geben. Und …« Sie schaute auf ihren Teller und schob mit der Gabel eine Nudel darauf hin und her. »Ich hätte gern einen weichen Teppich unter den Füßen, wenn ich morgens aus dem Bett steige.« Ihr Gesicht glühte in hellem Rot.

Feuer explodierte in Elis Brust. »Du –« Seine Stimme quiekte. Er räusperte sich und versuchte es noch einmal. »Du hast die Absicht, im Steinhaus zu wohnen?«

Angestoßen von den Zinken der Gabel glitt die Nudel auf dem Teller vor und zurück. Mit gesenktem Kopf antwortete sie so leise, dass er sich Mühe geben musste, um sie zu verstehen. »Du hast es für mich gebaut. Ich … ich würde gern darin leben.« Sie hob ruckartig das Kinn und sah ihm direkt in die Augen, während die Gabel klappernd auf den Teller fiel. »Und Joseph ist noch sehr jung. Er braucht seine Mutter in der Nähe. Wenn du auch noch kochen und sauber machen musst, wird es schwierig für dich, all die Bauarbeiten und die übrigen Dinge, die auf dem Hof getan werden müssen, zu bewältigen. Deshalb …«

Ihre Stimme verlor sich, aber sie sah ihm ins Gesicht, die Lippen leicht geöffnet, obwohl kein Atem zu entweichen schien.

Eli räusperte sich ein erstes, dann ein zweites Mal und kämpfte gegen die Bitterkeit. Sie spielte mit ihm wie die Katze mit einer Maus. Wie konnte sie das tun? Er schluckte eine scharfe Erwiderung hinunter und strich sich mit den Fingern durch den Bart. »*Nä-jo*. Wenn … wenn du in Josephs Nähe bleiben willst, verstehe ich das.« Er hatte einen Kloß im Hals und musste sich noch einmal räuspern. »Du hast wahrscheinlich recht, dass es für den Jungen gut ist, wenn du hierbleibst, also … *jo*, du und Joseph, ihr könnt ins Steinhaus ziehen.«

Er sah sich im Grassodenhaus um. Die Tür stand offen und ließ die Abendluft und einen Streifen gedämpftes Sonnenlicht herein. Er hatte sich auf Fenster und Licht gefreut, aber es sah so aus, als müsste er weiterhin im Schatten leben. Doch Josephs Bedürfnisse waren wichtiger als seine. Wie Lillian gesagt hatte, brauchte der Junge seine Mutter noch. Nachdem er selbst ohne Mutter aufgewachsen war, würde er Joseph die Gegenwart einer willigen Mutter nicht verweigern.

»Ich kann weiterhin im Grassodenhaus bleiben, bis die anderen da sind. Dann kann ich mir vielleicht bei einem der Dorfbewohner ein Zimmer mieten und von dort herüberreiten und auf dem Feld arbeiten.« Er warf ihr einen scharfen Blick zu. »Du wirst mich für die Arbeit auf dem Feld brauchen, nehme ich an. Oder hast du vor, den Hof selbst zu bewirtschaften?«

Ein merkwürdiger Ausdruck huschte über ihr Gesicht – eine Kombination aus Verwirrung und Enttäuschung. Aber sie bekam, was sie wollte. Warum schaute sie ihn also an, als würde sie etwas nicht verstehen?

»Ich bin nicht fähig, die Arbeit auf dem Feld zu leisten. Wir … wir werden dich brauchen.«

Ihre Stimme zitterte, was Eli wieder vor ein Rätsel stellte. »*Nä-jo*, dann ist das abgemacht.« Er stand vom Tisch auf und konnte es nicht erwarten, aus ihrer Gegenwart zu verschwinden. Das Flehen in ihren großen Augen machte ihn ratlos. Er wusste nicht, was sie von ihm wollte und wie er es ihr geben konnte. Er drehte sich zu Joseph und sagte: »Ich gehe, um Erde in den Wagen zu laden, damit ich morgen früh anfangen kann, Lehm für die Isolation zu mischen. Willst du mir helfen?«

Joseph warf die Serviette beiseite und sprang auf. »Natürlich, Papa!«

Eli schlang seinen Arm um die Schultern des Jungen und sie steuerten auf die Tür zu. Ihre Schritte stockten, als Lillian ihnen etwas nachrief. »Wenn ich das Geschirr abgewaschen habe, werde ich die trockene Kleidung zusammenlegen. Soll ich deine auf die Truhe in Josephs Zimmer legen?«

Ärger stieg in Elis Brust auf. Sie hatte seine schmutzige Kleidung also doch gewaschen. Er wollte keine Haushälterin. Er wollte eine Frau. Aber wenn sie nicht seine Frau sein konnte, sollte sie die Finger von seinen Kleidern lassen.

Lillian winkte, als der Wagen mit Eli und Joseph vom Hof rollte. Eine seltsame Last hatte sich auf ihre Schultern gelegt, als sie sah, wie Eli die Rinder ins Joch einspannte und die Zügel der Pferde hinten am Wagen festband. Warum musste er alle vier Tiere nach Newton mitnehmen, um Glasscheiben zu kaufen? Befürchtete er, sie würde eines der Pferde besteigen und sich auf die Suche nach Henrik machen?

Joseph drehte sich auf der Sitzbank um und winkte mit strahlendem Lächeln. Sie schob die finsteren Gedanken über Eli weg und konzentrierte sich auf ihren Sohn. Wie gut es tat, sein Lächeln zu sehen und zu wissen, dass es ihr galt. Nach einigen tastenden Anfängen war es ihnen gelungen, die enge Beziehung wiederherzustellen, die sich nach Jakobs Tod zwischen ihnen entwickelt hatte.

Ein unwillkommener Gedanke schoss ihr durch den Kopf: Wenn Jakob nicht gestorben wäre, hätte sie vermutlich immer noch das Gefühl, ihrem mittleren Sohn nicht nahe zu sein. Elis Bemerkung, dass Gutes aus tiefem Leid entstehen konnte, hatte sich hier bewahrheitet. Joseph war lustig und einfühlsam und ein helles Köpfchen. Sie fand große Freude darin, diesen einzigartigen, sympathischen jungen Mann richtig kennenzulernen, den sie auf die Welt gebracht hatte.

Sie wandte sich dem Haus zu und überlegte, ob Elis Worte sich im Lauf der Zeit auch in anderer Hinsicht als wahr erweisen würden. Sie sehnte sich immer noch danach, dass Henrik zurückkehrte. Jeden Tag betete sie für ihn, aber statt Gott zu bitten, ihren Sohn zurückzubringen, betete sie darum, dass Henrik nach Gottes Willen für sein Leben fragte. Ihn in Gottes Hände zu legen und Gott zu vertrauen, dass er ihren Sohn führen und bewahren würde, gab ihr einen größeren Frieden als alles, was sie erlebt hatte, während Henrik noch unter ihrem Dach gelebt hatte. Lillian erkannte, dass ein Teil von ihr sich immer nach Henrik sehnen würde. Aber sie erlaubte dieser Sehnsucht nicht mehr, sie zu verzehren. Die Freiheit, die sie erfuhr, indem sie ihre Sorgen losließ, war beflügelnd.

Sie hob den Korb mit den zerrissenen Flicken, die sie zu Flickenteppichen verweben wollte, und trug ihn vors Haus. Die Frühlingssonne war hell und heiter und schien warm auf ihren Kopf. Nachdem sie sich in den Wintermonaten hauptsächlich im Grassodenhaus aufgehalten hatte, begrüßte sie die Gelegenheit, wieder im Freien zu sein. Der nächste Winter würde nicht so schlimm werden, denn sie würde Fenster haben, die das Sonnenlicht hereinließen und ihr einen Blick auf die verschneite Landschaft gewährten.

»Aber bitte keine *Hoagelsteuna* mehr, Herr!« Sie kicherte, als sie das impulsive Gebet ausgesprochen hatte. Wie herrlich war es, wieder mit Gott zu reden wie mit einem Freund.

Mit ruhigen Händen verknotete sie die Flicken zu langen Bändern. Würde diese schmerzhafte Trennung von Eli je ein Ende finden? Trotz ihrer größten Bemühungen, Eli zu erreichen, blieb er weiterhin auf Distanz zu ihr. Sie hatte ihn immer für einen vergebungsbereiten Mann gehalten, aber offenbar konnte er ihr nicht verzeihen, dass sie so kalt zu ihm gewesen war.

Sie warf das Durcheinander der Flickenstreifen in den Korb und stand auf. Sie starrte in die Ferne, wo der Wagen verschwunden war, und suchte in Gedanken nach einer Möglichkeit, Eli davon zu überzeugen, dass sie ihr Verhalten bereute. Sie hatte alles ausprobiert, was ihr eingefallen war – sie hatte für ihn gekocht und gewaschen, ihn in Plaudereien über das Haus und das Land verwickelt, ihn eingeladen, mit ihr und Joseph in der Bibel zu lesen, wie er es vor Henriks Verschwinden getan hatte. Sie wollte ihm frei heraus sagen, dass sie bereit war, wieder seine Frau zu sein. Aber jedes Mal, wenn sie sich die

Worte zurechtlegte, verschloss ihr sein distanziertes Verhalten den Mund.

»Was kann ich tun, Vater?« Lillian hob das Gesicht zum Himmel, wo zarte Wolken gemächlich vor einem blassblauen Hintergrund dahinschwebten. Von den Wolken kam keine Antwort, aber ein Gefühl des Wohlbefindens hüllte sie ein. Genau wie sie auf Henrik warten und Gott vertrauen würde, dass er über ihrem kostbaren Sohn wachte, so würde sie Gott auch vertrauen, dass er Eli zu ihr zurückführte.

Sie sank auf die Knie, faltete die Hände und schloss die Augen. »Lieber Gott, du liebst Eli mehr als ich. Du weißt, was das Beste für ihn ist … und für mich. Wir haben uns gegenseitig die Treue geschworen. Ich … habe ihn im Stich gelassen … aber jetzt möchte ich es wiedergutmachen. Ich vertraue dir, dass du unsere Herzen wieder füreinander öffnest und so fest miteinander verbindest, dass uns nichts mehr trennen kann.«

Als sie aufstand, stieg ein Lied in ihrem Inneren auf. Sie begann zu singen: *»Unglaubliche Gnade …«*

Sie sang von Gottes Gnade, während sie die Flickenstreifen aneinanderknüpfte. Als sie an die Stelle kam *»Der Herr hat mir Gutes versprochen«* musste sie schlucken. Beim Singen dachte sie darüber nach, was Gott ihr Gutes versprach, und sie gab sich selbst ein Verspechen: Wenn der Flickenteppich so weit war, dass man ihn im Schlafzimmer auf den Boden legen konnte, würde auch ihre Beziehung zu Eli in Ordnung kommen. Genau wie aus den zerrissenen Flicken etwas Schönes und Nützliches wurde, so würden die abgerissenen Enden ihrer Beziehung wieder miteinander verwoben werden.

35

Eli ließ die Rinder vor der Pferdestation anhalten und wandte sich an Joseph. »Du bleibst hier, mein Junge. Ich bin gleich wieder da.« Er legte die Hand auf das hölzerne Seitenteil, um vom Wagen zu springen.

Joseph hielt ihn am Arm zurück. »Bist du sicher, dass du die Pferde verkaufen musst?«

Eli verstand Josephs Enttäuschung. Er würde sicher niemals ein feineres Paar finden als Strumpf und Socke, wie Joseph die beiden Braunen genannt hatte. Aber die Rinder konnten den Pflug und den Wagen ziehen, während Pferde reiner Luxus waren. Das Haus fertigzustellen war wichtiger, als hinter einem herrlichen Pferdegespann zu sitzen.

»*Jo*, ich bin mir sicher.« Eli milderte seine Erklärung mit einem Zwinkern. »Und jetzt bleib hier, wie ich es gesagt habe.« Er landete flach auf den Füßen und Staub stieg auf, als seine Sohlen auf dem Boden auftrafen. Er wischte die Hosenbeine mit seinen in Handschuhen steckenden Händen ab, rückte seinen Hut zurecht und steuerte auf das Büro des Inhabers der Pferdestation zu, das sich vor dem Stall befand.

»Bornholdt! Eli Bornholdt! *Göödendach*!«

Bei diesem niederdeutschen Gruß blieb Eli verwirrt mitten auf der Straße stehen. Er drehte sich zu der Stimme um und kniff die Augen zusammen, weil die Sonne ihn blendete. »Gustaf Plett!« Eli steuerte auf seinen früheren Nachbarn in Gnadenfeld zu, um ihn zu begrüßen. Die Männer ergriffen sich an den Händen, lachten und redeten gleichzeitig, und ihre Worte überschlugen sich in einem frohen Durcheinander.

Joseph sprang vom Wagen und rannte zu den Männern. »*Öömtje* Plett, ist Wilhelm auch hier?«

Plett schob Josephs Kappe auf seinem Kopf hin und her und lachte.

»*Jo*, mein Junge, mein Sohn ist hier, und auch *mein Frü*.« Plötzlich umwölkte sich das bärtige Gesicht des Mannes. »Aber unsere Trina … sie hat die Reise nicht überlebt.« Seine Hand schoss nach vorn und packte Eli an der Schulter. »Wir haben gehört, dass Reinhardt und der kleine Jakob es auch nicht geschafft haben. Es hat uns sehr leidgetan, das zu erfahren.« Nachdem er traurig den Kopf geschüttelt hatte, wurde Pletts Miene wieder fröhlicher und er deutete mit dem Daumen über die Schulter. »Aber es war gut, in Topeka ein vertrautes Gesicht zu sehen.«

Elis Herz setzte einen Schlag lang aus. »Ein vertrautes Gesicht? Henrik?«

»*Jo*. Er arbeitet bei der Eisenbahn und lädt dort Waren aus. Er hat gesehen, wie wir aus dem Zug gestiegen sind und hat uns den Landverkäufern vorgestellt. Er hat uns gesagt …«, die Ohren des Mannes wurden rot, »dass du *Frü* Vogt geheiratet hast. *Etj graute'liere di*.«

Verschiedene Antworten kamen Eli in den Sinn. *Wir haben nur geheiratet, um den Anstand zu wahren … Lillian will sich scheiden lassen … Es war ein Fehler …* Aber nichts davon konnte er sagen, während Joseph neben ihnen stand. Deshalb nickte er und bedankte sich kurz, bevor er fragte: »Und wie geht es unserem Henrik?«

»*Gööt, gööt*. Er sieht gesund aus. Er hat seiner Mutter einen Brief geschrieben – meine Martha hat ihn. Henrik kennt jetzt viele englische Wörter – er sagt, er lernt Englisch von einem Mädchen namens Nora. Er wird ein echter Amerikaner. Er sagt, wenn er genug Geld gespart hat, wird er zur Universität gehen und Lehrer werden.« Plett tippte mit dem Finger an Elis Brust. »Ich sagte ihm, wir könnten ihn in Neu-Gnadenfeld gebrauchen.«

»Neu-Gnadenfeld?«

»*Jo*. Die Dorfbewohner wollen eine Stadt gründen und sie nach dem Dorf in Molotschna nennen. Also wird sie Neu-Gnadenfeld heißen.«

Ein neues Feld der Gnade … Eli gefiel der Klang des Namens. Er spähte an Pletts Schulter vorbei und hielt nach anderen Ankömmlingen Ausschau. »Sind viele Familien mit euch gekommen?«

»*Nä.*« Plett verschränkte die Arme vor der Brust und plusterte sich wichtigtuerisch auf. »Die Dorfältesten haben Titus Richert und mich mit Geld vorgeschickt, damit wir das Land kaufen, auf dem unser amerikanisches Dorf entstehen soll. Die anderen werden Mitte des Sommers nachkommen. Titus und ich sollen das Dorf abstecken und das Land reservieren, bis sie hier sind.«

Joseph jubelte vor Aufregung und stieß die Fäuste begeistert in die Luft. »Sie kommen, Papa, genau, wie du es gesagt hast! Wir werden unser Dorf wiederhaben!«

Plett grinste Joseph an. »*Jo*, mein Junge, das ist wirklich aufregend. Gott ist *gööt*, dass er uns hierher bringt.« Er schaute zu Eli. »Henrik hat uns auf der Karte der Landagenten gezeigt, wo sich das Land, das du gekauft hast, befindet. Richert und ich haben Gebiete ausgesucht, die nördlich und östlich von dir liegen – genug für den Dorfplatz und unser eigenes Heim.« Er schüttelte den Kopf und seufzte glücklich auf. »Es ist gut zu wissen, dass du hier bist und dich mit dem Land auskennst. Du kannst uns eine große Hilfe sein.«

»Natürlich werde ich euch helfen. Joseph auch. Er kann gute Grassodenhäuser bauen.«

Joseph machte ein säuerliches Gesicht und Eli lachte.

»Grassodenhaus?« Plett runzelte erstaunt die Stirn.

Eli erklärte ihm kurz, wie man ein Haus aus Grassoden baute. »Man bekommt eine gute, stabile Wohnstätte, die Wind und Regen standhält.«

Er klopfte Plett herzhaft auf die Schulter. »Wir werden also dafür sorgen, dass ihr so ein Haus habt, aber jetzt muss ich erst einmal diese Pferde in die Station bringen und sehen, was mir der Inhaber dafür gibt. Habt ihr eure Vorräte schon gekauft?«

Plett schüttelte den Kopf. »*Nä*. In Topeka haben wir unseren Wagen und die Pferde gekauft, aber nur genug Vorräte bis hierher. Wir werden mehr brauchen.«

»*Nä-jo*.« Eli schob Joseph nach vorn. »Joseph, begleite du *Öömtje* Plett und bring ihn zum Gemischtwarenladen. Ich treffe mich dort mit dir, wenn ich die Pferde verkauft habe.«

Joseph meldete sich zu Wort. »Papa kauft heute Fenster für unser Haus.«

Plett hob die Augenbrauen. »Fenster in einem Haus aus Erde?«

Stolz erfüllte Eli, als er ihn korrigierte: »Fenster in einem Haus aus Feldsteinen. Ein stabiles, großes Haus. Du wirst es bald sehen.«

Nachdem er seinen Handel mit dem Besitzer der Pferdestation abgeschlossen hatte, half Eli Plett und Richert bei der Auswahl ihrer Vorräte. Joseph unterhielt sich eifrig mit Wilhelm und erzählte ihm jede Heimsuchung und jeden Triumph aus ihren Monaten in Kansas, während die Männer die Wagen beluden. Die Erwachsenen, die Josephs aufregenden Geschichten zuhörten, hoben abwechselnd erstaunt die Brauen, schürzten betroffen die Lippen und grinsten amüsiert. Begleitet vom fröhlichen Geschnatter des Jungen ging ihnen die Arbeit schnell von der Hand.

Der kleine Wagenkonvoi rollte am frühen Abend auf Elis Grundstück ein. Das glückliche Gesicht, mit dem Lillian *Frü* Plett begrüßte, löste bei Eli jähe Eifersucht aus, sofort gefolgt von Selbstvorwürfen. Warum wünschte er sich immer noch, sie würde *ihn* so begrüßen? Würden sie ihre Verbindung nicht bald lösen? Entschlossen schob er das Gefühl beiseite und half den Neuankömmlingen, in der Nähe des Grassodenhauses Zelte aufzuschlagen.

Lillian hatte das Abendessen bereits fertig – einen köchelnden Eintopf mit Kartoffeln und Hirschfleisch –, aber sie fügte ein paar weitere Kartoffeln, wilde Zwiebeln und mehrere Schöpfer Wasser hinzu. Zusammen mit den letzten drei Broten reichte der Eintopf, um alle satt zu machen. Joseph wollte gern im Zelt bei Wilhelm schlafen und beide Mütter waren damit einverstanden. Als die Nacht hereinbrach, war Eli deshalb plötzlich allein mit Lillian im Grassodenhaus. Er überlegte, ob er das Hirschfell nehmen und im Steinhaus schlafen sollte, aber er wusste, dass dies einige Fragen bei seinen Gästen aufwerfen würde, deshalb entschied er sich dagegen.

Lillian summte vor sich hin, während sie die Unordnung vom Abendessen wegräumte. Ein Stapel Geschirr musste abgewaschen werden, aber sie beklagte sich mit keiner Silbe. Sollte er ihr seine Hilfe anbieten? Dann müsste er Ellbogen an Ellbogen neben ihr stehen – dichter, als er es seit Wochen gewesen war. Er ging zur Tür.

»Wo gehst du hin?«

Die in sanft vorwurfsvollem, fraulichem Ton gestellte Frage brachte ihn abrupt zum Stehen. Er griff nach dem Türriegel, aber wandte ihr sein Gesicht nicht zu. »Ich will den Wagen ausladen.« In Wahrheit konnten die Glasscheiben, die zwischen Schichten aus Leinen lagen, problemlos über Nacht im Wagen bleiben. Es war nur eine Ausrede, um sich aus ihrer betörenden Gegenwart zu befreien, bevor ihn die Versuchung überwältigte, sie in seine Arme zu ziehen und zu küssen, bis sie keine Luft mehr bekam.

Lillian huschte zu ihm herüber. Obwohl sie ihn nicht berührte, prickelte seine Haut. Er erstarrte.

»Eli, als du heute Morgen losgefahren bist, hattest du die Pferde dabei. Jetzt sind sie nicht mehr da.« Ein neckendes Lächeln umspielte ihren Mund. »Sicher hast du etwas so Großes wie ein Paar Pferde nicht unterwegs verlegt?«

Er mochte ihre lustige Seite, die zu lang nicht mehr zum Vorschein gekommen war, so gern. Er rieb sich unter der Nase, um den Reiz zu lächeln zu unterdrücken. »Ich habe Strumpf und Socke verkauft.«

Sie riss die Augen weit auf. »Eli! Du hast diese Pferde geliebt!« Plötzlich veränderte sich ihr Ausdruck, als sie den Zusammenhang erkannte. »Musstest du das tun … weil das Getreide vernichtet wurde?«

Teilweise war das der Grund. Eine Weizenernte hätte ihm das nötige Geld für die Fenster eingebracht. Aber er schüttelte den Kopf. »*Nä*. Wenn hier in der Nähe das Dorf entsteht, sind Pferde ein Luxus. Sie fressen Heu und tun wenig, um sich ihren Unterhalt zu verdienen. Ochsen und Kühe dagegen geben Milch, arbeiten auf dem Feld und ziehen den Wagen. Für uns ist es besser, nur sie zu haben.«

Sie kräuselte die Stirn, als wäre sie mit seinen Argumenten nicht einverstanden. Aber dann nickte sie. »*Nä-jo*, ich bin sicher, du weißt am besten, was richtig ist. Aber« – der scherzhafte Blick war wieder da – »Pferde sind viel schöner anzuschauen als Ochsen.«

Wusste sie, was für ein entzückendes Bild sie abgab mit ihrem Gesicht, das von der Wärme des Feuers gerötet war, ihrem windzerzausten Haar, das sich um ihre Wangen lockte, und ihren Lippen, auf denen ein liebliches Lächeln lag? Er drückte die Schulter gegen die Tür. »Immerhin wirst du die Ochsen durch Glasfenster betrachten können.«

»Fenster!«

Das Entzücken in ihrer Stimme brachte ein Grinsen auf seine Lippen, obwohl er sich bemühte, kühl zu bleiben. »*Jo.* Und genau die werde ich abladen. Ich habe Glas im Gemischtwarenladen in Newton gekauft.«

Sie wischte sich die Hände an ihrer weißen Schürze ab und band sie dann los. »Darf ich sie sehen, Eli? Zeigst du mir die Fenster?«

Eli schüttelte den Kopf. »Es ist nur ein Stapel mit rechteckigen Glasscheiben, Lillian. Es werden erst Fenster daraus, wenn sie in einem Rahmen stecken und in die Mauern eines Hauses eingebaut sind.«

»Ich weiß, aber …« Sie seufzte und ihre Augen schlossen sich einen Moment, als sie ein glückliches Gesicht machte. Sie öffnete die Augen wieder und legte beide Hände auf seinen Unterarm. »Es ist so lange her, Eli, seit ich das Vergnügen genossen habe, das Sonnenlicht durch ein Glasfenster strömen zu sehen. Bitte darf ich eins von den Fenstern in die Hand nehmen?«

Erst vor ein paar Tagen hatte er es beklagt, dass es ihm an Sonnenlicht fehlte, das durch ein Glas fiel und einen Raum mit Licht und Wärme erfüllte. Er verstand ihren Wunsch und antwortete spontan: »Natürlich darfst du das.«

Er begleitete sie zum Wagen, wo er ein kleines Glasrechteck herausholte und es ihr reichte. Sie fasste das Glas an den Rändern und schaute hindurch. Ein Lächeln ging über ihr Gesicht und sie lachte laut auf. Dann drehte sie sich mit dem Glas vor dem Gesicht im Kreis und schien jeden Zentimeter der Landschaft in allen Richtungen genau zu betrachten. Als sie sich nach Westen drehte, schnappte sie nach Luft. Sie nahm das Glas herunter, um über seinen Rand zu spähen.

»Eli! Der Sonnenuntergang … er ist großartig heute!«

Wie lang war es her, seit sie nebeneinandergestanden und Gottes herrlichen Tagesabschluss bewundert hatten? Es reizte ihn unbändig, seinen Arm um ihre Taille zu legen, sie dicht an sich zu ziehen und sein Kinn an ihre Schläfe zu legen. Aber er blieb stehen, die Arme steif neben dem Körper, das Gesicht der sinkenden Sonne zugewandt, doch mit den Gedanken ganz woanders.

Sobald die Fenster eingebaut waren und das Haus fertig war, musste er diese Heimstatt verlassen. In Lillians Nähe zu sein – sie zu lieben und gleichzeitig zu wissen, dass ihre Verbindung mit einer Scheidung enden würde –, war zu schwer. Zu seinem eigenen Schutz musste er sich von ihr trennen.

Lillian drehte sich langsam um und hielt ihm die Glasscheibe entgegen. Er nahm sie und trat einen Schritt von ihr weg.

»D-danke, Eli.« Ein Beben lag in ihrer Stimme. Sie wirbelte herum und ging mit leichtem, federndem Schritt zum Grassodenhaus zurück.

Eli sah ihr nach und spürte, wie Panik in ihm aufstieg. Wie sollte er diese Nacht überstehen? Er würde nicht schlafen können, nicht, wenn er allein mit ihr unter einem Dach war.

Als er die Glasscheibe wieder in den Leinenstoff wickelte, hatte er eine Idee. Er ging zum Zelt der Pletts und sprach kurz mit Gustaf. Dann begleitete er Martha zum Grassodenhaus. Er öffnete die Tür und rief: »*Frü* Plett wird hier bei dir im Grassodenhaus die Nacht verbringen, Lillian. Ich werde draußen im Zelt schlafen. Das ist angenehmer für sie.« Er ignorierte Lillians Blick, in dem gekränktes Erstaunen stand, und eilte zum Zelt.

Lillian platzte fast vor Stolz, als Eli am nächsten Morgen das gemeinsame Bibellesen und Gebet leitete. In Gnadenfeld hatte Eli keine leitende Position in der Gemeinde innegehabt. Deshalb hatte sie halb erwartet, er würde *Öömtje* Plett, einen Diakon, bitten, die Verantwortung für ihre morgendliche Zeit der Gemeinschaft zu übernehmen. Doch jetzt jubelte ihr Herz bei Elis Anblick, der groß und selbstbewusst vor ihnen stand, die Bibel aufgeschlagen in der Hand, und ihnen Gottes Wort weitergab.

Dieser erste Tag mit ihren Gästen entwickelte sich zu einem Muster, das sie den Rest der Woche beibehielten. Die Männer brachen früh auf, um Blöcke aus der harten Erde zu schneiden und Grassodenhäuser zur Unterbringung der Neuankömmlinge zu errichten. Joseph und Wilhelm kümmerten sich um die Tiere und marschierten dann die gut anderthalb Kilometer zu den neuen Grundstücken, um den Männern zu helfen. Lillian und Martha blieben zurück, um das Wassermelonenbeet zu jäten, herzhafte Mahlzeiten zuzubereiten und sich zu unterhalten.

In Gnadenfeld hatte sich Lillian nie besonders eng mit Martha Plett verbunden gefühlt. Die Frau war zehn Jahre jünger als Lillian. Lillian hatte immer den Eindruck gehabt, sie wäre aufgrund der leitenden Position ihres Mannes im Dorf etwas hochnäsig. Aber hier auf der Prärie entwickelte sich eine Freundschaft zwischen ihnen, die auf Notwendigkeit und gemeinsamen Erfahrungen beruhte.

Zu hören, wie Martha den Verlust ihrer dreijährigen Tochter beklagte, die auf der Reise an einer Krankheit gestorben war, riss Lillians eigene Wunden wieder auf, aber sie konnte der trauernden Mutter ihr Mitgefühl schenken. Sie sagte ihr: »Jeden Morgen muss ich meinen Sohn für diesen Tag in Gottes gute Hände legen. Manchmal muss ich diesen Schritt noch vor dem Sonnenuntergang wiederholen, aber Gott zu vertrauen befreit mich von Sorge und Schmerz. Die Last wird jeden Tag leichter.«

Lillian ließ Martha in dem Glauben, sie spräche von Jakob, doch innerlich hatte sie Henrik dabei vor Augen, der sich außerhalb ihrer schützenden Fürsorge befand. Der Brief, den Pletts mitgebracht hatten, enthielt die Versicherung, dass es Henrik gut ging. Lillian trug die eine Seite, die Henrik ihr geschrieben hatte, in der Schürzentasche mit sich herum. Jedes Mal, wenn ihre Finger das zusammengefaltete Blatt Papier streiften, flüsterte sie ein Gebet für ihren Sohn und befahl ihn erneut Gottes Schutz an.

Da so viele Münder zu füttern waren, beanspruchte das Kochen einen großen Teil ihrer Zeit. Lillian zeigte Martha, wie man die Kaninchen, die Joseph mit seinen Fallen fing, töten, ausnehmen und zubereiten musste. Als Martha die Nase rümpfte, lachte Lillian und erinnerte Martha daran, dass sie solche Fertigkeiten brauchen würde, bis es im neuen Dorf einen Metzgerladen gab. – »Es sei denn, du willst, dass dein Mann und dein Sohn hungrig bleiben.«

An sonnigen Nachmittagen setzten sich die Frauen ins Freie und arbeiteten gemeinsam an Lillians Flickenteppichen weiter. Lillian hatte genug Flickenstreifen für drei Teppiche – einen fürs Schlafzimmer, einen für die Eingangstür und einen, der vor dem Herd in der Küche liegen sollte. Mit ihren variierenden Farbtönen würden die Teppiche schöne Farbtupfer im Haus darstellen.

Als Lillian ihren Wunsch erwähnte, Vorhänge zu nähen, bot Martha ihr ein Stück grünen Baumwollstoff im Tausch gegen eine kleine Menge ihres gedörrten Hirschfleischs an. Lillian klatschte erfreut in die Hände und ging gern auf den Handel ein. Auch wenn Eli etwas anderes sagte, brauchte ein Haus doch Gardinen an den Fenstern.

Da Eli *Öömtje* Plett und *Öömtje* Richert half, blieb die Arbeit am Steinhaus liegen. Jeden Tag nach dem Mittagessen, während Martha sich ausruhte – sie behauptete, ihre Verdauung würde nicht funktionieren, wenn sie sich nicht hinlegte –, besuchte Lillian das Steinhaus und stellte sich den Tag vor, an dem die Glasscheiben die Fensteröffnungen verschließen würden. Sie trat durch die Türöffnungen und malte sich aus, wie hölzerne Türen einen Raum vom anderen abtrennen würden. In ihrer Fantasie ragte schon der Kochherd aus der Ecke in der Küche hervor und wartete auf ihre Töpfe und Pfannen. Manchmal meinte sie sogar, eine Andeutung des Geruchs von backendem Brot oder einer köchelnden Suppe wahrnehmen zu können.

Jedes Mal, wenn sie das Haus verließ, hielt sie inne und sprach ein Dankgebet für Elis Bereitschaft, so viel Arbeit auf sich zu nehmen, um sie gut zu versorgen. Ein zweites Gebet folgte automatisch: *Herr, bitte lass uns wieder eins werden.*

Seit der Ankunft der Neuankömmlinge waren Eli und sie nie allein. Er schien ganz zufrieden mit der Situation zu sein, aber sie wurde jeden Tag frustrierter. Wenn sie sah, wie Gustaf und Martha Plett nach dem Essen miteinander flüsterten, er den Arm um sie legte und sie ihre Wange an seine Schulter lehnte, wuchs ihre Sehnsucht, von Elis starken Armen umschlossen zu werden.

Am fünften Morgen schließlich, als sie zum Frühstück zusammentrafen, gab es einen Hoffnungsschimmer für Lillian, dass vielleicht bald eine Versöhnung möglich sein würde. Eli schob seinen leeren Teller weg und verkündete: »Heute werden wir die Grassodenhäuser mit Stroh decken. Heute Abend könnt ihr also in eure eigenen Häuser ziehen.«

Lillian verzichtete darauf, laut zu jubeln. Sie durfte den anderen nicht das Gefühl geben, nicht willkommen gewesen zu sein. Aber sie konnte nicht verhindern, dass sich ihr Mund zu einem breiten Lächeln verzog. Sie folgte den Männern in die helle Morgensonne hinaus und reichte Eli den Korb mit ihrem Mittagsproviant, der aus gedörrtem Fleisch, Brot und Beeren bestand. Als er den Korb nahm, legte sie ihre Hand über seine. Er erstarrte und sah ihr überrascht in die Augen.

Ihr Herz pochte heftig bei dieser kühnen Geste und sie lächelte ihn unsicher an. »Wenn die anderen in ihre eigenen Häuser ziehen, bist du frei, um wieder hier zu arbeiten, *jo*?« Sie sprach mit gesenkter Stimme, damit sie nicht an die Ohren der Gäste drang.

Elis Adamsapfel bewegte sich auf und ab, als er schluckte, aber er gab keine Antwort.

»Stellst du dann das Steinhaus fertig?«

Er nickte schweigend mit gleichmütiger, aber wachsamer Miene.

Lillian fuhr sich mit der Zunge über die Lippen und nahm ihren Mut zusammen. »Ich habe mir überlegt … Wenn die Fenster eingebaut sind und alles fertig ist, möchte ich etwas Besonderes für unsere erste *Owentkost* im Haus zubereiten. Ich habe noch etwas Sauerkraut im Topf, das ich für ein spezielles Essen aufbewahrt habe und –«

»Lillian.« Seine Stimme klang rau.

Sie neigte den Kopf. *»Jo?«*

»Sobald ich mit dem Steinhaus fertig bin, werde ich bei Titus einziehen. Ich werde also bei ihm zu Abend essen.«

»Aber –«

»Jetzt, wenn die anderen bald alle da sind, kannst du die Scheidung bekommen, die du haben wolltest.«

Sie prallte zurück, so tief und schmerzhaft getroffen, dass sie sich kurz fragte, ob ein Indianer einen Pfeil auf sie abgeschossen und ihr Herz aufgespießt hatte.

Eli ließ den Korb hinten in den Wagen plumpsen und kletterte auf die Sitzbank. Nachdem er die Peitsche in die Hand genommen hatte, warf er ihr einen kurzen Blick zu. Sein finsteres Gesicht trieb den Pfeil noch tiefer in ihr Inneres. »Wir werden Mitte des Nachmittags wieder hier sein, um die Wagen zu beladen. Du und Martha müsst zusehen, dass ihr bis dahin alles gepackt habt, damit wir es einladen und vor Anbruch der Dämmerung wegfahren können.«

36

Eli hielt den Atem an, als er sanft gegen den Holzrahmen klopfte, in dem vier Scheiben des kostbaren Glases saßen. Der Rahmen musste fest genug sitzen, um starkem Wind standzuhalten, aber wiederum nicht so fest, dass das Glas sprang, wenn das Holz sich bei Feuchtigkeit ausdehnte. In den zwei Tagen, die er nun damit beschäftigt war, die Fenster zu bauen und einzupassen, hatte er angefangen, an der Klugheit von zwei Fenstern pro Zimmer zu zweifeln. So viele Fenster waren teuer. Sie brauchen viel Zeit. Sie verursachten große Mühe. Aber wie sonst sollte das Sonnenlicht die Räume durchfluten? Lillian sehnte sich nach Licht.

Nach einem letzten vorsichtigen Klopfen senkte er den Hammer. Er trat langsam einen Schritt zurück und betrachtete Ecken, Ober-, Unter- und Längsseiten kritisch. Er ließ den Atem zischend entweichen. Mit etwas Ton würde er die Ritzen abdichten und dann war das Haus wetterfest. Zufriedenheit erfüllte ihn, als er das Ergebnis seiner Arbeit bewunderte.

Das Steinhaus war wunderschön geworden. Es stand Richtung Norden, die Fenster gingen nach allen Seiten hinaus und man würde einen erfreulichen Anblick haben, egal, welchen Raum man betrat. Keine tiefen Schatten würden dieses Haus einhüllen … außer an bewölkten Tagen. Unter der steilen Dachschräge hatte eine Stube Platz, die als Räucherkammer dienen würde, wenn die Schweine unter dem Frühlingshimmel fett und faul geworden waren, und ein geräumiger Dachboden. Eli gluckste leise, als er daran dachte, wie viele Sachen Joseph bereits in dieses Zimmer gebracht hatte. Der Junge würde die Fläche in kürzester Zeit füllen.

Elis magere Geldmittel hatten nicht für das Material gereicht, das nötig gewesen wäre, um eine anständige Treppe zu bauen, aber Joseph schien dieser Mangel nicht zu stören. Er erklomm die Sprossen der Leiter so wendig wie ein Eichhörnchen, das von Ast zu Ast sprang.

Eli konnte sich nicht vorstellen, dass Lillian die Leiter benutzen würde. Doch Joseph würde bereitwillig hochklettern und ihr alles holen, was sie verlangte.

An Lillian zu denken dämpfte sofort seine Freude über die Vollendung des Hauses. Als er sich dieses große Haus vorgestellt hatte, waren seine Tagträume voller Bilder gewesen, wie sie gemeinsam innerhalb dieser Mauern lebten. Dieser Traum lag zerstört am Boden, genau wie die Reste der zerschlagenen Weizenstängel, die der Kansas-Wind wegtrug. Wenn weitere Dorfbewohner ankamen, konnte Eli Samen kaufen, um neues Getreide anzubauen. Aber er konnte sich keine neue Beziehung kaufen.

»Ich liebe sie immer noch …« Er flüsterte dem Haus die Worte zu und wusste, dass die Steine sein Geheimnis nicht verraten würden. Aber seine Liebe zu ihr würde den Keil zwischen ihnen nicht beseitigen. Er sah, wie sie den kurzen Brief, den sie aus Topeka erhalten hatte, mit sich herumtrug, wie sie ihn immer wieder in ihrer Schürzentasche betastete, während sich ein wehmütiger Ausdruck auf ihr Gesicht legte. Sie verzehrte sich nach ihrem ältesten Sohn.

Henriks fortdauernde Abwesenheit würde eine ständige Erinnerung an den Tag sein, als sie ihm Anschuldigungen an den Kopf geworfen und seine Liebe mit Füßen getreten hatte. Trotz ihrer veränderten Einstellung, trotz ihres Verhaltens in letzter Zeit, das eine gewisse Reue zeigte, trotz ihrer Entscheidung, hier bei Joseph auf dem Hof zu bleiben, gab Lillian ihm die Schuld daran, dass Henrik sie verlassen hatte. Deshalb musste er ebenfalls gehen.

Er hatte noch drei Dinge zu erledigen, bevor er endgültig bei Titus Richert einzog: Er musste die vielen Fenster im Haus abdichten, für Lillian einen *Spoaheat* in der Küche errichten, damit sie kochen konnte, und einen Bettrahmen für ihre Federmatratze bauen. Die letzte Aufgabe bedeutete keine große körperliche Anstrengung, aber sie würde ihm am schwersten fallen. Die Erinnerung, wie er mit Leib und Seele mit Lillian vereint gewesen war, quälte ihn. Die Kostbarkeit dieser Momente stand in krassem Gegensatz zum tiefen Schmerz ihres inneren Rückzugs.

Mit einem ärgerlichen Schnauben befahl er sich, wieder zur Arbeit zurückzukehren. Er setzte sich in Bewegung, marschierte mit schnellen Schritten zum Bach und zu der Stelle, an der es den Ton gab. Je schneller er diese letzten Aufgaben hinter sich brachte, desto schneller konnte er sein eigenes Leben wieder aufnehmen.

Gott, erinnere mich daran, dass ich nur in dir wahre Erfüllung finde …

»Lasst euch genügen an dem, was da ist. Denn der Herr hat gesagt: ›Ich will dich nicht verlassen und nicht von dir weichen.‹«

Die Worte aus dem Hebräerbrief, vorgelesen von Elis tiefer, ehrfürchtiger Stimme, jagten Lillian einen angenehmen Schauder über den Rücken. An diesem hellen Morgen waren sie wie eine direkte Botschaft an sie und bestätigten sie in ihrer Entscheidung, trotz der Verluste im vergangenen Jahr zufrieden zu sein. Wie er es in seinem Wort versprochen hatte, hatte Gott sie nicht verlassen. Er hatte ihr die Kraft gegeben, die sie in allen Schwierigkeiten und in allem Kummer brauchte. Mit plötzlich aufwallender Freude wurde ihr bewusst, dass sie außerdem in ihrer Beziehung zu Gott gewachsen war.

Sie griff nach Josephs Hand, als sie beteten, aber Eli umklammerte seine Bibel, statt ihnen die Hände zu reichen, wie er es früher gemacht hatte. Diese Veränderung schmerzte Lillian, aber sie wiederholte innerlich den Vers, der zu ihrem persönlichen Motto geworden war: *Lass dir an meiner Gnade genügen.*

Später an diesem Vormittag würde sie ihre Besitztümer ins Steinhaus bringen. Eli plante, seine eigenen Sachen auf den Wagen zu laden und sie zu Titus Richert zu bringen. Lillian hegte einen anderen Plan – einen kühnen Plan. Wenn er ihr Verhalten richtig verstand, würde er dieses Stück Land vielleicht nicht verlassen. Aber wenn ihr Plan misslang, würde Gottes Gnade ihr die Kraft geben, ohne Elis beständige Gegenwart in ihrem Leben weiterzumachen. Davon war sie überzeugt. Sie wollte, dass Eli bei ihr blieb – sie betete darum, dass er es tun würde –, aber wenn er sich entschied, sie zu verlassen, würde sie es überleben.

»Amen.« Eli beendete sein Gebet und erhob sich. »*Nä-jo*, ich werde jetzt hinausgehen und mich um die Tiere kümmern. Und wenn ich fertig bin …«

Er beendete den Satz nicht, aber Lillian kannte seine Pläne. Sie stand schnell auf. »Ich habe auch viel zu tun. Kümmere du dich um deine Aufgaben und ich werde …« Mit einer Handbewegung entließ sie ihn. Er nickte nüchtern und schritt zur Tür hinaus.

»Brauchst du meine Hilfe, Mama?« Joseph stocherte mit der Gabel in seinen Zähnen herum.

Lillian nahm ihm die Gabel aus der Hand. »Du willst mir helfen? Dann geh mir aus dem Weg.« Sie lächelte, damit er wusste, dass sie es nicht böse meinte. »Ich schaffe das schneller, wenn ich allein bin.«

Der Junge zuckte die Achseln und schlenderte zur Tür. »Was soll ich dann machen? Papa hat gesagt, dass er meine Hilfe auch nicht braucht.« Er klang hilflos.

Einen Moment lang fragte Lillian sich, ob Eli Josephs Hilfe ablehnte, weil er sich von dem Jungen lösen wollte. *Vater, schenk, dass mein Plan gelingt. Ich möchte nicht, dass Joseph ein zweites Mal den Vater verliert.* Sie klatschte in die Hände und warf Joseph ein breites Lächeln zu. »Ich habe eine Idee! Heute Abend würde ich gerne frischen Fisch essen. Könntest du deine Angel nehmen und versuchen, ein paar von den bärtigen Fischen zu fangen?«

Josephs Gesicht erhellte sich. »Darf ich zu den Pletts gehen und schauen, ob Wilhelm mitkommen kann?«

»Das ist eine gute Idee. Dann mal los.«

Lillian stürzte sich in die Arbeit. Sie wusch schnell das Geschirr ab und warf die sauberen, feuchten Teller und das Besteck in eine Kiste. Über das Geschirr stapelte sie ihre Geschirrtücher und die zusätzlichen Schürzen, dann ging sie eilig zur Tür hinaus. Sie überquerte das Stück Land, das zum Steinhaus führte und folgte dabei dem schmalen Pfad, den Elis Füße auf seinen häufigen Wegen zum Haus gebahnt hatten. Genau derselben Spur zu folgen, auf der er sich so viele Male bewegt hatte, ließ sie von Kopf bis Fuß erschauern.

Oh, bitte, bitte, lass ihn dableiben!

Lillian ließ die Kiste in der Küche neben dem neu gebauten *Spoaheat* fallen und rannte dann zum Grassodenhaus zurück, um eine zweite Fuhre zu holen. Leintücher, Kissen und ihr Erinnerungsquilt waren ein unhandliches Paket, aber sie stolperte nach draußen und hielt Ausschau nach Eli. Sie entdeckte ihn, wie er mit einem Eimer in der Hand aus dem Gehege der Tiere kam.

»Ist das die Milch?«

Er nickte. »Soll ich sie ins Grassodenhaus stellen oder in die Küche im Steinhaus bringen?«

»Das Grassodenhaus ist prima. Ich kümmere mich dann nachher ums Buttern.« Sie wartete, bis er näher kam, bevor sie hinzufügte: »Würdest du mir bitte das Federbett ins Steinhaus tragen? Es ist *schwoafellijch*.« Sie sagte die Wahrheit – die dicke Matratze war zu unhandlich für sie zum Tragen.

Eli nickte noch einmal und sie hastete zum Steinhaus hinüber. Sie betrat das Schlafzimmer und der durchdringende Geruch von frischem Holz stieg ihr in die Nase. Ein Bett, das aus geschälten jungen Stämmen und Seilen gebaut war, stand an der westlichen Wand, dem Fenster im Osten zugewandt.

Ein Räuspern zog ihre Aufmerksamkeit auf sich und sie drehte sich schnell um, wobei der Quilt über ihrem Arm wippte. Eli stand in der Tür und die zusammengerollte Matratze bedeckte alles bis auf seine Füße. Sie brach in Gelächter aus und ließ ihr Bündel fallen, um ihn am Handgelenk zu fassen.

»Komm mit.« Sie zog ihn vorwärts, bis seine Knie gegen den Bettrahmen stießen. »Jetzt kannst du sie fallen lassen.«

Er ließ die Matratze los und sie fiel auf die Seile. Er rieb sich die Hände. »Gibt es noch mehr, was ich für dich herübertragen könnte?«

Sein höflicher, aber distanzierter Ton ließ Lillian zögern. Sie nagte an ihrer Unterlippe und nahm ihren ganzen Mut zusammen, bevor sie nickte. Ihr Herz pochte nervös, und als sie sprach, klang sie atemlos. »*J-jo.* Da ist eine Kiste hinter der Tür vom Grassodenhaus. Sie muss auch in dieses Zimmer kommen.« Hitze stieg von ihrem Hals bis zum Haaransatz auf und das hektische Schlagen ihres Herzens steigerte sich. »W-würdest du sie bitte b-bringen?«

Eli drehte sich um und stapfte zur Tür hinaus. Lillian überlegte, ob sie zum Küchenfenster sausen sollte, um Ausschau nach ihm zu halten und sein Gesicht zu sehen, wenn ihm klar wurde, was er für sie holen sollte. Aber ihre Beine zitterten so sehr, dass sie sie nicht bis zum Fenster tragen würden. Stattdessen rollte sie die Matratze über den Seilen aus und bedeckte sie mit der rauen Baumwolldecke. Gerade, als sie den Quilt glatt strich, verrieten Fußtritte, dass Eli zurückkam.

Sie drehte sich schwungvoll um und wollte ihn mit einem Lächeln begrüßen, doch es verblasste schnell, als sie merkte, dass seine Arme leer waren. »W-wo ist die Kiste?«

»Du musst dich geirrt haben. In dieser Kiste waren meine Winterhemden und meine dicken Socken.«

Ihr Herz polterte so laut in ihrer Brust, dass sie das Gefühl hatte, keine Luft mehr zu bekommen. Sie verschränkte die Finger, drückte die Hände auf ihren aufgewühlten Magen und erwiderte: »Ich habe mich nicht geirrt. Ich möchte, dass deine Sachen hierher kommen … in dieses Zimmer … in *unser* Zimmer.«

Eli starrte sie einige angespannte Sekunden durchdringend an, während wechselnde Gefühle in seinen Augen sichtbar wurden. Lillian wartete mit schmerzendem Magen und Schweißtropfen auf der Oberlippe. Doch dann drehte er sich ohne ein weiteres Wort um und ging zur Tür hinaus.

»Eli!« Sie stürmte ihm hinterher und holte ihn auf halbem Weg zwischen dem Grassodenhaus und dem Steinhaus ein. »Bitte bleib stehen!«

Er hielt an, drehte sich um und durchbohrte sie mit einem finsteren Blick, die Hände zu Fäusten geballt. »Macht es dir Spaß, mit meinen Gefühlen zu spielen? Was treibst du für ein Spiel mit mir, Lillian?«

»Ich treibe kein Spiel mit dir!«

»Was soll das dann? Warum bittest du mich, meine eigenen Sachen in … in dieses Zimmer zu bringen? Weißt du nicht, was das für mich bedeutet?«

Seine emotionsgeladenen Worte zerrissen Lillian fast das Herz. »Ich weiß, was es bedeutet, Eli. Ich habe darum gebetet, dass die Botschaft bei dir ankommt. Ich habe darum gebetet, dass du auf diese Botschaft reagieren würdest.« *Bitte, Eli, bitte reagiere darauf. Bitte erwidere meine Liebe.*

Eli schloss die Augen und atmete mehrmals tief durch. Langsam entspannten sich seine Schultern und seine Fäuste öffneten sich. Als er die Augen wieder öffnete, spiegelte sich so viel Traurigkeit darin, dass Lillian beinahe geweint hätte.

»Lillian, ich bin nur ein Mann, kein Hellseher. Ich kann nicht unter deine Haut schauen und deine inneren Absichten erkennen. Wenn du mir etwas sagen willst, dann sag es bitte deutlich.«

Die einfachsten, direktesten Worte, die sie je gesprochen hatte, strömten über ihre Lippen: »Ich liebe dich.«

Er zuckte zusammen und stolperte rückwärts.

»Ist das deutlich genug? Ich liebe dich, Eli. Ich liebe dich. Bitte glaub mir.«

Langsam schüttelte er den Kopf, während sein Blick ihren traf. »Wie kannst du das sagen, nachdem … nachdem …«

»Nachdem ich dir vorgeworfen habe, du hättest mich verraten und ich könnte dir nicht mehr vertrauen?«

Er brauchte nicht zu antworten. In seinen haselnussbraunen Augen sah sie etwas von dem Schmerz, den ihre Worte ihm zugefügt hatten. Sie wollte sich abwenden und den Folgen ihres vorherigen Verhaltens ausweichen, aber sie weigerte sich, dieser Versuchung nachzugeben. Eli musste in ihre Augen blicken und sehen, dass sie es ernst meinte, wenn sie ihm ihr Herz öffnete.

»Eli, es war dumm von mir zu sagen, du hättest mich verraten. Es hat einige Zeit gedauert, aber Gott hat mein Herz aufgerüttelt, damit ich erkennen konnte, dass du mich nicht verraten hast. Ganz im Gegenteil. Du hast mich geliebt, wie Gott mich liebt – über alle Erwartungen hinaus.« Tränen füllten ihre Augen und sein Bild verschwamm. Sie wischte sie mit den Fingerspitzen weg und legte dann beide Hände um seine Hand. »Es tut mir leid, dass ich meinem Schmerz erlaubt habe, sich in Wut zu verwandeln. Es tut mir leid, dass ich dich weggestoßen habe. Meinst du … meinst du, du kannst mir vergeben und wir können dahin zurückkehren, was wir hatten, bevor ich … bevor ich dich verletzt habe?«

Eli zog seine Hand aus ihrem Griff und fuhr sich mit den Fingern durchs Haar. Er schüttelte den Kopf und drehte sich von ihr weg. »Ich weiß es nicht, Lillian.« Er blickte sie misstrauisch an. »Auch wenn wir jetzt wissen, wo Henrik ist, werde ich ihn nicht zurückholen.«

»Ich werde dich nicht darum bitten.«

»Aber da wird immer dieser Platz am Tisch sein, wo Henrik normalerweise sitzen würde. Wirst du mich nicht immer wieder ablehnen, wenn du den leeren Stuhl siehst?«

Lillian ließ den Kopf hängen. Reue legte sich schwer auf ihre Schultern. Hatte sie wirklich so viel Zeit damit vergeudet, an ihrer Wut festzuhalten? Sie hatte solchen Schaden mit ihrem Verhalten angerichtet.

Sie sah auf ihre eigenen Hände – offen, nicht zusammengekrümmt – und Friede durchströmte sie.

Sie richtete sich auf und blickte Eli fest ins Gesicht. »Ich werde dich nicht mehr ablehnen. Ich habe gelernt zu vertrauen, Eli.« Sie zeigte mit der Hand auf das leere Weizenfeld und sagte: »Dort, mitten auf dem von Hagel zerstörten Weizenfeld, hat mein Herz die Antwort gefunden.«

Tränen sammelten sich in ihren Augen und sie erlaubte ihnen, in warmen kleinen Bächen über ihre Wangen zu rinnen. Aber sie lächelte durch die Tränen hindurch. »Henrik ist nicht hier bei mir. Ich kann nicht für ihn sorgen … aber Gott kann es. Mein Sohn kommt vielleicht eines Tages zu mir zurück. Und wenn er kommt, werde ich ihn mit offenen Armen begrüßen. Aber bis zu jenem Tag lege ich ihn in Gottes Hände und vertraue darauf, dass mein himmlischer Vater sich um ihn kümmert.«

Eli fasste sie an den Oberarmen, beugte sich dicht zu ihr vor und sah ihr direkt in die Augen. »Bist du dir sicher, Lillian? Ich liebe dich – daran hat sich nichts geändert –, aber ich werde unter keiner Wolke von Vorwürfen leben.«

»Diese Wolke ist weg. Der Wind des Glaubens hat sie fortgeweht.« Lillian umklammerte seine Unterarme und hielt sich an ihm fest. »Es werden vielleicht andere Wolken kommen, Eli. Wir können nicht zusammenleben, ohne ab und zu anderer Meinung zu sein. Ich kann dir nicht versprechen, dass ich mich nie über dich ärgern werde. Ehrlicherweise kannst du mir ein solches Versprechen auch nicht geben.«

Sie sah seine hochgezogenen Augenbrauen und sein nachdenkliches Nicken und stieß ein kurzes, selbstkritisches Lachen aus. Dann wurde sie schnell wieder ernst. »Aber ich gelobe dir jetzt, dass ich dem Ärger nicht erlauben werde, mich zu beherrschen.« Sie spannte die Finger an und zog ein wenig an seinen Armen. »Wenn Meinungsverschiedenheiten kommen, werden wir zusammen reden, zusammen beten und zusammen Frieden finden. Die Zeit meiner Trennung von dir hat mir gezeigt, wie viel du mir bedeutest. Ich werde nicht riskieren, dich noch einmal zu vertreiben.«

»Lillian …« Er riss sie an seine Brust. Sie warf ihre Arme um seinen Leib, drückte sich fest an ihn und vergrub ihr Gesicht an seiner Brust. Sein Geruch füllte ihre Nase, sein Puls schlug an ihrer Wange und sein Bart kitzelte ihre Stirn. Sie schloss die Augen und staunte über das intensive Gefühl, zu Hause zu sein. Sie gehörte in Elis Arme, in sein Herz, in sein Leben. *Danke, mein liebender Gott der Gnade …*

Sie hörte Eli schlucken und dann vibrierte seine Brust, als er leise lachte. »Wo ist Joseph?«

»Er hat sich die Angel geschnappt und ist losgezogen, um Wilhelm abzuholen.«

Elis Augen glitzerten. »Wie lange wird er wohl weg sein, was meinst du?« Seine Hände lagen an ihrer Hüfte und seine Daumen wanderten an ihren Rippen auf und ab.

Ein Lächeln zuckte in ihren Mundwinkeln. Sie verschränkte die Hände hinter seinem Hals. »Lang genug.«

Grinsend hob Eli sie in seine Arme. Sie lachte laut vor Freude, aber er brachte sie zum Schweigen, indem er seine Lippen auf ihre drückte und sie über die Schwelle ihres Steinhauses trug, über die Schwelle zu einem neuen Anfang als Mann und Frau.

Nachwort

Liebe Leserinnen und Leser,

obwohl Eli und Lillian meiner Fantasie entspringen, repräsentieren die Mennoniten in diesem Roman ein Stück meiner eigenen Familiengeschichte.

Die mennonitischen Brüder wanderten ab 1790 auf Einladung Katharinas der Großen von Deutschland nach Russland (in die heutige Ukraine) aus. Katharina versprach ihnen Religionsfreiheit inklusive Befreiung vom Militärdienst. Dort auf den *Steppes*, den grasbewachsenen Ebenen, züchteten sie einen kräftigen Weizen, den sie *Turkey Red* nannten, und sie gelangten in der kargen Landschaft zu Wohlstand.

Als 1871 Reformen der Regierung ihre religiöse Freiheit bedrohten, sandten sie Kundschafter aus, die sich in den Vereinigten Staaten nach Land umschauen sollten. Ab 1873 trafen Gruppen von mennonitischen Brüdern auf amerikanischem Boden ein. Mehrere Gruppen ließen sich auf Eisenbahngrundstücken nieder, die die Bezirke McPherson, Harvey, Marion und Reno umfassten. Ihre robusten, rotgoldenen Weizenkörner reisten mit ihnen. Der Anbau des *Turkey Red* Weizens und seiner weiterentwickelten Sorten machten Kansas zur »Kornkammer der Nation«.

Obwohl ein Großteil dieser Geschichte fiktiv ist, wozu auch die Gemeinde Neu-Gnadenfeld gehört, sind etliche Fakten eingeflossen. Die Großeltern meiner Mutter gehörten zu den Mennoniten, die in den 1870er-Jahren aus dem Dorf Gnadenfeld in der Kolonie Molotschna kamen. Kindern wie Jakob wurde die Verantwortung übertragen, die »perfekten« Körner für die Aussaat in der amerikanischen Erde auszusuchen. Elis starker Glaube gehört zum wesentlichen Bestandteil des Erbes der mennonitischen Brüder, genau, wie Lillians Kirchenlieder eine wichtige Rolle im mennonitischen Gottesdienst spielten.

Lillian entdeckt, dass Gott uns Gnade und Kraft schenkt, damit wir in den Herausforderungen des Lebens bestehen können. Ich bete darum, dass auch Sie Gottes Treue erleben, mit der er Sie trägt. Gott segne Sie reich auf Ihrem Weg mit ihm.

Herzliche Grüße

Kim Vogel Sawyer

Dank

Ich möchte mich aufrichtig bedanken bei

- *Mom und Daddy, Don, meinen Töchtern und meinen kostbaren Enkelkindern* – ihr füllt mein Leben aus und gebt mir Grund zum Singen. Danke.
- *Crit Group 14, Ramona und Judy* – eure Vorschläge und Ermutigungen sind immer willkommen und von unschätzbarem Wert. Ich bin froh, dass wir das hier gemeinsam machen.
- *Carla, Connie, Cynthia, Kathy, Miralee, Rose, First Southern Choir* – eure Gebete helfen mir, das Wesentliche im Auge zu behalten und immer weiterzuarbeiten. Vielen Dank …
- *Ruth Heidebrecht* in der öffentlichen Bibliothek in Hutchinson – danke, dass Sie mir geholfen haben, das passende Schiff zu finden, um Lillian und ihre Familie nach Amerika zu transportieren.
- *Herman Rempel* (Autor von *Kjenn Jie Noch Plautdietsch?*) und *Irv Schroeder* – danke für Ihre Hilfe bei den niederdeutschen Ausdrücken.
- *»Mama« Ruth Sojamands* – danke, dass du mir von deinen Abenteuern auf See erzählt hast … aber noch größeren Dank für deine beständige Freundschaft.
- *Charlene und den Mitarbeitern bei Bethany House* – meine ewige Dankbarkeit, dass ihr mich in eure »Familie« aufgenommen habt. Es gibt Träume, die wirklich wahr werden.

Zum Schluss möchte ich den wichtigsten Dank an dich aussprechen, mein *Gott*, dass du mein Kompass auf dieser Lebensreise bist. Nie fehlt mir die Hoffnung, wenn du bei mir bist. Jedes Lob und jede Ehre möchte ich direkt an dich zurückgeben.